# LE COMPLOT
# DE SAN DONATO

## Cinquecento 6
## 1537-1542

**Pierre LEGRAND et Claudine CAMBIER**

ISBN : 978-2-930804-01-9

ILLUSTRATIONS :
1ᵉ couverture : L'Amour Sacré et l'Amour profane, c.1515 par Titien. Copie d'époque, collection particulière.
4ᵉ couverture : Bocca della verità, Palais des Doges, Venise.
PHOTOS :
Pierre Legrand.

**www.cinquecento.be**

# AVERTISSEMENT

La plupart des situations et des personnages évoqués dans cet ouvrage sont historiques.

Un certain regard sur la vérité historique fait apparaître une vérité romanesque, généralement considérée comme une fiction, mais qui n'est qu'une sublimation du possible.

# TABLE DES MATIÈRES

Prologue : Uzès, octobre 2011 ...............................................1
1. La paix trompeuse, été 1537 ..........................................2
2. Stratégies : Valladolid, août 1537. ..............................23
           Chambord, septembre 1537. .....................36
3. Les frères Cavazza. Venise, 1534-1537 .....................45
4. Les ferments de la guerre. Venise, Corfou, novembre 1537-
   septembre 1538 ..............................................................60
5. Inutiles colères : En mer, à Venise, septembre-novembre 1538,
  ...........................................................................................79
6. Le plaisir corrompu. Venise, décembre 1538, .............96
7. Les cailles de Monseigneur Valier. Murano, Venise : février-juillet
   1539, .............................................................................114
8. Pantomimes et jeux de dupes. Octobre 1539-juin 1540.............134
9. Les boutefeux. Mars-novembre 1541 .........................153
10. Ressacs. Août 1541-printemps 1542.........................170
11. La raison d'État. Venise, juin 1542.........................193
12. Martolosso et Abbondio. Venise, été 1542. ...............213
13. La nuit vénitienne. Venise, août 1542 .......................230
14. Sérénissime. Venise, août 1542. ...............................252
15. La nasse. Casale sul Sile, août-septembre 1542..........264
16. Le pari. En Vénétie, septembre 1542 .......................280
Épilogue : Uzès, février 2013 ......................................298
NOTE DES AUTEURS ...................................................302
BIBLIOGRAPHIE.............................................................304
LISTE DES PERSONNAGES DE LA SAGA CINQUECENTO..306
DES MÊMES AUTEURS ..................................................318
LES AUTEURS ................................................................319

# Prologue
## Uzès, octobre 2011.

L'histoire des hommes est l'histoire de leurs secrets. Et leurs secrets s'expliquent toujours par leurs passions. Déjà le chasseur de mammouth ne révélait à personne sa découverte d'une source d'eau claire, d'une tanière ou d'un arbre à fruits comestibles. Il s'associait momentanément avec ses semblables dans la mesure où ceux-ci pouvaient l'aider à assouvir sa passion de survie. Cette association se nomme alliance si elle est faite en public, complot si elle ne concerne qu'un petit nombre. Mais elle est toujours un acte politique.

Venise, la ville des secrets, en avait encore un à nous avouer. Un magnifique secret collectif, semblable en tous points aux petits secrets particuliers qui plombent les consciences, font creuser des trous dans les jardins ou les caves et allumer des flambées en plein été. Un secret bien caché de ses archives mais que le regard profond de Claire a deviné.

Claire, c'est ma femme. Elle a remonté les chemins du temps dans l'antique cité maritime, visité l'atelier de Titien et de tous ceux qui, à cette époque, peignaient des œuvres dans lesquelles l'âme se lisait à livre ouvert.

Elle se contente d'aligner les faits, de les laisser se parler. Aussitôt, comme dans le *broglio,* ils se regardent et se regroupent. Puis, en interrogeant les visages des tableaux, elle découvre la brèche par où accéder à la conscience. Alors, parmi ces mélanges de tourbe et d'eau limpide, apparaissent des formes, des mobiles inconnus, les secrets des esprits, l'intimité des cœurs où se nichent les passions éternelles.

Il n'est d'historien que le romancier.

# 1
## Été 1537.
## La paix trompeuse

Lesina était alors le port d'attache de la flotte de l'Adriatique. L'anse au fond de laquelle se trouvait la ville principale déployait autour d'une mer indigo un paysage lumineux de rochers et de verdure. Sur ces eaux tranquilles s'alignaient par dizaines les galères militaires. Les fins vaisseaux étaient hérissés de leurs canons de proue et de poupe, l'antenne basse, hachurant d'obliques parallèles les miroitements de l'eau cristalline. Pietro tourna le dos au port, à sa lumière aveuglante. Gavé des horizons magnifiques de la Dalmatie, il se dirigeait vers la ville claire accrochée à flanc de colline, vers la houle de ses toits roses percée ici ou là d'un clocher blanc. Il traversa la molle animation des quais, les entassements de barils, de coffres, de rames, longea les arcades de l'arsenal, répondit au salut du garde, quitta la zone militaire.

*Il leone incoronato* : les lettres grossières s'affichent sous l'image approximative d'un lion ailé que, par une surenchère de symboles, on avait affublé d'une couronne dorée à cinq pointes. Pietro pousse la porte de l'auberge. Les auberges de ports, fussent-elles dans les îles dalmates, sont toutes des antres sombres à poutres noircies, à l'atmosphère lourde de vapeurs de vin, de cire et de corps en sueur.

D'un coup d'œil, il a fait le tour de la salle. Quelques buveurs épars, par groupes de deux ou trois –des bourgeois, des marchands– s'entretiennent à voix basse, ou plutôt suivent avec intérêt la conversation animée d'une dizaine d'hommes rassemblés dans un angle. Ces derniers sont jeunes pour la plupart, coiffés du bonnet au lion ailé, mènent grand bruit. Pietro s'en approche. Sa haute silhouette en tenue militaire et même bonnet brodé de fils d'or leur fait lever le nez : un collègue. Qui est-ce ? Ils savent que des escadres sortent régulièrement de l'arsenal de Venise pour venir se joindre à la flotte stationnée pour moitié à Lesina, pour moitié à Corfou. Quoiqu'ils suivent tous les mouvements du port et qu'ils se connaissent entre patriciens marins, ils ne s'attendaient pas à retrouver ici cette tête-là. Aussi l'arrivée de Pietro suscite-t-elle un cri qui perce le tumulte des voix :

— Aurelio !

Quelques mains se lèvent.

— Alors, Aurelio, on a repris la mer ?

Dans le monde des officiers de marine, on connaissait assez l'histoire de Pietro Aurelio pour relever, s'étonner ou se gausser à l'apparence d'un nouvel épisode de sa vie. Et comme parmi les jeunes recrues, la mode est à la raillerie, Pietro répond à la cantonade sur le même ton détaché :

— Salut, la flotte vénitienne !

Il note que la plupart de ceux qui partagent le vin dans ce coin de taverne portent comme lui les insignes militaires. Nul doute que leur embarcation est, comme la sienne, ancrée dans la baie, et que, comme lui, ils ont quitté Venise au printemps pour venir se rassembler dans cette île vénitienne. Lui-même faisait partie du dernier contingent sorti de l'arsenal au mois de mai.

Pietro s'est mêlé au groupe, a échangé quelques salutations particulières, exprimant ici ou là une nuance plus subtile de familiarité, a frappé la paume de Marco Polani qui se recule un peu pour lui faire de la place dans le cercle et l'on sent que la conversation interrompue un moment va reprendre son cours.

— Tu as dit « Salut la flotte vénitienne », mais tu n'en vois ici que la moitié ; la moitié seulement et la meilleure, puisque j'y suis. Sais-tu compter, *Sopracomito* ?

L'homme qui vient de parler sur ce ton de suffisance est aussi un capitaine de galère militaire, mais c'est une sorte de géant aux grandes mains qui ne doit pas en être à son premier cruchon de vin de Dalmatie. Il parle haut au milieu de sa cour de jeunes gens et semble heureux de capter leur attention tout en surveillant le passage du cruchon. Le vin de Dalmatie est un vin de soleil, généreux et puissant. Il délie les langues et échauffe les esprits. Pietro à peine débarqué n'a pas encore pris les habitudes de l'île ni le rythme de sa vie oisive. Il savait qu'à l'auberge, il en trouverait la musique. Une cinquantaine de galères stationnées à Lesina avec leur chiourme et leurs équipages en attente, par les temps qui courent, cela devait nécessairement résonner fort dans les tavernes.

– Belle foule, en tout cas, dit Pietro. Sont-ils aussi nombreux à Corfou ?

C'était une façon de susciter le déballage des nouvelles tout en relançant la conversation interrompue et le beau parleur bondit, théâtral, sur la perche qui lui est tendue :

– Son Excellence le *Generalissimo da mar* Pesaro, obéissant aux injonctions du Sénat, surveille la passe de Valona, jeune ignare ! Car c'est là que les canards turcs jouent des palmes pour traverser le détroit. Ils ont eu l'idée d'aller faire un nid dans les Pouilles. Et nous, comme à la chasse, il nous suffirait de les tirer au passage. Pan, pan ! Boum !

Il joignait le geste à la parole, faisait de ses mains exploser des galères et concluait le tout de son rire tonitruant qui entraînait celui de sa cour de jeunes admirateurs. Visiblement, il sait qu'un *sopracomito* moins tanné que lui au vent du large vibre intensément à l'idée de faire gronder le canon, vu qu'à bord, le canon est sous sa seule autorité et que de ce tube de métal dépend sa vie ou sa gloire. Ils sont tous avides de gloire et, dans leur folle témérité, n'hésitent pas à mettre leur vie en danger. Pietro, qui est peut-être le seul à avoir expérimenté cela, ne se joint pas à la poignée de rieurs enthousiastes. Il n'est pas le seul. Un jeune homme pâle et réservé hausse les sourcils d'un air désapprobateur. Pietro reconnaît en lui Marco, un des fils du *Capitanio* Zustinian.

– C'est un jeu dangereux, messer Gradenigo, fait remarquer Marco Zustinian. Rappelez-vous ce patron de barque qui coula bas une fuste turque transportant de l'armement. Vous savez qu'il a été banni. On se demande d'ailleurs qui a pu fournir à ce quidam le canon et la poudre.

Pour toute réponse, Gradenigo hausse les épaules, affichant avec fatuité qu'il en savait plus que les autres à ce sujet.

– Nassi de Zara avait été assez sot pour avoir ouvert le feu. Mais apprenez, jeunes gens, qu'il est une façon infiniment plus subtile de prendre un canard. Et nous devons pour cela : un, nous inspirer des méthodes de chasse dans notre lagune ; deux, savoir nous diriger sur l'eau et trois, connaître la côte.

De tels propos engendraient des mines gourmandes. Un vieux loup de mer donnait des conseils aux jeunes qui écoutaient avidement le récit d'exploits qu'ils rêvaient d'égaler un jour. C'était son auditoire qui inspirait toute sa verve au *sopracomito* Gradenigo. Se remplissant les poumons, bombant le torse, il reculait les brocs et les hanaps de faïence, dégageait un champ de bataille imaginaire où il s'apprêtait à développer sa stratégie :

— Ça, c'est le canal de Corfou. Moi, je croise dans la rade avec mes quatre galères de garde-côtes. C'est alors que je vois remonter vers le nord trois voiles qui font route à bonne distance de nous, rasant la côte du continent, comme si elles voulaient passer inaperçues. Moi, je n'hésite pas, je leur cours sus, pour les sommer de se faire connaître. Voile et passe-vogue, je fonce. Survient un coup de vent. Figurez-vous qu'ils manœuvrent si mal qu'ils vont s'enliser dans les hauts fonds de Vivari.

— Avaient-ils hissé leur pavillon ? s'enquiert Pietro.

— Turc, évidemment ! Les chiens ! Vous pensez bien que je les ai laissés s'empêtrer. Car nous savons tous que sur ces rivages de boue vivent des populations à demi-sauvages qui s'emploient à traiter de belle façon tout ce qui vient s'échouer dans leurs marais.

Déployant son grand rire, Gradenigo se met à applaudir à son beau coup à lui, à moins que ce ne soit à la déroute des Turcs. L'assistance subjuguée s'enthousiasme, applaudit à son tour. Pietro se contente de sourire et de prendre un ton aimable :

— Et peut-on savoir, *Signore*, pourquoi, après un si bel exploit, vous n'avez pas souhaité rester à la tête de l'escadre de gardes-côtes à Corfou ?

— Appelé à Venise, camarade. Va savoir pourquoi, répond Gradenigo avec un sourire mi-méprisant, mi-satisfait.

— Pour être acclamé sur la piazza San Marco ! lance une voix.

— Vous ferez une entrée glorieuse à l'arsenal, dit un autre.

— Avec les cloches et les honneurs de la marine !

— Ne craignez-vous pas les foudres du *provveditore da mar* ? interroge prudemment le jeune Polani.

— Les foudres ? Au diable ! s'écrie Gradenigo avec arrogance. Je n'ai pas tiré un seul coup d'arquebuse. Et c'est là que se trouve la beauté de la chose. Nous avons eu affaire à de mauvais marins qui se sont ridiculisés devant nos escadres. *San Marco* ! conclut-il en levant son hanap.

— *San Marco e Gradenigo* ! font en écho plusieurs hommes, cognant les leurs.

C'était comme s'ils espéraient susciter par là les voix qui retentiraient dans quelques jours sur la *piazzetta*.

\*

Depuis quelque temps, la fièvre montait à Venise. De l'arsenal, en passant par le port de San Marco jusqu'à celui de Rialto, les trois centres névralgiques où grouille toute la vie de la cité, le peuple s'agitait autour de la grande question du moment : pour ou contre Charles Quint, ce qui, en d'autres termes et dans l'ordre, pouvait se traduire : contre ou pour le commerce avec les Turcs.

C'est que, en paix depuis trente ans avec les Turcs, menant avec eux leurs affaires en payant tribut, les Vénitiens s'étaient habitués à une aimable routine marchande. Or, voilà que depuis cinq ans, Charles Quint, ayant soumis l'Italie, entendait bien que la Sérénissime se joigne au nouvel ordre Habsbourg. Depuis, la petite République, dont l'Europe a si cruellement rabaissé la puissance, se voit sollicitée avec insistance, harcelée à la limite de la menace pour entrer dans cette fameuse union des États chrétiens contre l'Islam. Tout le monde sait bien que, jalouse de son indépendance, c'est Venise qui a suggéré au Sultan Suleyman l'idée magnifique d'aller attaquer Vienne, question de donner à Charles un peu de fil à retordre du côté de l'Autriche et qu'on laisse tranquille la Sérénissime. Cela s'était fait évidemment avec la bénédiction de François 1er, Roi de France et ennemi mortel de Charles. C'était surtout, disait-on à Venise, une belle idée de cet arrogant de Gritti, Doge depuis 1523, ami de la France et surtout père du fameux Alvise, qui menait grand train à Constantinople et entretenait l'amitié de Venise avec le Grand Vizir et le Sultan.

Ah ! C'était Dieu qui avait envoyé cet hiver précoce à Vienne, en 1529, pour obliger les Turcs à lever le siège. C'était tellement inattendu que ce qu'on appelait victoire ou désastre, selon le camp dans lequel on se rangeait, ne pouvait être dû qu'à une intervention divine.

Si bien qu'un an plus tard, à Bologne, il fallut bien s'agenouiller devant Charles sous peine d'être envahis par ses lansquenets. Il fallut se déclarer son ami, applaudir à son couronnement, renier ses anciens amis, trahir leur confiance, se couvrir de boue et susciter de la part du Grand Vizir des paroles amères de mari trompé accueillant avec une sublime grandeur le repentir de la femme confondue. Heureusement, Alvise savait parler à ses amis turcs et plaider le cas de la belle infidèle. Puis le commerce reprit. Et les patriciens se regroupèrent entre parti des Turcs et parti de Charles.

# LE COMPLOT DE SAN DONATO

Les grandes questions d'État ressemblent étrangement aux affaires domestiques. Comme il arrive souvent dans les familles dont les parents sont en désaccord, l'air devient irrespirable dans la salle des enfants. Là haut, les parents, tenant séance dans les grandes salles du palais, vociféraient à qui mieux-mieux :

– Tu vois bien qu'il faut signer le contrat avec Charles, exultait l'un ; c'est lui qui a eu raison, c'est lui le plus fort. Vois dans quel pétrin nous a mis ton obstination. De quoi avons-nous l'air ? Et puis, Charles est un peu de notre famille, puisqu'il va à la même messe, dans la même paroisse !

– Ce n'est pas Charles qui va faire bouillir ta marmite, s'insurgeait l'autre. Certes, son pré est plus grand que le nôtre, mais tous les efforts qu'il doit faire pour cultiver une telle étendue lui coûtent une fortune. Il a beau ramener du blé d'Amérique, tout se perd en chemin chez les métayers, les régisseurs, et il a des ardoises partout.

A l'étage en-dessous, les enfants commencèrent par hausser les épaules : de toute façon, les parents avaient déjà signé. Et puis, comme celui des protagonistes qui avait tenté de résister à Charles, ce Doge Gritti, ne leur était pas sympathique, étant assez arrogant, méprisant même, on prit collectivement le contrepied de ce fort en gueule.

C'est ainsi que, devenu nerveux face aux divisions du *broglio*, les embrouilles politiques si chères aux patriciens, le peuple vénitien opposait à ces messieurs une opinion commune inspirée par leur antipathie pour le Doge et la lassitude qu'engendre une longue période de paix. De plus, les fréquentes rencontres avec des Levantins offraient aux gens de mer la promesse toujours renouvelée d'affrontements qui prenaient dans les esprits le côté passionnant des joutes nautiques ou du *calcio* de la *sena*.

Il est vrai qu'on se mordillait depuis longtemps avec les Turcs –on le faisait bien entre habitants de quartiers voisins. C'était devenu un jeu, et cela s'arrangeait généralement, les parents ou les assurances payant les pots et le bois cassé.

Mais le jeu était dangereux. Il laissait couver un feu qui tôt ou tard allait s'étendre, d'autant plus que la marine comprenait nombre de patriciens acquis au parti de l'Empereur et qui, à bord de leurs galères militaires, ne rêvaient que d'en découdre avec les Turcs. L'affaire Da Canal avait fait grand bruit. Le scénario était toujours le même, en deux tableaux. Acte premier, en mer, la nuit : un manque de reconnaissance des signaux, vrai ou prétendu, une attaque soudaine, violente, des prises, des morts et la colère du Sultan. Acte second, dans les chancelleries : le Sénat de Venise, pour calmer le Grand Seigneur, déplore officiellement l'incident, signe la restitution du matériel en état de naviguer, des hommes en état de survivre, paye d'importants dommages et désavoue formellement le *sopracomito* responsable de l'incartade. Da Canal avait été emprisonné à Zante où, tandis que Suleyman réclamait la tête du coupable, on apprit que celui-ci avait fort opportunément trépassé de maladie.

En cette période, de tels incidents se succédaient comme les vagues d'une mer qui se forme. Nul doute qu'une tornade se préparait au loin et que le climat était en train de changer dans la Méditerranée orientale. Le premier coup de tonnerre retentit en septembre 1534, lorsque le fils du Doge, Alvise Gritti, dont la voix résonnait si puissamment à Constantinople, trouva la mort sur les routes de Hongrie où l'avait envoyé le Sultan. Peut-être cette mort n'était-elle pas fortuite, les ennemis d'Alvise ayant investi le sérail. Deux ans plus tard, les mêmes ennemis de la paix assassinent le Grand Vizir Ibrahim Pacha, abandonnant Suleyman à son épouse Roxelane et à ses obsessions mystiques, et le Divan à l'influence de Yunus Bey et de Mustapha Çelebi, de Hayreddîn-Barberousse, ennemis larvés ou farouches de l'Occident chrétien. Le Doge Gritti avait pleuré son fils ; pour d'autres raisons, il frémit à la mort d'Ibrahim. Décidément, de lourds nuages s'accumulaient à l'horizon de 1537. Sporadiquement, les marchands vénitiens étaient soumis, dans les ports levantins, aux sautes d'humeur des fonctionnaires locaux qui grevaient les cargaisons de surtaxes, rançonnaient les patrons, quand pour des motifs futiles ils ne confisquaient pas une partie de la marchandise. Oui, depuis que Venise avait perdu ses deux meilleurs appuis à la Porte Ottomane, le climat changeait.

*

Pietro a quitté le *Leone incoronato* assez perplexe. Il vient de ressentir à Lesina la même ambiance qu'il a quittée à Venise : des divisions profondes, une marine qui obéit encore, mais infiltrée par des éléments pro-Charles et blessée dans son orgueil par l'ordre général de répondre par des gestes d'apaisement aux multiples provocations. Pietro, frotté aux Turcs, familier du commerce qu'il a pratiqué avec bonheur sous l'égide de Stefano Pisani et qu'il taquine encore, sent s'éloigner un rêve, exactement comme il a senti se corrompre son bonheur de posséder Antonina.

Antonina, son rêve d'enfant, celle dont le souvenir l'avait gardé en vie durant sa captivité, Antonina est devenue son épouse et Dieu sait s'il s'est enivré de la posséder. Mais vivre plus de trois mois au rythme flamboyant d'Antonina lui est impossible. Antonina brûle sa jeunesse dans les seuls plaisirs que la société vénitienne de ce temps offre aux femmes : les fêtes, les spectacles et le paraître. Certes, elle fera des enfants pour entrer dans la carrière et être honorée, sans toutefois renoncer à sa frénésie mondaine. Peut-on le lui reprocher ? Mais Pietro a besoin de déployer son énergie d'autre façon. Un homme doué d'imagination, ayant de la fortune et du talent, ne peut que ressentir le besoin d'arracher au monde une part de gloire et, bien qu'ayant déjà goûté de ce breuvage fort, il n'a pas étanché sa soif. Il a voulu partir, suivre un destin personnel et il sait bien qu'il reviendra vers la jeune femme déposer à ses pieds le fruit de sa quête après que l'image d'Antonina, la seule qui s'accroche dans son âme, soit revenue obséder ses nuits. Et elle l'a laissé partir, sachant bien qu'il avait besoin d'espace et qu'il reviendrait.

Ainsi va le grand balancier du monde. C'est la respiration des choses, un mouvement régulier et répétitif qui alternativement rapproche, éloigne, soulève, abaisse, où aucun état n'est totalement satisfaisant ni totalement stable et laisse toujours une place pour espérer mieux de l'état inverse. Ainsi suis-je fait, se disait Pietro, ainsi est faite la vie. Pourquoi les peuples ne vivraient-ils pas au même rythme que les hommes qui les composent ?

Il marchait le long du port, approchait du marché lorsqu'il se sent frôlé par le mouvement ample d'un vaste jupon de soie. Une voix chantante le tire de sa méditation :

— *Sopracomito* Aurelio ! Vous voici donc de retour !

Pietro ne l'avait pas vue. Elle était accompagnée de son éternelle servante portant panier, celle qui l'escortait lorsqu'elle allait faire la charité aux veuves de Lesina qui louent des chambrettes aux officiers relâchant dans l'île.

— *Signora* Vitturi, dit Pietro vite revenu de sa surprise et se courbant profondément devant la dame.

Bettina sait-elle que depuis leur aventure, l'abordage dans l'office de l'amirauté, leurs rencontres dans la chambrette d'une veuve de Lesina, lui s'est marié ? Combien d'amants a-t-elle eus depuis ? Bettina est une femme qui répond à sa manière au peu de place laissé à la femme dans la société vénitienne et coloniale. Elle ne se débrouille pas si mal, d'ailleurs, et son teint demeure frais, son sourire éclatant, sa voix mélodieuse.

— Comme le hasard fait bien les choses ! s'exclame-t-elle à haute voix pour lui glisser ensuite à l'oreille :

— A none, chez la mère Horvat en face de l'hospice.

Puis elle lui tourne le dos dans un nouvel envol de jupe et de manches froufroutantes et s'intéresse aux verdures de saison. Pietro admire sa silhouette élégante et son geste primesautier. Il ne croit pas un seul instant que cette rencontre ait été l'effet du hasard. Il sourit seulement à l'idée que décidément, les légumes servent de décor à leurs rencontres. L'épouse du capitaine du golfe, outre qu'elle s'intéresse aux salades, est parfaitement renseignée sur les allées et venues des galères et, sur fond de soucis ménagers, mène une vie personnelle trépidante et insoupçonnée. Le rôle épisodique qu'y joue Pietro dégage un joli parfum d'aventure en même temps que de lourdes senteurs de complot.

La porte de la mère Horvat est entourée de potées de géraniums rouges qui font tache sur la pierre blanche de la maison. Une maison délicieusement fraîche, pimpante et bien rangée comme une maison de veuve. La chambre de l'étage possède une fenêtre minuscule voilée d'un rideau de lin blanc, un grand lit, une armoire, une table avec une aiguière et des linges : un luxe inouï comparé aux chambres des *galee sottili*.

Pietro ôte son bonnet et sa casaque de marin, s'étend sur le lit en chausses et chemise, ferme les yeux et se laisse engourdir par le silence. Bientôt la quiétude de cet espace clos le fait glisser dans le sommeil, un de ces lourds sommeils de voyageur, soudain, bref, profond. Il n'a pas entendu gratter à la porte. Il ne s'est réveillé que sous la houle du matelas et la caresse d'une main parfumée sur sa joue.

— J'aime votre anxiété, lorsque vous m'attendez.

Son réveil est subit, ses yeux rient, sans un mot, il s'empare de la main, y pose ses lèvres.

— Bettina… murmure-t-il enfin. Tu n'as pas changé. J'aime que tu fasses ton petit marché l'air de rien et j'aime ta façon de découvrir un *sopracomito* parmi les choux… Coquine.

Rires. Il fallait bien laisser s'exprimer la joie des retrouvailles dans un grand lâcher de phrases enjouées, de vêtements, et de mots doux entrecoupés de soupirs et de gémissements de plaisir. Bettina faisait l'amour en jouant, comme une petite fille qui s'ébat et s'émerveille sur une verte pelouse. Elle aimait avec légèreté, se donnait avec espièglerie, avait un sens aigu du bonheur et Pietro s'épanchait avec la même insouciance. Lorsqu'ils furent saturés de caresses, qu'ils s'abandonnèrent à la douce langueur, Bettina se mit à parler doucement.

— Comme je suis contente de t'avoir revu… Tu ne resteras pas longtemps à Lesina.

— Je ne sais pas combien de temps je resterai à Lesina. La flotte attend des ordres.

— Pas longtemps.

— Que veux-tu dire ?

Vitturi a reçu une lettre du Conseil des Dix. Il est dans tous ses états.

— La guerre ? Déjà ?

— Non, pas encore. Toi.

— Sois plus claire.

Elle se soulève sur un coude, lui fait face.

— Gradenigo a poussé sur la côte une escadre turque…

— Je sais.

— Mais tu ne sais pas tout, parce qu'on n'a pas tout dit. Cette escadre accompagnait Yunus Bey, envoyé en ambassade par le Sultan pour aller se plaindre à Venise de ce qu'on lui avait coulé une galère d'armement.

— *Cazzo* ! fait Pietro abasourdi.

— Andrea Doria, qui a appris, Dieu sait comment, le naufrage de Yunus Bey, est venu dans la nuit emporter les galères échouées. Yunus Bey et sa suite sont aux mains des pirates albanais et n'ont plus de moyen de fuite.

Pietro est tout à fait dégrisé de ses moments d'amour.

— Mais c'est épouvantable, ce que tu me racontes ! C'est un casus belli ! Es-tu sûre de tout cela ?

— Eh, carino, tu sais bien que, pour Vitturi, je suis un meuble. Messer Grigio, son secrétaire, lui apporte ses dépêches pendant qu'il déjeune et je t'assure qu'il a failli s'étrangler, non pas en apprenant que Gradenigo était appelé à Venise pour comparaître devant les quaranties criminelles, mais que toi, tu es désigné pour aller délivrer Yunus Bey.

— Moi, aller délivrer Yunus Bey des pirates albanais ? Mais c'est insensé, voyons !

La petite chambre tournoyait autour de Pietro qui, debout dans sa belle nudité, se prenait la tête, les mains enfoncées dans ses boucles noires.

— Pourquoi insensé ? N'as-tu pas une fois déjà rapporté des otages ? Ne parles-tu pas le Turc ? Ne connais-tu pas leurs usages et n'as-tu pas déjà rencontré Yunus Bey ?

— Si fait, si fait…

— Donc, attends-toi à être convoqué par mon époux. Il en est malade, tu sais combien il te déteste. Tu commanderas trois galères. Exige de choisir tes hommes, le Conseil des Dix y est favorable mais j'ai peur que Vitturi choisisse lui-même des hommes à sa solde qui t'attireront des ennuis. C'est la seule chose que je crains. Pour le reste, il en crèvera, mais il devra obéir.

Il fallait bien que Pietro digère en un rien de temps cette nourriture épicée servie avec la candeur des grâces. Il ne faut jamais se fier à la présentation du plat mais si celle qui le lui servait avec cette suavité et cette précision disait vrai, elle était la fée Mélusine qui lui ouvrait les portes et écartait les embûches de son chemin.

— *Mater Lucina*, déesse de lumière, murmure Pietro en embrassant Bettina avec fougue.

Et Bettina riait aux éclats de la bonne farce qu'elle s'apprêtait à faire à son vieil époux.

\*

Giovanni Vitturi, le *Capitanio del Golfo,* est un homme de la soixantaine, barbe grise, nez en safran de gouvernail, l'allure sèche et hautaine, recuit par la routine du commandement. Entre les ordres incessants d'apaisement qui lui sont transmis de Venise par les *Provveditori da mar* et la nécessité de contenir l'arrogance de certains *sopracomiti* plus insolents que les Turcs, il a de quoi nourrir un écœurement profond, une colère permanente. De plus, ne vient-on pas de le coiffer d'un *Generalissimo da mar* dans la personne de Girolamo Pesaro, qui, quoique son supérieur et commandant à Corfou, ne parvient pas mieux que lui, semble-t-il, à contenir l'impertinence de ses commandants de galère. Enfin, toute jeunesse le met au défi, lui est insupportable par une invincible morgue militaire autant que par l'œil conquérant qu'elle porte dans les salons où circule son épouse. Son épouse dont l'éclat et l'indifférence le défient d'une autre manière. Et il use de son pouvoir pour écraser de son autorité cette jeunesse orgueilleuse.

Pietro avait déjà tâté de la roideur du Capitaine du Golfe. Lorsqu'il s'était présenté, deux jours plus tôt, parmi les *sopracomiti* fraîchement débarqués de Venise, ils ne s'étaient échangé que des politesses d'usage. Pietro s'était courbé avec respect devant le *Capitanio*, tout en se remémorant la scène où, trois ans plus tôt, il avait chevauché sa femme à la hongroise. Aujourd'hui, il s'est rendu au palais de l'amirauté à l'heure précisée par la convocation et tandis qu'il fait antichambre, des images plus récentes et plus douces surgissent parmi les phrases mesurées qu'il a soigneusement préparées et qu'il se répète comme un stratège avant la bataille. Au bout d'un temps infini, Messer Grigio est venu interrompre ses pensées, introduire Pietro dans le cabinet de travail et le jeune homme, au lieu d'attendre assis dans le vestibule en compagnie de ses images érotiques, attendait debout devant celle du *Capitanio* qui ne semblait pas s'apercevoir de sa présence. Quand enfin Vitturi relève de ses dossiers son nez en bec de perroquet, il en sort un grognement nasillard :

— Ah, Aurelio. Encore des instructions vous concernant. Décidément, ils vous emploient comme convoyeur de Turcs. Si j'étais vous, je m'achèterais une barque et je ferais du transport, cela reviendrait au même.

— Je ne suis pas sûr de vous comprendre, Excellence, mais j'obéirai aux ordres que vous me donnerez.

Toujours la réplique rapide. C'est ce qu'exprime le regard mauvais du *Capitanio*.

— Bon. Venons-en au fait. À l'embouchure du canal de Vivari, il y a un village albanais qui retient prisonnier un dignitaire turc et son escorte. Les villageois l'ont dépouillé et espèrent sans doute en demander rançon. Vous avez mission de le délivrer et de le conduire avec ses gens au camp turc de Valona.

Il fallait feindre la surprise. Pietro lève le menton et le sourcil.

— A vos ordres. Connaît-on les circonstances de leur capture et les moyens nécessaires pour accomplir cette mission ?

— Ils ont perdu leurs vaisseaux et on nous en rend responsables. À vous de les tirer de là. Vous êtes habitué à agir seul. N'avez-vous pas tout seul mis en fuite une flotte uscoque ?

La pointe était facile. Pietro décide d'en sourire avec indulgence.

— Si fait. Au large d'Omiš, avec la complicité d'une nave et pas mal de ruse. Sur les hauts fonds de Vivari, point de nave, point de cache et il faudra débarquer des hommes. Avec quelques moyens, je peux délivrer l'escorte, quant aux équipages...

— Contentez-vous du dignitaire et de son escorte. Le reste sera l'affaire de la flotte de Corfou. À vous de dégager le terrain. Vous saurez bien investir un village de cabanes, terroriser une poignée de pêcheurs à pied et ramener Yunus Bey et sa suite.

— Yunus Bey ! s'exclame Pietro. Voilà qui n'est pas peu de monde... On ne transporte pas Yunus Bey comme on transporte un quidam ou un marchand.

C'est au tour de Vitturi de sourire avec une sorte de condescendance. Quand on est militaire, on méprise les marchands. Et cet Aurelio, qui joue alternativement les deux rôles, méritait toute sa méfiance.

— On vous accorde trois galères armées et cinquante soldats, dit Vitturi à contrecœur. C'est plus qu'il n'en faut pour un coup de main parmi des sauvages.

Pietro fait mine de réfléchir.

— Cinquante hommes pour investir le village... Délivrer des otages... On pense toujours à tort que les sauvages ignorent la ruse. Cinquante est un mauvais chiffre. Il en faudrait vingt par galère, au cas où l'une d'elles devrait rester en arrière à cause de l'étroitesse du chenal... Il faudra débarquer promptement... J'aurai besoin de quatre barques à fond plat pouvant contenir chacune vingt hommes en plus des nageurs.

Vitturi entendait révulsé ce stratège en herbe faire ses calculs d'un air de sublime concentration. Il en crispait les muscles de son visage et les ravines de sa peau grise se coloraient lentement.

— Pourquoi quatre, n'ayant que trois galères ?

— Ne faut-il pas ramener l'escorte ? Peut-être même seront-ils plus de vingt, auquel cas...

— Soit. Vous trouverez tout cela à votre disposition à l'arsenal, en même temps que les équipages que je vous alloue. Est-ce là tout ?

— Point, Excellence. Je vous remercie de m'allouer de bons équipages, mais je voudrais surtout que vous désigniez Marco Zustinian et Marco Polani pour commander les deux autres galères. Quant au comite...

– Vous prendrez les hommes que je vous donnerai, Aurelio ! Je ne vous laisserai pas disposer à votre guise des hommes de ma marine.

Il en était déjà à l'exaspération. Ses rides devenaient pourpres. Mais Pietro ne faisait qu'aborder ce qui était essentiel pour lui.

– Excellence, la République, qui me demande de mener à bien cette opération, doit approuver que je choisisse les hommes avec qui je m'entends et sur qui je puis m'appuyer sans craindre qu'ils suscitent un nouvel incident. Il me semble que nous avons pris assez de risques et que l'exemple du *sopracomito* Gradenigo…

Une main tombant à plat sur la table interrompt la phrase.

– Silence, Aurelio ! Mêlez-vous de ce qui vous regarde !

Les rides pourpres de Vitturi repassent au rose lorsqu'il constate que le jeune homme a baissé le front.

– Veuillez m'excuser, Excellence, j'outrepassais… Quant à ce qui me regarde, je vous demanderais donc l'autorisation de choisir mes chefs d'équipage, d'emporter couvertures et vêtements de marine capables de secourir des naufragés, de ne point lésiner sur les provisions de bouche capables de satisfaire un dignitaire turc et d'acheter à Raguse quelques objets précieux qui pourraient être offerts en cadeau à Yunus Bey au titre de dédommagement, et au Sultan ou à ses vizirs, au titre de message d'apaisement. Le Conseil des Dix sait que c'est ainsi, selon la politesse ottomane, que l'on calme la colère d'un ami.

Pendant qu'il parlait avec autant de modestie que de fermeté, Pietro voyait les rides du *Capitanio* trahir un état de rage croissant. Sa main tavelée déposait sur la table un de ces coffrets qui contiennent des messages. Bettina avait dit vrai : c'était le Conseil des Dix qui lui donnait un ordre de mission. Au moment où Pietro avait évoqué le Conseil des Dix, les rides du Capitanio étaient passées du pourpre au violet, et son index désignait le coffret.

– Vous donnerez lecture de ce message aux autorités turques de Valona.

Mais ses rides dessinaient un sourire inquiétant.

*

Pietro a choisi l'heure chaude pour approcher de la côte et s'engager dans le canal de Vivari. C'était aussi l'avis de ses deux lieutenants, presque des amis, qu'il avait connus lors d'autres expéditions, qu'il avait associés à ses préparatifs et arrachés ainsi à l'ennui des longs séjours sans manœuvres. Ensemble, ils étaient convenus des phases de l'attaque.

Virant de bord au même moment, les trois galères ont fait face au village, les canons pointés vers les huttes, crachant des charges à blanc tandis que les barges étaient promptement mises à l'eau et que les soldats débarquaient. La population terrorisée se terrait dans les masures. Il y eut ici et là quelques coups de feu, quelques hommes abattus dans leur fuite. Un Albanais armé d'un couteau s'était jeté sur un soldat vénitien et l'avait blessé, mais il avait été rapidement maîtrisé puis convenablement massacré devant toute sa famille qui servit d'otage, le tranchant de l'épée sur la gorge. Aux cris des femmes, les habitants quittaient leurs cabanes ; à la vue du sang, les hommes jetaient leurs couteaux. Ceux qui n'étaient pas sortis de leurs caches en étaient extraits avec vigueur. On n'eut pas de mal à trouver, sur un versant de colline, la bergerie qui cachait Yunus Bey et sa suite.

Et ce fut une chose admirable de voir cet homme éprouvé par plusieurs jours de captivité dégradante, have et sale parmi les crottes de mouton séchées, se dresser avec hauteur et dignité, lever un sourcil dédaigneux et prononcer en latin devant Pietro qui se courbait :

– *Quid ? Dominus Aurelius, quod hic agis ?* (que faites-vous ici ?)

– *Me Res Publica Venetiae missit ut te liberem et ducam ad Valonae castra*, (La République de Venise m'a envoyé pour vous libérer et vous conduire au camp de Valona) répond Pietro sur le même ton cérémonieux.

On se serait cru dans la salle des quatre portes du palais des Doges, celle où les ambassadeurs rassemblent leurs secrétaires avant de faire leur entrée solennelle au Sénat. Mais autour d'eux, une quinzaine d'hommes respiraient dans la pénombre des murs aux pierres grossières, dans l'odeur fétide de graisse et d'excréments d'animaux, avec pour seule ouverture un trou de mur où pendaient des draperies de toiles d'araignées.

Pietro connaissait les usages, mais savait que Yunus Bey n'était pas nécessairement un ami. L'ambassadeur turc n'avait-il pas vu jadis le jeune Vénitien en compagnie d'Alvise Gritti, son ennemi ? Les deux hommes gardaient leurs distances, observaient une réserve polie qui leur convenait parfaitement. Le naufragé bénéficia de la cabine du *sopracomito* où l'attendaient une aiguière, des linges propres, des outils de toilette, un caftan superbe, un repas correct servi par ses esclaves personnels. De plus, la navigation devait être de courte durée. Yunus Bey ne se montra pas au dehors mais souhaita un entretien personnel où il exprima des remerciements qui avaient toutes les apparences de la sincérité.

Restait à approcher la baie de Valona. Les trois galères militaires vénitiennes s'aventureraient-elles à traverser les lignes turques parmi l'énorme flotte de guerre rassemblée dans ces eaux ? Pietro décida de laisser les deux bâtiments de son escorte à l'ancre au large de la baie.

— Ordre de m'attendre ici, fit-il transmettre à ses lieutenants. Si dans deux jours je ne suis pas revenu, allez en avertir Corfou.

Puis il fit baisser les antennes, rentra ses canons et ses sagres et s'avança seul lentement, arborant l'étendard de San Marco doublé d'un pavillon blanc.

C'est en regardant autour de lui qu'il comprit le vrai danger que représentait sa mission. Il s'agissait de s'introduire dans un port militaire ottoman où séjournait la flotte commandée par Hayreddîn-Barberousse, et où on préparait l'arrivée du Sultan. En effet, la baie regorgeait de galères à l'ancre. L'*Aurelia* croisait des bâtiments de transport d'armes et de troupes qui se rendaient sur la côte d'Italie et passaient en la frôlant. Il pouvait voir à peu de distance des mines farouches, des visages hostiles, certains crachaient au passage de la galère vénitienne. Il se laissa arraisonner, déclara le but de son intrusion et qui il transportait.

Yunus Bey, sorti de sa cabine, arborait un sourire en coin, le même qu'il avait eu quelques années plus tôt, lorsque, conduit au sommet du campanile de Venise, il avait admiré les passes de la lagune et avait déclaré voir et retenir comment venir un jour par mer attaquer la Sérénissime. À l'entrée de Valona, aussitôt reconnu et salué par les gardiens du port, il se tournait lentement vers Pietro, l'observant avec son regard impénétrable habillé d'une dangereuse malice :

— Voilà ce qui s'appelle se jeter dans la gueule du loup, *Sopracomito*.

— Voilà ce qui s'appelle la visite du lion au tigre, Excellence. Ce n'est pas la première fois que je me rends dans un port turc et j'admire ici tout particulièrement le splendide déploiement de votre marine. Nous avons le même, aussi bien à Lesina qu'à Corfou.

Certes, ce n'était pas la première fois que Pietro entrait en tant qu'étranger dans un port turc. Mais la fois précédente, il avait le laissez-passer d'Ibrahim Pacha et Ibrahim Pacha était vivant. Aujourd'hui, il avait à subir la sourde hostilité de ceux qui l'avaient accueilli jadis avec neutralité, sinon avec amitié. Les choses changeaient à vive allure et si un *sopracomito* vénitien se permettait de jeter un ambassadeur turc en pâture à des barbares, pourquoi Hayreddîn ne jetterait-il pas en prison un autre *sopracomito* vénitien venu se mettre à sa merci ? Et Hayreddîn le ferait d'autant plus volontiers qu'il se souviendrait avoir rencontré jadis ce *sopracomito* sous la forme d'un protégé de ses ennemis ! Belles missions que celles confiées par la République ! Pietro comprend enfin le sourire sardonique de Vitturi au milieu de ses rides violettes.

Pietro se rend à l'audience du Grand Vizir accompagné seulement de deux porteurs. Les cadeaux – coupes de Murano, plats d'or– à peine déposés au pied de l'estrade, les porteurs sont renvoyés au vaisseau où tout le monde est consigné avec ordre précis de ne point se montrer ni regarder au dehors. La seule vue d'un chrétien pourrait tourner à l'émeute.

Ayas Pacha préside l'assemblée. Cet homme-là aurait bien demandé à Pietro des nouvelles de Venise, de sa santé, de son commerce. Il aurait été ravi d'apprendre ce que le jeune Vénitien avait fait de sa vie depuis qu'il avait quitté précipitamment Tebriz. Plus ravi encore de savoir qu'il avait pris femme ; il lui aurait facilement fait avouer que celle-ci le fatiguait un peu et aurait conclu paternellement qu'il était temps d'en prendre d'autres. Ayas Pacha était un bon vivant, ami des femmes et de Venise. L'homme qui avait eu une année quarante berceaux dans sa demeure était enclin à la paix et aux bonheurs de l'existence. Mais il n'avait pas l'autorité d'Ibrahim, son prédécesseur, et devait tenir compte de la présence au divan de quelques fauves affamés, rapides à réfuter ses paroles.

Le plus redoutable était cet ancien pirate d'une incroyable audace, qui était venu, cinq ans plus tôt offrir au Sultan sa conquête sanglante : Alger, dont il avait reçu le fief en même temps que le titre de Grand Amiral de la flotte ottomane. Hayreddîn, que les chrétiens appelaient Barberousse bien qu'il eût le poil noir comme l'enfer, écumeur de mers, ravageur de côtes, ne trouvait jamais dans ses razzias assez d'esclaves chrétiens à mettre à la rame de la flotte immense qu'il venait de construire sur ordre du Sultan.

Derrière Hayreddîn se trouvaient une poignée de renards avides d'influence. Certains ne manquaient pas de convictions ni d'idées générales, comme Yunus Bey, Mustapha Çelebi, Mehmed Çelebi et d'autres, mais leur âme damnée était Roxelane, l'épouse du Sultan, qui, par haine pour sa belle-sœur, l'épouse d'Ibrahim, avait fait assassiner l'ancien Grand Vizir. Roxelane devait avoir ses convictions mais son idée unique consistait à faire monter sur le trône son fils, le faible Selim.

Quant à Suleyman, il était au loin. Il approchait lentement de Valona, s'arrêtant cinq fois par jour pour prier, le reste du temps pour étudier les écrits mystiques et projeter la construction de mosquées. Il avait trouvé cette voie à sa mélancolie depuis qu'il avait immolé à la colère de son épouse l'ami qui avait été son guide, son double et dont avec le temps et la calomnie, il s'était soudain senti l'ombre.

Jadis, à l'occasion d'une cérémonie du Divan, Alvise Gritti avait fait à Pietro le tableau de l'entourage du Sultan. Aujourd'hui, en affrontant le demi-cercle des turbans, Pietro reconnaît les mêmes visages, Ibrahim en moins, et les mêmes passions. Et il s'agenouille avec cérémonie, de plus en plus incertain de sortir libre de la tente où se tient le divan du Grand Vizir Ayas Pacha.

Pietro a terminé la lecture du message rédigé en latin par le Sénat de Venise, replie le manuscrit, le repose dans le coffret qu'il offre, un genou en terre, au Grand Vizir.

— Merci, jeune Vénitien, dit Ayas Pacha. Tu as fait honneur à ton Sénat. Mais tu ne m'empêcheras pas de penser que vous êtes gens compliqués, à Venise. Voilà deux fois que vos marins s'en prennent à des bâtiments de notre flotte, sous prétexte que les signaux n'ont pas été échangés. Est-ce vrai que vous n'apprenez pas à interpréter les signaux ?

À la gauche du Grand Vizir, dont les traits mous de jouisseur entouraient un regard placide, Hayreddîn soufflait dans sa barbe noire un rire méprisant. Il avait la moitié du visage mangé d'une épaisse fourrure noire, l'autre occupée par un nez et deux yeux perçants aussi noirs et dangereux que des bouches de couleuvrine.

— Nos marins sont prompts et la nuit traîtresse, Seigneur. La mer est dangereuse, les vents capricieux. Tant de choses peuvent surprendre le marin. Mais constate que notre Sénat parle d'une seule voix, toujours la même, et exprime fermement sa volonté de respecter les accords mutuels de nos deux nations.

Pietro avait parlé lentement en turc, détachant bien les mots. De la barbe de Hayreddîn s'échappe alors une salve de phrases parmi lesquelles Pietro comprend les mots traîtrise, mensonge et ravager sans laisser pierre sur pierre.

Au commandement d'Ayas Pacha, deux janissaires apparaissent dans la tente du divan, font signe à Pietro de les suivre dans une autre tente plus petite, dont la portière est aussitôt rabattue sur le jour et gardée à l'extérieur par un soldat armé. Pietro habitue ses yeux aux ténèbres. Une légère fente diffuse une pénombre qui révèle une sorte de tronc d'arbre servant de siège à côté duquel sont posés un broc et un pot, le mobilier classique d'une prison. Pas même de paillasse, mais le sol en terre battue. Pietro est en proie à toutes sortes de conjectures.

Qu'Ayas Pacha n'ait pas voulu le faire assister à leurs discussions, Pietro le comprend d'autant plus qu'il a montré sa connaissance de la langue turque. Mais ne pouvait-on le faire patienter dans un lieu plus confortable ? Eh ! Quel confort attendre d'une tente de campagne ? Le même, *per Bacco*, que celui qu'il avait offert à Yunus Bey ! Où est passé Yunus Bey ? Voilà toute la reconnaissance que l'on peut attendre d'un traître de Turc !

À mesure que le rai de lumière s'assombrit, s'assombrissent aussi les pensées de Pietro. Le voilà bel et bien prisonnier des Turcs. Que vont-ils faire de lui ? Demander rançon ? L'échanger contre Gradenigo qu'ils vont empaler ? L'empaler lui-même ? Il frissonne en revoyant le regard mauvais de Hayreddîn et les mots terribles qu'il a prononcés ; ces mots qui, ajoutés à ceux qu'il n'a pas pu comprendre, doivent inévitablement sceller son destin. Un destin qui ne peut être que tragique mais empreint de la grandeur d'avoir servi sa Patrie. Voilà, Tonina, où s'arrête ma vie. Te voilà veuve pour la deuxième fois. La première, parce que ton époux s'était mis en travers de la volonté du Sénat ; la deuxième, parce que ton époux lui avait obéi. Autre temps, autre époux, leur tête à tous deux sera offerte en cadeau au Sultan.

Justice est faite, Aurelio. Voilà ce qu'il t'en coûte d'avoir suggéré à Ibrahim Pacha de réclamer la tête de Da Canal. C'est Da Canal qui se venge. *Ahimè* ! Antonina, j'aurais dû rester près de toi, j'aurais fait tous les bals de la saison, je t'aurais suivie partout. Que fais-tu en ce moment ? Je veux mourir en pensant à toi intensément.

Recroquevillé sur son morceau de tronc d'arbre, les bras sur les genoux, la tête sur les bras, Pietro était tombé dans une sorte de torpeur lorsque la portière de la tente s'est ouverte sur l'obscurité. Un janissaire porteur d'une lanterne sourde a dû lui toucher l'épaule.

– Debout ! dit-il assez rudement en turc. On t'attend !

Pietro n'a absorbé aucune nourriture depuis le matin, ses muscles sont raides, il vacille un peu mais se redresse, soucieux d'être digne et ferme, quoi qu'il arrive, surtout s'il doit connaître la mort la plus injuste.

Le janissaire le précède, un autre le suit, quelques visages émergeant de la nuit se tournent vers leur groupe d'un air de curiosité cruelle. Une portière se soulève, celle d'une vaste tente dans le fond de laquelle dîne un Turc à grand turban servi par une dizaine de femmes. Quelques chandelles éclairent la scène. L'homme fait signe d'approcher, Pietro reconnaît Ayas Pacha.

– Assieds-toi, dit le Grand Vizir. J'espère que tu as faim. Ces boulettes de viande sont délicieuses.

La sauce grasse coulait sur ses doigts, sur sa barbe. Il manifestait un appétit glouton et un plaisir total. Pietro, qui attendait l'arrêt de mort, recule devant cette vision de festin sauvage dans lequel il voit un raffinement de repas du condamné.

– Assieds-toi, te dis-je, insiste Lucullus. Depuis que tu m'as quitté, tu es sous ma protection. Mais il m'a fallu attendre la nuit pour te faire sortir sans risquer de m'opposer pour un détail sans importance à l'intransigeance de Hayreddîn.

De trois doigts, il pétrissait des boulettes de riz mais des grains blancs tombaient entre le plat et sa bouche, enneigeait son magnifique caftan de brocart. Pietro décide de s'asseoir, d'écouter et de se convaincre que sa mort n'est pas prévue pour l'immédiat. Il plie les jambes sous lui et avance la main vers le plat de boulettes. Ayas Pacha lui tend son propre verre de vin :

– Bois.

Et il continue à bâfrer tout en débitant ses phrases :

– Quand tu as quitté Tebriz, tu as apporté à ton Sénat la lettre du Sultan… Tu as été un bon messager. Ton Sénat a raison de te faire servir à nouveau à cet emploi… La guerre n'est pas une bonne chose… Oh, nous la ferons sans doute, parce qu'il faudra bien utiliser la flotte que nous avons créée… Mais…

Il se lèche les doigts, puis arrache à pleine main une cuisse de poulet qu'il tend à Pietro.

– Ils le badigeonnent de miel avant de le griller… La guerre va très vite nous ennuyer et vous serez obligés de nous céder des territoires. Ça a toujours été comme ça. Des poussées, puis un arrêt pour administrer le pays et activer le commerce. Mais… Tu ne faisais pas du commerce, toi ?

— Si fait, Seigneur. Mais la République m'a donné cette mission que j'accomplis aujourd'hui.

— Ah. Je comprends. Il se fait tard. Tiens, emporte ces massepains et va rejoindre ta galère. Tu sortiras du port à la faveur de la nuit. Garde ton drapeau blanc et décroche ton étendard de Venise. On te laissera partir.

Pietro a un instant d'arrêt. Il est des choses qu'il faut se faire confirmer.

— Dois-je comprendre, Seigneur, que je suis libre ?

— Libre ? Mais tu n'as jamais été mon prisonnier. Et puis, je vais te dire une chose : je connais notre Padischah Suleyman. Depuis la mort de mon prédécesseur, depuis qu'il a trahi son serment de ne jamais le quitter, il a beaucoup changé. Il l'appelle parfois, la nuit. Quand il saura que c'est toi qui es revenu et que je t'ai laissé partir, il m'approuvera d'avoir épargné le fils spirituel de celui qu'il regrette tant d'avoir trahi.

Pietro mettait un genou en terre pendant que la main graisseuse d'Ayas Pacha empoignait la clochette. Les deux janissaires à la lanterne apparurent à la portière.

— Va, la voie est libre. Mais fais vite.

Pietro s'apprêtait donc à traverser la nuit. Mais la nuit et les tentes peuvent toujours cacher un traître. Et même s'il parvient jusqu'à la galère qui attend dans le port, et même s'il met à la rame sans bruit, rien ne dit qu'un chaland bourré d'explosifs ou une simple galère ne l'arraisonnera pas pour lui envoyer ensuite sa décharge. Zustinian et Polani ont-ils pu l'attendre à l'entrée de la baie sans être attaqués ou abordés ?

La lune éclaire un chemin de lumière sur l'eau calme, révélant les masses noires des bâtiments à l'ancre. Mais les ombres, dans cette paix trompeuse, sont autant de menaces.

# 2
## Stratégies.
## Août 1537, Valladolid.

Le mois d'août est sec et torride entre Castille et León. Malgré la chaleur, les demeures, les églises, les couvents de Valladolid bruissent d'activité : cloches, processions, prélats, diacres, moines, étudiants, délégations, cortèges de nobles avec chevaux et carrosses, rassemblement de bourgeois endimanchés, hordes de mendiants se donnent rendez-vous sur la plaza San Pablo, au pied de l'immense façade ouvragée de l'église conventuelle adossée au monastère des Dominicains et au Collège San Gregorio. C'est qu'en ce mois d'août 1537, l'Empereur Charles Quint, Roi d'Espagne, rassemble les *Cortes*, ces assemblées où siègent les représentants des trois états, noblesse, clergé et villes, chargés de voter les impôts exigés par la couronne et d'en réglementer la levée, d'accord avec les représentants du Roi.

A Valladolid, l'église San Pablo est entourée de palais, grands mausolées de pierre et de marbre aux formes carrées, ornés aux angles de médaillons armoriés. Des porches monumentaux rehaussent des façades austères alignant leurs hautes fenêtres aux grilles épaisses. Dans les immenses pièces de réception du palais royal, les pas résonnent comme sous les voûtes des cathédrales ; la fraîcheur y défie la touffeur du mois d'août et les volets intérieurs déployés devant les fenêtres y maintiennent la pénombre.

Dans l'angle du bâtiment, un petit salon tapissé de cuir de Cordoue étouffe la clarté et les voix. C'est là que Charles Quint a trouvé refuge en compagnie de Nicolas Perrenot de Granvelle. Ce Franc-Comtois, suzerain de la ville impériale de Besançon et comte de Bourgogne, est aussi Chancelier et garde des sceaux. L'Empereur et son premier conseiller et homme de confiance forment un ensemble noir, une sculpture équilibrée, immobile, figurant l'homme et son ange gardien. L'homme est petit et frêle, son visage blême et ses mains grises sortent d'un vêtement ample qui laisse deviner la maigreur de son corps. L'ange est imposant, large, campé dans un habit sobre qui souligne l'élégance de son maintien. Sa barbe drue encadre un visage aux traits nobles, son œil intelligent s'exprime sans paroles, ses mains nerveuses et fines taquinent une plume prélevée à son écritoire.

Devant ce groupe ténébreux se dresse un frère dominicain, robe blanche et manteau noir, le front courbé dans une attitude de religieux respect. En fait, son regard baissé surveille de biais l'enfant d'une dizaine d'années qui se tient à ses côtés. Le garçonnet, habillé de sombre comme un adulte miniature, baisse les yeux avec la réserve distante du coupable en train de comparaître. La fraîcheur de l'enfance ne s'est emparée que de ses joues roses encadrant une bouche charnue et rouge comme un fruit d'été.

Charles porte sur son fils le regard morne de ses yeux gris et, tout en examinant l'enfant, s'adresse au précepteur :

— Fra Hernando, avez-vous reçu le globe terrestre que j'ai fait venir de Séville tout exprès pour l'instruction de votre élève ?

— Nous l'avons reçu, Votre Majesté, répond le religieux. Nous avons situé les villes d'Atacames, Quito, Tumbez, Lima, Cuzco, où le Père Vicente de Valverde y Alvarez vient d'ériger en diocèse chrétien la capitale des païens Incas.

— Le Roi Atahualpa, après avoir feuilleté la Bible, avait rejeté le livre avec mépris, prononce l'enfant indigné.

— Don Felipe, dit l'Empereur d'un ton uni, j'entends que vous vous préparez à être un vrai défenseur de la Foi.

— Ces *indios* sont des bêtes, s'enhardit l'enfant. Ils se dévorent entre eux, vivent nus et sont esclaves par nature. C'est ce que m'a enseigné hier Don Juan Ginés de Sepúlveda, notre historiographe.

— Tout doux, Don Felipe, susurre prudemment le précepteur. Rappelez-vous que notre Saint Père le Pape a affirmé que les Indiens sont des êtres humains ; que, de ce fait, ils ont droit à la liberté et à la propriété et qu'il est condamnable de les traiter en esclaves.

— Certes, mon père, intervient Granvelle d'un air faussement détaché. Il convient de veiller au bien des vaincus en leur enseignant des modes de vie justes et humains. Aussi l'Évangile enseigne-t-il les vertus du travail. Et ne perdez pas de vue que, pour mettre en valeur nos colonies, nous avons besoin de bras.

Les mâchoires de Charles, habituellement relâchées, se contractent. Encore un conflit qui s'annonce, se dit-il. Décidément, il vit entouré de conflits. Ne vient-il pas de renvoyer des escouades de théologiens divisés sur l'orthodoxie des écrits d'Érasme, dont les dominicains voulaient faire un autodafé ? Brûler les écrits d'Érasme, soit. Mais François serait trop heureux de voir le grand humaniste fuir l'empire Habsbourg et accepter enfin son invitation à Paris. Pour couper court à ce nouveau débat qui s'annonce sur la façon de traiter les Indiens de l'empire espagnol, Charles prend le parti de s'adresser à l'enfant du ton mesuré de l'adulte :

— Don Felipe, vous saurez un jour ce que signifie diriger un État en y assurant la justice. Préparez-vous en vous instruisant et en ouvrant vos oreilles à l'enseignement de vos maîtres et votre cœur à la parole de Dieu.

Charles présente une main que l'enfant vient baiser avant de se retirer, emportant dans son sillage le religieux qui se déplace dans un grincement de sandales de cuir.

Aussitôt la porte refermée sur eux, Granvelle s'avance et l'Empereur se tourne vers son conseiller :

— La question de l'esclavage des Indiens se posera peut-être un jour, Granvelle, mais, tant que nous sommes les hôtes des Dominicains et que les Cortes n'ont pas voté mes impôts, je ne tiens pas à disputer de cela.

— Vous avez raison, Majesté, confesse Granvelle en parfait courtisan.

Mais il ne sera pas dit que chez le seigneur Perrenot de Granvelle, le courtisan se soumette au penseur politique. Il ajoute :

— C'est une manière de résoudre certains conflits que de les laisser se consumer d'eux-mêmes. Les conflits sont comme les maladies. Finalement, rares sont ceux qui ne se résolvent point par voie naturelle, avec le temps, par une sorte de lassitude ou une forme de nécessité.

— Si c'est ainsi que vous jugez mon différend avec François, vous vous trompez, Granvelle. Car voilà un chancre qui ne se résorbe point.

— Certaines maladies reviennent avec les saisons, Majesté. Celle-là, nous l'avons déjà apaisée de diverses manières, et il nous faut rendre grâce aux femmes qui nous entourent.

— L'impératrice Isabelle ?

Évidemment, Charles pensait à son épouse qu'il ne voyait qu'entre deux campagnes et qui lui reprochait alors son obstination à réclamer la Bourgogne et à conserver le Milanais. Isabelle, excusable par sa beauté, sa patience et les enfants qu'elle lui donne, ne lui apporte point l'assentiment qu'il attend de qui partage sa charge ; partant, point d'apaisement. Que voulait dire Granvelle ?

— Je veux parler de vos sœurs, Majesté. Éléonore, que vous donnâtes en mariage à François pour garantir la paix de 1530 voulue par deux autres femmes : la mère de François et votre tante Marguerite. Je veux aussi parler de la Reine Marie, votre autre sœur, gouvernante des Pays-Bas depuis le décès de votre tante Marguerite.

— Ah ! Marie ! Ma sœur préférée ! s'exclame Charles en haussant le sourcil, ce qui était chez lui une manière de donner de l'éclat à son regard. Quand elle a été veuve du Roi de Hongrie tué par les Turcs à Mohács, et que j'ai su que mon frère Ferdinand refusait de lui rendre son apanage, j'ai trouvé cet emploi à son intelligence.

— Et vous ne pouviez mieux choisir. Voyez avec quelle intelligence elle a conclu la trêve après l'invasion française dans le nord et la prise de Hesdin.

Charles a repris sa moue et son air maussade. Les Pays-Bas, Hesdin : fiefs et châteaux de sa grand-mère, Marie de Bourgogne, dont Louis XI l'a spolié. Spoliation qui équivaut à un clou de son cercueil. Il comptait sur Marie de Hongrie pour lui garder son bien.

— Hm, fait-il avec dépit. Mais étrange trêve : nos armées avaient le dessus.

— En effet, Majesté. Mais nous étions à court d'argent pour payer cette armée qui gagnait des batailles. Nous ne pouvions la faire vivre sur le pays à conquérir : c'était le nôtre. Où trouver l'argent ? La Reine Marie proposa un impôt de un florin carolus par foyer, cheminée ou trou dans le toit. Les Gantois entraînèrent le pays dans la rébellion, prétendant revenir aux coutumes anciennes des milices bourgeoises.

— Gand ! s'enflamme Charles. Ma ville natale a osé me résister ! Préfèrent-ils donc que leur bourgeoisie se fasse tuer ou estropier à la guerre plutôt que de subvenir à l'entretien de l'armée dont j'ai besoin ?

— La nouveauté a parfois de la peine à pénétrer certains esprits. La Reine Marie a besoin d'un peu de temps pour l'imposer aux Flamands. Aussi vos deux sœurs firent-elles bien de s'entendre pour conclure la trêve dans le nord.

Un éclair dangereux anime un instant les yeux de l'Empereur :

— Et dites-moi, Granvelle, est-il vrai que mes Flamands s'allèrent proposer comme sujets du Roi de France ?

— Hélas oui, Majesté, et je ne voulais pas vous le dire, sachant combien cela vous contristerait. Les Flamands, ivres d'indépendance en leurs bourgades, n'ont pas toujours une idée très claire de l'échiquier politique européen. Mais oublions ce chagrin et rendons hommage à l'esprit chevaleresque de notre ennemi qui les renvoya vertement en les traitant de marauds. En effet, pour une fois, nos intérêts convergeaient : où iraient nos royautés, où iraient les États, si des bourgeois se mettaient à choisir leurs gouvernants...

— Cela est vrai. Donc, mes sœurs ont signé la trêve dans le nord ; mais qu'avaient-elles besoin de l'étendre à l'Italie ? A Rivoli, mon armée était en face de celle de François ; je l'aurais écrasé définitivement !

Granvelle attendait ce moment, cet instant de colère qu'exhalait l'Empereur parce qu'on avait soustrait son ennemi à ses coups. Granvelle attendait cette rage aveugle pour déployer sa carrure politique et sa vision d'homme d'État ; Granvelle avait attendu de pouvoir être seul avec Charles pour l'amener à ce point où il fallait prendre des décisions qui devaient rester secrètes et introduire l'homme qui serait capable de les appliquer. Restait à persuader celui qui devrait les prendre. Ce n'était pas le plus difficile pour lui. Granvelle prend un instant pour se concentrer sur ce qu'il va démontrer.

— Votre Majesté, dit-il enfin, lent et marmoréen, les deux reines ont agi avec une sagesse exemplaire. Elles ont réalisé que votre inimitié avec François est une affaire de ressentiment personnel qui saigne si inutilement les deux royaumes que vous avez-vous-même proposé un jour de vider cette querelle par un combat singulier. Les deux reines vous ont libéré avec honneur de tels propos aussi bien que d'une nouvelle guerre inutile. En faisant cela, ont-elles obéi à leur instinct de femme ou à un calcul politique ? Peu nous importe : elles ont travaillé dans votre intérêt et vous ont libéré.

— C'est vous qui le dites, Granvelle, grogne Charles. On n'est jamais libéré de sa vengeance.

— Majesté, ce qui est vrai pour le commun des mortels ne l'est pas nécessairement pour le sage et pour le responsable des peuples, dont le regard lucide et sanctifié par Dieu porte au-delà des contingences terrestres.

Le Chancelier Perrenot de Granvelle a toujours dans son escarcelle ce genre de phrases qui font grand effet sur son auditoire. Il n'en use que dans des circonstances importantes et celle-ci en est une. Charles approuve donc du bout des lèvres. Granvelle, quant à lui, a depuis longtemps aligné ses batteries et peut commencer à canonner les murailles d'obstination qu'il faut abattre.

— Aujourd'hui, entonne-t-il, la question n'est plus de savoir comment recouvrer Hesdin, la Bourgogne ni de libérer le Piémont, ni qui possédera le Milanais. La question qui se pose est de savoir si le Royaume de Naples tombera aux mains des Turcs, si la Sicile deviendra un nouveau Tunis d'où Barberousse étranglera la Méditerranée ; si la Hongrie entière sera territoire ottoman ; si votre frère restera assis sur son trône de Vienne ; si les forteresses de la côte dalmate, qui appartenaient hier encore à l'Empire autrichien, feront partie du Sandjak de Romanie ou celles de la Morée de celui de Grèce.

Charles toisait son conseiller de son œil gris atone et presque hostile.

— J'ai pris Tunis, crache-t-il. Dieu m'a confié la gloire de mener cette croisade victorieuse.

En effet, le cortège triomphal de l'Empereur dans la ville prise s'était déployé parmi les maisons, les coffres, les femmes éventrés, et on avait dû écarter les cadavres de sa route. Granvelle, qui s'empresse d'effacer cette image de sa mémoire, enchaîne :

— Mais Alger est un nid de corsaires. La guerre est rallumée en Hongrie. Les défenseurs de Clissa ont été massacrés, la tête de Pierre Crusich exposée au bout d'une pique. Le Sultan s'est installé à Valona, en face d'Otrante. De là, il envoie Barberousse ravager la Pouille, incendier les villages, prendre nos forteresses. Et rendez grâce à Dieu, Majesté, que le Roi de France n'ait pas tenu les promesses qu'il a faites au Sultan, sans quoi, en même temps que l'un ravage la Pouille, l'autre attaquerait en ce moment Naples par la mer.

— François en est bien incapable, ne possédant pas de marine.

— Prenez garde que n'aboutissent ses efforts pour entraîner les Vénitiens dans son alliance. Imaginez, Majesté, ce que pourrait contre vous l'alliance déjà existante entre la France et l'Empire Ottoman, à laquelle se joindrait Venise avec sa flotte de cent galères.

A cet endroit de son discours, l'orateur fait une pause. Il sait qu'il faut laisser le temps d'imaginer. Cependant, le visage de Charles demeure obstinément fermé.

— Ces traîtres de Vénitiens, grince-t-il. Ils ont envoyé les Turcs en Hongrie. Qui me dit qu'ils n'ont pas encouragé le Sultan à attaquer la Pouille et qu'ils ne font pas la poste entre Blois et Constantinople ?

— Non pas Constantinople mais actuellement Valona, Majesté, corrige poliment le Chancelier. C'est beaucoup plus rapide parce que c'est à l'entrée du golfe de Venise et tout proche de la Pouille.

La suspicion. Tous les conseillers des monarques ont un jour joué la suspicion pour inquiéter leur souverain, pour les travailler à point dans le but de les attirer dans leurs vues. Granvelle attend un instant encore que le venin de la suspicion ait fait son chemin dans le cerveau de Charles.

— Cependant, ils clament leur neutralité, avance encore le Conseiller.

Ayant fait monter d'un degré la suspicion et empoisonné l'air d'un relent de traîtrise, Granvelle n'a plus qu'à conclure :

— Il faut que Votre Majesté trouve le moyen d'arracher leur masque à ces Vénitiens, c'est-à-dire de les faire sortir de leur neutralité. Vous savez que notre flotte, toutes galères rassemblées, ne peut affronter la flotte immense que vient de construire le Sultan. Par contre, augmentée de celle de Venise, nous pouvons arrêter les Turcs en Méditerranée. Il nous faut attirer dans notre camp la flotte vénitienne. Et pour ce faire, il faut commencer par brouiller les Vénitiens avec les Turcs.

À la fin de la démonstration, comme à la fin d'une homélie, il convient de laisser travailler l'esprit. Et voilà que chemine celui de l'Empereur.

Brouiller Venise avec les Turcs. À le dire ainsi, cela paraît tout simple. Ah ! S'il suffisait d'envoyer des ambassadeurs chargés de cadeaux à un homme dont on ferait son ami, son gendre, son beau-frère... Renverser des alliances avec une royauté, rien de plus facile. Mais dans cette République du diable, ils vont se mettre à discuter ; des partis vont faire entendre leur voix, et, bien qu'on dise que nombreux sont les nobles vénitiens prêts à se soumettre comme l'a fait toute l'Italie, ce peuple de commerçants ne va pas se laisser mener facilement. Viendrait-il à l'idée d'un Espagnol de renoncer à ses voies maritimes vers les Amériques qui le nourrissent de leur or ? De même, comment empêcher les Portugais de se rendre aux Indes du Levant, à un âne d'aller au foin ou à l'abreuvoir, et aux Vénitiens d'aller s'approvisionner en Orient ? Comment expliquer cela à son Conseiller, dont le discours est facile, les idées séduisantes, et qui attend à présent la fin de sa réflexion ?

— Sire de Granvelle, dit finalement Charles, un proverbe latin dit qu'il y a loin de la coupe aux lèvres. Et me direz-vous comment vous ferez pour persuader les Vénitiens de ne plus envoyer leurs vaisseaux chercher la soie et les épices en Orient ?

— Ce n'est pas moi qui vous le dirai, Majesté. Je laisserai la parole à un homme que vous connaissez bien, qui ne demande qu'à vous servir et qui attend dans l'antichambre que vous l'appeliez.

Il approche, de son lourd pas de marin, les jambes un peu écartées par l'habitude de compenser le roulis, vêtu avec une simplicité extrême, costume sans manches bouffantes ni rubans qui se prennent dans les cordages, bonnet sans plumes qui s'arrachent au vent. Il a seulement jeté sur ses épaules un manteau de cérémonie et porte à la main son bonnet de toile. Il n'a gardé à la ceinture qu'une épée d'apparat, privilège laissé aux généraux d'armée. Poil grisonnant, barbe et cheveux taillés court, haut front dégarni, la joue maigre creusée de cernes et de rides profondes, le nez important et la bouche large, il pourrait être n'importe quel moine ascète, s'il n'y avait son œil. Dans le demi-visage éclairé par le rai de lumière, l'œil veille au coin de son orbite, la pupille noire à demi-cachée sous une paupière lourde. C'est un œil sans éclat, qui pose froidement son regard de bête morte sur tout ce qu'il relève, observe, surveille. C'est un œil pesant, silencieux, immobile, fascinant et dangereux comme le trou d'un canon de mousquet qui vous suivrait depuis une fente de muraille. Cet œil est un objet. Point de pensée saisissable. Pour cet œil, le monde est une mécanique sans âme dont il convient de se rendre maître.

L'homme se courbe devant l'Empereur, son bonnet noir frôlant le sol de marbre.

— Capitaine Doria... prononce Charles sans s'émouvoir.

Nicolas Perrenot de Granvelle est retourné dans l'ombre comme un oiseau de proie regagnant son rocher pour mieux observer ce qui se déroule dans la plaine. Il commence par assister au face à face des deux regards semblables. Mais il est seul à connaître l'étendue des appétits que cache tant de froideur.

— Capitaine Doria, où en sont nos galères ?

# LE COMPLOT DE SAN DONATO

Andrea Doria n'est venu à Valladolid que pour rendre compte de sa mission : mener sur mer la guerre aux Turcs, avec une flotte composée de ses propres galères de Gênes, de celles du Pape, de celles d'Espagne, de Sicile et de Malte, mais insuffisante pour s'opposer à l'énorme flotte mise sur pied par Suleyman. Andrea Doria n'attaque jamais s'il n'est sûr de gagner. Aussi, en vrai corsaire, se contente-t-il de choisir ses proies et observe-t-il en attendant son heure.

— Majesté, l'on vous aura dit que j'ai quitté le port de Messine ce 17 juillet. En effet, j'avais appris que dix vaisseaux turcs richement chargés étaient partis d'Alexandrie. Je leur donnai la chasse, m'emparai de leur cargaison et les livrai aux flammes. Le 22 juillet, je rencontrai à hauteur de Paxos douze galères turques commandées par le Sandjakbey de Gallipoli. Je les surpris une heure avant le lever du soleil. Le combat acharné dura une heure et demie. J'y fus blessé, mais pas un homme des équipages turcs n'échappa à la mort. Cependant, ayant su par la suite que Barberousse se lançait à ma poursuite avec une flotte de cent navires, et n'étant pas de taille à affronter une force aussi supérieure, je rentrai à Messine où mes espions me tenaient au courant du mouvement des flottes dans l'Adriatique.

Charles branlait du chef. Tout cela est bel et beau, mais la guerre ne se fait pas à coups d'escarmouches. Celles-ci n'enrichissent en somme que Doria qui s'empare de marchandises et de matériel, mais n'empêche pas la dévastation de la Pouille ni ne décide Venise à prendre le parti de l'Empire. Fort de la leçon de stratégie que vient de lui donner son Conseiller, l'Empereur balaye d'un mouvement de la main les dix vaisseaux et les douze galères turques ainsi que leurs occupants assassinés et même la blessure de l'amiral.

— Ce que nous devons faire, Capitaine Doria, c'est forcer les Vénitiens à s'attaquer aux Turcs. Rien n'est plus important, en ce moment. Il faut arriver à les ranger à nos côtés pour contrer l'avancée ottomane ; leur faire abandonner leur neutralité, et pour ce faire, commencer par les brouiller avec les Turcs.

L'amiral génois bronche à peine. Le sillon profond qui lui encadre la bouche se creuse dans une grimace de rire ou de dégoût. Il déteste les Vénitiens et ce qu'il se prépare à conter le réjouit.

— Majesté, ne pouvant empêcher Barberousse de ravager la Pouille, je décidai d'agir d'autre façon. Sachez que le Sultan maintient son armée à Valona, un point de la côte où la Grèce et l'Italie ne sont séparées que par quelques lieues de mer formant l'entrée du golfe de Venise. De là, le Grand Seigneur envoie des troupes dans la Pouille ainsi que dans le golfe de Tarente, où sont stationnées quarante de ses galères. Les communications entre les deux armées, l'approvisionnement en matériel et en vivres donnent lieu à un trafic continuel dans le détroit et les navires turcs traversent sans cesse les lignes vénitiennes. Il était difficile qu'il n'y survînt pas quelque accident. Nassi de Zara, un homme à ma solde naviguant sur une galère de la République, se rencontra avec un bâtiment battant pavillon turc et le coula à fond. Je m'employai aussi à rédiger quelques lettres adressées à Messer Pesaro, Généralissime de la mer de Venise, laissant supposer une parfaite intelligence entre nous et un plan d'attaque dûment préparé. J'envoyai ces lettres par une fuste qui eut soin de se faire intercepter par les Turcs.

— Des fausses lettres... murmure Charles impassible.

Immobile et comme fasciné par l'œil éteint qui pèse sur lui, Charles poursuit :

— Et... êtes-vous sûr que ces lettres sont arrivées à la connaissance du Sultan ?

— Cela ne fait aucun doute, Majesté. Le Sultan envoya aussitôt un convoi de trois galères transportant son drogman Yunus Bey au Sénat de Venise pour exiger réparation. Lorsque ce convoi se présenta dans le canal de Corfou, le capitaine des garde-côtes Gradenigo, un Vénitien gagné à notre parti, les prit en chasse au moyen de quatre bâtiments. Les marins turcs s'allèrent échouer sur la côte voisine dont les habitants à demi-sauvages les pillèrent, les maltraitèrent et les firent prisonniers plutôt que de les secourir. Sur ces entrefaites, j'accourus, m'emparai des galères échouées et les emmenai.

— Beau coup, Capitaine, fait Charles, comme il le fit devant le château de Tunis, lorsqu'un pan de mur s'écroula sous les tirs de son artillerie. Comment réagit le Sénat de Venise ?

— Orsini, le baile vénitien de Constantinople, accompagnait le Sultan dans sa route vers Valona. Au nom du Grand Seigneur, il demanda à son Sénat la punition de Gradenigo et pressa le Généralissime Pesaro d'envoyer les coupables devant un tribunal militaire. Les Vénitiens firent des excuses à Yunus Bey, libérèrent les prisonniers, mais ne purent rendre les galères. Peut-être est-ce à ce moment que le Sultan prit connaissance de mes lettres, mais peu importe le moment, le Grand Seigneur a pris le courroux.

Doria laisse tomber un silence. Il veut que son maître salue cette première victoire. Mais la seule réponse qui lui vient est le souffle de l'Empereur qui passe, oppressé sur sa lèvre molle.

— Pesaro comprit si bien le danger, poursuit l'amiral, qu'il décida de rassembler ses forces et d'appeler le reste de sa flotte qu'il avait imprudemment laissée à Lesina, en Dalmatie. Il décida de mettre à la voile, mais les vents ne lui étant pas favorables, il dut passer une nuit à l'ancre et c'est pendant cette nuit-là...

La mâchoire qui pend misérablement sur le col de l'habit noir a quelque chose de pathétique qui trouble le narrateur. Il s'arrête une seconde fois, le temps de s'arracher à ce tableau navrant pour reprendre avec l'énergie nécessaire le récit de la bataille :

— Cette nuit-là, l'avant-garde de la flotte vénitienne vit passer devant elle un gros bâtiment qui demandait successivement en italien à plusieurs galères de quelle nation elles étaient. Vénitiens, répondait-on. Quand ce vaisseau passa devant la galère du Provéditeur Contarini, celui-ci l'interrogea à son tour. Mais pour toute réponse, l'inconnu envoya sa bordée. Aussitôt, les galères vénitiennes l'entourèrent, le forcèrent à se rendre et massacrèrent son équipage. Or, il s'agissait non seulement d'une galère turque, mais du vaisseau destiné à accueillir le Sultan. Le lendemain de ce nouvel accident, Pesaro vit foncer sur lui à pleines voiles quatre-vingts galères turques. Il hésita ; il n'en alignait que cinquante-quatre ; il prit le parti de la retraite, mais trop tard. Quatre furent prises par les Turcs, une cinquième se réfugia dans Otrante.

Granvelle, dans son coin d'ombre, n'a pas perdu un mot du récit.

— Voilà une erreur qui nous sert grandement, commente-t-il. Les Vénitiens n'auraient jamais dû diviser leur flotte en deux corps.

— C'est un fait, approuve Doria, dont la prudence est pourtant légendaire, c'était là un excès de prudence. Les Vénitiens eussent-ils aligné leurs cent galères, ils eussent pu accepter le combat ou même ils n'eussent point été attaqués.

— Enfin, conclut Granvelle glissant doucement hors de son trou d'ombre, l'exaspération est montée à son comble entre les deux nations. Le Capitaine Doria y a travaillé, ainsi que ceux que nous avons évoqués, qui, par esprit de cohésion avec la chrétienté, parlent et agissent à Venise conformément aux intérêts de l'Empire. Et dites-nous à présent, Capitaine, comment à Venise on prend cette situation.

LE COMPLOT DE SAN DONATO

– L'on est consterné, Messire de Granvelle. L'on promet moult réparations ; le Sénat a fait mettre aux fers les capitaines dont les Turcs avaient à se plaindre. Au lieu de se laisser apaiser par tant de basse soumission, le Sultan haussa le ton, fit transporter son camp en face de Corfou, rappela ses troupes occupées dans la Pouille pour les jeter sur Corfou. Cinq mille hommes et trente pièces de canon y commencent le siège et l'on a vu à Rhodes avec quelle vigueur les Turcs mènent ces choses-là.

Ainsi, non seulement les Vénitiens sont brouillés avec les Turcs, mais les hostilités font rage entre les deux nations ; sans déclaration de guerre, par une simple succession de coups de sang. C'est plus qu'on n'en espérait. Dans le silence qui suit, Charles se tourne à demi vers son Chancelier entré cette fois dans le demi-jour.

– Ah. Les Turcs attaquent Venise, prononce Charles sans montrer de joie ni d'étonnement. Soyez content, Granvelle. Nous avons réussi. Et maintenant, Capitaine Doria, où en sont nos galères ?

– Bien que devant cette attaque de Corfou, le Sénat vénitien ait enjoint à l'amiral Pesaro de rassembler toutes ses forces et d'aller sur la côte italienne se joindre à mes escadres pour ensemble livrer bataille à l'ennemi, je suis, comme vous le voyez, remonté vers Naples et Gênes. Je n'avais pas d'ordres de Votre Majesté pour venir en aide aux Vénitiens et je les ai laissés seuls face aux Turcs.

– Qu'en dirent vos généraux ? interroge Granvelle un peu inquiet.

– Je suis généralissime, Messire, répond Doria en lui plantant son regard en plein front.

– Le Pape... ? fait Charles.

– Certes, Majesté, Sa Sainteté m'envoya une lettre écrite de sa main m'adjurant de poursuivre la campagne. Cependant, les galères souffrent plus de la mer que les hommes. Elles avaient grand besoin d'être radoubées. Et la saison est trop avancée.

L'œil d'Andrea Doria, en se posant sur le sol de marbre, cloue un point final à cette *relatio*.

Cependant, l'Empereur et son Conseiller réfléchissaient. Tout était allé très vite. Certes, le moment était idéal pour lancer une offensive conjointe contre la flotte turque : les cent galères de Venise ajoutées aux escadres un peu disparates commandées par Andrea Doria constituaient une force suffisante pour affronter la flotte du Sultan commandée par Barberousse nommé récemment Kaptan Pacha. Doria avait rompu le combat, laissant les Vénitiens devant les

Turcs. Le Pape doit être furieux. Et la nécessité invoquée par l'amiral génois était un excellent prétexte pour laisser les Vénitiens seuls devant les Turcs.

— Ils saigneront, murmure l'Empereur.

— Ils saigneront, Votre Majesté, approuve Doria en plissant le nez.

Cette pensée, en s'introduisant dans le cerveau de l'Empereur, l'a fait tressaillir. Et la voilà qui monte, gonfle, envahit, déborde. Naples et la Sicile lui sont échus en héritage ; mais il a conquis Milan à Pavie sur les prétentions de ce damné François ; il a ployé le Saint Siège à ses volontés ; il a maté Florence dans un bain de sang ; il a vu les roitelets des petites principautés italiennes se jeter tremblants à ses pieds ; il est entré à Tunis entre deux remparts de cadavres. Reste Venise. Venise avec son insolente richesse qu'elle étale, son luxe tapageur et son arrogance ; Venise sans morale, sans pudeur, république de marchands, de lucre et de luxure ; Venise la suspecte, la menteuse, avec ses sourires trompeurs, hypocrite. Ne donne-t-elle pas refuge aux Strozzi, qui viennent de tenter un coup de force sur Florence après l'assassinat d'Alexandre de Médicis ? Traîtresse, fourbe, impie. Ne vient-elle pas de publier l'Alcoran en arabique, dans l'une de ses cent imprimeries ? Sodomite, repaire de prostituées, de vices et de jeux ; hérétique. Ne refuse-t-elle pas d'instaurer les tribunaux de la Sainte Inquisition. ? Venise, cheval de Troie de Satan en terre chrétienne, Venise, seul État d'Italie à oser lui résister !

— Je la réduirai ! s'écrie l'Empereur dans une explosion soudaine. Et ils saigneront ! Ils saigneront à mort !

Son regard s'était chargé d'un éclat étrange, une sorte de lueur fiévreuse comme celles qu'exhalent certains pénitents tourmentés par la chair. Granvelle s'était approché encore, glacial, le sourcil haut.

— Saignons-les, Votre Majesté, répète le Chancelier comme on reprend un refrain. Mais pas à mort. Ne laissons pas nos galères affronter seules les Turcs, car nous saignerions à notre tour. Rappelons-nous que nous aurons besoin de l'aide des Vénitiens le jour où nous devrons répondre aux inquiétudes du Pape ou simplement défendre nos mers et nos côtes.

Le flux étrange s'était lentement retiré des yeux de Charles. Lentement, le regard atone reprend possession de son visage gris. Dans le silence des grandes salles de marbre, Charles reprend sa majesté d'Empereur. Il toise l'amiral resté debout, immobile et inexpressif, à quelques pas de lui.

– Capitaine Doria, dans le futur commandement de nos flottes alliées, vous veillerez à engager le combat de telle sorte que la flotte vénitienne subisse le choc, vous laissant toute possibilité soit de vaincre sans combattre vous-même, soit de vous dégager à temps d'un combat qui ne tournerait pas à votre avantage. Telles sont mes instructions.

L'homme à l'œil de plomb fait un pas en arrière, salue profondément avant de disparaître en silence dans la pénombre.

Et le silence se prolonge. La face crispée de l'empereur dissuade Granvelle d'interrompre la méditation de son maître. Au bout d'un temps, cependant, monte un murmure râpeux :

– Mais j'y pense, Granvelle... Puisque nous voilà réconciliés, dites-vous, avec le Roi mon beau-frère, n'est-ce pas le moment de lui montrer que Marseille, aussi bien que Gênes et Barcelone, souffrent de la concurrence de Venise ? François pourrait être intéressé de savoir que je suis prêt à concéder quelques-uns de mes ports d'Afrique du nord à Barberousse en échange d'un peu d'aide pour écraser cette république... Il pourrait même m'aider à convaincre son ami Turc, ne croyez-vous pas ?

## Septembre 1537, Chambord.

Ce matin dès l'aube, la forêt de Chambord a retenti de hennissements, de galops de chevaux, d'appels de trompe, d'aboiements de chiens. Le Roi François avait choisi ce magnifique domaine forestier de trois mille arpents situé à quelques lieues de Blois pour y pratiquer la chasse à courre. Il avait élevé au niveau d'un art cette manière de traquer le gibier rapide. Cet art, comme toute chose, il en avait communiqué le goût à toute la noblesse française et le pratiquait quant à lui plus volontiers en compagnie des dames de sa cour. Aussi fit-il raser l'ancien donjon, par trop lugubre pour servir de refuge à ses diverses chasses, et décida-t-il de le remplacer par un autre.

Mais quel autre ! Le vainqueur de Marignan avait ramené d'Italie les rêves les plus grandioses, les connaissances les plus anciennes : Pline, Frontin, Vitruve. Il avait admiré les œuvres de Bramante, de Michel-Ange et emmené dans sa suite Léonard de Vinci. Le donjon de Chambord ne pouvait être qu'un rêve d'architecte, une construction métaphysique, une géométrie cérébrale, savante, basée sur l'harmonie générale observée par Vitruve et dessinée par Vinci. Rien ne serait trop fastueux pour réaliser ce rêve à la gloire du plus beau royaume d'Europe et exalter l'éclat de son jeune souverain.

– Pour faire les douves, nous détournerons le cours de la Loire, mon bien-aimé maître, disait François dans un élan d'enthousiasme.

Leonardo approuvait. Détourner la Loire, pourquoi pas ? Bien d'autres projets pharaoniques sortaient quotidiennement de son imagination. Il remplissait le manoir du Cloux de dessins de machines autrement audacieuses. Après tout, la Loire ne coulait qu'à une lieue de là.

Léonard conçut la machine, mais ne la vit jamais fonctionner, celle-là pas plus qu'aucune autre. Ses songes s'éteignirent doucement un soir de mai 1519, entre les bras du plus puissant et du plus affectionné de ses protecteurs. La construction du château commença peu après, et l'on préféra détourner le Cosson, petite rivière modeste et paresseuse.

Mais Chambord était sorti de terre, miroir exact du temps et de ses maîtres : rigueur du plan carré, donjon des chevaliers, croix latine, basilique chrétienne, mais dont l'autel, à la croisée des transepts, concrétise dans la pierre l'un des plans du maître : l'escalier à double hélice, s'élevant vers un clocheton de lumière. Et cette géométrie, produit de l'humanisme, de l'équilibre et de la mesure, se termine en une folie de terrasses surplombées de cheminées, clochetons, pignons, lucarnes, toitures pentues hérissées de tourelles, mosaïques de pierre et d'ardoise, forêt minérale dominée par le lys de France.

En cette fin de l'été 1537, les tailleurs de pierre et les maçons travaillent encore. De l'autre côté de la bâtisse, un valet de chasse est entré au galop dans la cour, annonçant l'arrivée imminente du Roi et de sa suite. Aussitôt, sortant des appartements, une foule de dames en robes empesées, larges manches à crevés et coiffes légères, de gentilshommes en bas clairs et chausses de velours, se répandent dans les galeries, se penchent aux balustrades de pierre, se rassemblent aux pieds du donjon et s'alignent dans sa vaste entrée. Une trompe lointaine annonce l'approche du Roi. La cavalcade apparaît à l'orée du bois, s'approche au petit trot, des dizaines de penons, de plumes et d'écharpes flottant au vent de la plaine. Magnifique et animée, la troupe pénètre dans l'espace des tours, y crée une effervescence de piétinements, de foule, de cris joyeux et d'acclamations.

Le Roi, en pourpoint bleu et or et bonnet à panache blanc, est entouré de dames en tenues d'amazone, bottées sous d'amples jupes, coiffées de petits chapeaux auxquels sont attachés plumets espiègles ou voiles élégamment drapés autour de leur col. Les palefreniers se précipitent, on met pied à terre, quelques gentilshommes s'empressent autour des dames, Madame de Rohan-Gyé, comtesse de Tonnerre, glisse à bas de sa monture, accueillie par la main du Roi. La chevauchée leur a mis du rose aux joues, l'excitation de la chasse efface les préséances. Quand arrivent d'autres servants de chasse, deux chevreuils et un sanglier accrochés à des perches, les vivats des assistants font monter encore le tumulte ambiant.

Sans s'attarder davantage, François, présentant le bras à la comtesse, se dirige d'un pas décidé vers l'entrée du château. Il salue avec grâce les rangs des courtisans qui se courbent sur son passage, et sa voix aimable ici module un nom, là adresse une parole plaisante. Sous les voûtes blanches dominées de salamandres, se mêlent les sobres et élégantes tenues de chasse et les fastueuses toilettes de cour rehaussées de sautoirs de perles, de colliers d'or et de pierreries.

Une nuée de valets en livrée s'affairent en bordure de cette foule. Les uns apportent des serviettes et des bassins d'eau fraîche où les chasseurs peuvent tremper leurs mains, certains hommes n'hésitant pas à s'y laver le visage ; d'autres présentent des coupes de boissons puisées aux rafraîchissoirs ; d'autres enfin s'affairent autour de l'immense table couverte de fleurs dressée dans l'aile opposée du donjon.

François a porté à ses lèvres la main de sa compagne, lui glissant un mot à l'oreille, puis s'est tourné vers une très jeune femme toute rose dans sa robe de cour rose, le voile blanc de sa coiffe ne cachant qu'à demi le rose intense de ses joues.

— Madame de Montfrault, j'ai pensé vous voir auprès de la Duchesse d'Étampes...

— Oh Sire, dit la jeune femme en passant du rose au coquelicot, mon mari m'a enjoint ce jour-là de l'accompagner auprès d'une parente en train de se mourir.

— Ah ! Madame de Longeville ! s'écrie François. Foi de gentilhomme ! La voilà mourante depuis bientôt deux ans.

Puis, se tournant vers le camail violet d'un évêque qui assistait à l'échange :

— Monseigneur, voyez les effets des saintes huiles : Madame de Longeville revit chaque fois qu'elle reçoit les derniers sacrements. Longue vie à Madame de Longeville !

Et, abandonnant l'ingrate à sa confusion, le Roi s'empare familièrement du bras de l'évêque pour l'entraîner vers l'escalier central.

— Ah ! Messire Pellicier, les femmes sont surprenantes : celle-ci me promet tout depuis deux mois.

— Il ne faut point brusquer les pudeurs de cette enfant, Majesté, répond l'ecclésiastique. Je veux parler de la châtelaine de Montfrault, qui tôt ou tard sera émue de la constance de vos regards sur elle. Les femmes, lorsqu'elles sont jeunes, sont imprégnées de poésie, de ce qu'on leur dit de la religion, du sens du devoir... Sans cela, je crois qu'elles ne se laisseraient jamais marier. Très jeunes, elles croient avoir le temps pour elles. Un jour, elles sentent que le temps passe, ou qu'on leur a menti. Alors, elles commencent par hésiter, puis...

Devisant ainsi, le Roi et l'évêque montaient les marches, croisés par quelques seigneurs et dames qui s'effaçaient sur leur passage. Ils jouissaient du spectacle singulier des allées et venues de beaux personnages évoluant dans l'escalier parallèle et dont ils n'apercevaient le défilé chatoyant que par intermittence entre les fenêtres de la maçonnerie.

— Foi de gentilhomme, s'écrie François en riant, voilà un propos surprenant dans la bouche d'un homme d'église, Monseigneur ! Confessez-vous le beau sexe ?

— Eh... D'une certaine manière, Sire, et à ma façon.

— Notez que je suis patient, Monseigneur. Tout chasseur sait guetter les signes d'hésitation, l'instant de faiblesse à partir duquel la biche renonce à se défendre. Savez-vous qu'il existe plus d'une ressemblance entre la quête amoureuse et celle du chasseur ?

L'évêque se lance à son tour dans un développement aussi savant que fantaisiste. Cette conversation est un jeu qui les amuse jusqu'à l'étage.

— Sire, conclut l'ecclésiastique avec un fin sourire, j'ai lu comme vous l'*Ars amandi* d'Ovide, mais je connais par cœur mon Pline et son *De natura rerum*.

Il s'attendait à ce que, sur ce mot, le Roi prenne congé pour entrer se rafraîchir dans ses appartements. Mais au lieu de cela, aussitôt que les deux valets de faction sur le seuil en ont ouvert la porte, François entraîne son compagnon dans la chambre et, toujours riant, le conduit vers une fenêtre, tend le doigt vers un carreau griffé.

– Tenez, Messire Pellicier. J'avais vingt ans, lorsque, faute de pouvoir le graver dans le marbre, je gravai ceci de mon diamant.

L'évêque s'approche. Le jour module ses reflets ondoyants à travers le verre irrégulier mais un scintillement précis révèle le trait ferme de l'inscription que l'on peut lire :

Souvent femme varie

Bien fol est qui s'y fie

Plantant là son compagnon, le Roi se confie aussitôt aux mains de ses valets de chambre qui le déshabillent et le frictionnent des sueurs de l'effort physique. Pudiquement, l'évêque demeure tourné vers le distique et se met à rêvasser.

Guillaume Pellicier, né près de Montpellier dans une noblesse de robe, n'avait que huit ans lorsqu'il se trouva orphelin. Il en a aujourd'hui quarante-sept, quatre de plus que le Roi, et s'émerveille d'être propulsé dans la chambre même du maître de la France. Il a une pensée religieuse pour son oncle, l'évêque de Maguelonne, qui le recueillit dans son cloître mais l'envoya très tôt dans les meilleures écoles, et les universités de France et d'Italie. Il est vrai qu'il avait été un enfant curieux, vif, passionné, qu'il avait appris le latin comme s'il n'avait qu'à s'en souvenir, avait absorbé le grec, puis dévoré l'hébreu et le syriaque. Dans la république européenne des lettrés, l'on savait que son érudition était immense. Habile à restituer les textes anciens dans leur élégance, à comprendre l'Antiquité, il s'était aussi enthousiasmé pour les sciences naturelles et Pline était devenu son domaine. Ses commentaires de *De natura rerum* étaient recherchés.

Par bonheur, jamais il ne connut le besoin : avec un oncle évêque, il put jouir très tôt de quelques bénéfices ecclésiastiques qui avaient servi à satisfaire son goût pour l'étude ; bientôt il fut nommé chanoine de Maguelonne, et reçut les ordres sacrés pour pouvoir succéder à son oncle prêt à se démettre en sa faveur. Cependant, Guillaume refusa que son bienfaiteur renonçât à son autorité épiscopale avant de mourir. Il avait autant de cœur que d'esprit. Le charme de ses manières, l'agrément de sa conversation, sa bonté naturelle lui avaient acquis bien des amis, notamment dans le monde des lettrés italiens.

Prélat, homme du monde et surtout savant, Guillaume Pellicier ne pouvait manquer d'être remarqué par la sœur du Roi, la sémillante Marguerite d'Angoulême. Or, présenté par Marguerite, tout homme devenait pour le Roi un ami. Érudit de surcroît, il devenait son protégé, son conseiller, son ambassadeur. François lui confia des missions, lui accorda ses entrées à la cour. Qu'il l'ait invité aujourd'hui à son déjeuner de chasse n'avait rien d'exceptionnel.

Un silence relatif après le froissement de la soie annonçait que l'habillage du Roi allait bon train. Les pourpoints à la mode possèdent des séries irritantes de boutons. Soudain, l'évêque est tiré de sa rêverie par la voix allègre du souverain :

— Messire Pellicier, que diriez-vous d'être mon ambassadeur à Venise ?

Sans préambule, comme d'habitude. Il faut répondre sans hésitation, tout en avançant une main prudente :

— Majesté, ce serait pour moi un grand honneur... que vous ôteriez à Messire d'Armagnac, évêque de Rodez.

— Voilà qui est fait, Messire Pellicier, rétorque François sur le ton plaisant. J'ai d'autres projets pour Messire d'Armagnac. Vous irez donc à Venise. Mais pas tout de suite. Vous passerez d'abord à Rome.

— A Rome. Bien volontiers.

— D'autant plus volontiers, Monseigneur, que vous obtiendrez à Rome le contreseing du transfert de votre évêché de Maguelonne à Montpellier. Je n'ai pas oublié de quelle façon vous avez obtenu de moi cette faveur.

— Je l'ai obtenue grâce à votre sagesse et à votre générosité.

— Certes. Mais en me faisant passer sous des arcs qui menaçaient de s'écrouler et m'offrant le gîte dans des chambres insalubres.

— Eh... C'est que ma requête était pertinente, Sire. Maguelonne tombe en ruines depuis Charles Martel.

— C'est pourquoi je vous ai donné satisfaction. Mais il nous faut l'assentiment du Pape. Vous l'obtiendrez. Ce sera le but avoué de votre séjour. Vous irez en même temps vous faire connaître à la Curie, et surtout vous faire une idée exacte de l'air qu'on y respire. Vous me comprenez. On ne respire pas la même chose à Venise, n'est-ce pas ? Vous vous instruirez donc. Quant à Venise...

Les valets quittaient la pièce à reculons. Le Roi avait dû leur faire signe de s'éclipser et François apparaît soudain devant Pellicier tout vêtu de blanc, arborant un somptueux pourpoint de satin brodé d'argent et semé de perles. Tout en ajustant ses bagues, le Roi se met à parler vite et à mi-voix :

— C'est la guerre entre Venise et les Turcs. Voilà qui nous arrange à merveille. Depuis que nous avons signé les capitulations de commerce avec la Porte, nous sommes au mieux avec le Sultan. Nous allons pouvoir offrir nos loyaux services aux belligérants et surtout attirer Venise dans notre alliance. Vous savez combien la neutralité des Vénitiens nous irrite. Il ne faut pas les laisser tomber dans l'alliance de Charles.

— Majesté, ils en prennent le chemin, répond Pellicier sur le même ton. Déjà leur flotte a fait mouvement vers les côtes d'Italie, où se trouvait Andrea Doria.

— Certes, mais vous avez vu que Doria leur a tourné le dos. Et il le fera toujours, dans sa haine tenace pour Venise. Croyez-moi, Monseigneur : si jamais le Pape parvient à former une flotte conjointe pour faire sa croisade, ce ne seront pas les galères de Doria qui se mettront en danger.

— Ce qui revient à dire que, quoi qu'ils fassent, les Vénitiens seront vaincus...

— Et que dans une négociation de paix, les Vénitiens seront toujours dans de mauvaises conditions. Et c'est là que nous intervenons en sauveurs. Plus ils seront aux abois, plus ils s'ouvriront à notre alliance. Voici votre mission, Messire Pellicier : multiplier les informateurs dans tous les organes de l'État vénitien, de manière à ce que nous puissions transmettre à nos amis Turcs l'image exacte et détaillée de leurs délibérations au Sénat et au Conseil des Dix. Notez soigneusement que les Vénitiens sont gens compliqués et secrets ; et gravez dans votre esprit que les avis de ces deux assemblées ne convergent pas toujours.

François fait une brève pause pour souligner sa dernière phrase avant de poursuivre :

— Messire de Rodez a déjà fait tomber dans notre escarcelle Cesare Fregoso, chassé de Gênes par Andrea Doria et devenu condottiere au service de leur Sérénissime ; nous comptons aussi sur le protonotaire apostolique Gian Francesco Valier ainsi que sur Roberto Strozzi le Jeune, retourné à Venise depuis qu'il a échoué à s'emparer du pouvoir à Florence. Vous en trouverez d'autres chez notre ami l'Arétin, pour qui j'ai fait la dépense d'un collier d'or. Allez, Monseigneur. Notre cause est entre vos mains.

Mais Guillaume Pellicier, qui pense aussi vite que le Roi, s'oblige à plus de prudence :

— J'entends votre stratégie, Sire, et j'y travaillerai. Mais ne peut-on craindre que Venise refuse de faire cette paix à tout prix que vous envisagez ?

— Ils la voudront, Messire Pellicier. Ils la voudront pour reprendre leur commerce, répond le Roi avec le même sourire qu'il a lorsqu'il découvre les sentes secrètes du cerf.

L'évêque observe le Roi dont l'œil étincelle et se dit en cet instant qu'accompagner François à la chasse doit être aussi instructif que de l'entendre dévoiler sa politique devant une fenêtre où est gravé un distique dévoilant son âme.

— Vous nous aurez bien servis, Monseigneur, quand nous pourrons dire aux Turcs que Venise est prête à tout pour poursuivre le commerce.

Guillaume Pellicier acquiesce. Il a compris. François peut changer de ton. Il hausse la voix, se fait tout soudain enjoué :

— Voilà qui devrait vous plaire, Messire évêque. Le chasseur que je suis prendrait plaisir à occire la bête ainsi acculée. Vous, qui êtes naturaliste, vous me l'amènerez vivante... et soumise !

Sur ce, François laisse éclater un rire joyeux auquel se joint l'évêque avec un mélange de politesse et d'admiration. Pour ce qui était de lui-même, une belle perspective s'ouvrait. Infiniment plus belle encore qu'il ne l'imagine, car François poursuit, emporté cette fois par l'enthousiasme :

— Et ce n'est pas tout, Messire Pellicier : à Rome comme à Venise, vous aurez soin de pourvoir ma bibliothèque de Fontainebleau en manuscrits anciens. Messire de Rodez, votre prédécesseur, m'a parlé d'un parent du regretté Janus Lascaris, qui travailla aussi pour moi. Il s'agirait d'un gentilhomme de Corfou appelé Antoine Éparque et qui posséderait un fonds important de manuscrits grecs. Voyez comme la guerre à Corfou nous sert bien : les Turcs sont-ils vainqueurs ? Antoine Rincon, notre ambassadeur auprès de la Porte, saura persuader notre ami Suleyman d'épargner notre savant ainsi que ses trésors ; Venise parvient-elle à repousser l'envahisseur ? Ce sera vous qui protégerez l'homme et volerez au secours de son infortune.

— Sire, vous ajoutez un immense bonheur à l'honneur que vous me faites.

— Messire l'Ambassadeur, je veux faire en sorte que notre Royaume de France soit l'un des hauts lieux de l'Humanisme. Tandis que l'or afflue en Espagne, je veux que les arts et les lettres affluent vers nous ; que l'on nous envie notre Collège des Lecteurs Royaux, que l'on bée d'admiration devant nos châteaux à la mode italienne et que notre bibliothèque soit la plus riche du monde. Entendez-vous avec Messire Guillaume Budé pour récolter les manuscrits grecs qui nous manquent. On en fait à Venise des copies magnifiques. Vous avez pleins pouvoirs et ne manquerez jamais de numéraire. Allons, mon ami, je compte sur vous. Vous vous mettrez dès demain en rapport avec ma chancellerie pour régler les détails pratiques de votre mission. Et à présent, descendons : quand on a traqué le chevreuil, on a une faim de loup !

La joyeuse humeur du Roi était belle à voir. Guillaume Pellicier en est charmé et s'empresse de précéder François pour lui ouvrir la porte vers laquelle il se dirigeait tout en parlant. Le brouhaha des conversations montait depuis les salles basses. Ils replongeaient dans l'ambiance de la fête. A nouveau, François saisit le bras du prélat pour l'obliger à descendre les degrés à sa hauteur afin de poursuivre la conversation :

— Je suis particulièrement intéressé en ce moment par les historiens anciens. Trouvez-moi Hérodote, Xénophon, Diodore, Elien, Polybe, Plutarque, Philostrate... Mais aussi les philosophes : Aristote, Platon, Théophraste...

— Pensez aussi aux géographes, Sire : Strabon, Ptolémée... aux auteurs de sciences naturelles : Hippocrate, Galien... aux mathématiciens... aux théologiens...

Sur les pas des deux hommes, c'était toute la pensée de l'Antiquité et les merveilles de la future Bibliothèque Nationale de France qui descendaient majestueusement les degrés du grand escalier central de Chambord.

# 3
## 1534-1537, Venise.
## Les frères Cavazza

À Venise, le « triumvirat » Titien, Sansovino, Pietro L'Aretino menait toujours la danse. Le peintre était sollicité de partout et l'on voyait défiler dans son atelier les secrétaires et chargés d'affaires des grandes cours d'Italie et d'Europe. Devant cet afflux de travail, la fresque de la salle du Grand Conseil était en suspens. Mais, quoi que pussent grogner les patriciens réduits depuis plus de vingt ans à contempler des fragments et des toiles, le Doge Gritti n'était pas mécontent d'exporter au loin les talents que sécrétait sa lagune. Et pendant que Sansovino dessinait ses Procuraties, traçait des plans d'escaliers de marbre, imaginait les divinités protectrices de la ville et méditait de faire sortir de son ciseau Mars et Neptune descendant de l'Olympe jusque dans la cour du palais des Doges, l'écrivain taillait sa plume pour glorifier les arts et les puissants qui en sont les mécènes.

L'Arétin : le personnage était incontournable. On pouvait d'ailleurs se demander si l'Arétin avait choisi Venise ou si c'était Venise qui avait choisi de s'offrir l'Arétin. Car l'homme, comme la ville, traînait une réputation d'indépendance d'esprit, de liberté de mœurs, d'incroyable effronterie.

Né à Arezzo, il était passé par Rome et Mantoue où il avait émoussé la patience des autorités par ses mœurs libertines autant que par ses écrits satiriques. Mais en Italie, où les artistes ont droit à l'insolence, il avait conquis le monde par le talent de sa plume. Il flattait démesurément, obtenait des pensions des puissants, mettait sa verve au service de celui qui fournissait sa table en venaisons, vins, fruits, ou sa personne en robes de soie ou en bonnets pour la mauvaise saison. Ses amis et protecteurs étaient le Doge de Venise, Côme de Médicis, Duc de Florence, le Duc d'Urbino, le Marquis del

Vasto, vice-Roi de Naples. Charles Quint et François 1er feront auprès de lui assaut de générosité, une autre façon pour eux de rivaliser. En un mot, il vivait de ses louanges : il était l'inventeur de la chronique mondaine et de la publicité.

Dans son entourage et sa maison, il appliquait sa philosophie de la liberté et de l'hédonisme. Le palais Bolani, qu'il louait en face des *pescherie* sur le Grand Canal, résonnait d'une fête permanente. On y entretenait le goût du faste et de l'insouciance. La seule obligation était de donner valablement la réplique à l'esprit caustique et toujours en éveil du maître des lieux. Pour faire partie de sa cour, il fallait être élu par le *Divino*, c'est-à-dire posséder du talent, être léger, beau, frivole, intelligent, impertinent, avoir l'esprit et la langue agiles. L'entourage de l'écrivain avait cette ressemblance avec la cour de France. Les diplomates, les artistes, les hommes de cour qu'on rencontrait chez l'Arétin étaient souvent passés par Amboise, Blois, Fontainebleau, et, dès qu'ils étaient à Venise, ils se retrouvaient naturellement à la *casa Aretina*. Ici, on appréciait les mêmes artistes, on rédigeait les mêmes épigrammes, on aimait pareillement les jolies femmes, on entendait le parler de France, de Milan, de Florence autant que celui de Venise ; à défaut, on se comprenait en latin, les érudits citaient du Grec. En aucun autre endroit de la ville, l'amitié franco-italienne n'était plus visible.

Toutefois, bien qu'attirant autour de lui tous ceux qui étaient prêts à se battre contre les Habsbourg, pour François dans le but de récupérer le Milanais et main dans la main avec les Turcs, l'Aretino se gardait bien de parler de politique dans la ville qui l'avait accueilli et qui restait si divisée sur son avenir. En parfait mercenaire, il observait les mouvements du temps, commentait en prenant toujours le parti de la grandeur, ce qui lui donnait raison en toute circonstance, ne craignait ni le paradoxe ni la démesure.

Il s'entourait aussi de femmes. De jolies femmes, mi-servantes, mi-maîtresses, tenaient sa maison. On les appelait les Arétines. Elles ne recevaient pas moins d'affection que les dames de la noblesse qui se faisaient servir par elles. Car l'Aretino, qui flattait les grands pour de l'argent, traitait ses amis par générosité et pour le plaisir.

Ce soir, comme beaucoup d'autres soirs, Pietro l'Aretino tient table ouverte. Ses familiers sont venus prendre possession du *portego* où est dressé le buffet. Mais au lieu de circuler ou de s'installer comme d'habitude où bon leur semble, ils font cercle autour du maître des lieux, tous les regards convergeant vers le poitrail du *divino,* où les frisures soignées de sa longue barbe sont magnifiées par les volutes compliquées d'une chaîne d'or.

– La Chaîne d'or ! Le *Maestro* l'a finalement reçue, sa chaîne d'or !

Le Roi de France venait donc enfin de mettre à exécution sa promesse d'un collier d'or de cinq livres. Certes, l'écrivain avait dû beaucoup insister et il avait aussi beaucoup attendu.

– Tous les artistes sont réduits à cette triste obligation, disait Titien, mais ils s'en cachent. Toi, tu le proclames à son de cloche et ce sont les autres qui se sentent coupables.

Quoi qu'il en soit, le collier était arrivé et répondait avec esprit à la malice de l'écrivain. Car François, connaissant son homme de réputation, avait eu l'idée de faire façonner les mailles du collier en forme de langues retorses et l'une d'elles, plus lourde et plus directe, portait la devise latine : *Lingua ejus loquetur mendacium* – Sa langue énoncera le mensonge.

– Somptueux ! s'écrie une voix de femme. Et qu'est-il donc inscrit sur cette plaque, *Maestro* ?

– *Lingua ejus loquetur judicium,* Comtesse : sa langue énoncera la raison.

– En êtes-vous bien sûr, mon ami ? objecte Sansovino avec une gracieuse malice.

– Pardieu ! Mentirais-je ? Le mensonge se promène dans ma bouche comme la vérité dans celle du clergé ! Et ferai-je un mensonge, si je dis que Sa Majesté me promit ce collier il y a trois ans ? Mais puisque le voilà, il ne faut plus douter de la venue du Messie des Juifs.

Pendant que roulaient les mots d'esprit et les rires, et que toute l'attention était portée sur le collier d'or, on n'avait pas vu entrer un homme encore jeune, la trentaine, yeux clairs, pétillants, cheveux châtain taillés court, élégant, vêtu à la dernière mode d'un pourpoint à manches à crevés de couleur vive, et qui, avec un naturel parfait, s'était mêlé aux mouvements et aux ovations de l'assemblée.

Pietro Aretino, saturé de contempler son collier, lève les yeux, aperçoit le nouveau venu :

– Mais que vois-je ? Jeune et sémillant Costantino, venez embrasser celui qui a trouvé justice auprès d'un prince de la terre ! Approchez, enfant terrible…

Les convives s'écartent, font une place à Costantino, lui font la fête. C'est la coutume, chez l'Arétin, d'accueillir cet habitué par des acclamations. Il est de ceux qui font rire, et voilà plusieurs semaines que, pour être allé en Piémont assister au baptême de son neveu, il n'a paru à la table du *divino*.

— D'où viens-tu, enfant prodigue ? On ne te voit plus au Palais ! s'écrie Titien.

— Eh, *Maestro Tiziano,* cela fait si longtemps qu'on ne vous y voit plus vous-même, que la *Signoria* vous soupçonne d'avoir fui aux Amériques.

Chacun sait que Titien a été invité à Madrid par Charles Quint, mais que la *Signoria* a refusé de le laisser partir, tant qu'il n'a pas achevé la fresque de la bataille de Spolète dans la salle du Grand Conseil. On comprend ces messieurs de la *Signoria* : la fresque avait été commandée en 1513. Toutefois, on ne sait quelle plainte exhala cette fois l'artiste pour que l'ambassadeur de Charles affirme dans une lettre que le peintre était trop inspiré par sa ville dont il est trop amoureux pour pouvoir impunément la quitter. Titien donne sa version personnelle :

— Ce serait dommage pour son Excellence Francesco Maria d'Urbino, qui est un homme de goût et opulent, qui s'entoure de belles femmes dont, tôt ou tard, il me réclamera les portraits après quelques œuvres religieuses pour se faire pardonner les païennes.

Costantino, dûment extasié devant la chaîne d'or de l'écrivain, affirme que l'image du *divino* mérite de passer telle quelle à la postérité.

— Tu me donnes une idée, dit l'Aretino. Titien, il faudra que tu refasses un portrait de moi. Un portrait en gloire, comme toi seul sais les faire, avec mon manteau de cour en soie de Perse et le collier d'or du Roi très-Chrétien. Ah ! J'ai bien fait d'attendre. Sa Majesté est pour le monde ce que Dieu est pour l'univers : vers lui doivent se tourner les gens de mérite dévorés par le besoin, mais ses dons arrivent si tard qu'ils font à leurs bénéficiaires l'effet de la nourriture au malheureux que trois jours sans manger ont épuisé de jeûne et qui succombe, ou presque, rien qu'à respirer l'odeur de ce qu'il ne peut plus avaler.

— Vous allez me faire pleurer, *Maestro,* gémit Leonardo Parpaglioni, jeune poète aux boucles brunes qui fait mine de s'effondrer sur l'épaule du *divino* comme Saint Jean sur celle du Christ dans certaines représentations de la Cène. Tenez, voici des cailles dans la position de Chriseis recevant Polyenos, *Modo* numéro 11, que vous envoie Son Éminence *Monsignor* Valier. Il les a spécialement sacrifiées pour vous en allant hier visiter ses poulaillers dans sa propriété de San Donato à Murano. Cela vous remettra d'aplomb.

— Ah, beau pâtre grec, si je reçois de tes mains cette eucharistie consacrée par *Monsignor* Valier, chanoine de San Donato, mon âme n'a plus qu'à se préparer à entrer au paradis.

De l'autre côté de la table, Caterina Sandelli présidait au service. Cette belle Arétine blonde au sourire éclatant et à l'œil malicieux déteste les poses alanguies du jeune éphèbe. Parmi ses *modi*, il ne devait pas toujours choisir le tête-à-tête. Caterina déteste tout ce qui détourne d'elle certains regards du maître et elle a bien l'intention de redresser les choses à son avantage en déclarant sans passion :

— *Maestro*, depuis que vous avez écrit vos fameux sonnets luxurieux qui vous ont valu les foudres du Saint Siège, tous les béjaunes de Venise qui jettent leur gourme rivalisent d'audace et de sottise. Là où vous avez inventé en vous amusant, les autres vous imitent avec labeur et c'est à vous que l'on attribuera un jour *la puttana errante*, ou le *Trente-et-un de la Zafetta* d'Antonio Venier, ou d'autres vers pires encore. Il faudrait que vous mettiez votre talent au service d'un genre nouveau qui fasse plaisir aux femmes.

— Mais, belle Caterina, répond l'Arétin sans la moindre ironie, aurais-je écrit les *sonetti lussuriosi* si je refusais aux femmes les plaisirs de l'amour ?

— Oh ! Qui vous parle de nous refuser le droit aux plaisirs de l'amour ? Surtout, parlez-nous d'amour, *Maestro* ! Rien d'autre n'intéresse notre siècle !

Une vague d'approbation salue cette déclaration exaltée de la Comtesse Pallavicina. Leonardo Parpaglioni n'est déjà plus au centre de l'attention, ni même Caterina Sandelli. Il faut être excessif pour être entendu et la belle *contessa* s'enflamme de plus belle :

— Votre ami Pietro Bembo vient de publier une version remaniée de ses *Asolani*. J'adore ces dialogues situés dans la charmante ville d'Asolo, dans la cour raffinée de la Reine Catherine de Chypre, où l'on devise de l'amour, amour humain, amour platonique, amour divin...

— Un thème ancien, Contessa, dit Titien. Jadis, j'en ai même fait un tableau...

— Eh bien, *Contessa*, que ne ferait-on pour vous satisfaire, reprend l'écrivain. Figurez-vous que je travaille à un dialogue qui met en scène, non pas trois formes de l'amour, mais les trois états de la femme. Je ne me situe pas à la cour infiniment délicate d'Asolo, mais à Rome, sous un figuier.

— Holà ! C'est beaucoup moins noble, mon ami, et je t'entends venir, intervient gentiment Sansovino. Tu vas me retourner Gli *Asolani* comme un gant, provoquer l'ire des personnes pieuses et sages, et en dépit de cela, Pietro Bembo voudra rester ton ami ; on se demandera bien pourquoi.

Le *divino* part de son grand éclat de rire qui le fait se jeter en arrière.

— Mon ami Bembo est comme tout le monde, Jacopo, il adore lire ce qu'il n'ose pas écrire, en quoi sa nature est bonne. En effet, dans mon ouvrage, nous ne sommes pas parmi les gens de cour, mais en présence de l'Antonia et de la Nanna, respectivement entremetteuse et *puttana* sur le retour.

Des éclats de voix et des rires saluent cette annonce. L'esprit de satire s'empare à nouveau des convives. Pietro Bembo a peut-être dépoussiéré ses *Asolani,* mais Pietro Aretino s'apprête à en faire l'image inversée, à montrer l'autre visage du monde. Quel jeu ! Ce sera passionnant.

— Et quels sont ces trois états de la femme ? interroge Costantino. Moi, je ne la conçois que belle, gracieuse, avenante et uniquement préoccupée de plaire.

Disant cela, il croise, le temps d'un éclair, le regard de la *contessa* qui semble soudain s'apercevoir de la présence du jeune homme.

— Je suis d'accord avec Costantino ! clame-t-elle à pleine voix.

— *Contessa*, la Nanna possède une fille de seize ans à caser. Sans doute votre connaissance du monde n'envisagera pour elle que deux états possibles : religieuse, elle vous permettra d'épargner les trois quarts d'une dot, mais ne fera pas une sainte de plus au calendrier car elle trahira ses vœux. Mariée, elle assassinera le sacrement du mariage. Or, il existe une troisième voie à laquelle devraient penser les gens de bon sens ; celle où la femme ne trahit ni monastère ni mari, celle où elle se conduit comme chacun en ce siècle dévergondé, comme les soldats à la guerre : s'enrichir en faisant le mal, mais sans jamais être considéré comme malfaiteur ; elle pourra vivre dans le luxe et perpétuellement à la fête, elle pourra devenir une dame, devenir une reine, être appelée *Signora*. Mon Antonia dira à la Nanna : fais de ta Pippa une *puttana* !

Une nouvelle vague de rires fuse, fait vaciller les flammes des chandelles.

– Eh ! *Per bacco* ! La belle idée !

– Bravissimo !

La Comtesse Pallavicina rit élégamment dans son mouchoir. C'est vrai que Pétrarque a un peu vieilli et que cette société arétinesque ne manque pas de piquant.

– Voilà un raisonnement digne de Socrate, Maestro. Je vous félicite, dit Costantino.

– Un raisonnement, cela ? Eh, mais c'est une affirmation qui n'a pour but que d'amuser et révoltera les bonnes âmes qui ne supportent pas vos plaisanteries ! s'écrie Caterina Sandelli.

Bien que jolie femme et ornement de la table, la jeune Caterina nourrissait d'autres ambitions que de diriger la maison du *maestro*. Elle se voyait volontiers en muse et apportait la contradiction à ceux qu'elle soupçonnait de flatterie. Casquée comme Minerve, elle marquait son territoire et même Camilla Pallavicina reculait devant ses coups de lance. Mais comme elle est mignonne, Costantino lui sourit sans désarmer :

– Je vous demande pardon, Signora. Il y a lieu de ne point confondre le raisonnement et l'opinion commune. Celle-ci, comme son nom l'indique, est une opinion communément admise, résultant parfois –pas toujours– d'un raisonnement, mais relevant avant tout de la morale, de la sensibilité ou du sentiment. Le raisonnement est seulement un enchaînement d'idées, mises bout à bout selon la seule logique.

Camilla se réjouissait en secret de voir réduite au silence cette petite péronnelle de Caterina. Elle admire la nonchalance et la légèreté avec laquelle Costantino, tout en roulant des miettes de pain, développe son propos :

– L'enchaînement logique ne s'encombre pas de l'opinion commune. L'esprit peut inventer au départ d'un fait autant de manières d'y répondre qu'il peut exister de liens logiques. Et c'est un étrange exercice que de poser une situation et d'aligner toutes les conséquences que celle-ci peut impliquer et les divers enchaînements de faits qu'elle peut générer. Ainsi, un époux, un voisin vous est insupportable ; que résulte-t-il de cette situation ? Et parmi toutes les réponses possibles, qui ose dire qu'il n'a jamais pensé à l'assassiner ? Car cela est logique. En réalité, c'est la morale, c'est-à-dire notre amour du bien ou notre peur du châtiment qui nous l'interdit. De là peut-on déduire que l'opinion commune nous arrête sur la voie de la raison.

L'Arétin répand son rire formidable et sa chaise en recule d'une paume.

— Ah ! Le bel impertinent ! jubile Camilla.

Titien sourit aux acrobaties oratoires de Costantino. Il se rappelle que jadis, lorsque ce fils de Nicolò Aurelio venait prendre des leçons dans son atelier, il avait beaucoup de mal à imposer le silence à cet enfant terrible qui tirait des raisonnements sur tout ce qu'on lui imposait.

— Un raisonnement... répète l'écrivain en caressant son collier d'or. Oui, tu as raison, Costantino, le Pippa fait un raisonnement. Les raisonnements des docteurs d'université nous conduisent loin de la réalité. Les miens y ramènent. *Ragionamenti...*

L'écrivain semble mâchouiller le mot avec plaisir.

— Si vous étiez la Nanna, serait-ce le raisonnement ou l'opinion commune qui vous inspirerait de ne point faire de votre fille une *puttana* avant de savoir si elle en a les capacités...

Au milieu des conversations et des rires, on partage les cailles, le pâté de lièvre, les petits pains au sésame ; on boit à la santé de Monseigneur Valier.

— Mon ami, entonne Maffio Lion comme s'il avait un compte à régler avec son hôte, vous êtes décidément un iconoclaste mais je vous accorde que l'opinion commune telle que vous la définissez nous renvoie à l'habitude que nous avons de voir les choses en l'état et l'envie ou la paresse qui nous pousse à ne les point changer. Que dirait un sauvage des Amériques s'il assistait à nos cérémonies et à nos réunions du *Mazzor Conseio* ?

— De quelles Amériques parlez-vous, Messer Lion, interroge un petit homme à l'œil pétillant qui n'avait encore rien dit jusqu'à présent. Les espagnoles, les Portugaises ou les Françaises ? Avez-vous entendu parler de ces deux sauvages rapportés l'an dernier au Roi François par un certain Jacques Cartier, au retour de ses explorations dans les mers boréales du nouveau monde ?

— Si fait, Messer Abbondio, répond Maffio Lion. Mais ce Jacques Cartier qui cherchait à passer en Chine n'est qu'un flibustier adonné à la contrebande. C'est du moins ce qui découle de la bulle du Pape Alexandre VI qui, il y a trente ans à peine, découpa le monde à explorer en deux zones : celle dévolue à l'Espagne, et celle dévolue au Portugal.

— Étrange logique en effet, remarque l'Arétin, qui exclut du monde toutes les autres nations civilisées.

– Et admirez, Signori, reprend Costantino, la belle logique du Roi François. On m'a raconté récemment que lorsque le Pape lui fit des remontrances pour avoir envoyé un explorateur sur les mers de l'ouest, le Roi demanda seulement au Saint Père de voir la clause du testament d'Adam qui l'excluait de ce partage.

– Belle réponse, belle réponse ! applaudissent les Arétines. Camilla couvait d'un regard lumineux Costantino qui fait semblant de l'ignorer et poursuit, indulgent :

– Mais cela n'empêche pas ce Roi de glisser parfois dans l'opinion commune et de se laisser surprendre par autrui. On raconte aussi qu'un jour, il posa à un gentilhomme de sa cour une question bien embarrassante : « Monsieur de Châtel, êtes-vous noble ? – Sire, répond Monsieur de Châtel, sur l'arche, Noé avait trois fils. Je ne pourrais vous dire avec précision duquel je descends. » Je ne sais si c'est la réplique de Monsieur de Châtel qui lui inspira celle qu'il fit au Pape.

Au milieu de l'animation, Camilla Pallavicina ne quitte plus Costantino des yeux. On dirait qu'elle le voit pour la première fois, ce qui est loin d'être le cas, et Costantino se laisse contempler. Agostino Abbondio avait à nouveau quelque chose à dire :

– C'est d'ailleurs cette fameuse bulle du Pape Alexandre qui a poussé les Anglais et les autres nations qui embrassent la religion réformée à ne plus reconnaître l'autorité de Rome...

La Comtesse Pallavicina détestait cet Agostino Abbondio, sa petite taille, son œil perçant, sa tension permanente qui l'empêchait de badiner et de se mettre au diapason des joyeuses assemblées. On n'allait pas à cette heure-ci commencer des discussions politiques ! Elle tourne ses belles épaules vers Costantino, lui adresse un sourire charmant :

– N'ai-je pas compris que vous reveniez du Piémont, Messer Costantino ? Racontez-nous plutôt d'autres potins de la cour de France.

– Volontiers, *Contessa*. Mais je crains que ce qu'il reste à en dire soit moins joyeux. Car ce Roi que nous avons connu chevaleresque, magnifique, généreux, est actuellement plongé dans un chagrin qui le rend irascible, parfois irréfléchi, voire incohérent.

– Ah ? Et quelle en est la cause ?

– Hélas, une femme, *Signora*, dotée pour son malheur d'un mari jaloux.

Une grande plainte ondula sur l'assemblée. Le visage de Costantino exprimait l'accablement, il semble se lancer dans une homélie funèbre :

— L'avocat Féron, du parlement de Paris, avait une femme très belle...

— Ah ! exhale la pieuse assemblée

— La belle Féronière, n'étant pas insensible aux galanteries du Roi, Féron prit ombrage des infidélités de son épouse et se vengea d'étrange façon. Il s'en alla dans les bas bordeaux de la ville y chercher le mal venu des Amériques en passant par l'Espagne et par Naples. Employa-t-il un de ces instruments connus depuis l'Antiquité pour le plaisir des dames ayant épuisé celui de leur galant, ou y alla-t-il avec celui de nature que, sachant ce qu'il faisait, il veilla aussitôt à protéger par des moyens connus de chacun ? Toujours est-il qu'il survécut à son expédition, qu'il fit en sorte que sa femme en trépasse, tandis que le Roi pensa en mourir. Le rétablissement du souverain, dit-on, n'est qu'imparfait ; il lui reste de tristes symptômes et de fâcheuses dispositions qui altèrent son humeur. Son ulcère secret en serait la cause et c'est à lui que l'on attribue certains revirements politiques et militaires dont je me refuse de parler, la vengeance de Vénus étant en soi un sujet suffisamment accablant.

Costantino se tait, laissant se disperser les commentaires. Il semble las de parler et ne manifeste aucune intention de continuer à entretenir son auditoire. Il se contente de rendre à la dame son regard et son sourire. Mais en réalité, il sourit à sa bonne fortune et admire que sans raison, aujourd'hui plutôt qu'un autre jour, il ait été remarqué par cette femme séduisante et aventureuse.

Camilla Pallavicina porte le nom de la grande famille romaine des Pallavicini. Est-elle veuve, séparée de son mari pour raison d'humeur, ou détachée à Venise pour raison d'intérêts ? Toujours est-il qu'on l'appelle volontiers « la Pallavicina », comme s'il s'agissait d'un vaisseau de commerce ou plutôt d'une galère de combat. Elle devait sûrement appartenir à quelqu'un, mais suivait une route libre parmi les diplomates et les nobles exilés de toute provenance qui hantaient les salons vénitiens. Elle s'y trouvait facilement des ports d'attache car elle était de ces femmes qui, d'un coup d'œil circulaire, ont choisi, en entrant dans un salon, au bras de qui elle en sortirait.

# LE COMPLOT DE SAN DONATO

Ce jeune Costantino aux yeux vifs et à langue espiègle, n'est que secrétaire d'administration, mais pas un de ces rats d'officines qui ont échangé leur peau avec les parchemins des archives. C'est un homme en plein âge d'or, fort beau, avec cette ironie qui le rend tellement plus attirant que les pompeux patriciens si imbus de leur position sociale. Le jeune Constantino, avec sa vivacité, a suscité ce soir chez la Comtesse une gourmandise irrésistible.

La soirée se prolonge, les conversations se diluent, les rires s'éparpillent, les convives ont échangé leurs places. Camilla s'est approchée de Costantino.

— Vous nous avez régalés de vos démonstrations et de vos anecdotes, Messer Costantino. Vous avez été éblouissant. Il convient à présent de tirer les conclusions logiques de notre soirée, n'est-ce pas ? Mais que voulez-vous, je reste l'esclave de l'opinion commune, qui relève de la sensibilité et du sentiment.

Elle sourit avec malice, puis change de ton.

— Je plaisante. Les choses les plus importantes se comprennent dans le silence. Ici, trop de gens parlent. On n'entend plus ce qui est important.

Les mots sortaient de sa gorge comme les premiers souffles d'un ouragan, sourds, feutrés, chauds, modulés à mi-voix par une force qui se retient. Costantino a cessé de sourire, plonge ses yeux gris dans les yeux verts de Camilla, détaillent le beau visage régulier, vont de l'ourlet de la bouche, palpitant, sensuel, entrouvert sur des dents de nacre, au pailletage de ses iris, couleur d'eau des marais et d'or.

Il a senti l'appel. Pourquoi y résisterait-il ? Il est un cœur vagabond, un corps sain, qui réagit aussitôt à l'appel. La femme est gracieuse, experte sans aucun doute, et ne s'encombre d'autres détours que de claires allusions.

Le premier regard dit oui ou non. Si c'est oui, il ne faut plus réfléchir mais se couler dans l'instant, suivre Éros sans lui poser de questions. Éros ne demande jamais un cœur. Il s'empare des corps palpitants, généreux, exigeants. Il les plie à son caprice, leur impose ses jeux, les abandonne à leurs plaisirs sans leur imposer de regrets.

— Connaissez-vous ce palais ? Il y a là-haut une vue magnifique sur le Rialto. Venez, que je vous montre…

Costantino suit Camilla dans les entrailles de la maison qu'il fait semblant de ne pas connaître. La croupe délicieuse de la jeune femme danse sous les replis de la robe de soie. Nul doute que la *contessa* connaisse les sortilèges des escaliers où l'on balance les hanches, où il faut lever un pan de la robe pour poser la mule sur les degrés de pierre. Ce geste élégant dévoile la finesse d'une cheville gainée de soie ; le friselis de l'étoffe exacerbe les sens car c'est la musique qui accompagne les premières approches comme les arpèges avant le concert.

Il n'est pas besoin de paroles. Il faut suivre la partition, jouir du spectacle, assister un peu étourdi aux prémisses, atteindre la chambre.

La célébration se déroule une fois la porte fermée. Un dernier rayon de jour teinte en bleu les rideaux de crêpe pâle qui drapent l'alcôve. Les choses vont vite. Camilla s'adosse au montant, offre ses lèvres à la morsure et, d'un geste élégant de la main, délace son corsage, libère un sein dont Costantino recueille aussitôt la pulpe au creux de sa paume. Ils sont lourds, voluptueux. Ils ont surgi de leur gaine de satin, avec leur peau soyeuse et leur graine dure, érigée, qui résiste malicieusement sous la langue.

D'un geste de joueuse de lyre, elle libère un à un les lacets du corsage. La soie fine révèle la chaleur du corps, son moelleux, ses palpitations. Sa main à lui passe de la soie d'étoffe à la soie de chair et hume le subtil parfum de rose que dégage la peau lisse, émouvante. Il revient aux lèvres, à ces deux pétales soyeux qui s'entrouvrent, frémissants, et il va chercher la langue au fond de la caverne de miel. Et, tandis qu'il se remplit la bouche, ses mains empoignent la taille souple de la femme, la presse contre lui, lui fait sentir sa vigueur et, dans un tumulte de taffetas froissé, la renverse, offerte dans la corolle de sa robe et ses dessous moirés.

Il laisse sa main glisser le long du bas pour atteindre cette autre soie, plus ferme, plus tendue, au sommet de la cuisse, qui s'écarte déjà sur des secrets suaves produisant un gémissement lorsqu'on les frôle du bout des doigts. De la soie. La femme n'est que soie.

Costantino s'émeut, prend son temps, retient son propre désir prêt à s'affoler. Il l'a entendue gémir, il attend qu'elle crie avant de lâcher la bride au sien qui s'emballe soudain, devient urgent, impérieux, animal, se nourrit de sa propre montée, insupportable et délicieux, aigu, à la limite de la douleur, explose, se désintègre, se détruit.

Sous l'ombre des draperies de crêpe pâle, il entre dans un univers vaporeux dont la lumière, elle aussi, est soyeuse.

C'est en reprenant conscience dans cet écrin vaporeux que Costantino s'aperçoit combien sa vie est en demi-teintes comme certains ciels de la lagune. Est-ce parce qu'il n'est pas de naissance légitime qu'il laisse à l'appréciation d'autrui de le choisir et jusqu'au soin de le nommer ? Fils naturel et reconnu de feu le Grand Chancelier Nicolò Aurelio, son vrai nom est Costantino Aurelio. Mais à Santa Croce comme au Palais, on lui donne du Cavazza, quand on ne l'appelle pas Costantino tout court.

– Pourquoi, alors que vous êtes le fils de Nicolò Aurelio, vous laissez-vous appeler Cavazza ? lui avait un jour demandé un patricien.

– Cavazza est le nom de ma mère, Fantina Cavazza, qui émut les trente ans de mon père et me mit au monde. Mon père, un homme de cœur, refusa de briser l'âme tendre de ma mère en m'arrachant à elle comme on a coutume de le faire dans vos grandes familles. Il lui constitua au contraire une petite rente et nous installa tous les deux dans une coquette maison de Santa Croce où ma mère exerça le métier de brodeuse. Allez donc lui rendre visite, c'est une artiste.

Ayant ainsi désarçonné les esprits tout grillagés de quartiers de noblesse, il était rare qu'il dût pousser plus loin ses explications. Il y en avait cependant une autre.

Costantino avait six ans lorsqu'en 1509, survint cette épidémie de peste qui emporta le frère de Fantina ainsi que sa femme et deux de leurs enfants. On avait vu le doigt de Dieu dans le fait que Nicolò, le plus jeune, alors âgé de huit ans, avait échappé au fléau. Nicolò Aurelio avait trouvé naturel que Fantina recueille son neveu et que les deux garçons fussent élevés ensemble dans la petite maison de Santa Croce. On avait aussitôt baptisé le neveu « Nicolino », afin de ne pas le confondre avec *Messer Nicolò*, mots sacrés désignant Celui qui deviendrait le Grand Chancelier, Celui auquel Fantina vouait un véritable culte. Ainsi enrichi d'un cousin de deux ans son aîné, Costantino inventa-t-il des jeux nouveaux et les deux cousins étaient devenus si complices que tout le quartier les appelait « les frères Cavazza ».

Outre cela, ne se sentant pas d'appartenance sociale qui méritât un puissant attachement, Costantino était bien heureux, parmi sa famille et ses amis, et même au Palais, de se voir réduit à son joli prénom, ce qui le rendait, disait-il, l'égal des artistes, des princes et des empereurs.

Nicolino, de son côté, avait été un enfant sérieux, un jeune homme irréprochable. On comprenait aisément que, éperdu de reconnaissance envers son bienfaiteur, pour qui il n'était rien et à qui il devait tout, Nicolino ait voulu ressembler à cet homme considérable et porter au plus haut degré ces qualités dont chaque jour Fantina brossait le tableau sublime.

Les deux cousins avaient été envoyés à l'école de San Marco, où l'on forme les secrétaires recrutés parmi la classe des *cittadini* pour servir l'État dans sa lourde administration. Aussitôt entré dans la carrière, Nicolino avait été nommé au secrétariat du Sénat et très vite, il en était devenu le secrétaire en titre.

C'est sans doute devant cette encombrante perfection que Costantino avait pris le contrepied. Il choisit de devenir léger, drôle, inventif, aimant la fantaisie, les plaisirs. Pour cela, il ne forçait pas sa nature. Grandissant, il décida de vivre le monde dans sa plaisante incohérence là où Nicolino tentait de l'ordonner et de lui donner du poids. L'ascension rapide de Nicolino dans les ordres de la chancellerie, son riche mariage, sa généreuse descendance sont le fruit de son caractère posé, respectueux des règles et de la bienséance. Costantino, au contraire, semble être l'un des oubliés de la carrière. Heureusement, son père avait eu le temps de lui faire attribuer un poste à l'*ufficio della sanità*, ce qui lui assurait une rente tout en travaillant peu. En homme qui plaît aux femmes parce qu'il les aime, il est célibataire parce que le mariage à ses yeux est une folie. Il ne suit aucune règle parce qu'il bouillonne d'idées originales. Ah ! Ils ont dû être rares, dans l'administration, ceux qui l'ont laissé parler, parce que l'écouter, c'est admettre que le monde est fou et que la sagesse consiste à tirer parti de son incohérence.

Costantino est un badaud. Il traverse la vie comme un spectateur de régates, s'enthousiasme pour la beauté, admire l'habileté des adversaires, s'intéresse à leur manière, mais s'éloigne lorsqu'on lui demande quelle est son équipe favorite, celle pour qui il serait capable de se battre avec les poings. Il ne comprend pas le fanatisme. L'Inquisition espagnole l'aurait brûlé pour manque de conviction. Il lui aurait répondu que, sauf le mal évident, nuisible, sauf la méchanceté à l'état pur, tout se vaut. Il ne s'intéresse qu'au pourquoi et au comment. C'est peut-être cette distance qu'il prend avec les choses qui se trouve à l'origine de sa liberté d'esprit et cette liberté d'esprit qui lui donne accès aux idées originales.

Mais on aurait tort de le juger vide et inconsistant car il est généreux : n'est-ce pas lui qui avait décidé de chevaucher en plein hiver vers le Piémont pour presser le mariage de Flora, sa chère demi-sœur ? Comme il est un peu artiste, il en était revenu, des portraits et des paysages plein les poches, de quoi nourrir les rêves de la jeune fille durant son attente. De la tendresse à l'état pur.

Et puis il se sent la mission non écrite de veiller sur Laura. C'est même la seule chose qu'il fasse sans ironie mais avec un tendre humour où l'on devine de la gravité. Laura, la veuve de son père, était entrée dans sa vie d'enfant de six ans, avait nourri ses fantasmes d'adolescent, habitait encore ses secrets d'adulte.

Laura la courtisane qui avait rendu fou d'amour le Grand Chancelier de Venise et inspiré son premier chef d'œuvre à Titien. Laura la grande dame au passé trouble qui, par un étrange bouleversement des choses, était devenue l'amie du Doge. Laura avait gardé cette beauté fascinante, cette présence à la fois douce et forte. Laura auréolée de ses mystères. Or, la vie avait passé. Depuis la mort de Nicolò, la famille Aurelio avait retrouvé une sorte d'équilibre, comme font les arbres mutilés par une tempête. Flora, tendrement aimée, habitait entre Piémont et Milanais ; Pietro, le fils légitime, était en mer. Et Costantino avait trouvé son utilité auprès de Laura.

Il lui rendait visite à Venise. Lorsqu'elle était à Casale, il lui envoyait Hermolao Dolfin, le pêcheur de la lagune, pour lui apporter du poisson et en ramener des nouvelles. C'était lui qui était allé à Milan assister au baptême du second fils de Flora, pour remplacer Pietro, son demi-frère fustigé par le démon de la mer. Pietro, le seul tourment de Laura. Mais au nom de quoi désapprouver le fils légitime ?

Costantino était tombé par hasard en marge de cette famille Aurelio dont Laura était à présent le centre, l'élément stable, la personnification. Un peu comme le Doge pour la République. En somme, Costantino s'était mis au service de l'une comme de l'autre, assurait les liens, veillait au bien-être général. Cela suffisait à ses yeux à donner du sens et de la noblesse à son existence.

En somme, dans la fratrie Cavazza, chacun prolongeait à sa façon la figure de Nicolò Aurelio.

# 4

## Novembre 1537-septembre 1538, Venise, Corfou.
## Les ferments de la guerre

— Non, Signora, vous n'arriverez pas à me convaincre.

Laura baisse le front. Le Doge est amer, aujourd'hui. Cet homme, qui a toujours méprisé les critiques, supporté la haine, semble soudain ployer.

Depuis le mois de juillet, où Pietro est parti en mer, Laura vient régulièrement à l'appel de Gritti lui tenir compagnie et lui donner la réplique dans ce qui, sans sa présence, deviendrait un monologue intérieur. Elle en retire une stimulation de l'esprit, le sentiment de faire le bien, mais aussi un apaisement dans ses inquiétudes de mère car elle apprend ainsi à la source ce que fait Pietro, quelle mission lui est assignée, et, depuis que le Doge a pris son fils sous sa protection, elle a l'illusion d'aider à le protéger. Mais aujourd'hui, les propos du grand homme sont empreints de trop d'amertume. Que s'est-il passé ? Une bataille perdue ? Pietro ? Ou quelque chose de plus profond, de plus personnel, de plus général, de plus difficile à combattre.

— Je n'ai plus le souffle, dit encore le Doge. Plus la résistance, si vous préférez. On dit que l'âge affermit l'esprit ; c'est faux. L'esprit ne fait que résister un peu plus longtemps que le corps. Mais il arrive un moment où tout se fissure. Il faut quitter la scène avant que tout ne s'écroule. Je suis décidé à abdiquer.

— Allez-vous imposer à Venise les troubles d'une élection dogale alors que déjà on ne peut s'entendre sur l'avenir ?

— Bah, ils auront un sujet nouveau à se mettre sur la langue. Cela les aidera à affirmer une majorité. Je ne fais plus partie de leurs enjeux politiques et moi-même, je m'en désintéresse. Je vois sortir de terre le mausolée qui m'attend. La réalisation de San Francesco della Vigna me suffit ; le palais que j'ai érigé en face de l'église me servira de retraite. La Marciana et la logetta qui se construisent seront le seul bien que j'aurai pu faire à cet État en tant que Doge. Je mourrai content.

— Vous cédez au doute.

— Probablement. Le doute n'est salutaire que lorsque l'esprit est alerte. Le mien est fatigué.

— Et c'est cette fatigue qui ternit à vos yeux l'éclat de vos mérites. D'autres les voient briller.

— Moi, je vois défaire ce que j'ai fait.

Il était difficile de le contredire. Laura faisait à peu près la même constatation que Pietro confirmait par les lettres qu'il envoyait à Venise.

Pietro, ayant repris la mer six mois après son mariage, avait rejoint la partie de la flotte stationnée en Dalmatie. Il était tombé à pic pour accomplir une nouvelle mission de réparation auprès des Turcs. Délivrer Yunus Bey de sa mauvaise posture, le ramener parmi les siens avec les honneurs et présenter des explications, des excuses et des regrets devant le Grand Vizir et Barberousse n'avait pas été une mission sans risques. Une fois de plus, Pietro avait été requis pour cette entreprise délicate, sans éclat particulier mais de la plus haute importance pour la paix. Quel soulagement d'avoir appris qu'il était revenu sans incident à Lesina, avec son escadre, après s'être aventuré tout seul au milieu des lignes turques !

Mais son rapport et ses courriers ultérieurs confirmaient les propos du baile de Constantinople, présent aux côtés du Sultan enfin arrivé et installé à Valona. Et il ressortait de tout cela que l'amitié entre Venise et la Porte, qui avait été l'œuvre des Gritti père et fils, était à présent, à la Porte, à la merci de rivalités, et à Venise, soumise aux perpétuelles hésitations.

Après les différents incidents maritimes, exacerbés par l'affaire de la fausse lettre écrite par Andrea Doria, Hayreddîn indigné avait poussé le Sultan vers Corfou pour ravager ses rivages, mettre en esclavage ses paysans et prendre sa citadelle. Or, celle-ci se défendait bien. Ayas Pacha, qui avait dû concéder cette campagne de représailles, conseillait à présent de se retirer, de demander à la Sérénissime l'envoi d'un ambassadeur dans le but de résoudre les tensions entre les deux États. En septembre, un seul boulet tiré par les assiégés vint tuer cinq Turcs dans les tranchées de mines aux pieds de la citadelle de Corfou. C'était un beau coup, à cet âge de l'artillerie. Suleyman, impressionné, déclara que la mort d'un seul musulman ne saurait être compensée par la prise de mille forteresses et, sur cette parole digne de son regretté Ibrahim, il leva le siège, demanda aux Vénitiens d'envoyer un émissaire pour régler plus pacifiquement le différend, et rentra à Constantinople. Mais Hayreddîn avait encore de la rage à cracher. Il n'avait pas suivi l'armée.

– Comment voulez-vous encore sauver la paix, dit le Doge, lorsque l'on nous prend nos belles îles de la mer Égée ? Syra, Patmo, Nio, appartenant à la famille Pisani, Stampalia, possession des Quirini, Egina. Toutes durent se rendre, faute de moyens de défense. Paris, Antiparis, Tino et Nasso tentèrent de résister, mais en vain. Dans le même temps, le Sandjakbey de Morée reçoit l'ordre de se porter sous les murs de Malvasia et de Napoli de Romanie. À Napoli, le commandant de la place résiste...

– Il résiste...

– Oui. Oh ! Je vous entends. Vous voulez dire que je dois donner l'exemple. Et bien non, Signora. Ceux qui donnent l'exemple, ce sont tous les braves qui combattent sur les remparts ; c'est un Alessandro Tron à Corfou, un Vettor Busichio à Napoli de Romanie, c'est un Pietro qui se risque à Valona... Ceux-là sont nécessaires à la République. Pas un vieillard en fin de vie qui ne peut que parler et que personne n'écoute. Il m'arrive parfois de me demander si tout Venise n'est pas à mon image, épuisée par tant d'années de lutte, ne rêvant que de jouir de ses biens acquis et de vivre au mieux ce qui lui reste d'existence.

– C'est compter sans ceux que vous venez de nommer. Ils sont peut-être plus nombreux qu'on ne le pense.

– Ils ne sont pas au Sénat. Les braves sont taillés pour l'action ; une action qui trouve en elle-même sa raison d'être. Ne dites jamais à Alessandro Tron, qui nous a sauvé Corfou, qu'il mettait sa vie en danger pour son pitoyable oncle Antonio, qui fut mon adersaire lors de mon élection, en 1523.

Laura a envie de sourire. Passé un certain âge, les vieilles rancœurs résistent mieux que les esprits, semble-t-il.

– Et puis, voyez nos mœurs qui se dégradent, poursuit-il. Le mariage n'a plus cours. La jeunesse se prostitue. Celle des deux sexes. Nous avons été obligés de nommer des inspecteurs à la police des mœurs pour appliquer nos lois et poursuivre les débauchés, sodomites, impies, blasphémateurs, joueurs et prodigues de toute espèce qui pullulent à tous les échelons de la société, y compris chez les religieux.

Laura soupire, mime poliment l'accablement. Encore une fois, qu'opposer à cette vérité ? À Venise, on se fait gloire du dernier mot de l'Arétin qui circule de bouche en bouche : « Dans cette ville, tout crétin a de quoi vivre comme un pape ou un empereur, loin des contraintes des cours ». Il est certain que les prêtres et les religieux prennent leur part du festin. Gaspare Contarini, cardinal depuis deux ans, ne cesse d'en entretenir le Pape Paul III Farnèse. Il avait enfin pu convaincre les autorités de Venise. Costantino en a perdu ses soupers chez l'Arétin, et Titien un de ses assistants. En effet, l'écrivain s'était réfugié à Urbino pour un temps et le jeune Franco-Girolamo da Treviso était parti pour l'Angleterre anti papiste. Ces deux événements de la chronique mondaine étaient l'œuvre d'une âme pie qui, révulsée par les propos de l'un et les mœurs de l'autre, les avait intimement mêlés dans une copulation imaginaire mais tellement vraisemblable. Aussi, la *bocca di leone*, ces redoutables boîtes à dénonciations du palais des Doges, cracha-t-elle le lendemain, un rapport anonyme et détaillé de l'exploit. Mais ceux qui les lurent en avertirent aussitôt les intéressés, parce qu'ils étaient de leurs amis. Ainsi la vertu aiguillonne-t-elle la mauvaise conscience.

Il y avait donc une résistance, quelques sursauts, mais aussi des poussées sauvages. *Campo Sant'Angelo*, elle avait vu un malheureux en guenilles, des galets liés aux pieds en guise de sandales, maigre à faire peur, agiter son chapeau pour rassembler du monde et se mettre à prêcher, la voix vibrante et l'œil fiévreux. La République ne devait pas apprécier ce genre d'énergumène.

— Quels sont ces jeunes gens qui montent sur les citernes des *campi* et font des sermons dans une langue mêlée d'espagnol et de florentin ? On m'a dit que c'étaient des théatins...

— Ah, ceux-là sont des enragés, *Signora*. Le hasard de leur naissance les a fait tomber chez les chrétiens. Ils sont aussi illuminés que le prophète Mahomet mais moins dangereux que *Barbarossa*. Ils attendent de se faire embarquer pour la terre sainte avec la ferme intention d'aller y convertir les Sarrasins au culte du Christ et de la Vierge Marie. Ils ont mal choisi leur moment. En attendant, ils logent chez les théatins qu'ils observent et prétendent réformer, jeûnent et se mortifient à outrance, ameutent les foules dans leur langue que personne ne comprend. Mais ils exhalent une foi brûlante, vivent leur idéal de pauvreté, prêchent la soumission au Christ et pratiquent la charité. Leur chef vient de se faire ordonner prêtre en notre cité. Ce n'est pas un vagabond, c'est un gentilhomme espagnol et il ne nous est pas inconnu, puisque nous l'avons reçu en cette ville il y a quelques années. Il s'appelle Inigo Lopez de Oñaz y Loyola.

— Ainsi, voilà aussi un brave qui combat sur son rempart, mais au nom de la foi.

— Vous ne pouvez si bien dire. Ce Loyola était soldat et il dirige en militaire son escouade de fidèles.

Laura sourit. Elle a pu détourner la conversation des plaintes un peu stériles auxquelles elle n'avait rien à répondre. Il est une idée qu'elle remue depuis peu de temps, particulièrement lorsqu'elle reçoit une lettre de Pietro et repense au parcours de son fils, au supplice de son père, Bertuzzi Bagarotto, pendu en 1509 pour avoir pris le parti de l'Empereur d'alors. Andrea Gritti aime les idées générales. Il faut qu'elle la dise, cette idée qui offre une autre lecture de la crise actuelle, cette idée en forme de revanche où son père, mort comme un traître, deviendrait le précurseur d'une vérité.

— Prince, il me semble que nos hésitations politiques peuvent s'expliquer aussi par notre double visage. Comme cité maritime, Venise a besoin de la paix avec les Turcs. Mais comme puissance de *terraferma*, il lui faut la paix avec l'Empereur. Voyez enfin ce que signifie posséder la *terraferma* à qui jusqu'ici vous n'avez laissé d'autre issue que de se poser en rivale ou en terre conquise. En réalité, la *terraferma* est votre complément et il me semble que vous voilà forcés à considérer ses intérêts.

Le Doge se redresse, montrant une froideur inattendue.

— Toujours la même protestation, n'est-ce pas, Laura Bagarotto ? Vous êtes bien la fille du recteur de Padoue. Une tête politique, un parti, l'orgueil des vaincus qui renaît à chaque génération. Mais Pietro, en choisissant la mer, vous a donné tort, *Signora*.

— Pietro est jeune. Que savons-nous de lui ? Qu'en sait-il lui-même ?

Les répliques avaient fusé comme autrefois. Leurs efforts d'amitié se brisaient-ils sur leurs vieilles querelles ? Mais le temps a passé, qui modifie la perception des choses. Ce qui a changé, c'est qu'ils ont compris que les morts ont servi à épurer le dilemme qui se pose à nouveau aujourd'hui. Tous deux sentaient que la vérité, comme toujours, se trouve à mi-chemin entre leurs deux points de vue contraires. Le Doge, décidément en proie à ses rancœurs, n'hésite pas à fustiger son audacieuse interlocutrice :

– Vous voulez que je vous dise que Bertuzzi Bagarotto n'était pas un traître. Est-ce bien cela ?

– Je ne désire rien. Je constate, j'écoute. La République, en me rendant mes biens, a déjà répondu à cette question particulière.

– Mais moi pas, affirme le Doge avec autorité. Et puisque vous le voulez, je veux bien vous dire que Bertuzzi Bagarotto n'était pas un traître. Il avait eu raison trop tôt et se trouvait en première ligne au moment où nous devions tirer. Le peuple se révoltait ; il nous fallait un exemple. Les rouages de l'histoire...

Il fait un geste évasif, se réfugie dans ses pensées, en fait un monologue :

– La voie médiane... la neutralité, si décriée, si menacée, si difficile à soutenir. Elle a cette noblesse de répondre à la vérité, à la nécessité. Elle n'est pas une lâcheté mais un besoin. Elle mérite qu'on y consacre tout son réalisme et tous ses efforts. Elle mérite des sacrifices... peut-être une guerre... Priez Dieu, *Signora*, que Pietro n'y soit pris à son tour comme votre père... Comme mon fils Alvise, ajoute-t-il un ton plus bas.

Laura a quitté le Doge en proie à une étrange perplexité. A-t-elle eu raison de réveiller leur antique antagonisme ? Cette discussion a eu l'avantage de détourner l'esprit du Doge de ses rancœurs stériles. Mais aussi, elle lui avait arraché un aveu, celui-là même que Laura avait renoncé à exiger d'Andrea Gritti, le jour déjà lointain où ils avaient fait la paix, où, au nom de l'oubli nécessaire à la sérénité de l'âme, elle n'avait pas exigé de revenir sur les pendus de Padoue. Andrea Gritti ne pouvait réhabiliter Bertuzzi Bagarotto et Francesco Borromco qu'au milieu d'un discours véhément mais les mots prononcés avaient pour elle leur charge de victoire personnelle autant que d'apaisement. Ce n'est pas l'oubli, c'est la guérison de la mémoire qui cesse de souffrir. Andrea Gritti, à sa manière, lui avait fait ce cadeau.

Car la mémoire souffre : ce nom d'Alvise prononcé par ces lèvres pâles sous la barbe blanche, ce nom qui ne sortait jamais qu'avec une crispation de douleur... Était-ce ce chagrin-là que le Doge ne supportait plus ? En tout cas, l'évocation de la *terraferma* lui avait fait reprendre les armes, l'avait remis en route. Mais pour combien de temps ? Et combien de temps encore vivrait-on en suspens entre alliances, guerre ou paix, abondance ou disette ?

C'est l'hiver, les convois sont arrêtés, les cols des Alpes impraticables, les bœufs de Hongrie ne reviendront qu'au printemps. L'activité du port est ralentie.

— Drôle de guerre, ou drôle de paix, disait Girolamo Marcello. J'ai failli être séquestré au départ d'Alexandrie, mes marchandises confisquées. J'ai dû négocier un supplément de taxe pour qu'on me laisse partir. La *muda* du levant n'a pas rapporté grand-chose, cette année et les actionnaires sont déçus.

— Les marchands n'ont pas fait leur bénéfice escompté. Le pain sera plus cher, cet hiver, disait Nicolino.

— Les *scuole* sont sollicitées. On retarde les commandes, gronde Titien l'air sombre. On m'a refusé une annonciation à Santa Maria degli Angeli à Murano, sous prétexte qu'elle était trop chère. Ils ont préféré acheter les gribouillages de ce barbouilleur de Pordenone. Tant pis pour les nonnes. J'ai envoyé ma toile à l'impératrice Isabelle. Ne sais quand je serai payé.

Pietro était revenu à Venise pour la fête de la Nativité. Antonina était enceinte de sept mois. Il la retrouva à peine languissante, un rien plus soumise, l'œil vif et la chair moelleuse, peu inquiète de son état, sur lequel veillaient les nuées de femmes de la famille, commandées par la tante Bianca, laquelle retenait son souffle afin de voir une fois seulement, avant de fermer les yeux sur ce bas monde, le rejeton d'Antonina, attendu comme le Messie. Antonina supportait avec naturel d'être le point de mire de tant de gens. Ce qu'elle avait redouté dans son premier mariage, elle s'en faisait une fête dans son second. C'est que Pietro revenu du bout de la mer avec sa beauté et son aura de marin était celui qu'elle avait désigné de tout temps et Antonina s'emparait à nouveau de lui, le soumettant au-delà du raisonnable à ses caprices décuplés de femme enceinte.

Pietro se coulait dans le moule que lui imposait Antonina. Il le fit d'abord avec délices, savourant ce sentiment unique de se retrouver ramené à l'aube de la création, Adam s'éveillant sous le regard bienveillant du Créateur et sentant le long de son flanc la chair tendre et accueillante de la Femme. Antonina, féconde et veloutée, ajoutait au mystère de cette émotion. Elle se contentait d'un sourire paisible.

— Pietro, je te fabrique un fils.

– Qu'est-ce qui te fait dire... ?

– Je sais.

– Les astres... ?

– Non, moi.

Il fallait se plier à ces évidences annoncées. Ou du moins en faire semblant. Il fallait aussi se plier à bien des choses. La chambre d'un *sopracomito* sur une *galea sottile* sécrète plus de liberté qu'un palais vénitien et dans les contraintes de sa maison, que Tonina régentait sans partage, il repensait à son poste de commandement, soumis seulement aux caprices de la mer.

Il existait pour Pietro un lieu intermédiaire, qui s'appelait le Grand Conseil, et le *broglio*, qui en était l'antichambre. Mais là aussi, on se heurtait aux parois, aux affirmations passionnées, aux évidences annoncées, et à la totale absence des astres. Pas une étoile pour indiquer la route à suivre.

À Napoli de Romanie, Vettor Busichio avait réduit au silence une batterie de fauconneaux que Kasim Pacha avait installés dans les fossés. Le siège se poursuivait mollement.

Au Sénat, on avait reçu une lettre du Grand Vizir, affirmant qu'on obtiendrait la paix en envoyant un ambassadeur. Gritti avait déposé une motion demandant à l'assemblée l'autorisation de se retirer de la vie publique. Il lui restait une chose à faire : plaider pour la paix. Après deux jours de délibérations où les *pregadi* s'affrontaient en de longues démonstrations, le Doge prit la parole :

– En conclusion de tout ce que je viens d'entendre, le plus sage ne serait-il pas d'autoriser un ambassadeur non pas à offrir une réparation de nos prétendus torts, mais à déclarer que la République n'a jamais eu l'intention de rompre avec la Porte ottomane ? Ce discours pacifique devrait se conclure en affirmant notre conviction que le Sultan arrêtera les hostilités, restituera les biens et les personnes et que tout le monde retournera aux sages capitulations qui ont prévalu avec succès depuis tant d'années.

On délibéra longtemps encore. Puis on passa au vote. La proposition fut rejetée à une seule voix de majorité. On n'enverrait pas d'ambassadeur. Restait la question : dans ce cas, quelle attitude prendre ?

C'est alors que tomba la proposition cosignée par le Pape et l'Empereur : constituer une flotte commune, à frais partagés, commandée par Andrea Doria.

Les choses se compliquaient, d'autant plus qu'Ayas Pacha s'impatientait de ne recevoir aucune réponse concernant sa demande d'ambassadeur.

Le Sénat se réunit donc à nouveau. Marcantonio Cornaro, d'une famille qui avait compté plus d'un ambassadeur à Vienne, se présenta à la tribune dès la fermeture des portes. Il jouait de sa large carrure, de ses longs bras agitant les manches fourrées de sa toge et sa voix profonde remplissait l'espace de roulements de tonnerre.

– *Nous avons été forcés à prendre les armes par la nécessité de nous défendre, rugit-il. Notre ambassadeur nous a rendu compte des nouvelles offres qui lui ont été faites. Vous avez mûrement délibéré sur cet objet et, jugeant que l'ennemi ne voulait qu'endormir votre vigilance, vous avez arrêté de ne point prêter l'oreille à ces trompeuses insinuations.*

*Vous avez senti qu'il y avait plus de gloire, plus de sûreté pour vous dans une union avec les chrétiens que dans la paix avec les Turcs. Aujourd'hui les conditions d'une ligue formidable sont presque arrêtées. Est-ce le moment de montrer une faiblesse dont nous avons su nous défendre lorsque les circonstances étaient moins favorables ? Le Sénat voudrait-il démentir sa glorieuse constance pour entamer une négociation dont l'issue est douteuse, dont le succès serait trompeur et dont la rupture nous laisserait sans alliés ?*

*L'emprisonnement de nos citoyens, le séquestre de nos vaisseaux, l'enlèvement de quinze mille habitants de Corfou réduits en esclavage, le supplice de nos capitaines de galères tombés en leur pouvoir prouve assez le mépris de cette nation barbare pour la nôtre. Soliman a-t-il entendu les explications qu'il nous demandait sur quelques actes fortuits ? Et aujourd'hui, nous voudrions croire en sa bonne foi ! Non, non !*

Le Christ éloignant la tentation de Satan avait dû faire le même geste et sa voix se répercuter sur les pierres du désert avec la même violence que celle de Marcantonio Cornaro entre les murs de la salle du Sénat. Il pointait l'index vers le misérable qu'il venait de démasquer, le menaçait, le flétrissait :

– *Il convoite nos possessions, il veut opprimer notre République et pour y parvenir plus facilement, il cherche à nous diviser des autres princes chrétiens. Quel effet voulez-vous que produise notre crédulité ? L'orgueil de nos ennemis s'en accroîtra. Ils jugeront de notre faiblesse par notre soumission et n'auront qu'un plus ardent désir de nous opprimer.*

# LE COMPLOT DE SAN DONATO

*Jadis, Mehmet, Bajazet nous firent des propositions amicales ; nos pères les écoutèrent ; il leur en coûta Négrepont et une partie de la Morée. Nous devons savoir qu'éloigner le danger, c'est l'accroître. Tant que la puissance ottomane ne sera point affaiblie et dépouillée de sa marine, il n'y aura point de sûreté pour nous.*

*Seules les discordes des chrétiens ont fait tous les succès de Mehmet et de Suleyman. Ici il n'en sera pas de même. Le meilleur moyen de traiter la paix est d'avoir tous à la fois les armes à la main. Et si les succès ne répondent pas à notre attente, nous aurons au moins soutenu la réputation de la République. S'il faut qu'elle essuie des revers, on pourra dire que la Fortuna lui a manqué, mais non le courage ni les nobles conseils.*

Quelques applaudissements, les uns décidés, les autres hésitants, accompagnent l'orateur jusqu'à son siège. Dans la grande salle, il manquait du monde. Les séances des jours précédents, parce qu'elles n'avaient débouché sur aucune décision, avaient été ressenties comme inutiles. Le Doge, qui avait pourtant donné de la voix, pensait à nouveau que le doute est mortel lorsqu'il s'empare d'un esprit sans vigueur. Et de son siège majestueux, il contemplait sa ville en déclin.

Ses pensées moroses sont interrompues par le pas décidé de Marco Foscari se dirigeant à son tour vers la tribune. Ce membre du Conseil des Sages, connu pour ses longs services à la République et son vaste savoir, jouissait d'une grande autorité. Mais les Foscari seraient-ils les magnifiques orateurs des causes perdues ? Francesco n'avait pu, jadis, faire revenir Nicolò Aurelio au poste de grand Chancelier. Aujourd'hui, Marco, son parent, se prépare à déployer son éloquence pour le retour de la paix. Le Doge, qui avait compté le nombre de sièges occupés dans l'hémicycle, le regarde approcher sans illusion. Cependant, il admirait le calme de l'orateur, la pondération du ton, la mesure et la simplicité de son discours :

— *On ne devrait point rejeter avec mépris les ouvertures qui nous sont faites, dit-il, comme s'il s'adressait à un enfant à sermonner, car nous devons considérer les circonstances actuelles telles qu'elles sont, non pas telles que nous les présentent nos illusions ou nos vœux. Je ne saurais concevoir d'où naît tout à coup cette extrême confiance dans nous-mêmes, ou cette foi aveugle dans les promesses des princes qui nous ont si souvent trompés.*

*Nos places sont toutes en péril et elles ont toutes besoin de renforts car nous ne pouvons prévoir quelles sont celles que l'ennemi voudra attaquer. Le nombre de nos soldats est très insuffisant et cependant nos finances peuvent à peine subvenir à l'entretien des forces actuelles. C'est une grande erreur de croire qu'une guerre qui coûte plus de deux cent mille ducats par mois puisse être entretenue par les sacrifices extraordinaires que s'imposent nos citoyens. C'est se complaire dans l'aveuglement que de vouloir que l'impossible devienne facile pour soutenir la haute opinion qu'on veut bien avoir de notre puissance.*

*Mais allons plus avant : quelle confiance, je vous prie, pouvez-vous prendre dans le secours de princes dont les vues, les intérêts sont différents, voire opposés aux vôtres ?*

Marco Foscari, *commediante*, semblait chercher la réponse dans la lumière de la grande verrière. Il ménageait ses silences, laissait le temps à ses auditeurs d'ébaucher des débuts de réponses, reprenait le fil de sa recherche :

*– On vous parle du Pape : je veux le croire de bonne foi. Mais il est âgé, irrésolu. Voilà combien de mois que nous lui demandons son agrément pour prélever un décime sur les revenus du clergé, et nous en sommes encore à des promesses. Combien de Papes ont sollicité des ligues, des croisades contre les infidèles, mais combien en avons-nous vues se réaliser, depuis que les Turcs sont parvenus à ce haut degré de puissance ?*

*Est-ce dans l'Empereur que vous voulez prendre confiance ? Pensez-vous que ce soit notre intérêt qui l'occupe ? Il se fait chef de la ligue ; il se réserve la conduite de la guerre ; il nomme pour généralissime le même Doria qui nous a trahis. Je veux bien ne pas parler de son ambition, qui ne tend pas à moins qu'à s'assurer l'empire d'Italie. Il n'est pas permis d'ignorer que l'un de ses projets est de nous engager dans des guerres ruineuses pour nous épuiser et pour s'emparer plus aisément de la toute puissance quand notre faiblesse ne nous permettra plus d'y mettre obstacle.*

*Et que dire de l'état équivoque où se trouvent, l'un par rapport à l'autre, le Roi de France et l'Empereur ? Une trêve a suspendu la guerre qu'ils se faisaient ; elle n'est que de trois mois ; on a déjà tenté de la prolonger, on n'y a pas réussi. Et, si je ne me trompe, c'est ici le point principal d'où nous devons faire dépendre notre détermination : le succès d'une ligue n'est fondé que sur la bonne intelligence des confédérés.*

Ayant étalé la foule de ses doutes, il avait gonflé la voix pour affirmer la seule conviction qui devait en découler. Plusieurs têtes acquiescent, se souvenant que la Sérénissime n'avait dû son salut, jadis, qu'à la fragmentation de la ligue rassemblée contre elle. C'était en 1509. Le Sénateur Trévisan se souvient aussi avoir exposé cette idée générale dans  un discours enflammé qui avait emporté les suffrages. Le même adage avait servi à prêcher le courage, la noblesse des actes, l'honneur, la fermeté, la guerre. Aujourd'hui, il servait à prêcher le contraire :

– *D'où vient donc cette méfiance contre la paix qu'on nous offre ? Qui de vous ne peut faire la comparaison entre l'état de guerre et l'état de paix ? Si pendant vingt ans consécutifs nous avons pu soutenir une guerre désastreuse en Italie, c'est parce que la mer restait libre et nous était ouverte. Les richesses publiques et privées arrivaient ici du dehors. Mais si la mer nous est interdite, il n'y a plus de commerce pour les citoyens, plus de douanes pour l'État, plus d'emploi, plus de moyens de vivre pour la population.*

Il fallait conclure en enfonçant le clou et la péroraison de Marco Foscari ne manquait pas de panache :

– *C'est une témérité d'attaquer l'immense puissance turque sur foi d'une confédération. Rappelons-nous la parole de l'Évangile : celui qui marche contre un ennemi puissant doit examiner si avec dix mille hommes il pourra en combattre vingt mille. Et quoi de plus coupable, je vous le demande, quoi de plus impie que d'exposer aux plus grands malheurs, sur la foi de vains calculs, les peuples que le ciel nous a confiés ?*

Ce discours fit grande impression. On le publia dès le lendemain, on en parla dans les salons. Mais il ne convainquit que ceux qui étaient favorablement disposés à l'entendre. Cependant, soit hasard, soit manœuvre des partisans de la guerre, soit mouvement de société, le nombre de votants présents dans la salle ce jour-là se trouva insuffisant pour former une délibération et l'on se sépara sur la dernière motion votée, celle qui était passée à une seule voix de majorité et décidait de ne pas envoyer d'ambassadeur. Gritti, du haut de son siège en forme de trône, assistait impassible à la chute de l'État dans le piège mortel.

Le lendemain, on apprit que deux galères marchandes avaient été arraisonnées et confisquées au large de Modon. Dès lors, ceux des familles commerçantes qui, hier encore, disaient « point de guerre », finirent par constituer un parti qui disait « point de cette sorte de paix ».

Ceux-là voulaient reprendre le commerce et vite. Veut-on la guerre, disaient-ils, qu'on la fasse, rapide et décisive. Serons-nous vainqueurs ? Le commerce reprendra, à nos conditions. Serons-nous vaincus ? Nous négocierons, mais il faut que le blé entre, et le sel et l'huile pour nourrir la population, et les cuirs et les soies pour les manufactures ; et que se vendent les monceaux de métaux et de drap et de marchandises de toutes sortes qui pourrissent dans les entrepôts.

Comme on n'obtenait pas de majorité pour autoriser le Baile de Constantinople à traiter avec la Porte, on envoya des pouvoirs à l'ambassadeur à Rome pour conclure la ligue. Le lendemain, le Doge Gritti retira sa motion qui demandait à l'assemblée l'autorisation de se retirer de la vie publique.

– Le piège s'est refermé, dit-il à Laura. Ma place est à l'intérieur.

On renforça les défenses des îles. Corfou, Céphalonie, Candie, Malvoisie, Naples de Romanie reçurent des renforts. On répartit des troupes dans la Dalmatie et le Frioul. On envoya des galères armées à Candie, en Morée. Le commandement de la flotte principale fut retiré à Girolamo Pesaro pour être donné à Vincenzo Capello. Ce vieillard de soixante-treize ans unissait, disait-on, toute la vaillance de la jeunesse à la science et à la maturité de l'âge. Il commanderait cinquante galères ; trente et une autres se préparaient dans l'arsenal de Venise. Tous les marins qui avaient un jour occupé un poste de commandement furent sollicités pour reprendre fonction dans la marine. Pietro, quoique libéré de son obligation de service, se présenta aux bureaux de l'arsenal. Il y rencontra non seulement tous ses anciens supérieurs ou camarades d'escorte, les *sopracomiti* de bâtiments militaires, mais aussi les capitaines de *mude*, et parmi ceux-ci, Vincenzo Foscarini son beau-père, Girolamo Marcello, l'ami de cœur de sa mère, Vettor Zustinian et tant d'autres, car les galéasses marchandes ne servant plus, elles pouvaient servir au ravitaillement, au transport de troupes ou même à porter de l'artillerie.

C'est au milieu de ces préparatifs militaires que naît un matin de la mi-février le fils de Pietro Aurelio. Était-ce l'ambiance martiale qui gagnait toutes les divisions de la société ou était-ce tradition dans la famille Foscarini ? Une troupe de femmes sous la conduite de la tante Bianca fut immédiatement envoyée en renfort autour de la place, n'entrouvrit les portes de la citadelle que pour livrer passage à l'escorte du père, présider à la cérémonie du baisemain, l'admettre à déposer ses lettres de créance –il n'était dans l'affaire que l'ambassadeur de Dieu–, à signer sa prise en charge, à déposer sa caution, apposer les sceaux, après quoi il fut renvoyé à ses galères.

L'état de guerre avait singulièrement transformé les rapports humains. La famille, travaillant dans l'urgence, redevenait primitive : les femmes produisaient les futurs guerriers et les mâles s'en allaient à l'aube, l'épieu sur l'épaule, en chantant pour prouver leur audace.

Pietro s'était exécuté de façon admirable et Adriana avait eu droit à une belle cérémonie. Cela se passait dans la chambre rangée de la jeune accouchée, habillée de frais, en présence de la nombreuse parentèle, des parrains désignés, en tête desquels Stefano Pisani ne cachait pas sa joie. La jeune mère, parée comme une divinité, reposait dans son grand lit orné de feuillages et de fleurs printanières. Laura avait l'œil humide, Vincenzo la paupière rougie.

Comme la nourrice prenait des bras d'Antonina un paquet de dentelles qu'elle tendait à Pietro, celui-ci pensa en un éclair qu'il était en train de tendre des bras qui s'apprêtent à tuer des hommes. Il lui parut dérisoire de penser avenir, destin, d'ouvrir une case dans le livre d'or pour ce petit bout de chair rose au duvet noir, vagissant et glouton. De quel droit avait-il propulsé ce petit être fragile dans un monde devenu fou, qui se préparait peut-être à engloutir dans sa démence la République de San Marco ?

– *San Marco !* s'écrie-t-il en montrant l'enfant, un peu parce que c'était un mâle, surtout parce qu'il était beau ou encore parce que c'était ce cri de ralliement qui suscitait un peu la foi en l'avenir.

Mais aussitôt, parlant à l'enfant comme s'il pouvait comprendre, et bien haut, comme s'il était déjà sourd :

– Marco Aurelio, tu es mon fils. Longue vie à toi. Puisses-tu connaître la liberté et l'honneur de tes pères.

On applaudit. L'enfant s'appelait donc Marco. On se rendit à l'église. Un oncle tiré d'un monastère procéda aux gestes et exorcismes du baptême puis l'on s'en retourna au salon parler du futur incertain.

Au petit matin, Pietro, trompant la surveillance de la garde endormie, se glissa au chevet d'Antonina.

– Tonina, mon cœur, tu m'as fait le cadeau de ton amour, de ta patience, d'un enfant magnifique. Je viens te dire merci. Pardonne-moi de n'avoir plus de temps à te consacrer. Dans deux heures, mon escadre quittera la jetée de San Marco et Dieu seul décidera de mon retour.

Il enfonçait sa tête dans les draps de soie, trouvait le creux de l'épaule, faisait provision de douceur, de parfum, de tout ce dont il avait hier désiré s'éloigner et qu'il quittait aujourd'hui avec regret.

– Ne crains rien, Pietro.

C'était puéril, toutes ces certitudes. Cela n'avait pas de sens, mais cela donnait de la force.

Elle lui caressait les cheveux, enfonçait ses doigts dans les boucles et glissait sa main sur la nuque où roulait le ruban de velours.

– Tu reviendras.

\*

L'escadre mit à la voile, cap sur la rade de Corfou, lieu de ralliement de la flotte alliée, qui devait s'y trouver au grand complet le 15 mars de l'année 1538.

Corfou montrait encore ses blessures reçues de l'attaque récente. Sa redoutable citadelle dominait un pays ravagé mais ses murailles intactes étaient une vision rassurante. L'arrivée massive des contingents de Vénitiens transformait les abords de la ville en campements militaires. Il fallait organiser la police, nourrir tous ces hommes sur une île dont on avait pillé les greniers et où le blé nouveau poussait à peine, là où on avait pu semer. Le soir, les officiers se rassemblaient dans les tavernes.

Les hommes qui partent à la guerre vivent dans le présent et le concret. Ils activent leurs cellules primitives. Les plus raffinés, ceux qui, hier encore, dissertaient des poètes et des complications de l'âme, vivent pour l'action, s'adonnent au rôle simple qui leur est assigné, changent de langage. Pietro s'en aperçoit lorsqu'il entend son cher oncle Vincenzo, en charge des approvisionnements, affirmer sans ambages :

– Ces fils de pute d'Espagnols de la Pouille mériteraient qu'on les encule un à un à l'aide d'un écouvillon de pièce de cinquante livres, après quoi il conviendrait de les recouvrir globalement de merde. Ne nous font-ils pas des misères pour les livraisons de grain nécessaires aux armées de leur sainte ligue ?

– Il y a plus fils de pute qu'eux, amico, rétorque Girolamo Marcello. Notre Saint Père le Pape est en train de nous chicaner son sixième des frais de la campagne. Le décime que nous lui demandons sur les revenus du clergé et que nous avons ramené à un contrat de cinq années, il nous le refuse.

– Pas possible !

– Si. Il le remplace par une autorisation de vente des biens de l'Église à hauteur d'un million de ducats.

– Un million de ducats contre un décime sur cinq ans, réfléchit Pietro. Cela veut dire, s'il calcule bien, l'équivalent d'un versement annuel de deux cent mille ducats. Et si deux cent mille ducats correspondent à un décime, cela veut dire que les revenus du clergé sont de deux millions chaque année... *Cazzo !*

Cette révélation dénude la conversation. On était à table, on entend la mastication des mandibules.

– Te rends-tu compte de la valeur de leurs biens, dont ils nous concèdent un ridicule petit million ?

– Et du volume des aumônes...

– Et du prix des bénédictions...

– Et de celui des baptêmes, des absolutions et des indulgences...

– Quand je pense que l'État réclame à ses citoyens un cinquième décime sur les revenus de nos biens fonciers, en plus des quatre déjà versés cette année...

– *Màre* m'écrit que cette taxe peine à rentrer, dit Pietro. Les retardataires sont nombreux. Ils ont décidé de tirer au sort vingt-cinq d'entre eux et de mettre leurs biens à l'encan...

– Ils pensent aussi faire payer le droit d'assister avant l'âge requis aux séances du *Mazzor Conseio...*

– Mais cela ne suffit pas. On a dû lancer un emprunt viager à quatorze pour cent...

– Quatorze pour cent ! Illimité ! Comment rembourserons-nous jamais cela ? Le clergé mériterait qu'on lui confisque ses couvents et ses terres.

– *Figli di puttana*, conclut le tendre Vincenzo.

Car dans le même temps, on attendait l'arrivée des galères du Pape.

– Les voilà ! Les voilà ! cria-t-on un matin.

– Ah, quand même ! Mais quoi d'admirable à cela : elles sortent de notre arsenal et c'est nous qui les avons équipées.

À leur tête parut Marco Grimani, patriarche d'Aquilée : sa sainteté avait eu au moins l'élégance de nommer un Vénitien.

L'été était venu. On ne manquait pas de bras pour la moisson, cela occupait les hommes, en attendant la flotte espagnole. Le soir, les officiers vénitiens trompaient le temps autour d'exercices aux armes suivies de cruches de vin sous les treilles. L'été 1538 à Corfou commençait dans l'attente.

On recevait des courriers personnels de Venise, des nouvelles officielles transmises par les garde-côtes, par les patrouilles de liaison avec la flotte de Candie et de la Morée, par les fustes qui se rendaient dans la Pouille. Mais point de flotte espagnole au-delà de l'horizon. Que faisait Andrea Doria ?

On apprit que Hayreddin avait quitté Constantinople le 7 juin 1538 avec une cinquantaine de galères, le reste de la flotte n'étant pas encore sortie des arsenaux. Il faisait voile dans l'archipel vénitien dont il avait déjà croqué une dizaine d'îles l'an passé, et achevait systématiquement sa cueillette : Skiathos, Skyros, Tinos, Seriphos, Andros... En tout, cela faisait vingt-cinq ; douze avaient été frappées du tribut des pays conquis, treize avaient été ravagées. Mais les termes de la ligue voulaient que la flotte vénitienne, forte de quatre-vingt-une galères, attende à Corfou.

Dans le même temps, les armées de terre ottomanes se répandaient en Dalmatie. Venise, sous leur poussée formidable, envoya quinze cents chevaux et douze mille hommes sous la conduite de quantité de jeunes patriciens chargés de concentrer leurs efforts sur Zara. Le Doge, renouant avec l'époque héroïque de Padoue, avait retrouvé ses accents patriotiques :

— Allez, leur disait-il, partager les périls de vos sujets, si vous voulez qu'ils vous reconnaissent pour leurs protecteurs.

Le vin de Corfou parut moins amer, quand on apprit que les armées turques se dirigeaient à présent vers la Hongrie. Mais on attendait toujours le généralissime qui, s'il avait paru en temps convenu, c'est-à-dire à la mi-mars, aurait permis de s'opposer à tous ces ravages. Que faisait donc Andrea Doria ?

Il convoyait Sa Majesté l'Empereur de Barcelone à Nice, de Nice à Aigues Mortes, d'Aigues Mortes à Barcelone. Cette circumnavigation était la conséquence d'une idée du Pape : réunir en un même lieu les deux princes de l'Europe chrétienne et les conjurer de faire la paix. Malheureusement, ces princes refusèrent de se rencontrer. À Nice, le vieux Pape en était réduit à faire le commis entre la résidence de l'un et celle de l'autre. Au bout de tant d'efforts, il avait obtenu une paix de dix ans, affirmée du bout des lèvres, et à laquelle personne ne croyait. Dès que le Pontife se fut rembarqué pour Rome, les deux comédiens poursuivirent leur pantomime en allant s'entendre, copains comme cochons, à Aigues Mortes. Quel jeu se jouait là-bas ? À Corfou, l'air de l'été devenait irrespirable. La fièvre s'emparait des esprits :

– Vous verrez, disaient les plus atteints, Charles viendra en personne mener la guerre sainte. Il défiera les Sarrasins, écrasera leurs armées et leur flotte, libérera les esclaves, démembrera l'empire ottoman. Nous retrouverons nos îles, les côtes de l'archipel, les villes de Valona et Castel-Nuovo ; nous recevrons tous les comptoirs du Levant. Les chevaliers de Saint-Jean reviendront à Rhodes. Charles régnera sur les anciennes possessions byzantines, même celles qui ne nous ont jamais appartenu ; il reprendra les lieux saints, rétablira la religion du Christ et transportera son trône dans Constantinople reconquise !

– Et le Pape ?

– Le Pape ? On lui offrira quelques possessions à sa convenance.

Ceux qui parlaient ainsi n'étaient pas ivres. Ils avaient la foi, une foi dangereuse, dévastatrice. Ils haussaient les épaules lorsque Pietro leur demandait :

– As-tu déjà vu marcher une armée ottomane ?

Ils brûlaient d'énergie et leurs yeux hallucinés voyaient Charles apparaître à l'horizon, monté sur un char de lumière ou sur une galère poussée par une immense voile barrée de la croix sanglante de Malte et poussée par un vent céleste. Mais l'horizon restait désespérément vide. Où étaient les trente galères qui devaient quitter Messine, les cinquante qui étaient en armement dans différents ports d'Espagne, les trente que Doria devait amener de Barcelone ?

Corfou envahi par tout ce peuple de marins, de rameurs, de soldats, devenait insalubre. Certes, on en utilisait le plus possible à la reconstruction de l'île, mais une telle concentration d'hommes dans l'espace limité de l'île entraînait toutes sortes de désordres, rixes, maladies, et les officiers, au lieu de susciter l'ardeur au combat, s'employaient à calmer les esprits et punir les abus. L'armée menaçait de se détruire elle-même.

Ils n'étaient pas rares, les *sopracomiti* qui murmuraient en sourdine que la guerre avait commencé, et que c'était celle de l'Empereur contre Venise. Toutes les prédictions entendues dans le discours de Marco Foscari ne s'étaient-elles pas vérifiées une à une ?

Les résistances du Pape à propos de sa contribution financière à la Sainte Ligue ; le retard des galères espagnoles qui contraignait la Sérénissime aux dépenses énormes d'une flotte sans emploi qui se délitait dans l'attente, tandis que l'ennemi ravageait ses colonies...

– Nous verrons bien, disait-on, si Doria, s'il arrive, sera cette fois disposé à se battre.

Puis on apprit que Hayreddîn s'en prenait à Candie. Retimno et Canea résistaient mais le corsaire y avait déversé des bandes de brigands qui saccageaient les campagnes. Enfin, l'amiral turc se rendit à Cos où il laissa ses galères de soldats de marine et lança sur mer ses corsaires pour donner la chasse aux navires chrétiens. La flottille vénitienne de Candie avait pu débarquer dans l'île pour y mener une sanglante chasse à l'homme. Les bandes avaient été anéanties, mais l'île était exsangue et la petite place de Settia en cendres.

Vers le milieu du mois d'août parut une première escadre de la Ligue : trente galères. Les Vénitiens, les nerfs à vif, voulurent sur-le-champ commencer la campagne. Marco Grimani entreprit de débarquer des troupes sur la langue de Prévéza pour tenter de prendre le fort occupé par les Turcs. Mais il rencontra tant de résistance de la part des Turcs qui tenaient la côte, qu'il dut se retirer après avoir perdu des hommes et des canons. Après cet échec, il fut clair que plus rien ne serait entrepris avant l'arrivée du généralissime ni avant la réunion de toute la flotte. Cinquante autres galères étaient arrivées en Sicile, mais elles y restaient pour attendre les troupes qui devaient arriver d'Espagne. Ensuite, Doria entra dans Messine et y reposa quelque temps ses équipages.

Quand il parut dans la rade de Corfou, on était le 7 septembre 1538. L'été se consumait. La Ligue avait perdu six mois et Venise, toutes ses îles de la mer Égée.

# 5
## Septembre-novembre 1538, en mer, à Venise.
## Inutiles colères

*Tonina de mon cœur et de mes pensées, Doria est enfin arrivé.*
*Demain, j'irai me battre. Quelle délivrance ! Rien n'est plus affreux*
*que cette inaction dans laquelle nous nous enlisions. Nous allons*
*pouvoir donner notre mesure et montrer ce que nous valons. À moins*
*qu'on ne nous sacrifie à la haine que l'on a pour nous. Tout ce que*
*je vois, tout ce que j'entends proférer ici depuis six mois me fait*
*penser qu'il nous faut à présent honorer nos engagements mais que*
*nous courons au devant d'une issue que d'autres ont choisie pour*
*nous, en dehors de nous. Notre seule chance de demeurer*
*respectables est de nous battre. S'il y a une grandeur à aller*
*jusqu'au bout d'une folie, nous sommes grands. Si je meurs, tu diras*
*à notre fils que ma dernière pensée d'homme aura été pour toi et*
*pour lui. Et lorsque tu iras embrasser ma mère, tu emmèneras*
*Marco. À Corfou, ce 7 de septembre 1538. Pietro.*

Pietro a jeté sa lettre parmi les autres dans le sac de la fuste de
Venise, puis a embrassé son oncle et est allé prendre son poste à bord
de l'Aurelia, dans l'escadre Mocenigo.

La flotte ottomane était remontée le long de la côte occidentale de
la Grèce, s'emparant au passage de Céphalonie, puis était allée se
placer dans le golfe d'Arta. Ce golfe est une mer intérieure bordée de
marécages. On y entre par un goulet protégé par deux forteresses
tenues par les Turcs : au nord, celle de Prévéza, fait face à celle
construite sur le promontoire d'Aktion, l'ancienne Actium, où
périrent jadis les rêves d'Antoine et Cléopâtre. À peine Hayreddîn a-
t-il pris position dans cette baie avec ses 122 galères, que la flotte des
chrétiens vient jeter l'ancre devant Prévéza, à bonne distance de la
côte, hors de portée des canons de ses forteresses.

# LE COMPLOT DE SAN DONATO

On était le 25 septembre 1538. Il semblait qu'en l'espace d'une journée, un continent avait glissé sur la mer ; une plaine ininterrompue hérissée d'arbres étranges dont le feuillage multicolore flottait au vent du nord, comme si de Venise lointaine venait l'impulsion qui bientôt mettrait en mouvement la plus grande armée de mer jamais rassemblée sur ces côtes : 36 galères pontificales, déployant leurs bannières jaunes aux clés de Saint Pierre ; 50 vaisseaux d'Espagne, avec leurs oriflammes aux armes de Castille et d'Aragon ; parmi ceux-ci, de gigantesques galions venus de Cadix et de Séville, véritables forteresses flottantes chargées de canons, montagnes pavoisées de pourpre ; et enfin 81 galères de Venise, aux étendards rouge et or frappés du lion de la Sérénissime. Une flotte magnifique de 167 vaisseaux.

Or, elle se tient immobile et attend, semble laisser l'initiative à Hayreddîn qui l'observe depuis son refuge du golfe. A bord de la capitane, Andrea Doria préside le conseil de guerre. On tire les leçons de l'attaque manquée de Marco Grimani. Le généralissime ne veut pas risquer ses lourds galions dans le goulet étroit défendu non seulement par des forts, mais aussi par une barre de sable. Le vent est faible, il porte à la côte.

En face, tapi dans le golfe, Hayreddîn hésitait aussi. Il arpentait nerveusement le pont de sa capitane, conscient de son infériorité numérique. Oserait-t-il passer le chenal, lancer ses vaisseaux vers la mer, sous les feux de l'ennemi qui, tant que ses galères ne sont pas rangées en bataille, pourra les massacrer une à une ? L'eunuque affecté à son service l'observait avec insistance ; nul doute qu'il soit à la solde de Suleyman et qu'il l'espionne. Que dira-t-il à son maître ? Ton esclave Hayreddîn n'a pas proposé le combat ; il a attendu comme une femme cachée dans sa demeure. Il a laissé détruire ta flotte. Couvre de chaînes celui qui t'a couvert de honte.

Après trois jours d'attente, les Chrétiens n'ayant fait aucun mouvement, les corsaires les plus audacieux ont pressé leur maître d'agir.

– Ces couards de fils de chien s'imaginent pouvoir nous impressionner par leur nombre. Vois : le vent les porte sur la côte, mais la côte nous appartient. Ils fuiront devant toi, maître. Qu'attends-tu ? Montre-toi. Commande et nous vaincrons, car Allah (béni soit-il) protège tes saintes entreprises.

Andrea Doria, cédant finalement à l'insistance de Marco Grimani qui veut sans doute faire oublier sa tentative manquée devant

Prévéza, accepte enfin l'idée d'aller s'emparer du château situé sur le promontoire d'Actium. Le Patriarche Grimani marchera avec ses galères du Pape à la tête de l'avant-garde, Doria commandera le corps de bataille, et les vénitiens fermeront la marche. Il serait bien étonnant, pense le généralissime, que voyant la flotte chrétienne faire mouvement vers le sud, Hayreddîn ne sorte pas de son trou pour mordre son arrière-garde et causer quelques pertes sanglantes aux Vénitiens. Alors... Oui, descendre en direction de Sainte Maure : voilà ce qu'il faut faire.

Le 27 septembre 1538, la flotte alliée leva l'ancre et se dirigea vers le sud. Presque au même moment, Hayreddîn hurle dans son porte-voix :

— Placez-vous en ligne. Nous sortons pour offrir la bataille !

Les alliés arrivaient en vue de Sainte Maure lorsqu'ils aperçurent la flotte ennemie décidée à les suivre. Doria fit aussitôt virer de bord et l'arrière-garde vénitienne, revenant sur ses pas, courut à la rencontre de l'ennemi.

Les Vénitiens avançaient vite, nullement gênés par le vent contraire qui d'ailleurs venait de tomber. Hayreddîn sut alors pourquoi il avait hésité de sortir : le vent ne l'aidant pas, il ne sortait pas assez vite ; il n'avait pas le temps de se ranger en bataille et ces Vénitiens semblaient décidés à en découdre. Dans ces conditions, il n'était pas question d'affronter une attaque vigoureuse, d'autant plus que le corps de bataille de la Ligue venait aussi sur lui. Il jugea à propos de refuser le combat et d'aller se remettre à l'abri du golfe.

Aussitôt après avoir viré de bord, Aurelio avait vérifié la préparation de ses canons. Il se trouvait au second rang de l'aile gauche. Chaque galère en difficulté dans la rangée précédente serait aussitôt remplacée par une autre, de deuxième rang. De son poste de commandement, Pietro surveille à la fois ses avants et la succession des pavillons hissés sur la Moceniga, sa capitane d'escadre : À l'attaque ! L'immense cri a déferlé de rang en rang, libérant une force sauvage trop longtemps réprimée, une sorte de joie féroce, un élan barbare.

Les galères ont abattu leurs voiles pour manœuvrer plus librement. Elles avancent parallèles, au rythme régulier et insistant du gong. Leur vitesse abat les flammèches allumées devant chaque couleuvrine, chaque arme à feu. On dirait de gigantesques lampes antiques, avec leurs feux vacillant sur la rambade et les couroirs où chacun attend, l'arme au poing. Ce matin, on a distribué aux galeotti du pain, du vin et de l'huile en quantité, mais aussi des barres de liège qu'ils se mettent entre les dents pour supporter l'effort et s'empêcher de perdre haleine dans des cris de terreur.

Les escadres progressent dans l'immense grincement des rames, le chuintement de l'eau, et les aboiements des mariniers et maîtres d'équipage. Le gong soulève les poitrines de ceux qui attendent, en proie au frisson de colère et de frénésie. Ce battement sonore, obsédant, accompagne celui de leur cœur qui palpite et trépigne, se ramasse, se concentre, se comprime, avant le déchaînement imminent qui aura la violence d'une explosion libératrice.

Devant, les canons grondent, soulèvent des murs de fumées opaques qui se répandent sur la mer et se dispersent avec peine. L'Aurelia pénètre à l'aveugle dans ce nuage, informée des événements par les seuls bruits de bataille : détonations, craquement de bois, hurlements de colère ou de douleur, échos d'un indicible chaos. Et cela vient de là-bas, de l'entrée de la passe. Si les galères turques, pressées de repasser le goulet, s'y engagent dans le désordre, c'est le moment de les détruire et le carnage n'est plus qu'une question de minutes car le corps de bataille des alliés arrive sur les talons des Vénitiens. Déjà des cris de victoire montent des vaisseaux à l'étendard rouge et or :

— San Marco ! Ils sont à nous ! Débarquons ! Écrasons-les !

Pietro ne vit pas ce qui se passait dans son dos. Ses yeux, qui scrutaient le rideau de fumée, allant de la proue au pavillon de la Moceniga, se fixent soudain sur ce bout d'étoffe qui parle, à la penne de la capitane. A-t-il bien vu ?

— Comite, je deviens fou ! Lisez-vous la même chose que moi ?

Le Comite jetait son bonnet à ses pieds, le piétinait en crachant par terre. Pietro proféra un juron horrible. Des clameurs ou plutôt des silences, provenaient des galères voisines. Au même moment, confirmant les signaux, un long cri jaillissait de proche en proche :

— Ordre de retraite ! Ordre de retraite !

Doria avait donné le signal de la retraite. Et pourtant, chacun savait que sous le vent mou, les vaisseaux turcs défilaient lentement. Capello les avait rejoints, les canonnait vivement, semait le désordre dans la multitude de galères qui se pressaient à l'entrée de la passe. Si en même temps le corps de bataille avait donné, une partie de l'armée turque était écrasée et tombait au pouvoir des chrétiens. Mais Doria refusa de prendre part au combat que le vénitien Capello était en train de gagner. Cependant, tous les capitaines vénitiens obéirent en frémissant.

On venait de perdre une occasion unique de gagner une guerre.

Le soir du premier jour de Prévéza ressembla, dans les rangs vénitiens, à une veillée funèbre. On remuait de sinistres appréhensions, on parlait peu, chacun s'enfermait dans son silence. Quelle est cette guerre où l'on attend, où le combat annoncé vous échappe sans cesse, où les hommes, désirant l'engagement, se voient régulièrement frustrés dans une ardeur belliqueuse pourtant soigneusement suscitée et entretenue ?

La flotte fit route vers le sud de l'île de Santa Maura, où les rochers du Capo Ducato la protégeaient des vents dominants qui, ce soir-là, languissaient. Toutefois, les tensions de la journée finirent par se résorber dans un sommeil de brute et l'on s'éveilla le lendemain matin sous la même brise hésitante.

Le matin du 28 septembre se réunit un conseil de guerre. Doria ressemblait au vent : indécis, presque contraint. Il était d'avis de ne pas attaquer. Vincenzo Capello, par contre, tempêtait :

– C'est une honte que de nous retirer sans avoir combattu !

Le commandant des galères pontificales, qui ne voyait pas de justification plausible à offrir au pape pour l'échec de sa croisade, soutenait fermement son collègue Vénitien. Andrea Doria fit donc mine de se laisser fléchir et rejoignit la majorité d'un air emprunté.

– Puisque tous vos équipages demandent le combat, dit-il à Capello, je mettrai vos Vénitiens en première ligne. Je placerai mes Espagnols derrière vous, l'escadre du Pape formera l'arrière-garde.

Lorsque les Vénitiens arrivèrent en vue de Prévéza, les vaisseaux turcs étaient en train de sortir du goulet pour se ranger en ordre de bataille. Ce que voyant, Vincenzo Capello se fit porter dans une yole près du vaisseau amiral.

– Donnez immédiatement l'ordre d'attaquer ! hurlait-il dans son porte-voix. Nous perdons un temps précieux !

Devant l'embouchure du goulet, les *galee sottili* vénitiennes se préparaient à l'affrontement, pointaient leurs canons, les mèches *a posto*, les équipages à l'affût, tous les *Sopracomiti* prêts à lancer leurs chiourmes au passe-vogue. Mais le signal ne venait pas.

Quand trois heures plus tard vint l'ordre d'attaque, toute la flotte turque était rangée en bataille. Les Vénitien faisaient une danse d'enfer en face d'eux. Les Turcs les tenaient à distance sous le feu de leurs navires autant que sous celui de leurs fortins. Et ils ne se laissaient évidemment pas entraîner au large. Voyant l'ennemi demeurer ferme, Doria donna l'ordre de retrait. Mais la première ligne vénitienne était engluée dans les défenses turques.

Pietro avait pour horizon un nuage de fumée sale que le vent languissant dissipait lentement et dans lequel, comme au début d'un orage, fulminaient des éclairs rouges et bleus. Un vacarme assourdissant semblait secouer l'air, la mer, et jusqu'aux membrures des galères qui craquaient sous l'effort des rames tandis qu'on se préparait à mettre en action les couleuvrines. Attentif aux signaux, Pietro transmit l'ordre de repli, maintint sa position et fit touner son bâtiment. Mais quand il se retourna pour compter les galères de première ligne qui sortaient du brouillard de fumée, il vit qu'il en manquait trois : l'une d'elles, il l'avait vue prise d'assaut, avait assisté au massacre de son équipage. Deux autres teintaient de rouge la fumée grise et noire. Pas de Moceniga. Aurait-on perdu la capitane ? La voilà qui émerge enfin de la masse brouillardeuse, le carrosse en feu, d'énormes flammes s'échappant de sa poupe autour de laquelle les hommes s'affairent à coup de seaux.

Pietro a vu la boule de feu mais il n'a rien entendu, rien senti, pas même le coup de poing au creux de l'estomac. Soit son oreille est sourde, soit le vacarme trop intense Et puis sans doute hurlait-il aussi. Car l'énorme explosion fut suivie de répliques en cascades rapides. Le sifflement de ses oreilles lui épargne le reste des clameurs. Une fumée âcre envahit sa bouche, étouffe ses poumons, et une pluie horrible s'abat sur le pont de l'Aurelia : morceaux de bois arrachés, tranchants, mortels, membres humains, restes de corps sanglants. L'incendie de la Moceniga avait dû se propager à sa soute à poudre.

Pietro est en sueur sous son armure, son front ruisselle sous son casque et il a le visage noirci de poudre. A l'abri du pavois de poupe, il manie l'arquebuse, tire sans relâche. Tout en surveillant son avance, il encourage ses canonniers de poupe qui tiennent à distance les poursuivants.

Là-bas, Doria avait fait retraite depuis longtemps. Ses lourds galions espagnols manœuvraient lentement sous le vent capricieux. Deux d'entre eux sont rejoints et pris d'assaut, ainsi qu'une galère du Pape, qui était venue leur porter secours.

Les jours suivants, à l'abri de la citadelle de Corfou, les coalisés purent admirer la flotte de Hayreddîn qui défilait glorieusement au loin. Mais ce n'était pas la beauté du spectacle qui faisait pleurer Pietro. Les moments les plus difficiles dans la vie d'un marin ne sont pas toujours ceux que l'on croit.

\*

— Ah ! Ma mie, cette journée du 28 septembre... soupire Vincenzo.

En ce dimanche de la fin du mois de novembre, les deux familles se sont rassemblées à la maison de Sant'Angelo pour saluer le retour des marins. Ces marins qui, à peine revenus de Corfou, où la flotte hiverne, se sont précipités à la séance du Grand Conseil où, devant leurs pairs, ils n'ont pas manqué d'exhaler leur amertume. Car ils sont revenus avec une telle rage au ventre que leur blessure saigne encore. Cela gâte la joie des retrouvailles.

Même Adriana sourit d'un air navré devant la belle table, les feuillages et les mets de choix servis dans la vaisselle d'argent à des convives en habits de fête. Laura, comme toujours, a bien fait les choses et Adriana attendait que ce dîner efface les chagrins. Qui, autour de cette table, pourrait l'aider dans cette mission essentielle, la sienne depuis toujours : égayer la fête ?

La plus brillante est évidemment Antonina, fraîche, épanouie, primesautière, insouciante comme il faut l'être à Venise. Quelle chance a ce Pietro qui part si loin, et trouve, quand il revient, une si jolie femme passionnée et à présent un bébé mâle plein de santé ! L'homme adulé de deux femmes. Sa mère aussi le dévore des yeux, l'écoute avec plus d'attention qu'elle n'en consacre à son inséparable Capitaine Marcello, l'ami de longue date de Vincenzo. Ceux-ci n'ont jamais causé de souci : ils sont toujours revenus du large. Pietro prend plus de risques. Il ne faudrait pas qu'Antonina se retrouve veuve une deuxième fois ; elle aime tant et depuis si longtemps son Pietro qu'elle dévore goulûment du regard.

De l'autre côté de la table, se trouve cet intéressant demi-frère de son gendre, ce Nicolò Cavazza, un peu cérémonieux, pas très drôle, mais premier secrétaire permanent du Sénat. Un homme fort bien, qui a fait un beau mariage et élève une nichée d'enfants. Sa femme est fort douce, tient bien son rang. Et puis il y a Costantino. Les deux frères Cavazza étaient revenus ensemble de la séance du Grand Conseil, où les occupent leurs postes de secrétaires. Et on aurait pu mieux le fêter, ce cher Costantino, puisqu'à la séance de ce matin même, il a été nommé secrétaire au Conseil des Dix. Ce n'est pas tous les dimanches qu'on nomme quelqu'un à un poste si important et que cet honneur tombe si près de soi. Mais dans les circonstances actuelles de retour de campagne, c'est à peine si l'on s'est réjoui de cette promotion –qui surprenait l'intéressé lui-même. N'a-t-il pas eu ce commentaire charmant :

– Mais oui, mes amis, ils sont fous. Il y a deux mois, je n'étais sur aucune liste ; il y a trois semaines, j'étais sixième et dernier ; ce matin à tierce, deuxième ; une heure plus tard, premier. C'est ce qui nous rapproche, *Signori* : les hasards de l'administration n'ont d'égaux que ceux de la guerre.

Le dîner s'annonçait bien, pourtant : une levée de verre à la gloire de Costantino, à la promotion du secrétaire. Mais on en était revenu au gouffre de la guerre, beaucoup moins drôle. Et le délicieux Costantino, avec sa vie de vrai Vénitien, un peu secrète, un peu agitée, aventureuse, marquée par la joie de vivre et la bonne fortune, était passée au second plan. Et Vincenzo qui soupirait :

– Ah ! Ma mie, cette journée du 28 septembre...

Adriana soupire, à l'imitation de son époux, mais pour d'autres raisons. Ils vont encore parler toute l'après-midi de cette affaire navrante de Ligue qui a déjà coûté tant d'impôts aux propriétaires de la ville pour n'aboutir qu'à des déconvenues. Car enfin, une affaire ficelée avec si peu d'enthousiasme ne pouvait réussir. N'en va-t-il pas de même lorsqu'on prépare une fête ? Il faudrait décidément laisser le pouvoir aux femmes, on s'amuserait davantage et on n'en serait pas à transformer un repas de retrouvailles en veillée funèbre.

Vincenzo, tout à fait inconscient du gâchis, poursuit, impitoyable le récit navrant de cette campagne manquée :

– 167 bâtiments contre 122... Et deux fois, on nous a ôté une victoire certaine.

Il se tait un instant, le temps peut-être de réprimer un nouvel avis tranché sur ce qu'il y a lieu de penser d'un suppôt d'Espagnol.

– Doria avait des ordres, gronde Pietro. Je suis persuadé qu'il avait des ordres. Peut-être même était-il de mèche avec Barbarossa.

– Ou alors il attendait le vent pour ses galions, suggère Girolamo Marcello.

Marcello, dans son honnêteté profonde, tentait de comprendre l'incompréhensible ; Pietro ne pouvait excuser l'inexcusable. Il réplique avec feu :

– Mais nous avions des bâtiments légers qui ne sont pas tributaires du vent et infiniment mieux adaptés au combat.

Au bout de la table, l'épouse de Nicolino frémit de toute sa nature tendre :

– Et... Vous en avez perdu beaucoup ?

– Non, Concordia, seulement trois, ce qui n'est pas beaucoup, mais ce qui fait quand même plus de cinq cents hommes. Et j'ai vu sauter la *Moceniga*.

– La *Moceniga* ! Mon Dieu ! murmure Laura qui a gardé des liens d'amitié avec les Mocenigo.

Dans le silence pieux de la tablée, Pietro revoyait la boule de feu, et les débris qu'il avait piétinés sur le pont de l'*Aurelia* parmi l'écume et le sang. Peut-être le sang de Mocenigo. Vincenzo et Girolamo étaient plus loin, à ce moment-là ; ils n'avaient pas vu mourir le fils Mocenigo. Personne ne l'avait vu mourir. Pas même celui qui mourait.

– Et qu'avez-vous fait, étant à Corfou ?

– Vincenzo Capello voulait se rendre en mer Égée pour secourir ou reprendre nos colonies. Doria préféra s'enfoncer dans le golfe de Venise pour aller assiéger quelque place sur la côte. On s'empara de Castel-Nuovo dans les bouches de Cattaro. Nos soldats vénitiens en ont escaladé les rochers et les murs, en ont ouvert les portes. Les Espagnols, qui nous suivaient, s'y sont installés puis mirent la ville à feu et à sang.

– Selon leur habitude, intervient Girolamo Marcello. Mais cette campagne calamiteuse, mes amis, s'achève de façon inattendue, et peut-être est-ce le Pape qui décida Dieu à envoyer la tempête. Un fort coup de vent dispersa la flotte ennemie dont les restes se réfugièrent à Valona. Capello réclama à grands cris l'ordre d'aller les détruire. Mais Doria objecta que les équipages étaient fatigués, la saison avancée, et qu'il s'apprêtait à ramener la flotte impériale en Sicile.

– *Bastardo*, murmure Vincenzo.

Et l'on voyait bien à l'éclat redoutable de son regard que ce mot, dans sa bouche était une litote.

– Le départ de Doria a mis fin à la campagne, et sans doute à la Ligue, commente Nicolino.

– Sans doute, approuve Girolamo. Mais Doria, qui est un bon marin et un redoutable stratège, n'a pas agi sans raisons. Son inertie, son départ sans respecter les engagements de la Ligue, plaçant des garnisons d'Espagnols partout où il le pouvait, démontre assez qu'il s'est servi de nous pour accomplir les desseins de l'Empereur.

De l'autre côté de la table, Nicolino approuve. Demain, chacun tirera les leçons de cette alliance désastreuse mais qui somme toute n'a pas été inutile. Il fallait que les Vénitiens vident enfin leur querelle entre partisans et opposants à l'Empereur ; que ceux qui se méfiaient de Charles Quint prouvent la justesse de leur opinion en laissant faire ceux qui lui faisaient confiance. Nicolino, qui exerce son autorité sur cinq enfants, sait bien que parfois, il faut céder à une passion pour en dégoûter celui qui en est dévoré. C'est le traitement qu'il a infligé récemment à son aîné, en lui provoquant une indigestion de confitures. Depuis, il mange de la salade. Les peuples se conduisent comme les enfants, pense-t-il. Mais jamais il n'avouera à aucun marin de la Sérénissime le contenu de la lettre qu'une poignée de sénateurs, aveuglés ou sachant dissimuler, ont tenu à envoyer à ce traître de Doria : des louanges à sa prudence, et l'expression de toute la confiance de la République. Les personnes présentes autour de cette table n'avaient pas besoin d'ajouter le dégoût à l'humiliation.

Ces choses étant dites, d'autres tues, l'assemblée dispersée dans les salons consacre le reste de l'après-midi à renouer le tissu du quotidien sur le canevas solide des affections familiales et des amitiés anciennes. Marco, bébé de neuf mois, fait l'admiration de tous par ses savantes trouvailles en matière de reptation.

— Il te ressemble, Pietro. Tu vois ? Déjà il nage.

Et Costantino s'en prenait à ses neveux, qu'il rendait fous d'excitation par les jeux passionnants qu'il leur inventait. Quand il questionna l'aîné d'entre eux sur son goût pour la salade, il vit la barre verticale au front du père de l'enfant et en rit de plus belle.

— Costantino, si ceux qui t'ont élu ce matin te voyaient à l'œuvre, ils reviendraient sur leur vote, dit Nicolino.

— Ils ne le peuvent pas, *fratello*. Crois-tu que je l'ignore ? Ne m'as-tu pas vu ce matin présenter avec beaucoup de sérieux et de componction mes hommages à tous ceux qui ont voté pour moi ? Nous voilà quittes. S'ils se sont trompés, tant pis pour eux.

Il était difficile de contredire Costantino. Celui-ci avait le don de l'exacte répartie, mais mouchait ses interlocuteurs sur un ton tellement plaisant qu'on ne pouvait lui en tenir rigueur. Toutefois, cette nomination... Nicolino ne pouvait s'empêcher d'en ressentir un pincement. Jalousie ? Pas vraiment. Jamais il ne s'était permis d'être jaloux de son cousin, son presque frère. Malaise, pourtant.

L'un après l'autre, chacun revenait féliciter personnellement le nouveau secrétaire des Dix. Tous se disaient fâchés que tant d'émotion et de désolante politique ait masqué le seul événement vraiment heureux de ces derniers mois. Costantino affirmait qu'il était d'accord sur ce dernier point. Jamais on n'avait vu l'État s'agiter ainsi dans une avalanche de nominations. Un *notario alla sanità* qu'il n'est plus pourrait y voir une épidémie d'intempérance abdominale.

— Costantino, on a reconnu tes mérites.

— Vous êtes bien aimable de parler ainsi, *Capitanio* Foscarini, bien que je n'aie rien fait pour mériter cet honneur. Et il faut bien reconnaître qu'il y avait autour de la table aujourd'hui de bien plus méritants que moi.

— Des hommes qui ont attendu...

— C'est vrai. Moi, je n'attendais pas.

Un rire joyeux s'élève parmi le cercle. Adriana, toute rieuse, est enchantée de cette réplique inattendue.

— Vive notre secrétaire ! s'écrie-t-elle. Il va pouvoir nous raconter des choses intéressantes !

— De grâce, taisez-vous, *Signora,* on pourrait vous entendre : c'est un complot. À Venise, quand on ne rit pas, on complote, vous le savez bien.

— Or donc, rions !

Quel bonheur de laisser courir cet esprit léger, jamais à court de boutades, de l'entretenir de potins sans conséquence. Adriana ne connaît que deux hommes qui sachent faire rire Venise.

— As-tu des nouvelles de Pietro Aretino ?

Je crois que nous le verrons bientôt revenir d'Urbino, *Signora.* Il se sera fait l'ami de Guidobaldo, le nouveau Duc, le fils de Francesco Maria, qui a quitté ce monde il y a un mois.

— Oh ! dit Adriana à mi-voix sur un ton de conspiratrice, on dit que l'Aretino aurait accusé Cesare Fregoso d'avoir empoisonné le feu duc.

— Sornettes, *Signora,* et calomnies. Pietro Aretino et Cesare Fregoso sont les meilleurs amis du monde. Et pour quelle raison le condottiere Fregoso aurait-il empoisonné un collègue ? Croyez-moi, Francesco Maria della Rovere fut plus sûrement assassiné par un coup d'encensoir du *divino.*

Adriana riant était belle à voir.

— Mais pourtant il me semblait que ton ami Aretino était *persona non grata* à Venise.

— Les coupables en sont les *inquisitori alla bestemmia*. Leur apparition a eu des effets étranges : Pietro Aretino est parti à Urbino, le peintre Franco-Girolamo da Treviso a fui en Angleterre et Maffio Lion s'est marié. Mais des trois, c'est l'Aretino qui n'a rien commis d'irréparable. Son cas a reçu la grâce de Sa Sérénité, qui l'a absous des vilains soupçons qui pesaient sur lui. Voyez-vous, *Signora*, de même que rien d'important ne se fait dans le monde sans l'intervention de notre Saint Père le pape, rien de peu d'importance ne se fait à Venise sans l'assentiment de notre Saint Père le Doge.

— Tu as tort, Costantino, relève Girolamo Marcello. Ce matin, j'ai eu la joie, au Grand Conseil, d'admirer dans son ensemble et sans échafaudages, la fresque achevée de la bataille de Spolète.

— Ah, *Capitanio*, il ne fallait pas partir. Nous, à Venise, nous pouvons l'admirer depuis le mois d'août. Et quelle merveille, me direz-vous, qu'on nous fasse contempler les ravages que fit en Italie un Empereur d'Allemagne dénommé Barberousse, au moment même où nous combattons sur mer un autre Barberousse, aux côté des Impériaux.

Le cercle rit de bon cœur, tandis que Girolamo l'esthète décrit la fresque représentant la confusion et la sauvagerie d'une bataille, et les cavaliers en armure qui chargent sur le pont, et les corps renversés, et la ville incendiée et le canon fumant posté dans le ravin.

— Un canon, en l'an 1155... soit, dit Pietro, qu'on ne prend pas en défaut sur l'histoire des armes.

— Bah, les artistes vivent en dehors du temps, Pietro. La preuve : cette fresque a été commandée à Titien avant ta naissance.

— Et pour prix du retard qu'il a mis à la livrer, ajoute Costantino, on lui a retiré pour un an la rente dont il jouit en tant que peintre officiel. On l'a donnée à Pordenone.

Chacun sait, à Venise, que les rapports entre Titien et Pordenone sont ceux de la guerre ouverte à coups de phrases assassines ; que non seulement les caractères des deux artistes les poussent à l'extravagance, mais que les faire travailler ensemble sur le même chantier était un risque certain. Rien ne pouvait mieux écorcher le natif de Cadore que de le léser dans sa bourse et de donner l'avantage à son rival exécré.

— Aïe, le pauvre.

— Les Dix exagèrent.

— Quelle honte de le traiter ainsi.

— En a-t-il conçu une colère, une maladie qui explique son absence ?

— Peut-être, répond Laura. Mais si c'est le cas, il l'aura oubliée. Titien a été invité à Urbino, appelé par le Duc Guidobaldo, qui avait aimé le portrait que notre artiste avait fait de Francesco-Maria.

— Oui, poursuit Costantino. Guidobaldo ne lui donne plus à peindre des guerriers en armure. Son excellence est amoureuse d'une nymphe d'une grande beauté qu'il fait poser vêtue de ses seuls bijoux sur un lit de soie.

— L'heureux homme, dit Vincenzo rêveur, peu soucieux de préciser s'il parlait de Titien ou de Guidobaldo.

Girolamo Marcello, qui possède dans son cabinet secret une autre Vénus étendue sur un lit de soie, contemple le modèle de sa *Vénus endormie*. Les années ont passé. Laura a perdu sa jeunesse mais rien de son charme. Il ira revoir le portrait, ce soir ou peut-être demain, selon son humeur. Les femmes et les œuvres d'art apaisent l'esprit, guérissent des inutiles colères. Et quel bonheur d'être à Venise, de se replonger dans les échos de sa ville, parmi ses beautés, ses amis, de s'entraîner les uns les autres à bavarder de tout avec insouciance, d'entretenir la bonne humeur de la conversation au moyen de vérités costumées avec fantaisie et parmi les rires. Cela libère.

Lorsque Laura, à la tombée du soir, a vu que ses invités s'apprêtaient à partir, elle s'est approchée de Nicolino pour lui murmurer à l'oreille :

— S'il te plaît, reste un instant seul avec moi, ce soir ou demain.

Nicolino a renvoyé Concordia et les enfants sous la garde de Costantino et s'est retrouvé avec Laura dans la bibliothèque.

— Nicolino, je m'inquiète peut-être à tort. Cette façon dont on a nommé Costantino n'est pas dans les habitudes de la République. On dirait qu'on lui a ouvert le chemin. Éclaire-moi.

Ah. Nicolino se dit qu'il y avait une bonne raison à son malaise, puisque Laura ressentait la même appréhension.

— J'ai bien peu de détails à vous donner, *Zia*. La coutume veut que, pour un tel poste, l'on présente deux candidats : les deux premiers de la liste proposée par la haute chancellerie. Généralement, les votes s'expriment en fonction des liens de famille ou d'opinion. Ils s'opposent, se marchandent, se discutent, comme vous savez, car le *broglio* concerne aussi l'élection des hauts fonctionnaires. J'ai assisté au vote : Costantino a été élu à une forte majorité et les factions généralement rivales des Cornaro et des Foscari se sont accordées sur son nom.

– Étrange. Comment en trois semaines est-il devenu le premier de la liste ? Que sont devenus les autres ? Un Giacomo Zambon...

– Nommé notaire à l'office des Sages de Rialto.

– Domenico Bevilacqua...

– Nommé secrétaire du Collège. Alessandro Businello : notaire de l'office des eaux. Marcantonio Saetta : le même jour, nommé secrétaire ordinaire et secrétaire de la *Signoria* en remplacement de Sabbadino mort il y a trois mois. Il en restait deux : Vincenzo Fedel et Costantino. En masse, ils ont voté Costantino. Fedel a été nommé secrétaire de notre ambassadeur à Milan.

Laura entend, accumule ces informations, les soupèse :

– Tant de nominations en si peu de temps... Cela s'est-il déjà vu ?

– Non, Zia. Et je partage votre étonnement. Il y a une volonté.

– Pour faire émerger Costantino...

Nicolino cherche à combler le silence, fait remarquer que dans la vie, chacun se forge un personnage ; que Costantino avait choisi le sien, mais peut-être en cachait-il un autre. Peut-être Costantino s'était-il distingué sans qu'on l'ait su, peut-être a-t-il des amis insoupçonnés...

– *Zia*, Costantino s'était déjà acquitté de plusieurs missions extraordinaires...

– Je ne mets pas en doute sa compétence, rétorque vivement Laura.

Mais son esprit continuait à cheminer, car au bout d'un silence, elle prononce, comme pour elle-même :

– Qui a intérêt à poster les deux frères Cavazza aux deux assemblées rivales les plus importantes de Venise ? Et dans quel but ?

Nicolino se sent pâlir. Dans l'agitation de la réunion familiale, il n'avait pas pu réfléchir assez loin et il voit clair maintenant. Laura vient de mettre au jour la cause du malaise qu'il cherchait à définir car elle a posé explicitement la seule question qui vaille qu'on y réponde. Ce qu'il avait ressenti, ce n'était ni de l'aigreur, ni de la jalousie, c'était de la peur. Car cette question le concernait lui aussi, Nicolò Cavazza, secrétaire en titre du Sénat.

– *Zia*, il m'est venu une idée, peut-être une réponse à votre question : le Doge. Il me semble que c'est vous qui êtes mieux à même d'en savoir plus.

Laura acquiesce.

– Je le vois demain. Merci, Nicolino.

\*

Quand le Doge voyait approcher Laura, il levait son menton garni d'une belle barbe blanche, courte comme ses cheveux. Ses yeux se faisaient attentifs, il creusait ses rides, c'était sa façon de sourire. Il la regardait plonger dans une profonde révérence, il l'appelait par son nom, lui demandait des nouvelles de sa santé. C'était un rite. Elle répondait invariablement qu'elle se portait bien et il pouvait se rendre compte qu'elle ne mentait pas. Elle se souvenait alors de la dernière plainte qu'il avait formulée contre son médecin et la lui rappelait avec humour, persuadée que des petits maux passagers n'ébranlent pas la vigueur intrinsèque d'un vieux chêne.

– Quand même, je maudis les médecins, *Signora*. Ils me disent à présent que je mange trop. C'est faux, évidemment. Comme si j'avais jamais changé quoi que ce soit à ma vie. Je prends les quelques plaisirs qu'à mon âge offre encore l'existence. Je n'en ai plus d'autres, puisque je ne vous vois que de proche en proche.

Laura hoche la tête en souriant modestement pour accueillir le compliment. La forme du compliment est la surprise qu'il lui réserve au début de leurs entretiens. Ce doit être sa coquetterie, au vieux séducteur, au même titre que sa vêture et ses bagues. Aujourd'hui, il fait froid ; le grand feu de l'âtre ne suffit pas à couper la crudité de l'air et il s'est enveloppé d'un vaste manteau de velours écarlate, coiffant sa tête blanche d'un *corno* garni de fourrure. Pour rien au monde il n'accepterait d'autre coiffe sur son auguste chef.

– Ainsi, votre fils vous est revenu. Parlez-moi de lui.

Laura s'émeut toujours de l'extrême délicatesse dont fait preuve ce vieil homme qui a perdu son fils préféré et s'inquiète de Pietro avec ce soin paternel. Elle fait un rapport fidèle de l'état d'esprit des marins, de leurs soupçons, de leur inutile colère.

– Je sais, conclut le Doge au bout de l'exposé. Nos marins n'ont pas mérité l'humiliation que leur ont infligée nos mauvais choix. Mais à présent, nos Sénateurs ont compris qu'il n'y a rien à attendre du côté de l'Empire. La Sainte Ligue ne résistera pas à ce que personne n'ose appeler une défaite. Seuls l'Empereur et son général sont à même de dire si leur but est atteint. Et si ce but était de nous affaiblir, voilà qui est fait. Quant à nous, nos passions étant déçues, nous entendrons enfin la voix de la raison. La mienne. Je me donne pour tâche d'ouvrir le chemin de la paix.

— Que dira la Ligue ?

— Croyez-vous qu'après ce qui s'est passé, nous soyons encore en mesure de lui garder notre confiance ? Oh, nous y mettons les formes. Ainsi, notre Sénat a déjà envoyé ses remerciements au généralissime mais j'offrirai d'envoyer à Constantinople mon fils Lorenzo. Le nom de Gritti devrait éveiller à la Porte des sentiments favorables. Sous couvert de régler les dernières affaires de son frère, il pourrait aussi aller y faire part de nos intentions.

On enverra donc un émissaire, pense Laura. Exactement ce que le Grand Vizir demandait l'an passé. Tout ce gâchis… pour rien. Marco Foscari avait joué les Cassandre. Mais Laura n'est pas venue chez le Doge pour s'abandonner à la morose contemplation des malheurs de la République.

— Le ciel vous entende, Prince. Nos assemblées s'accordent-elles sur ce point ?

— Il faudra qu'elles y viennent, *Signora*, s'écrie le Doge sur un ton presque menaçant. Mais nos Sénateurs sont trop nombreux. Cela fait perdre un temps démesuré en discours, palabres, *broglio*, votes… Ajoutez à cela que chacun s'arrange selon ses intérêts, se conduit comme si l'État était à son service et non le contraire. Si je vous disais que la République est menacée par ceux-là même qui en ont la garde…

Le Doge avait déjà refondu les lois ; s'apprêtait-il à refondre les institutions ? Il semblait avoir sur ce sujet quelques idées qu'il se préparait à exposer. Mais Laura se lance :

— J'ai appris que Costantino avait été nommé secrétaire au Conseil des Dix.

— En effet. Et je voulais vous en féliciter. Le fils d'Aurelio suivrait-il les traces de son père ? Une ascension brillante, soudaine…

— Trop, réplique vivement Laura. J'y vois une main puissante. La vôtre…

— La mienne ? Point. Malgré toute l'estime que j'ai pour votre beau-fils, je reconnais qu'il ne possède pas le caractère concentré que requiert un tel poste. Ses relations le desservent. Il le sait mais il a fait son choix. J'avoue m'être demandé aussi, au vu des événements, des votes, si quelque mécanique actionnée par quelque volonté ne s'était pas emparée de Costantino. J'avoue que mes soupçons se sont un moment portés sur vous.

– Non, Prince, je n'y suis pour rien. Je ne sais même s'il fallait souhaiter ce poste pour lui. Il y sera malheureux.

Gritti hoche légèrement la tête. Il est Doge, mais c'est une erreur de croire qu'il contrôle tout et possède la haute main sur le *broglio* : Venise est une République. Il n'est parfois qu'un spectateur, mais un spectateur averti, qui s'est étonné le premier d'avoir trouvé un si subit consensus sur le nom de Costantino. Il est persuadé que de l'argent a circulé et il a eu bien raison de faire remarquer au Conseil des Dix que, par ce choix, on a glissé la tête de ce nouveau secrétaire dans un nœud coulant.

Mais ceci n'est pas à dire à la *Signora Aurelia*, assez fine pour s'étonner là où lui-même conçoit des soupçons qu'il résume, péremptoire :

– Enfin, voilà nos deux frères Cavazza dans l'intimité de notre République. L'un par le mérite, l'autre par la volonté d'autrui. Ceux qui l'ont voulu ne sont ni vous ni moi. J'ignore qui et ne peux vous dire pourquoi.

Gritti avait une façon bien personnelle de clore un sujet délicat. Il y avait mis d'autant plus d'autorité que, en vieux routier de la politique, il savait cacher ses demi-mensonges, car il avait parfaitement deviné le pourquoi et qu'il avait toutes les raisons de s'en inquiéter.

# 6
## Décembre 1538, Venise.
## Le plaisir corrompu

Le 28 décembre 1538, la cloche de Saint Marc se met à sonner le glas. À cet appel en plein milieu de la matinée, les habitants de Venise lèvent le nez : les Turcs sont-ils au large de la lagune ? Soudain, voilà que tous les clochers de la ville reprennent le lent battement de cloche. Au même moment, des sonneries de trompette annoncent l'arrivée du crieur public. Chacun abandonne ses occupations, court vers le *campo* le plus proche, vers un parvis d'église, l'inquiétude au ventre. Quelle triste nouvelle va-t-on annoncer ?

Le Doge est mort. À l'issue du repas de Noël, Sa Sérénité s'est trouvée mal. Les médecins, appelés aussitôt, ont vainement tenté de soulager le mal. Le Doge est mort le lendemain, après que le Chapelain de San Marco l'ait confessé et lui ait administré le sacrement des mourants. Priez pour lui.

Ah ! *Il Doxe nostro xè 'nda...* Notre Doge s'en est allé...On avait tellement l'habitude de le voir aux cérémonies, large et droit comme une tour, qu'on avait oublié son âge. Il est vrai qu'on les fait Doges à la fin de leur vie, nos patriciens. Ils nous en choisissent parfois de si perclus qu'on se demande s'ils vont supporter les pompes du couronnement. Celui-là, à 83 ans, et depuis quinze ans qu'il tyrannise son monde, on avait oublié qu'il pouvait passer.

Selon la coutume, le corps sera embaumé puis escorté par la Seigneurie vers la salle de la magistrature publique du *Piovego*, où il sera exposé pendant trois jours et où chacun pourra le voir. L'office solennel aura lieu en la Basilique San Marco le 31 décembre à tierce, après quoi le cercueil sera transporté en cortège à l'église de San Francesco della Vigna pour la cérémonie du dernier hommage et de l'inhumation.

On ira donc le voir. Contempler les apparats du pouvoir console le peuple de n'en avoir aucun. Encore qu'il soit difficile de contempler le cadavre de près, vu la foule de ces messieurs habillés de rouge qui lui font garde du corps.

Il repose sur un catafalque, revêtu de son manteau de pourpre et d'hermine, entouré de ses insignes : épée au côté gauche, bouclier à droite, éperons aux pieds, *corno* déposé sur un coussin à sa tête, et une croix sur sa poitrine. Nuit et jour, se relayent à ses côtés des chanoines de San Marco et, selon la règle, vingt-deux patriciens en habit écarlate désignés par le Sénat. Tout homme assigné à cette fonction et qui s'y déroberait aurait à payer une amende de quinze ducats.

Dès la constatation du décès, on a brisé l'anneau d'or et le cachet du Doge défunt et confectionné un anneau et un cachet aux armes du plus âgé des conseillers, qui devient ainsi vice-Doge, le temps de l'élection d'un successeur : la République de San Marco continue d'exister.

En même temps, on a prié la famille du défunt de faire place nette. On la voit se hâter de vider les salons, d'emporter ses meubles, ses effets, jusqu'au bois de chauffage, que l'on entasse dans des barges. Il faut installer à leur place le vice-Doge et les conseillers, symbole de l'État, ainsi que les chefs des quaranties, symbole de la justice, qui y prendront domicile jusqu'à l'élection du nouveau Prince. On prie le chef de l'arsenal de désigner des hommes pour garder les portes du palais et d'envoyer des courriers rapides vers les villes des territoires d'outre mer pour porter les annonces officielles.

— Nicolino, de quoi est mort Andrea Gritti ? interroge Laura.

— D'indigestion, *Zia*. Il paraît que les cuisiniers ont servi au repas de noël des anguilles au vert, son plat préféré. Il y aurait fait trop d'honneur. D'autres incriminent les perdreaux aux haricots. Il aurait abusé des haricots.

Nicolino esquisse un geste vague qui renvoie Laura à sa désolation, à ses réflexions. Ce qu'il y a de dérisoire, dans la condition humaine, c'est que la pensée et la volonté d'un homme d'exception sont soumises au fonctionnement d'un tube assez répugnant, un peu de viande qui transforme des objets de plaisir de bouche en excréments. Des organes et des humeurs. *Memento, homo, quod pulvis es...* Andrea Gritti, après avoir honni les médecins qui lui reprochaient de trop manger, aurait fait de l'invocation du mercredi des cendres une exégèse ironique et amère. Le sort emploie de piètres moyens pour détruire l'enveloppe externe. Mais Gritti, le 76ᵉ doge de Venise, ne pouvait tomber entièrement en poussière.

— Mort subitement d'une indigestion. Ah, tiens... dit Laura soudain.

Elle s'est figée sous l'idée qui la traverse.

— Sais-tu, Nicolino, reprend-elle, cette affaire de nomination de Costantino... Je t'ai dit mon intention de questionner le Doge à ce sujet. C'est donc ce que j'ai fait. Il m'avait affirmé n'y être pour rien, ne pas même approuver cette nomination. Puis il a brutalement changé de conversation, comme s'il ne voulait pas exprimer toute sa pensée.

— Comme c'est étrange...

— Et si le Doge avait deviné juste et s'était approché un peu trop d'une certaine vérité... Meurt-on d'indigestion ?

— *Zia*, le Doge !... Les embaumeurs ont fait leur travail. Et le médecin légiste...

— Bien sûr. Est-ce toujours *Maestro* Butiron ?

Car Laura se souvient comment *Maestro* Butiron, inspiré par Mosca, avait bâclé son rapport à la mort de Girolamo Dedo.

Nicolino avait sursauté, mais s'était repris bien vite :

— Tant d'idées traversent l'esprit en ces périodes troublées, *Zia*. Pourquoi la République de San Marco deviendrait-elle soudain la proie de telles vilenies ?

Laura avait approuvé cette pensée. Mais elle savait que ce propos de Nicolino était inspiré surtout par sa droiture, car il vénérait trop la République ou était en train de se convaincre lui-même qu'aucune volonté pernicieuse ne pouvait en manipuler les institutions.

Le 31 décembre, point de carnaval. Un long cortège de chanoines se présente à la salle du *Piovego*. Des *arsenalotti* emportent le cercueil contenant la dépouille du Doge vers la basilique San Marco. Le cortège s'étire sur la *piazzetta*. En tête marchent les religieux portant un cierge, suivis par tous les patriciens en grande tenue formant une double file devant et derrière la bière entourée des écuyers portant les insignes du pouvoir. Puis viennent les principaux notaires et les officiers des quaranties. Les boutiques sont fermées, toute la ville est présente sur le passage du cortège, là même où, quinze ans plus tôt, elle murmurait contre le nouvel élu. La mort réconcilie les hommes, parce qu'ils en partagent la peur.

Les chœurs de la basilique chantent le long office solennel. Laura s'avance au bras de Pietro, pensive. Quand peut-on dire qu'une vie est achevée ? Jamais. Tout reste toujours à faire. Toute vie n'est qu'une ébauche et la mort saisit le maçon avant que soit construit l'édifice. Qui l'achèvera ? Ou bien sera-t-il abandonné ? Il faut que Dieu nous juge sur nos intentions, non sur notre œuvre.

Andrea Gritti avait vu les événements détruire une partie de son œuvre. Il savait comment la reconstruire mais ne saurait jamais si ses successeurs agiraient selon ses plans. Il ne savait même pas si son fils Lorenzo partirait à Constantinople pour ébaucher la paix. Vie inachevée. Il manque toujours quelques mois, quelques années à un parcours. Nicolò Aurelio avait souligné la même idée, dans le volume des pensées de Marc Aurèle.

Cependant, Prince, voici devant vous celle dont vous avez pendu le père ; celle que vous avez humiliée, que vous avez voulu perdre ou séduire ; celle dont vous avez exilé l'époux. C'est la même à qui vous avez rendu son fils. Vous avez surmonté votre haine, vous l'avez transformée en protection, en amitié. Que cette œuvre-là, achevée dans le bien, vous soit comptée par Dieu et vous assure la paix éternelle. Et tant pis, si vous n'avez pu conduire la paix ni la signer, ni m'entendre lire les dernières pages des Épîtres de Saint Paul. Il faut bien que Dieu, qui dispose de la vie, juge le cœur, non les œuvres.

Les voûtes dorées de San Marco renvoient les chants funèbres et les accents terribles du dies irae. Nicolino observe le ballet des patriciens agitant à tour de rôle l'encensoir devant le catafalque. Lequel de ces hommes habillés de toges rouges ou pourpres, agitant leurs larges manches dogales, aurait conçu dans sa cervelle quelle machination en train de prendre corps ?

Costantino écoute, soutenues par la vaste rumeur de l'orgue, les voix tour à tour menaçantes et suppliantes des choristes. Il en entend une autre dans sa mémoire, un éclat de tonnerre, qui traversa un jour les portes basculantes de la salle du *collegio*, maudissant quelqu'un au milieu d'une immense explosion de colère. On ne l'entendra plus. On ne verra plus sa grande carrure rouge s'inscrire sous l'arc du trône central, dans les salles de conseil. Laura, Pietro, Nicolino, moi-même, avons perdu un protecteur. Les artistes aussi. Quel rôle veut-on me faire jouer au Conseil des Dix ? Que nous veut-on, à Nicolino et moi ? Dans quel but m'a-t-on tiré de mon coin d'ombre pour m'exposer aux redoutables secrets d'État ? Oh, n'inquiéter personne avec ces questions. Tais-toi, Costantino, ton imagination t'égare.

Enfin, le cortège se reforme et se remet en route vers la *piazzetta* où attend l'immense *burchiello* pavoisé de noir et quantité de gondoles et d'embarcations qui s'en iront par les canaux jusqu'à San Francesco della Vigna. La procession s'étire, lente, au fil de l'eau qui reflète dans la pénombre des *rii* les flammes des chandelles. Entre les murs de brique, sous les ponts, les voix des moines résonnent comme des échos d'outre-tombe, les psaumes suivent les ondulations de l'eau grise, se répandent, ondulent comme une immense complainte montant des entrailles de la ville. On s'agenouille sur les ponts, on se penche aux fenêtres habillées de noir ou de l'étendard de la République, on se découvre, on se signe sur la dernière *andata* du Doge.

Le cortège débouche sur la place de l'église, terrain jadis planté de vignes sur lequel les frères mineurs ont construit leur couvent et leur cloître. L'église attenante, inachevée, tourne vers le palais Gritti sa façade de briques. Andrea Gritti n'aura pas non plus achevé son église. Cependant, il ne pouvait reposer que dans le mur de son chœur profond, où il a fait une place à son aïeul, Triadano, celui qui lui a servi de père et attend là l'enfant qu'il a formé en l'emmenant avec lui dans ses ambassades à travers l'Europe. Andrea rejoindra Triadano pour son voyage dans l'éternité. On ne sait quels souvenirs ils pourront s'échanger dans le silence des voûtes et les ténèbres de leurs mausolées de marbre.

Un catafalque est dressé dans le chœur de l'église. Il est grand comme un autel, les angles marqués par quatre chandeliers de cuivre supportant chacun un énorme cierge. La *Signoria* prend place sur les bancs, au rythme lent des cantiques. Puis Pietro Bembo monte au pupitre pour prononcer l'oraison funèbre.

Le directeur de la *Biblioteca Marciana* a succédé à Andrea Navagero au poste d'historiographe de la ville et l'on dit que le Pape Farnèse a l'intention de lui envoyer le chapeau de cardinal. Ce patricien raffiné, poète, ancien amant de Lucrèce Borgia, homme de cour, de lettres et de pensée, avait été l'ami de Nicolò Aurelio. Laura l'écoutait jadis disserter de l'amour. Il retrace aujourd'hui la vie d'un homme d'action, de commerce, de guerre, d'un diplomate et homme d'État, qui avait tenu l'amour pour peu de chose. Le propre de l'homme de lettres est de pouvoir disserter sur tous les thèmes. Et

Bembo le faisait à ravir, usant de sa belle voix aux intonations chaudes et posant sur son cœur ses longues mains élégantes.

Le lendemain, on réunit le Grand Conseil pour élire un nouveau Doge. Les patriciens se lancent alors dans une succession compliquée de tirages au sort et de désignations, institués jadis afin d'éviter l'influence prépondérante de certaines familles. Si bien que la salle du scrutin retentit pendant plusieurs jours des rumeurs du *broglio* et des allées et venues des *ballottini*, ces jeunes gens manipulant les boules de bois servant aux élections et tirages au sort. Jeux de hasard, jeux d'intrigues et de marchandages : l'esprit vénitien règne en maître dans le palais. La tension augmente lorsqu'après avoir satisfait aux différentes phases de l'élection, il reste onze personnes qui devront désigner les 41 électeurs finaux. Cette année-là, les onze, ne parvenant pas à un accord sur les 41, durent plusieurs fois recourir aux votes du Grand Conseil pour avancer leurs travaux. Enfin, le 19 janvier 1539, Pietro Lando est proclamé 77e Doge de Venise.

Le peuple, étant superstitieux, ne se contente pas d'apprécier la coutume voulant que le Doge lui soit présenté flanqué du *balottino* qui lui a porté chance. Il regarde aussi le ciel : une tempête de neige a perturbé la cérémonie publique : mauvais augure. Le lendemain, on apprend qu'un certain Pietro Ramberti a assassiné pour de l'argent la tante de sa femme, les deux enfants de celle-ci et la servante. La tête de l'assassin roulant sur le sol de la *piazzetta* est le premier acte public du dogat de Pietro Lando : présage funeste.

En réalité, dans le climat d'incertitude qui régnait alors à Venise, les votes s'étaient portés sur un ancien collaborateur d'Andrea Gritti. Ce Procurateur de Saint-Marc issu des familles nouvelles du livre d'or, avait étudié Platon, tâté du commerce d'Orient sans toutefois s'y enrichir. Il s'était cependant montré un excellent administrateur de villes, avait été *capitanio da mar* et ambassadeur à Rome.

Laura savait que le secrétaire de Pietro Lando à Rome s'appelait Girolamo Dedo et que c'était le même Lando, aidé par Alvise Priuli, qui avait jadis poussé Dedo à la Grande Chancellerie. Ce qu'elle ignorait cependant, c'était qu'en 1514, le Grand Chancelier Nicolò Aurelio avait reproché à Girolamo Dedo, alors secrétaire de quarantie criminelle, de présenter un dossier accusant sans preuves le neveu du traître qui avait livré la citadelle de Marano aux Autrichiens. Cela parce que les propriétés du suspect étaient voisines de celles de Pietro Lando. Ledit neveu avait été pendu, ses propriétés confisquées, et Pietro Lando les avait rachetées à vil prix. Était-ce une manière, pour Girolamo Dedo, d'attirer la faveur du patricien ? Quoi qu'il en soit, celui-ci augmentait à bon compte son patrimoine, ce qui devait compenser le peu de succès de ses entreprises de commerce.

Avec sa longue barbe blanche taillée en carré, Pietro Lando présentait bien. Il avait le front haut, l'œil froid. Sans être éminent, il avait rendu des services à l'État, il assurait une continuité dans la recherche de la paix et la poursuite du commerce, n'entraverait pas, par la même énergie que son prédécesseur, la menée des affaires. Certains corrigeaient : les affaires et leurs menées.

Après la calamiteuse expédition de Prévéza, les partisans de Charles, soit dessillés, soit en proie au désamour, s'étaient joints pour la plupart au parti de la paix. Le vent n'était-il pas à la conciliation, depuis que Charles était allé serrer la main de François à Aigues Mortes et serait bientôt accueilli en France sur le chemin de son expédition punitive contre les Gantois ? Par ailleurs, le commerce à Venise languissait, et tout le monde s'en plaignait. Ainsi donc, comme après une maladie, voulait-on, de Rialto à San Marco, recouvrer la santé au plus tôt et coûte que coûte.

Les états extrêmes engendrent des extrémités. Le Conseil des Dix, en charge de l'ordre intérieur, avait des reproches à faire aux Sénateurs, en charge de la politique étrangère : leur indécision n'avait-elle pas provoqué la guerre, ralenti le commerce, ne faisait-elle pas peser une menace de disette ? Les Inquisiteurs d'État, en charge de surveiller le bon fonctionnement des institutions, accordaient volontiers des latitudes au Conseil des Dix et pour le coup, lui en auraient accordé davantage : n'eût-il pas mieux valu que les Dix fissent preuve de plus de fermeté ? Les mœurs, disait feu le Doge Gritti, dont on regrettait déjà la poigne qu'on lui avait reprochée, se relâchaient. Il n'en fallait pas plus, dans ce climat de crise et avec un Doge malléable, pour que quelques cerveaux déterminés prissent en mains quelques rênes.

Il était évident qu'il fallait aboutir par tous les moyens à une paix rapide, sans toutefois fâcher ses anciens alliés et en dépit des freins qu'y mettraient les propriétaires des îles de l'archipel, les Querini, les Pisani, les Venier, sans compter les quelques fidèles à l'Empereur et à la chrétienté.

# LE COMPLOT DE SAN DONATO

Le Roi de France, par l'intermédiaire de son ambassadeur, se disait prêt à y donner la main. S'emparer des rênes de la paix, c'était donc s'en remettre un peu à la France, mais pas trop ouvertement, de manière à justifier à tout moment l'abandon d'une complicité avec François, lequel avait déjà tant de fois promis et oublié ses promesses. Comme de bons marins, ceux qui saisissaient les rênes se disaient que si François soufflait un vent favorable, il convenait de hisser la voile, mais sans enthousiasme trop évident, et le cap fixé sur le but final : reprendre le commerce au plus tôt et coûte que coûte.

Et cette poignée d'hommes s'étaient mis à réfléchir, à tracer une route, à se donner des moyens d'agir.

Marco Minio avait été désigné par ses collègues pour avancer le premier pion. Oh, cette élection-là n'avait pas été difficile : ils n'étaient que trois à vouloir agir. C'étaient les trois *Inquisitori du stato*, héritiers de ceux que l'on avait institués en 1355 après la découverte de la conspiration du Doge Falier. Ces hommes d'expérience et de sagesse, si vieux que les Vénitiens les appelaient les *babau,* dont le cabinet de travail se cachait dans les antres secrets du palais des Doges, se voulaient le recours ultime en toute matière. Eux seuls, jugeant des intérêts de la République, pouvaient agir sans l'avis des assemblées ; eux seuls pouvaient accuser le Doge ; eux seuls pouvaient décider de la mort d'un homme. À ce pouvoir occulte et redoutable, il n'y avait qu'une seule condition : qu'ils soient tous trois unanimes dans leur décision. Ils étaient nommés pour six mois, n'étaient pas rééligibles pour un an.

Dès l'annonce de la défaite de Prévéza, Marco Minio s'était mis à l'ouvrage. Il avait soigneusement choisi son homme, en avait examiné à la loupe la famille, les relations. En novembre, son pion était en place. En cinq coups, il était sorti du dernier rang et avait remonté tout l'échiquier pour se trouver au cœur de l'action. En cette fin du mois de février 1539, Marco Minio, fin joueur d'échecs, s'apprête donc à l'adouber.

Quand les deux frères Cavazza se retrouvent dans l'antichambre du cabinet des Inquisiteurs, Costantino comprend qu'il va enfin savoir ce qu'on attend de lui. Nicolino est pâle. Pour la première fois, Costantino le regarde d'un air grave et murmure :

– C'est l'instant, Nicolino. Nous allons enfin comprendre le fin mot de tout ceci.

Marco Minio les reçoit seul. Sa toge rouge est doublée de zibeline, sa calvitie recouverte d'un bonnet écarlate. Le menton fuyant, les pommettes saillantes, son visage triangulaire repose sur la pointe, allongée par une barbichette maigre qui laisse voir ses lèvres minces. La matinée d'hiver, avare de lumière, semble couvrir d'une poussière grise le visage de Minio, et jusqu'à son regard sans éclat, distant, mort. Il ne rend pas leur salut aux deux secrétaires, ne les invite pas à s'asseoir.

– *Signori*, dit-il sans préambule, étant admis dans le corps des secrétaires, vous en connaissez les contraintes. Vous avez prêté serment de fidélité à nos institutions, vous êtes liés aux volontés de la République et lui devez service et obéissance.

Ce début n'augurait rien de bon. On allait leur demander quelque chose de difficile. Nicolino acquiesce cependant, Costantino attend.

– Vous êtes tous deux amenés à entendre et consigner le contenu des délibérations de nos assemblées, lequel contenu revêt un caractère secret que votre devoir de discrétion vous impose de taire.

Jusque là, il n'y avait rien à objecter. L'homme rouge poursuit :

– Je vous prierai, *Signori*, de renouveler le serment que vous avez fait à la République, et d'étendre votre devoir de secret à l'objet de cette présente rencontre. Vous n'ignorez pas qu'étant donné la gravité des matières que nous traitons ici, tout manquement à ce serment serait considéré comme un crime contre l'État. *Signori*, veuillez renouveler votre serment, je vous prie.

Il glissait devant les frères Cavazza un exemplaire des Évangiles. Il requérait en somme de répéter une chose déjà consentie. Cela n'engageait à rien. De toute manière, à qui se plaindre, sinon aux tout puissants Inquisiteurs ?

Nicolino avançait déjà la main.

– Je n'en vois pas l'utilité, Excellence, dit Costantino avec simplicité. Ce serment est déjà fait et nous ne sommes pas gens à nous dédire. Quand nous avons été engagés au service de la République, il nous a été largement précisé que tout ce qui se fait ou se dit pendant ce service est secret d'État.

Costantino a eu envie d'ajouter « y compris l'heure qu'il est et le temps qu'il fait », mais se retient. Nicolino tourne vers son frère un regard étonné, non exempt d'une certaine admiration. Marco Minio soulève son menton à la barbe chétive, semble mâcher une chose répugnante, ralentit le débit de ses phrases, sentencieux :

— Ce sera comme vous l'entendez, *Signori*. Aussi bien, de peur que vous vous en souveniez trop tard, aurai-je pris la précaution de vous rappeler que toute indiscrétion sur ce qui se dit en ces lieux peut être considérée, je vous le répète donc, comme trahison envers l'État ; et que toute trahison envers l'État est punie de mort.

Minio attendait peut-être une réaction qui ne venait pas. Nicolino a repris sa contenance impassible, Costantino se contente de lever les sourcils. Et l'Inquisiteur, après avoir rassemblé ses phrases, les débite avec lenteur :

— Les affaires de la République sont actuellement délicates. Il entre dans ses projets de confier à certains citoyens vénitiens extérieurs à ses assemblées certaines décisions particulières prises à l'issue de ses délibérations. Elle utilisera le truchement de ma voix pour vous préciser le contenu des messages et à qui nous les destinons. Vous serez chargés de les transmettre verbalement à ceux que je vous indiquerai. Me suis-je assez fait comprendre ?

— Admirablement, Excellence, répond Costantino sans hésiter. En somme, vous nous demandez déjà de trahir le serment que vous nous demandiez.

— Aucunement, Messer. Dois-je vous rappeler que votre serment comprend l'obéissance aux injonctions de la République ?

— Oui, Excellence, intervient Nicolino pesant bien ses mots. Cependant cette injonction prend aujourd'hui une forme si surprenante que pour bien nous persuader qu'elle est la volonté de la République, nous aimerions l'entendre répétée en présence de vos trois autorités réunies. Il va de soi que ce qui s'est dit ici aujourd'hui ne sortira pas de notre bouche mais nous n'exécuterons l'ordre dont vous parlez qu'après l'avoir entendu à nouveau, répété en présence de vos vénérés collègues. C'est notre seule requête et nous sommes sûrs que vous accepterez de la satisfaire, puisque nous vous supplions de la considérer comme une preuve de notre loyauté envers les institutions.

C'était net. Marco Minio pince les lèvres. La réponse de ces secrétaires est inattaquable. Giovanni Basadona et Daniele Renieri s'étaient déchargés sur leur collègue pour donner leurs ordres aux frères Cavazza mais ceux-ci se montraient plus coriaces que prévu. Eux, tout inquisiteurs qu'ils soient, avaient eu tort de penser que la seule présence et la seule parole de Marco Minio suffiraient à impressionner et convaincre des *cittadini*. Il faudra donc se répéter. Quelle perte de temps et quel ennui !

— Soit, dit Minio en frappant la table du plat de la main. La demande est recevable. Vous reviendrez ici demain à la même heure.

Le soir de ce jour, Costantino dîne seul chez lui. Dans la maison du Campo Santa Maria Formosa, que Nicolò Aurelio avait laissée en héritage aux deux secrétaires, Costantino occupe l'étage bas, tandis que la famille de Nicolino envahit tout le reste. Dans le silence de la nuit tombée, alors que la maisonnée s'adonnait au sommeil, Nicolino descend chez son frère.

— Tino, comment comprendre tout cela...

— La politique secrète.

Nicolino paraissait troublé. Il était descendu pour parler et surtout pour se rassurer. Il avait bien fait : Costantino paraissait calme. Ils venaient de refaire à voix basse le tour de la situation. On eût dit que le complot, si complot il y avait, prenait naissance chez les frères Cavazza.

— Mais enfin, quel genre de messages... insistait Nicolino.

On en avait déjà parlé, mais Costantino, patient, a une inspiration subite pour mieux faire comprendre à son frère ce que lui avait appris le jeu, en particulier le primo, qui était un ensemble de hasards, auxquels on résistait par l'artifice et le mensonge.

— Quand tu joues au *primo* à quatre et qu'en cours de partie tu décides de changer de partenaire, tu fais des signes à ton nouveau camarade pour qu'il connaisse ton jeu, ou du moins tes intentions.

— Alors, ce n'est pas de la trahison...

— Ça dépend si tu es l'ancien ou le nouveau partenaire.

— Costantino, on peut trahir ses partenaires, pas se trahir soi-même. Or, ce qu'on nous demande, c'est une trahison... interne.

— Quelle trahison interne ? Les trois Inquisiteurs ne représentent-ils pas l'État ?

— Sais-tu au moins s'ils viendront à trois, demain, comme nous l'avons demandé ?

— Si ce n'est le cas, nous irons voir les deux autres. Mais rassure-toi : Minio nous a peut-être pris pour des sots, mais il a un plan et je suis sûr que nous verrons demain nos trois *babau*.

— Et si, pour une fois, les *babau* ne représentaient plus la volonté de l'État ?

Costantino avait déjà pensé à cette éventualité –rien n'échappait à ses réflexions, maintenant moins que jamais– : la volonté de l'État... d'abord, qu'est-ce que l'État ? Ses assemblées ? Et ces assemblées ont-elles fait preuve, dans les affaires récentes, d'une quelconque volonté ? Costantino le raisonneur impertinent, se sent pour la première fois en mesure d'éclairer son frère. Son esprit libre s'accommode du brouillard, là où Nicolino est bridé par sa propre rigueur. Il saura prendre du recul pour tirer de l'eau trouble quelques formes vraisemblables. Finalement, Costantino s'est dit que, s'il est lui-même un élément de ce qui se prépare et que sa nomination a été si rapide et si unanime, c'est qu'un mouvement de fond est en train de se produire, qu'il y a du monde derrière tout cela. Ce sont ces pensées, qu'il triture depuis le matin, qu'il expose à son frère d'une voix rassurante.

— Nous verrons bien demain, conclut-il.

— Il nous faudra faire preuve de prudence...

— Et d'imagination.

— Vois-tu, reprend Nicolino au bout d'un moment, je ne mets pas en doute leur stratégie. J'ai peur des moyens qu'elle emploie. Parce qu'elle met toutes les apparences contre nous.

— Oui. Il faudra demander des garanties. Plus j'y pense, plus je me dis que le jeu sera passionnant.

Ils avaient fini par définir une réponse commune à opposer aux Inquisiteurs lors de leur entrevue du lendemain. Nicolino était retourné chez lui moins accablé. Après tout, son frère avait peut-être raison. Ah ! Si Nicolò Aurelio était encore de ce monde, comme il aurait aimé s'en remettre à lui ! Mais Nicolino n'a vraiment retenu de son père adoptif que ses principes de loyauté. L'image qu'il se fait de son mentor ne lui apporte que des réponses qu'il a déjà. Et dans ces réponses, peu de place pour les demi-vérités. Or le monde a changé. Peut-être Nicolò Aurelio n'aurait-il pas eu de réponse. Peut-être Costantino, avec son insouciance, son agilité, son imagination, est-il plus apte que lui à vivre dans le monde trouble où baigne la politique. Et pour la première fois, Nicolino se sent dépendant de ce frère face auquel il se sentait tellement supérieur.

Nicolino bâille. Son esprit s'engourdit et s'embrume. Cette journée a été éprouvante. Il est fatigué, il a besoin de dormir. Il a horreur des brouillards. Il veut voir clair et aller droit devant lui. Tout en priant Dieu de le protéger et de l'inspirer, il se glisse dans le grand lit où Concordia, confiante et belle, dort d'un souffle régulier.

— Nous vous remercions d'être venus tous les trois, vos Excellences.

Les trois robes rouges identiques font aux deux secrétaires gris l'effet d'un aréopage devant lequel ils comparaissent tels des coupables. Nicolino, employant des termes précis, justifie respectueusement le fait d'avoir demandé cette audience. Il se fait répéter ce qui s'est dit la veille, après quoi il fait un pas de plus :

– Les règles de nos sages institutions veulent qu'au bout de six mois d'exercice, vous remettiez votre charge à des successeurs élus par le Grand Conseil. Nous voulons la garantie que cet ordre que vous nous donnez sera connu et accepté pas eux.

Giovanni Basadona avait les paupières tombantes sur des yeux placides. Cela lui donnait une tête de bon père de famille. Sa voix, d'ailleurs, chevrotait un peu :

– Votre requête est parfaitement légitime, *Signori*. Sur ce sujet qui vous tient à cœur, soyez donc entièrement rassurés. Vous avez notre parole.

– Cependant, Excellence, intervient Costantino, le jour où changera la composition de votre triumvirat, nous aimerions comparaître devant lui, afin de nous assurer aussi de la continuité de votre accord parfait.

– En somme, vous voudriez que ce soit notre triumvirat qui comparaisse devant vous, réplique Basadonna avec un fin sourire. Cette demande n'est pas sans fondement, Messer Cavazza.

– Enfin Excellence, s'enhardit Costantino, il va de soi que votre parole seule nous rassure parfaitement et nous sommes honorés de la recevoir. Cependant d'autres, qui ne l'auraient pas entendue dans le sens où nous l'entendons, soit ignorants de nos accords, soit se trouvant avoir des avis différents, pourraient nous reprocher notre dévouement et le présenter comme une trahison. Ceux-là ne croiraient que l'écrit. Et je ne doute pas...

– Que voulez-vous dire, Messer Cavazza ? interrompt, glacial, Marco Minio. Ignorez-vous que même nos réponses aux ambassadeurs qu'on nous envoie se font verbalement ? Nous n'avons pas l'habitude d'écrire lorsque notre parole suffit.

La main de Giovanni Basadona se levait, aussi apaisante que son regard.

– Marco, ce que vous dites est juste, cependant ces jeunes gens n'expriment pas des prétentions extravagantes. Mettez-vous à leur place, ils vivent dans le monde des écrits. Tenez, nous allons les satisfaire, approchez vos Évangiles...

# LE COMPLOT DE SAN DONATO

Trois mains droites, soignées, ridées, tavelées s'étaient posées ensemble sur la couverture marquée de la croix. Les trois Inquisiteurs avaient, à tour de rôle prononcé les paroles du serment. C'était la seule assurance que les frères Cavazza avaient pu obtenir.

– Ils mettent en jeu leur âme pour une cause où ils engagent nos têtes, commente Costantino à mi-voix.

Le soleil se couchait. Ils traversaient le *campo* Santa Maria Formosa et atteignaient le seuil de leur maison. Costantino pousse la porte de son logement, fait entrer son frère pour parler plus à son aise.

– Mais enfin, te voilà tranquille, Nicolino, poursuit-il. Celui qu'ils voulaient, c'était moi.

En effet, ils venaient de recevoir l'ordre de transmettre à Monseigneur Valier, protonotaire apostolique et chanoine de San Donato à Murano, l'information selon laquelle Lorenzo Gritti allait incessamment partir pour Constantinople avec des ordres de mission du Sénat d'une part, du Conseil des Dix d'autre part.

– Monseigneur Valier, je le connais bien, disait Costantino. Je lui ai déjà maintes fois dévoré les cailles de sa basse-cour, chez Pietro Aretino.

Nicolino lui répondait mollement. Il savait que non seulement le parti français avait fait son nid chez l'écrivain, mais aussi que Giovanni Francesco Valier recevait des bénéfices comme abbé de Saint-Pierre-le-Vif à Sens. Il comprenait aisément le rôle que voulait jouer la France dans la politique de Venise, et par conséquent, la raison pour laquelle on était allé chercher son frère comme passeur d'informations : Costantino, habitué des dîners chez l'Arétin, amusait ces messieurs qui n'étaient insouciants qu'en surface et ne connaissaient pas l'innocence. Chez l'Arétin se rencontraient des exilés de Naples, de Gênes et de Milan venus à Venise soigner leur rancune contre Charles et grossir les rangs de ceux qui espéraient une nouvelle victoire de François en Italie. Les nostalgiques rêvaient d'un nouveau Marignan, les plus audacieux, d'une invasion turque dans les Pouilles ou en Hongrie, et, pourquoi pas, en Autriche. Que le choix des Inquisiteurs se soit porté sur Costantino, rien d'étonnant à cela.

Ce qu'ils comprenaient moins, c'était pourquoi on avait mis le secrétaire du Sénat dans la confidence.

— Bah, fait Costantino, ils savent bien que le secret, en famille, est chose impossible. Nous vivons sous le même toit.

C'était sans doute une réponse suffisante. Dieu sait si, de tout temps, on se méfie, à Venise, des conversations et intérêts familiaux, au point d'évincer des votes tous ceux dont le jugement pourrait être influencé par des considérations liées à leur parentèle, et notamment les *papalisti*, ces patriciens qui avaient un membre de la famille en poste au Vatican. Cela en faisait, du monde, et cela compliquait les procédures au-delà du raisonnable.

— Il faut que je m'habille et que je parte, mon frère, dit Constantino en entendant le carillon de l'église sonnant les douze coups de la journée nouvelle. Après tout, ce renseignement qu'on nous demande de transmettre n'a pas de quoi nous effrayer. Avant qu'il n'arrive à Constantinople, tout Venise saura que Messer Lorenzo est parti. Je ne vois même pas ce que ce fait a de si intéressant. Va. N'inquiète pas Concordia qui t'attend.

*

Costantino prend le chemin de la ca'Bolani. Ce soir, Pietro Aretino fête son retour à Venise. Son salon sera comble et il est certain que Monseigneur Valier sera de la fête. Toutefois, pour la première fois, Costantino n'y va pas le cœur léger. Ce soir, le plaisir pur sera gâté par l'obligation. Pire : on menace son bien personnel, celui qu'il cultive sans arrière pensée pour sa seule jouissance : son amitié pour l'Aretino, son admiration pour les artistes, le plaisir qu'il retire à leur apporter sa présence et ses inventions. Tout cela se trouvera-t-il vicié par les intentions qui vont désormais se glisser dans ses propos, dans ses regards ? Et donc, adieu l'innocence ? Costantino pense que deux fois déjà, le destin s'en est pris à lui. La mort de son père l'avait jeté à bas de son bonheur d'enfant. Il s'en est relevé, s'en accommode en allant de temps en temps se poster à l'angle de la loggia, au premier étage du palais, là où, depuis les arcs de pierre, il peut lancer ses pensées au défunt et lui expliquer pourquoi il ne suit pas son exemple. Aujourd'hui, quelle cloche vient de sonner dans son existence ? Quel avertissement, quelle injonction ? Tu feras comme ton père, Costantino, de gré ou de force. Tu seras secrétaire du Conseil des Dix, et tu te dévoueras à la République. Tu te compromettras pour elle, tu seras broyé par elle, tu mourras pour son bien, pour son service, pour ses folies. Et voilà ton plaisir corrompu.

— Ah, non ! s'écrie Costantino en traversant un pont à grands pas.

Il ne s'est pas aperçu que, dans le tumulte de ses pensées, il a parlé à haute voix.

— Pourquoi non, joli garçon ? fait la voix de gorge d'une jeune courtisane qui vient se jeter sur son passage. Tu ne me veux pas ?

Costantino s'arrête, lui sourit, passe une main experte autour des seins à peine voilés par la transparence du fichu de soie jaune.

— Non, ma beauté. Non aux pisse-menu qui considèrent ceci comme un péché... et cela comme une trahison.

Ayant plaqué un baiser sur chaque téton, Costantino passe son chemin. Parce qu'il était beau, la jeune fille le suit des yeux. Quelque chose s'est glissé sous son voile lâche. C'est un écu d'argent que le jeune seigneur lui a glissé là sans qu'elle s'en aperçoive. Elle veut l'appeler, le cherche des yeux, mais il a déjà disparu dans l'ombre d'un *sottoportego*. Elle sourit. Il lui manque une dent.

Dans le salon de Pietro l'Aretino, le tumulte habituel est monté d'un cran, ce soir. Une foule accrue se livre aux grandes démonstrations de joie, exclamations de bienvenue, éclats de rires, élans des grandes embrassades. Le vin est servi à profusion, les mets que l'on picore au passage débordent des plats, les Arétines circulent, scintillantes. Le petit homme trapu à la grande barbe mêlée de fils blancs est entouré de sa cour habituelle, exubérante, jacassante :

— Il était grand temps que vous reveniez, *Maestro*. Tout Venise se languissait de vous.

— Votre maison était si vide.

— Nous n'avions plus rien à nous dire.
    Plus de *Divino*, plus de joie !

— Le vin était amer.

— Les femmes ne se donnaient plus.

— Les garçons devenaient chastes.

— On se gavait de prêches.

— On ne jouait plus au *primo* ni à la loterie.

— Le Doge en est mort.

— *Amici, amici*, que dites-vous là ? Je vous avais laissé Costantino !

En effet, Costantino venait d'apparaître dans le champ de vision de son œil en vrille et se frayait un passage entre les invités du maître.

— Mais que se passe-t-il, Costantino, je te vois la mine grise.

— Ah, *Maestro*, vous me voyez bien malheureux. Ils ont profité de votre absence pour me nommer secrétaire au Conseil des Dix. Je vais devoir travailler.

Costantino écarte les bras dans un grand geste d'impuissance et Pietro Aretino l'attire sur sa poitrine, l'embrasse avec un long gémissement de commisération qui repart aussitôt en transport d'enthousiasme parce qu'il vient d'apercevoir, par-dessus l'épaule du secrétaire, la belle Costanza Fregosa suivie du condottiere Cesare, son époux.

— Costanza, chère, brillante, incomparable muse, clame l'écrivain en se courbant devant la dame.

— *Maestro*, quelle joie de vous retrouver tel que jadis.

— Ah, *Signora*, j'ai dû me battre contre les maldisants, les malfaisants de toute espèce. Mais à l'âme vertueuse, les épreuves apportent un supplément de vigueur. La preuve la plus éclatante en est votre présence ici, aux côtés de votre époux dont je salue non seulement le talent militaire, mais la fidélité adamantine à une amitié que des infâmes n'ont pas hésité à calomnier.

Il prenait entre ses deux mains comme une chose précieuse, la main du militaire, mutilée de deux doigts lors d'une bataille. Du haut de sa taille imposante, le soldat regardait en souriant le petit homme de plume débitant son compliment.

— Et avez-vous appris, mon ami, dit Cesare de sa voix de bataille, qui avait répandu ce bruit que j'avais empoisonné le Duc d'Urbino ?

— Ah, Messire, la plume de ce misérable Gian Andrea Albicante a laissé échapper deux lettres sous ma signature, l'une contre la réputation de l'Empereur Charles, l'autre attentant à l'honneur du seigneur Cesare Fregoso. Ce coquin de plumitif a fait preuve de présomption, de lâcheté et de malice : présomption en croyant m'égaler, lâcheté pour n'avoir pas eu le courage de publier ses sottises sous son nom, malice de penser que je serais ruiné par ces kyrielles de calomnies. Mais laissons cela. Un sot mérite le bâton plutôt que la corde et laissons notre mépris s'envoler en fumée.

De l'autre côté de la pièce, nonchalamment appuyé à la grande cheminée, Gian Francesco Valier entretenait une conversation dans un cercle où Costantino reconnaît Maffio Lion et Agostino Abbondio.

— Voilà notre secrétaire, dit Abbondio.

Valier soulève sa main baguée en un geste élégant de bienvenue. Le cercle des causeurs s'élargit.

— J'ai lu dans les *avvisi* votre nomination, Messer Cavazza. Les circonstances ne m'ont pas encore permis de vous en féliciter, dit le protonotaire d'un ton suave. Veuillez me pardonner cette négligence et soyez des nôtres demain soir en ma maison du *campo* San Donato à Murano. J'ai sacrifié des cailles.

— Ce sera pour moi un honneur, Monseigneur.

— Et puis, pour honorer votre famille, j'aurai aussi plaisir à rencontrer votre frère dont on me dit grand bien. Je sais, il est moins assidu que vous aux mondanités vénitiennes, mais j'aurai plaisir à faire sa connaissance.

Le protonotaire, abbé de Saint-Pierre-le-Vif, avait des manières si distinguées, montrait un caractère si généreux et une si grande amabilité qu'il était difficile de ne point se montrer flatté par une invitation aussi courtoise.

# 7

## Février-juillet 1539, Murano, Venise.
## Les cailles de Monseigneur Valier

Murano est l'île aux cheminées. A la fin du treizième siècle, les verriers de Venise furent transférés sur cet antique archipel pour écarter les risques d'incendie que la présence des fours faisait courir à la cité de bois. Aussi ce soir, Murano sort-elle de la brume hérissée de ses cheminées, comme Constantinople de ses minarets. Sur les eaux paisibles du canal de San Donato se reflète le chevet magnifique de la basilique avec sa double colonnade et sa frise de marbre. Il faut passer entre l'église et son campanile de brique rouge pour rejoindre le campo au fond duquel s'élève un petit palais d'une élégante sobriété, entouré de son jardin.

Nicolino et Costantino, enveloppés de leurs pelisses d'hiver, se dirigent vers la porte cintrée d'un linteau de pierre blanche surmonté d'une statue de la Vierge. A peine Costantino a-t-il soulevé le heurtoir que le vantail s'ouvre sans bruit comme par magie. Dans l'étroit vestibule, un nabot leur fait signe d'ôter leur manteau, d'attendre. Il est apparemment sourd et muet ; son langage des mains, pour être explicite, a quelque chose d'inquiétant ou de théâtral, qui amuse Costantino et rend son frère mal à l'aise.

Ils n'attendent pas longtemps. Monseigneur Valier sort de l'ombre, leur tend les mains avec l'empressement d'un vieil ami.

– Quel bonheur de vous accueillir en ma demeure, *Signori* Cavazza. Messer Costantino, nous sommes de vieilles connaissances. Je me reproche seulement de n'avoir pas décidé plus tôt de vous inviter en mon privé. Quant à vous, Messer Nicolò, soyez-y le bienvenu comme votre frère. Savoir que vous êtes le frère d'un ami de Pietro Aretino me suffit à souhaiter entrer dans votre amitié.

– Ah, *Monsignore*, nous n'avons encore rien fait pour mériter tant d'honneur, répond Costantino sur un ton faussement modeste, auquel son frère fait écho :

– Trop d'honneur... trop d'honneur, *Monsignore*.

Mais déjà Valier, s'emparant du chandelier, les précède dans un couloir qui conduit à la salle du fond.

– Mes amis vous y attendent, dit le prélat d'un ton engageant.

Gian Francesco Valier a le geste rond, élégant. De taille moyenne, la barbe et le cheveu soignés, tout en sa personne respire le raffinement sans faste, le charme discret, la sobriété élevée au niveau d'un luxe. Le protonotaire, chanoine de Santa Maria e San Donato, abbé de Saint-Pierre-le-Vif près de Sens, est le fils naturel de Gaspare Valier, patricien coléreux qui, s'étant emporté jadis contre un pauvre employé des taxes de Trévise, vit le fonctionnaire effrayé se jeter en arrière, et tomber, le crâne arrêté par l'angle d'un mur. Dans une République soucieuse de faire mériter leurs privilèges à leurs patriciens, cet accident fut qualifié d'homicide et la tête de Gaspare Valier roula à bas du billot un matin de février 1511. Gian Francesco n'avait eu que sa mère pour l'élever et le confier aux soins des frères mineurs qui, reconnaissant l'intelligence et les qualités de l'enfant, le conduisirent dans la carrière ecclésiastique où son nom fit le reste.

Il égrenait des phrases sans importance, le temps d'atteindre une porte qu'il pousse, révélant une pièce de belles dimensions à la cheminée de pierre sous laquelle brille un grand feu. La table est dressée ; sur une nappe de lin fin sont disposées des coupes, des flacons de vin, ainsi que des coupelles emplies de raisins secs, d'amandes et de fines galettes au sésame.

Costantino reconnaît les deux personnages immobiles, assis sur deux des hautes chaises autour de la table : ce sont Maffio Lion et Agostino Abbondio.

– On ne vous les présente pas, Messer Costantino, dit aimablement le protonotaire. Ni à vous, Messer Nicolò. À moins que, peut-être Messer Abbondio ?

Agostino Abbondio s'était levé à l'entrée des deux nouveaux venus. Il avait dû garder ce réflexe servile d'homme à la solde. Il avait beau s'être fait une notoriété, avoir fait partie de la maison Fregoso, s'être enrichi dans des services rendus, il a gardé ses réflexes d'homme du peuple qui respecte et qui salue. Aujourd'hui, il habite un palais assez grand pour y recevoir, lorsqu'ils sont de passage à Venise, hommes d'affaires, agents secrets, alliés politiques, et notamment les deux frères de Cesare Fregoso, Alessandro et Ercole, *condottieri* dans les provinces vénitiennes, tous amis de la France. Il y héberge aussi, mais à son corps défendant, quelques Vénitiens, tous amis de sa femme, qui s'insinuent par la poterne et aboutissent dans le lit de la belle réputée peu farouche. Costantino en sourit. Nicolino s'incline, contraint.

— Messer Abbondio... répète-t-il du bout des lèvres.

Le petit homme noir de cheveux, la peau un peu grise et le front fuyant se courbe un peu trop bas pour saluer des secrétaires. Quant à Maffio Lion, il demeure impassible. Ce patricien quadragénaire est de petite taille, il porte la tête penchée en avant, comme s'il avait le front trop lourd ou les pensées trop graves. Il s'oblige ainsi à montrer sa calvitie naissante, et à lever les yeux sur autrui. Son regard terne en prend une expression sournoise que vient aggraver une bouche dédaigneuse. Il occupe depuis longtemps des fonctions d'*avvogador*. Il a dû voir s'effriter son patrimoine, mangé sans doute par des gitons en pleine croissance. Aussi vient-il de se marier. Un de ces mariages de patriciens où l'on épouse la fortune plutôt que la fiancée. Maffio Lion semble observer avec humeur le monde qui s'agite, sans laisser soupçonner le moins du monde les contorsions qu'il y exécute lui-même en secret.

— Voici, Signori, dit l'abbé, officiant comme à la messe, un vin que m'envoie mon confrère l'abbé de Saint-Hilaire, près de Carcassonne. Ses moines ont élaboré il y a huit ans à peine un vin qui pétille comme certaines fontaines naturelles. Je l'ai trouvé moi-même surprenant et fort à mon goût. Vous plairait-il de me dire ce que vous en pensez ?

Ah. On était donc venu goûter du vin de France. Costantino fait tourner le liquide doré dans sa coupe. Le breuvage est clairet, frais ; il libère des bulles nerveuses finissant en cordon ; il pétille sur la langue et flatte le palais.

Chez l'Arétin, Gian Francesco Valier avait toujours répondu d'un sourire lointain aux propos enjoués de Costantino quand celui-ci était sollicité par le *Maestro*. Jugeant sans doute que le secrétaire était homme sans importance, il jouissait de son esprit sans rechercher sa compagnie. De toute évidence, depuis hier, les choses ont changé.

Que de choses ont changé ! pense Costantino. Lui, qui rendait bien au protonotaire son indifférence affichée, fait s'envoler à présent un flot de phrases aimables à l'adresse du goût et de la clairvoyance de leur hôte en matière de gastronomie et d'art de vivre. Les cinq hommes, la coupe à la main, savamment levée à la lumière ou portée au nez ou à la bouche, font assaut de commentaires sur ce vin pétillant, ses arômes de fleurs de printemps, de fruits verts, joignant l'acidité de la pomme à peine mature et la douceur du miel. Ils en discutent avec la gravité et la pénétration d'hommes décidant de l'avenir de l'humanité. L'abbé leur répond avec cette onctuosité d'homme du monde, accompagne ses paroles de gestes de ses mains délicates qui pèsent les choses qu'il dit. Il a le teint pâle, les traits nobles, la bouche fine. Il pourrait poser pour l'apôtre Jean, attendri, émerveillé, confiant, le soir de la Cène. Ce que Costantino observe en ce moment, c'est aussi son œil clair qui en même temps effleure et mémorise, c'est son sourcil délié qui se fronce de concentration, à la recherche, dirait-on, du mot exact préparé longtemps d'avance, c'est toute la vie sous-jacente de cet être aimable dont la *commedia* a quelque chose d'enveloppant. Comment va-t-il amorcer la confidence qu'apportent les deux frères ?

– *Signori,* a-t-on des nouvelles de France ? interroge Maffio Lion qui depuis un temps montrait des signes d'impatience.

– J'y fus le mois dernier, Messer Lion, répond l'ecclésiastique. On y prépare activement le passage de l'Empereur à travers le territoire. En effet, l'Empereur doit se rendre d'Espagne à Gand pour mettre bon ordre dans les Flandres. Le connétable de Montmorency pousse à la paix, donnant crédit à une récente dépêche émanant du Chancelier de Granvelle selon laquelle, pour prix de l'accord entre les deux souverains, le Milanais pourrait être cédé à la maison de France. Mais Anne de Pisseleu, la favorite, est du parti opposé. Elle conseille à Sa Majesté d'en user avec son rival comme celui-ci le fit avec lui, le faisant prisonnier par traîtrise, le gardant captif dans quelque citadelle, posant comme condition à sa libération qu'il signe la restitution de sa province.

– Bah, l'Empereur pourrait bien se dédire, une fois passé, fait observer Maffio Lion.

– Vous avez raison, Maffio. À Fontainebleau, l'on se répète le mot de Triboulet, le fou de la cour, lequel déclarait avoir écrit sur ses tablettes que Charles Quint était plus fou que lui de s'exposer ainsi à ses ennemis. « Mais que diras-tu, si je le laisse passer sans rien lui faire ? » répondit le Roi. Et le fou de répliquer : « Dans ce cas, Sire, la chose sera bien aisée : j'effacerai son nom et y mettrai le vôtre. »

# LE COMPLOT DE SAN DONATO

La pointe de Triboulet suscite le rire des convives. L'hôte s'était levé, avait disparu un instant dans la pièce voisine. Monseigneur Valier avait aussi son Triboulet, petit homme difforme mais muet et sourd, puisqu'il avait été nécessaire d'aller lui toucher l'épaule pour commencer le repas. Il reparaît pour le service du dîner, soulevait par-dessus sa grosse tête les plats plus ventrus que lui, contenant les cailles rôties nappées d'une sauce parfumée qui titille le nez et les papilles. L'abbé de Saint-Pierre-le-Vif se fait un devoir d'offrir lui-même à ses invités les coupes contenant le vin de Bourgogne. La conversation s'interrompt, le temps du service, le temps d'admirer ce nouveau nectar, de le humer, d'en parler. C'est à nouveau Maffio Lion qui met fin à cette béatitude :

— J'ai cependant du mal à comprendre ce subit revirement politique du Roi de France.

— Voyez-y l'influence du Connétable de Montmorency, Maffio, explique Monseigneur Valier. Montmorency, le favori du moment, prêche l'intérêt qu'ont les deux principaux souverains d'Europe à s'unir contre les prétentions des petits États. Cette vue politique semble plus haute que le seul but de posséder le Milanais et la restitution du Milanais pourrait découler de cette entente cordiale.

— Cette façon de voir a de quoi séduire, admet le patricien. Cependant, pourquoi tromper le pape sur leurs intentions, comme ils l'ont fait à Nice ?

— Il ne fallait pas donner au pape des motifs de s'enorgueillir de cette réconciliation. J'ai rencontré à la cour de France Messire Anne de Montmorency. C'est un homme hautain qui sait donner à ceux qui lui obéissent une haute idée de sa supériorité par le mépris même dans lequel il les tient. Sa force lui vient de ses convictions plutôt que de ses talents. Il a persuadé son maître que dans un pacte avec Charles se trouve l'espoir de recouvrer son bien et que de plus, ce pacte les sert tous les deux à s'entraider à mater Flamands, Protestants, assurer leur domination absolue sur toutes les libertés et tous ceux qui s'agitent contre leur autorité souveraine.

— Comme les Florentins, les petites principautés italiennes— encore qu'elles soient soumises, les Suisses —encore qu'il suffise de les payer, le Duc de Savoie, le Roi Henri d'Angleterre, les princes allemands, le Pape et Venise, complète Costantino.

Monseigneur Valier fait celui qui n'a pas entendu et poursuit :

— Mais je suis persuadé que Charles essaye de le duper et que François devra finalement reconquérir le Milanais par la force avec l'aide de personnes clairvoyantes telles que nous.

Il faisait un geste de prêtre à l'autel, ses belles mains ouvertes. Costantino, qui connaissait la messe, ajoute un répons de son cru :

— Voilà un Roi qui aura pactisé avec tous ceux que son état devrait pousser à abhorrer. Il n'y manque ni les hérétiques, ni les Turcs. Il n'y manque que le diable. Je suppose que c'est le rôle qu'on veut nous faire jouer. Mais nous n'avons pas la puissance des enfers, *Monsignore*.

— De toute façon, dit Abbondio, le sire Antoine Rincon, l'ambassadeur du Roi, se trouve actuellement à Constantinople pour faire des ouvertures au Sultan.

Costantino s'étonne :

— Que lui dira-t-il, si le Roi fait la paix avec son ennemi ?

— Balivernes, Messer Costantino, intervient Valier avec une soudaine véhémence. Cette paix ne se fera jamais ! Nous devons préparer le retour de la France en-deçà des Alpes, forcer Venise à trouver son appui à Blois et nous remettre dans l'amitié du Sultan !

Le temps de prononcer cette réplique, Valier avait abandonné son onctuosité sacerdotale. Costantino est frappé par la force que le prélat dévoilait ainsi, mais il n'en est pas étonné. Il avait toujours pressenti que cet homme trop lisse en cachait un autre.

— Et à ce propos, continue l'ecclésiastique qui a retrouvé son ton affable, nous sommes prêts à entendre le message dont vous êtes porteur de la part de ceux qui, à la tête de notre République, partagent nos vues.

— Ce serait avec empressement, Monseigneur. Toutefois, nous avons reçu des instructions précises.

C'est Nicolino qui vient de parler. Il n'a rien dit jusqu'ici, il écoutait, moulait son grain. Après son intervention, les autres se sont tus, un peu interloqués.

— Ne soyez nullement étonnés, *Signori*, poursuit Nicolino. Étant habitués à rédiger des traités et des paroles qui engagent, nous connaissons la valeur des mots. *Monsignore*, vous seul avez été désigné comme le destinataire du message. Je vous supplie donc de faire en sorte que nous puissions accomplir notre mission selon les termes dans lesquels elle nous a été confiée.

Le visage du prélat se fige dans un demi-sourire qui peut aussi bien signifier la surprise ou le mépris. Maffio Lion, la cuisse de caille à mi-chemin de sa bouche, lève un sourcil interrogateur, les yeux d'Agostino Abbondio vont alternativement de l'un à l'autre.

– Mais... Parlez donc, *Signori*, nous n'avons point de secrets ici.

– *Signori*, étant donné les circonstances exceptionnelles, je vous supplie de nous comprendre et de nous excuser, dit Costantino en reculant déjà sa chaise pour se lever.

Le prélat, pour le devancer, se lève précipitamment.

– Mais comment ! C'est moi, *Signori,* qui manque à tous mes devoirs. La tradition, dans cette maison, veut que tout nouvel invité ait droit avant tout à contempler mes simples et mes cailles. Pour les simples, nous sommes trop tôt dans la saison, mais les cailles nichent sur des nids de paille fraîche dans un abri tout spécialement conçu pour les admirer. Venez donc, *Signori* Cavazza. Quant à vous, Maffio et Messer Abbondio, terminez les plats et attendez-nous. Je passe à la cuisine chercher une lanterne sourde. A cette heure, vous les verrez dormir, vous pourrez même les caresser.

Monseigneur Valier avait construit dans son jardin un palais miniature dans lequel il abritait son élevage de cailles. Les sultans construisent bien des palais pour leur harem. Le prélat avait donc le sien, plus petit, assurément plus calme, et ses pensionnaires y menaient une existence sans souci, nourries à satiété, vêtues de leurs robes moirées, de leurs colliers, de leurs jabots. Elles faisaient l'admiration des visiteurs, la joie des amis. Elles engraissaient dans le bonheur et l'opulence, la seule contrainte de leur destinée étant de se laisser tordre le cou dès que leur chair devenait abondante et que leur maître donnait à dîner.

– Pour commencer, disait l'ecclésiastique, voici la caille des blés, la plus répandue, la plus ronde, celle que vous avez dégustée ce soir.

Il montrait un matelas de plumes d'où émergeaient ici et là un bec, un œil recouvert d'une membrane mal fermée. Cela respirait d'un souffle commun, tressaillait parfois de manière confuse, laissait échapper, dans Dieu sait quel rêve d'envol impossible, un pépiement étouffé.

– *Monsignore*, nous sommes émerveillés par ce que vous nous montrez, mais nous avons mission de vous dire...

– Celle-ci est la caille bleue, dit-il en pénétrant dans une sorte de chapelle. Elle est originaire d'Afrique. Sa livrée contrastée est faite d'un mélange subtil de bleu-ardoise passant au bleu plus vif et de châtain tirant au roux. Bleu le front, le capuchon, les côtés de la tête, les épaules, et l'abdomen ; châtain roussâtre les flancs et les scapulaires, mais joliment strié de bleu...

— Ser Lorenzo Gritti... murmure Nicolino.

— Mais admirez aussi la parure de leur visage, s'enthousiasme le prélat en extrayant une tête de dessous une aile. La mentonnière noire est encadrée par deux belles moustaches blanches, le tout souligné par un trait noir qui épouse les contours du cou.

Il reposait la tête sous l'amas de plumes, comme une nourrice bordant un enfant dans son sommeil.

— Ser Lorenzo Gritti va partir pour Constantinople sous couvert de régler les affaires de son frère, dit Nicolino tout d'une traite.

— Ah ! La bonne idée ! La bonne idée que j'ai eue de faire venir celles-ci des Indes, repart l'abbé en visitant la chambre suivante. Elle fréquente les prairies, les champs cultivés, les rizières asséchées, les chaumes, surtout quand ils alternent avec les jungles de broussailles. Dans ces pays, elles envahissent parfois les plantations de thé, les jardins...

— Il se rendra chez le Sultan avec doubles instructions.

— Comme c'est intéressant ! Voici justement ici une caille appelée nattée pour ce que le capuchon est parfaitement divisé en deux par une longue et étroite rayure chamoisée. Mais la nature lui a gracieusement fait le masque : longs sourcils blanchâtres qui descendent jusqu'aux côtés du cou, où ils rejoignent le blanc pur de la gorge et du collier...

Il manipulait avec une grande délicatesse les têtes molles qui pivotaient sur elles-mêmes, entrouvraient le volet d'une paupière ; il soulevait les ailes courtes qui reprenaient aussitôt leur position d'objets inutiles pelotonnés dans le sommeil.

— Observez sur les flancs cette teinte subtile de cannelle rosâtre qu'on retrouve sur la poitrine mouchetée de marron et de blanc...

— Le Sénat lui donne mission de proposer au nom de la Ligue sinon une paix, au moins une trêve...

— Hmm ? module Valier d'un air absent. Est-ce là tout ce qu'on peut en dire ?

— Certes, non.

Il visitait l'alcôve suivante, s'animait à nouveau.

— Ah ! Voici ma préférée : la caille de Chine, qui est plus petite et plus légère. A l'état sauvage, les mâles se reconnaissent à un plumage de deux couleurs : brun rouge moucheté de noir sur les parties supérieures, gris perle sur la poitrine et les flancs, tandis que le dessous du ventre possède un ravissant duvet brun-roux et le dessous du bec, un fer à cheval blanc.

— Mais le Conseil des Dix fait dire qu'il est prêt à signer une paix séparée et dans ce but, à envoyer un ambassadeur.

— Parfait ! Parfait, n'est-ce pas, est le plumage de ce petit bijou de la nature. On l'appelle la quaglia colorata. Les femelles, qui sont généralement plus ternes, sont d'une subtile couleur chamois-orange chaud, passant au blanc sur la gorge. La nature a varié à l'infini les motifs dessinés sur leurs joues et les nuances de leurs livrées.

— *Monsignore*, intervient Costantino, je crois que tout a été dit. La beauté des cailles n'a d'égale que leur saveur et il me semble que nous ayons commis ce soir une grande erreur.

— Ah ? Que voulez-vous dire ? répond l'abbé imperceptiblement sur ses gardes.

— Comment avons-nous osé disposer de ces petits êtres fragiles, innocents, ravissants, palpitants, démunis... Voyez avec quel goût, quel scrupule Dame Nature a dessiné le moindre capuchon, le moindre collier, assorti les couleurs du manteau, décidé les nuances du mouchetage... Et nous les avons dévorées !

Le prélat reprenait avec aisance ses accents mondains :

— J'espère seulement qu'elles vous ont plu, Messer Costantino. Et rappelez-vous la parole de la Genèse : Dieu dit à l'homme : « Remplissez la terre et l'assujettissez ; régnez sur les poissons de la mer, sur les oiseaux du ciel, et sur tout animal qui se meut sur la terre. »

— Amen, *Monsignore*. Dieu a-t-il prévu que l'homme assujettirait son semblable ?

Monseigneur Valier faisait souvent celui qui n'entendait pas. C'est dans cette disposition qu'il précède les secrétaires vers la maison. Les trois hommes s'en vont rejoindre la place qu'ils avaient quittée à la table du dîner, ainsi que leurs convives qui attendent devant leur verre vide et les plats dévastés.

— *Signori,* annonce le protonotaire, les nouvelles sont bonnes : le Conseil des Dix nous fait savoir que Ser Lorenzo Gritti va partir pour Constantinople sous couvert de régler les affaires de son frère. Il se rendra chez le Sultan avec doubles instructions. Celles du Sénat, qui lui donne mission de proposer au nom de la Ligue sinon une paix, au moins une trêve ; celles du Conseil des Dix, qui est prêt à signer une paix séparée et dans ce but, à envoyer un ambassadeur.

– Costantino, je suis de plus en plus inquiet, dit Nicolino.

Dans le *burchiello* du retour, Nicolino avait eu largement le temps de méditer en silence. À peine arrivés à la *Formosa*, les deux frères s'enferment un moment ensemble pour commenter ce qu'ils ont vu. D'abord, l'attitude de cet étrange Valier qui décrivait ses cailles en même temps qu'il mémorisait des secrets d'État pour les répéter mot à mot à ses complices. Et quels complices... Ce Maffio Lion n'inspirait aucune confiance : un homme fuyant, intéressé, assurément prêt à vendre son âme pour une poignée d'or. Seul patricien de l'assemblée, il se contraignait mal à laisser parler Valier qui dominait la conversation, parlait de la cour de France où il s'était rendu, avait là-bas des portes qui lui étaient ouvertes et jouait dans leur association un rôle de premier plan, alors que lui faisait figure de petite main. Et cet Abbondio attentif, empressé, servile. Tout en lui indiquait l'homme « au service de ». Lui aussi vendrait son âme pour... Pour quoi, au juste ? Pour de l'argent ? Pas sûr. Pour être reconnu, apprécié, pour recevoir une caresse d'autrui. Bon chien. Il recevait des os : un palais, de beaux habits, des bijoux, peut-être des femmes, sinon des garçons. Valier était plus insaisissable. Il devait avoir des motifs plus profonds. Étant plus intelligent, il devait les cacher mieux. L'argent pour lui n'était qu'un moyen, ses raisons étaient ailleurs. Son père ? Nicolò Aurelio n'avait-il pas dit un jour que le jeune Gian Francesco avait assisté à l'exécution de son père ? Quels serments sa mère, jadis, avait-elle pu lui arracher ? Nul doute que de ces trois hommes à la solde de la France, Valier était le plus dangereux.

– C'est Valier qui mène la danse, Nicolino. Valier savait que j'aurais des informations puisque c'est Valier qui est venu vers moi chez l'Aretino. Il a donc des contacts avec nos Inquisiteurs.

– Soit. Mais dans ce cas, qu'ont-ils besoin de nous ?

– *Fratello*, tu conçois bien que nos *Babau* répugnent à risquer leur barbe dans les environs d'un homme aussi engagé que *Monsignore* du côté des Français. Ils ont besoin de truchements. De plusieurs, peut-être. Si j'étais un *Babau*, ce qu'à Dieu ne plaise, j'enverrais peut-être mes informations par plusieurs canaux qui s'ignorent.

– Lion et Abbondio ? suggère Nicolino.

– Mauvais choix. Et pourquoi nous les aurait-on présentés ?

– Pour vérifier nos dires et surveiller notre conduite.

C'est au tour de Costantino de regarder son frère avec étonnement.

— Eh ! Nicolino, sais-tu que tu ferais un très bon *Babau* ?

— Ne plaisante pas, mon frère. Je ne comprends toujours pas pourquoi ils ont eu besoin de moi. Et je tremble pour Concordia et les enfants.

Le lendemain, l'entrevue des deux secrétaires avec l'Inquisiteur Marco Minio ne dure que quelques instants et c'est Costantino qui parle le premier :

— Excellence, nous avons fait en sorte de délivrer votre message en privé à Monsignor Valier. Mais celui-ci l'a aussitôt répété devant nous à deux autres personnes présentes chez lui : Ser Maffio Lion et Ser Agostino Abbondio. Ce fait méritait de vous être signalé.

L'inquisiteur changeait de position sur son siège, se raidissait. Il gardait le visage fermé. Impossible de deviner ses pensées.

— Sans doute, fait-il sur le ton de celui qui écarte un détail sans importance. Ceci n'est pas de votre ressort. Livrez vos messages à la même adresse, c'est-à-dire à *Monsignor* Valier en privé comme vous l'avez fait. Par ailleurs ne changez rien à vos habitudes. Acceptez ses invitations même si vous n'avez rien à lui dire et continuez à fréquenter vos amis communs. Vous serez convoqués en temps voulu pour une suite éventuelle.

Puis les voilà congédiés. Curieux. Costantino est sûr d'avoir perçu un signe.

— Que penses-tu de cette réponse, Nicolino ?

— Rien. Il semble satisfait. Peut-être même ne nous demandera-t-il plus rien.

Cher Nicolino, cœur pur, âme droite. Pour n'avoir jamais joué la *commedia* chez Pietro Aretino, Nicolino n'est pas attentif aux moindres nuances du langage, aux inflexions de la voix, aux tressaillements du visage, aux silences. Car Costantino sait à présent ce qu'il a perçu d'étrange.

— Le silence, Nicolino. Il a eu un silence avant de répondre son « Sans doute » sur le ton de celui qu'on ennuie avec un détail inutile. Il a décroisé et recroisé les jambes et il nous a fermé la porte au nez. Il a été surpris et agacé de savoir que Valier a deux complices. Il n'aime pas savoir que ses secrets sont partagés. De qui se méfie-t-il le plus ? Abbondio ne doit pas l'étonner : on sait pour qui il travaille : Fregoso, Strozzi, Orsini, Rangone... tout le parti français.

— C'est Maffio Lion qui doit le gêner. Parce qu'il est patricien.

— Exact. Il est *avvogador*, juge de quarantie, éligible à des postes importants... Il a accès à certains renseignements... peut rendre publiques certaines choses. Il s'en méfie.

Costantino multipliait les suppositions. Cela ne rendait pas plus confortable ni plus claire la position des frères Cavazza. Ils étaient pris dans un filet et entraînés Dieu sait dans quelles eaux. Costantino décida que le mieux à faire, c'était de trouver l'aventure de plus en plus passionnante.

\*

C'est en juillet de cette année 1539 que l'on vit Guillaume Pellicier s'installer à Venise. Il avait au préalable rencontré à Rome ce qu'il fallait de Pape et de cardinaux, il avait dans sa poche la bulle signée du Souverain Pontife l'instituant Évêque du diocèse de Montpellier et présentait au Sénat de Venise ses lettres patentes d'ambassadeur ordinaire à Venise du Roi de France. Cela fait, il fut reçu dans l'aristocratie qu'il impressionna par son entregent, plut aux femmes par son charme, aux hommes par sa culture. Il courtisa les cercles de lettrés, les académies, où il impressionna par ses connaissances, hanta les bibliothèques.

À peine arrivé, on le vit, en robe violette et entouré de secrétaires, entrer chez Pietro Bembo vêtu d'écarlate. Les deux hommes s'étaient rencontrés récemment à Rome, où l'homme de lettres vénitien était venu recevoir son chapeau de cardinal. Tous deux se retrouvaient avec plaisir, consacraient des journées entières aux richesses que le directeur de la *Biblioteca Marciana* déployait sous les yeux émerveillés du savant français. Celui-ci parla aussitôt d'engager à son service des nuées de copistes capables de fabriquer à l'identique des manuscrits anciens et se mit en chasse, dans tous les palais de Venise, des ouvrages qu'il convoitait. On le vit envahir l'officine de Paolo Manuzio, de Bernardo Giunta et de quantité d'autres imprimeurs. Homme du monde, il ne manqua pas d'entrer chez Pietro Aretino, où il entretint admirablement la conversation animée et louangea le vin qu'on y buvait. L'ambassadeur y gagna un client, l'écrivain s'enrichit d'un nouveau protecteur.

Par la même occasion, Guillaume Pellicier put faire la connaissance de ces messieurs que Monseigneur de Rodez, son prédécesseur, appelait « les bons serviteurs du Roy » et sut qu'il trouvait là l'outil déjà forgé de sa diplomatie secrète. À la casa Fregoso, où il fut reçu par le condottiere ami de la France, la belle Costanza lui présenta Matteo Bandello ainsi que la *Signora Aurelia*, fille de l'ancien recteur de Padoue, jadis amie d'Aldo l'Ancien. On parla de littérature. Laura n'en avait plus parlé depuis la mort d'Andrea Gritti. Une visite à la bibliothèque de la maison de Sant' Angelo s'imposait, et fit retentir à nouveau les échos de la demeure endormie. Le fils de la *Signora*, jeune patricien qui s'était illustré en mer, avait même pratiqué le commerce d'Orient et visité les monastères maronites de la vallée sainte du Liban. Il disait avoir vu une liste d'ouvrages rares dont il se rappelait encore des bribes et connaissait à Chypre un amateur éclairé.

– Hélas, dit Pietro, il se passera du temps, Monseigneur, avant que nos galères puissent aborder à nouveau à Beyrouth et nos convois se rendre dans la vallée de la Qadisha. La guerre...

Mais il semblait bien que Monseigneur Pellicier, ébloui par les richesses qu'il trouvait à Venise, ne se souciât aucunement de cette guerre qui paraissait tant contrarier les Vénitiens et où la France n'était pas partie liée. Non, l'ambassadeur de France n'avait pas de mandat politique. Il cherchait seulement des livres.

Peu de temps auparavant, les *avvisi* avaient publié que Lorenzo Gritti était rentré d'un voyage privé à Constantinople. On pouvait y comprendre que ce voyage de Ser Lorenzo n'avait pour but que de régler les affaires pendantes de son défunt frère Alvise, mais, comme des liens anciens existaient encore entre la fratrie Gritti et la Porte, il était naturel que Lorenzo ait pu rencontrer les Vizirs et que ceux-ci aient accordé au frère de feu le conseiller du Sultan un entretien amical –ne fût-ce que pour lui dire que l'enquête sur le massacre d'Alvise n'avait abouti à rien. L'on pouvait bien comprendre que des Vizirs, parlant à bâtons rompus, laissassent échapper quelque réflexion qui n'était pas sans intérêt en temps de guerre. C'est pourquoi, aussitôt rentré à Venise, Ser Lorenzo s'en était allé voir le Sénat, répéter quelques potins entendus lors de ces candides échanges de politesses. Il en ressortait qu'à l'évocation d'une trêve avec la Ligue, ces messieurs avaient été catégoriques : il ne serait pas question de trêve avant d'avoir recouvré la forteresse de Castel-Nuovo, toujours tenue par les Espagnols. Mais pourquoi, finalement, Venise n'enverrait-elle pas un ambassadeur ? Combien de temps mettras-tu, Seigneur Lorenzo, pour retourner à Venise, et un ambassadeur vénitien pour rejoindre notre Porte ? C'est vrai que vous palabrez beaucoup, chez vous ; puis vous devez aussi choisir l'ambassadeur. Mettons que l'on pourrait attendre jusqu'au mois de septembre.

Jusqu'en septembre, il ne serait donc plus question de batailles en Méditerranée orientale.

Hayreddîn alla tuer le temps de l'autre côté de l'Italie. Avec ses corsaires, il harcelait les côtes de Sicile, de Naples et des Baléares. Peut-être François en jubilait-il, mais en cachette, parce qu'il faisait sa paix avec l'Empereur. Qui pouvait empêcher un Turc d'opérer ses razzias en pays chrétien ? Toutefois, ce n'était pas parce qu'il essayait de s'entendre avec son ennemi d'hier que le Roi de France allait pour autant rappeler Antoine Rincon, son ambassadeur à Constantinople, ni les auxiliaires de ce dernier, qui pullulaient dans tous les endroits stratégiques, et notamment dans l'entourage de Hayreddîn. Le chef de ces agents officieux portait le joli nom d'Antoine Escalin des Eymars, dit le Capitaine Polin, baron de la Garde.

Quand ce dernier entendit la rumeur selon laquelle Charles cherchait à entrer en négociation avec Barberousse par l'intermédiaire de marchands juifs en vue de conclure une trêve, il en avertit aussitôt son supérieur à Constantinople. Constantinople où Antoine Rincon se sentait en mauvaise posture depuis la poignée de mains d'Aigues Mortes. Sa contre-attaque, sans simplifier sa position personnelle, eut l'avantage d'embrouiller celle du Sultan. Et Soliman de convoquer Barberousse.

— Quoi ? Traître ! As-tu oublié que mes yeux, mes oreilles et mon sabre portent jusqu'aux confins de mon empire ? Tu négocies une trêve avec le Roi d'Espagne, en cachette du feu de mon regard. Tu seras empalé !

— Moi un traître, Seigneur ? Moi négocier séparément avec l'infidèle ? Qui a osé proférer une telle infamie ? Ne sais-tu pas que mon glaive est au service de ta gloire ?...

Et il sut aligner ainsi plusieurs phrases remplies de mots tonitruants et d'images rutilantes. Mais le Sultan ne décolérait point. Il fallut se justifier sur le détail des faits :

— Si j'ai employé des marchands juifs pour entrer en contact avec ton ennemi, c'est parce que je faisais un échange de prisonniers. Me le reprocheras-tu ? J'ai libéré d'audacieux marins, de cruels corsaires, d'impitoyables soldats de l'Islam contre quelques lâches et vils rameurs chrétiens. Et pour te prouver ma fidélité et l'ardeur qui pousse mon sabre au service de ton trône, je cours reprendre enfin, pour te l'offrir, la citadelle de Castel-Nuovo.

Castel-Nuovo était une épine dans le pied de Suleyman. La place, conquise par les Vénitiens, occupée par les Espagnols en dépit des accords de leur Ligue, avait fait l'objet de plusieurs attaques turques par voie de terre. Mais le capitaine espagnol Francisco Sarmiente et ses quatre mille soldats avaient résisté. Il y avait là un échec insupportable qu'il convenait d'effacer. Lorsque Sarmiente apprit qu'une nouvelle armée de terre allait fondre sur lui en même temps que Hayreddîn avec ses 150 navires, il proposa aimablement aux Vénitiens voisins de leur remettre la forteresse, réparant ainsi l'injustice qui leur avait été faite en les privant de leur conquête.

– Non merci, vraiment, répond le Provéditeur Matteo Bembo, parent du nouveau cardinal et maître du fort voisin de Cattaro. Les volontés de votre maître l'Empereur sont les miennes. Par ailleurs, je vous supplie de comprendre combien il serait mal venu pour nous de nous exposer à une nouvelle rupture avec les Turcs.

Le 17 juillet 1539, Hayreddîn arrive devant Castel-Nuovo, ayant fait le crochet par Cattaro, où Matteo Bembo, d'une politesse exquise, s'était empressé de lui envoyer des rafraîchissements. Trois semaines durant, les flots du golfe transportèrent jusqu'à Cattaro le rugissement des énormes pièces d'artillerie qui bombardaient la place de Castel-Nuovo. Quand les quatre mille espagnols furent réduits à trois cents, l'assaut final emporta la citadelle et Hayreddîn passa le reste de la garnison au fil de l'épée.

Or, Hayreddîn était comme ces musiciens ou ces athlètes que le succès de leur art endiablé emporte dans un tourbillon d'euphorie, un surcroît de prouesses. On avait déjà vu des coureurs de marathon faire pour rien un nouveau tour du stade après qu'ait sonné la fin de la course. L'amiral turc, ivre de sa victoire devant Castel-Nuovo, transporta donc sa flotte devant Cattaro, où le même Matteo Bembo, le voyant approcher, fit préparer les mêmes rafraîchissements. Mais cette fois, le Kaptan-Pacha les repoussa avec mépris, demandant plutôt les clés de la ville.

– La place appartient à la République, Amiral, répond suavement Bembo. Mais, si toutefois, au mépris de la trêve signée entre nos États, vous décidiez de nous attaquer, je saurai vous répondre comme il convient.

# LE COMPLOT DE SAN DONATO

Le 15 août, Hayreddîn fait débarquer des troupes devant Cattaro mais Bembo dirige sur les assaillants un feu si meurtrier que l'amiral ottoman renonce à son entreprise, rembarque tout le monde et envoie son salut à l'aimable provéditeur qui lui avait entretemps envoyé un vase d'argent contenant cinq cents ducats, en gage d'amitié. Puis, quittant le golfe Adriatique, Hayreddîn passe devant les forts de Corfou qu'il salue comme en pleine paix.

L'Histoire retiendra avec raison que la citadelle de Cattaro fut sauvée par la vaillance de Matteo Bembo. Mais qui se souviendra de cette conversation chuchotée un soir de juillet 1539 dans une jolie maison du campo Santa Maria Formosa ?

Ce soir-là, Maffio Lion, excédé de jouer les rôles secondaires dans un complot qui venait de haut et employait des personnages plus bas que lui, frappa à la porte des frères Cavazza. Costantino, qui occupait l'appartement du bas, vint ouvrir.

– Messer Lion ? Que me vaut l'honneur... ?

– Chut, Messer Costantino. J'ai à vous parler. Me permettez-vous... ?

Il fallait bien permettre à un patricien en maraude, surtout lorsqu'il s'appelait Maffio Lion et qu'on le retrouvait à San Donato. Mais il fallait surtout se méfier.

– Vous souhaitez, je présume, que j'appelle mon frère.

Si fait. Il le souhaitait. Nicolino paraît donc, plus sombre, plus blême que jamais et l'on s'assied autour de la table.

Maffio Lion inspire profondément tout en jouissant intensément de l'autorité que lui confère sa situation de patricien, visiteur impromptu, démiurge qui apparaît, comme le Christ après la pâque, parmi des disciples médusés. Car il la tenait enfin, l'information de taille qu'il guignait depuis des semaines, et qui allait pouvoir lui donner de l'importance dans la politique secrète, montrer à ce bâtard de Valier, et même à ces deux secrétaires, qu'un patricien inscrit au livre d'or accède à d'autres secrets, possède d'autres moyens, et qu'il ne tiendrait qu'à lui qu'il fût l'interlocuteur principal de l'ambassadeur de France et qu'il fût invité à la cour de Blois où il parlerait en privé au Roi de France. Valier en blêmirait. Les frères Cavazza le salueraient un cran plus bas ; quant à cet homme du peuple d'Abbondio, il le renverrait simplement à son néant. Il était évident que Maffio Lion n'obéissait dans tout ceci qu'à un besoin de rachat de sa propre médiocrité. Parfois dans l'histoire, le destin de peuples dépend de moins que cela.

– Messieurs les secrétaires, dit le visiteur d'un air pénétré, la République vous a confié une mission de confiance de la plus haute importance. Elle consiste à aider sa politique secrète dans le but de recouvrer notre liberté de commerce et vous avez été choisis pour aider à cette politique. Vous avez compris qu'il a été décidé en haut lieu que nos véritables alliés sont à présent la France et l'Empire Ottoman. Nous devons faire cause commune avec eux et gagner leur confiance. Ce n'est pas chose aisée, après leur avoir fait la guerre. Nos démonstrations d'amitié doivent en être d'autant plus éclatantes. Or, voici ce que nous pouvons leur donner comme preuve de notre bonne foi.

Sur ces mots, Maffio Lion sort de sa manche un rouleau qu'il déploie devant les yeux stupéfaits des deux frères. Un dessin, des courbes, des pointes. Un tracé de fortifications.

– Des plans...

– ... des passages secrets de Cattaro, achève Lion.

Costantino et Nicolino se regardent. Ils n'avaient pas été dupes du discours d'introduction. Mais l'eussent-ils été, la nature de la « démonstration d'amitié » les aurait complètement dégrisés. On n'invite pas une puissance étrangère dans une place forte. Et, l'inviterait-on, elle entrerait par la porte principale, non par la poterne secrète. Tout cela avait une forte odeur de mensonge, de trahison, et ne résistait pas à l'analyse.

Il était clair que Maffio Lion voulait vendre le secret de Cattaro. La plupart des forteresses ont quelque passage secret. Celle de Cattaro, construite à flanc de colline escarpée et boisée, devait en compter aussi. Andrea Gritti, jadis, n'était-il pas entré dans Brescia par les égouts ? D'où Maffio Lion devait tenir ces documents *secretissimi* n'était pas une question importante : l'*avvogador* pouvait posséder un intendant ou un secrétaire aux forteresses qui avait contracté une quelconque dette envers lui. La réponse à la question de savoir ce qu'il voulait en faire allait de soi: tout le monde savait que Hayreddîn était en action à quelques lieues de là. C'était une autre question qu'il fallait poser :

– Pourquoi venez-vous nous montrer cela ? Nous n'avons pas d'ordre et vous, pas le droit...

– J'ai besoin de votre cachet, *Signori*. Vous savez que l'année dernière, l'on a renforcé toutes nos places. Ce document n'a de valeur que si votre sceau de chancellerie prouve qu'il est authentique et récent. Gardez-le, je vous le confie. Demain, vous y poserez les sceaux requis. Je reviens demain soir.

Il souriait aimablement : il ne demandait que de remplir une formalité anodine. Entre gens du même monde, celui des serviteurs de l'État, ces services se rendent, comme en famille.

Mais Nicolino demeurait figé. Costantino cherchait encore une réplique mortelle qui arrêterait efficacement ce qui était en train de se produire. Maffio Lion, content de sa belle entrée en matière aux accents nobles et flatteurs débouchant sur une simple demande de service, rajustait déjà son manteau et se préparait à se lever.

— Non, lance soudain Nicolino.

— Pardon ? fait Lion distraitement mais arrêtant son geste.

— Je dis que je refuse de faire ce que vous me demandez. Parce que nous savons qui nous donne des ordres et qu'il m'étonnerait fort que cet homme donnât celui-ci. Et de cette manière.

Les deux hommes se dévisageaient avec froideur. Cela dura un moment.

— Fort bien, répond Maffio sans se démonter. J'agirai donc sans votre concours.

Il reprenait son rouleau. Costantino vit que sa main tremblait imperceptiblement.

— Vous n'agirez point, répond Nicolino calme et glacé.

— Et la raison, je vous prie ?

— Messer Lion, les ordres que l'on nous donne concernent des renseignements diplomatiques à même de hâter la conclusion d'une paix. Or, ceci est un document militaire qui met directement en danger la vie de soldats vénitiens. Votre projet ne peut être que criminel et il n'aboutira point.

— Mais que me chantez-vous là et n'êtes-vous pas déjà impliqués dans une guerre secrète ? Prenez garde, Messer Cavazza, vous refusez d'obéir aux ordres.

— Prenez garde vous-même, Messer Lion. Nous n'avons pas d'ordres à recevoir de vous. Le mieux que vous ayez à faire est de remettre ce document où vous l'avez pris. S'il sort d'un coffre qu'il n'aurait jamais dû quitter, je le saurai et je connaîtrai le nom du voleur. Si Cattaro est investi par traîtrise, je saurai qui est le traître. Ne m'obligez pas alors à prononcer votre nom.

Les deux hommes se toisaient d'un air presque féroce. Puis Lion décide soudainement de changer de tactique et de contenance. Abandonnant son arrogance, haussant les épaules, il se met à rire.

— Vous croyez-vous donc si puissant, Monsieur le cittadino commis aux écritures du Sénat ? Allons, laissons là votre *commedia*. Vous n'êtes qu'un maraud sans jugement et l'on a bien raison de vous tenir loin des décisions politiques. Vous refusez de faire un geste utile, c'est seulement dommage pour vous et je sais mieux que vous ce que j'ai à faire.

— Mais ce que vous vous apprêtez à faire, vous ne le ferez point, Messer Lion.

D'où Nicolino, malgré l'injure, tirait-il cette froideur et surtout cette assurance ? Costantino avait envie de jeter à la porte l'importun visiteur et il l'aurait fait, s'il ne devait pas retourner se montrer chez l'Aretino ou s'il ne sentait pas que son frère gardait dans son jeu un maître atout qui lui permettait de montrer cette magnifique fermeté.

— Ah, tiens donc, et c'est vous qui m'en empêcherez ? dit Maffio d'un ton suintant le mépris.

— Oui. Parce que moi aussi, je possède une information, Messer. Vous savez que depuis un an un *Inquisitore alla bestemmia* s'occupe ici de redresser les mœurs afin de ne point y mêler l'inquisition de Rome. Nous connaissons tous un jeune homme qui quitta cette ville dès la nomination de ces inquisiteurs...

— Franco ! lâche spontanément Costantino.

— À Venise, on ferme volontiers les yeux sur les mœurs des artistes ; moins sur celles des patriciens.

— Messer, qu'insinuez-vous ? se récrie Lion. Ma famille est honorable. Je suis un homme marié et possède épouse légitime !

— C'est vrai. Depuis un an, tout juste. Oh, je sais, la preuve que je possède est ancienne. L'artiste était alors un enfant de douze ans qui, pour survivre, se vendait pour des plaisirs criminels dans un *casìn* de luxe. Saviez-vous qu'il fit une déposition écrite ? Son langage était fruste, mais sa main déjà déliée savait écrire lisiblement et dessiner le détail révélateur que son œil décelait. Le document existe toujours. Vos amis l'attaqueront, bien sûr ; vos ennemis s'en saisiront et l'inquisition de Rome, qui châtie les sodomites, pourrait bien achever de vous ruiner. Et je n'hésiterai pas à aller jusqu'au nonce.

À mesure que se déroulait ce discours, Maffio Lion blêmissait. Il voyait s'évaporer l'espoir de gagner un monceau de ducats, de jouer un rôle dans la nouvelle politique de sa cité, de jouir comme il l'entendait de la nouvelle vie qu'il venait de se construire. Laissera-t-il ce Nicolò Cavazza se mettre en travers de ses projets ?

— Vous mentez, Messer Cavazza. Vous affabulez. C'est odieux, gronde le patricien dont les mains se mettaient à trembler vraiment.

— Vous passiez votre bague d'or dans l'intimité de cet enfant et promettiez de la lui donner s'il acceptait vos jeux. Il ne la reçut jamais. Un jour, il vous a mordu et vous avez aimé. Une autre fois...

— Assez ! Cessez de débiter ces infamies ! hurle Maffio hors de lui, les yeux exorbités, la voix qui s'étrangle.

— Merci, Messer Lion. Vous venez d'attester l'authenticité du document que je possède. Rendez le vôtre à la République, je vous prie, et je ferai comme si nous ne nous étions pas rencontrés ce soir mais quittez immédiatement cette demeure.

D'un geste rageur, Maffio Lion glisse le rouleau dans sa manche et tourne les talons, crachant entre ses dents :

— Vous me payerez ça, Cavazza. Vous me le payerez, vous et vos comploteurs. Je vous jure que vous me le payerez !

La porte avait claqué, le bruit des pas sur la pierre du *campo* mourait dans le silence de la nuit. Nicolino, le coude sur la table, se prenait le front. Costantino le laissait se détendre.

— *Fratello*, dit enfin le cadet, je ne comprends rien à tout cela. Qu'est-ce que ce document dont tu parles ? Où est-il ?

— Nulle part, Tino. *Zia* l'a brûlé il y a longtemps. Mais elle a voulu que je le lise avant. Elle voulait que je sache pour pouvoir la défendre contre la calomnie. C'est comme si elle avait été inspirée. Quand j'ai vu Maffio Lion à la table de Valier, ces souvenirs me sont revenus. Je les conservais tout prêts dans ma mémoire parce que je me garde de tous côtés.

— Mais quel rapport entre Laura et Franco ?

— Le *casìn*. Mais cela, c'est le secret de *Zia*.

Costantino tendait à son frère un verre de vin.

— Bois, *Fratello*. Tu as bien joué et je suis fier de toi. Ce que je regrette, c'est de n'avoir pas su plus tôt ce dont tu es capable. Mais pour la première fois que tu joues au *primo*, tu as réussi un coup de maître.

# 8
## Octobre 1539-juin 1540.
## Pantomimes et jeux de dupes

Costantino ne guette plus l'avancée du rayon de soleil sur l'angle de son pupitre, cadran solaire improvisé lui annonçant la fin de la journée de travail. Il ne laisse plus ses pensées traverser le bassin de San Marco, pénétrer l'église de bois de San Giorgio sous laquelle dort son père. Il ne tue plus le temps à flâner dans les galeries ouvertes du palais, admirant l'animation de la *piazzetta* en attendant la cloche libératrice. On le voit rentrer chez lui après les douze coups marquant le jour nouveau. Il se rend chez l'Arétin d'un pas plus lourd, se mêle à la fête sans plus l'attiser et observe les convives avec distance. Dans les réunions familiales, son rire se fait plus rare, parfois forcé ; sa voix ne laisse plus fuser le mot drôle, moqueur et tendre ; parfois, son regard s'échappe de l'assemblée, se perd dans le vide.

– Qu'as-tu, Costantino ?

– Il fait froid, Pietro. Et l'on me donne du travail, au palais. Et toi, *fratello*, depuis que te voilà père de famille, rêves-tu encore de partir en Orient ?

– Plus que jamais, mon frère.

En effet, depuis l'autre bout du salon, Antonina lance toujours ses regards en forme de caresses et de harpons. C'est sa façon d'aimer.

– Il faut pouvoir s'échapper des douceurs du foyer, commente Pietro avec un sourire bref qui en dit long.

Costantino, qui pour sa part a soigneusement évité les contraintes du mariage, se demande à présent si la République n'est pas plus possessive qu'une femme.

– Mais j'attends les événements, poursuit Pietro. Il est insupportable et impossible de voir le commerce suspendu indéfiniment.

Costantino approuve tout cela du chef. Que n'est-il pas lui-même contraint de faire pour hâter cette reprise des échanges commerciaux !

Hier encore, chez Pietro Aretino, il s'est isolé dans un salon en compagnie de Valier, le temps de lui transmettre l'annonce que Lorenzo Gritti repartira incessamment pour Constantinople avec la mission d'annoncer à la Porte l'arrivée imminente de l'ambassadeur Pietro Zen. Ser Lorenzo devrait aussi poursuivre activement la destruction des papiers secrets de son frère Alvise. Si ces preuves des ententes anciennes et secrètes entre Venise et la Porte tombaient entre les mains des Impériaux, elles deviendraient une arme redoutable contre la République au moment où celle-ci se prépare à signer une paix séparée.

Laura aussi s'étonne de ne plus voir Costantino lancer imprudemment ses impertinentes vérités. Quel poison envahit lentement les veines du joyeux Costantino ?

— Que vous dire, Laura ? lui répond-il d'un air faussement détaché. Il me souvient qu'un jour, en parlant de mon père, vous avez émis un souhait pour moi : que jamais je ne sois pris dans une situation où, quoi que je fasse, je me perde. Il me semble que le service de la République implique ce genre de situations. Cela devrait être enseigné dans les écoles de secrétaires.

Il souriait, laissant croire qu'il plaisantait encore. Mais Laura fronçait le sourcil.

— Laissez-moi tenir mon serment, Laura. Vous savez mieux que moi qu'il en est de plus lourds que d'autres.

Il n'a pas écouté la réponse de sa belle-mère, a profité de sa confusion pour l'embrasser sur le coin de la bouche, fantasme ancien entretenu par la fascination que suscitent chez lui l'inaltérable beauté de cette femme et la passion violente qu'elle avait inspirée à son père.

Son père est mort ; le Doge Gritti est mort. Costantino a perdu ses appuis. Il se sent surtout très seul. Même la complicité de Nicolino lui est à charge. Parfois, il se voit tenir à bout de bras ce frère scrupuleux qu'il rassure par un optimisme qui le fuit de jour en jour. Pourquoi s'en est-on pris à Nicolino ? Que doit comploter à son tour Maffio Lion, lequel n'a reparu ni chez Valier, ni chez l'Arétin ?

Costantino va son chemin à travers *calli* et venelles de Venise. Après tout, Venise est la ville des ombres, des reflets trompeurs, des chutes dans les eaux noires et putrides. On y avance, le poignard caché sous le manteau, la lanterne tendue devant soi ou suspendue à la proue de la gondole. On avance à l'aveugle de fanal en fanal accrochés aux angles des murs. Parfois, le brouillard efface les contours, étouffe les pas et les cris.

L'ambassadeur Pietro Zen a quitté Venise dans le courant de l'été. Il meurt subitement à mi-chemin, à Bosna-Seraï, ville nouvelle et cosmopolite où il devait faire étape comme à chacun de ses deux voyages précédents. Lorenzo Gritti a atteint Constantinople mais pris soudain de maladie, il meurt au bout de quelques jours. Quel dieu, irrité contre la paix ou quelle main criminelle assassine ainsi les ambassadeurs de la Sérénissime ? La fatigue du chemin, suggère-t-on pour l'un ; la peste, dit-on pour l'autre.

— *Signori*, je ne crois pas à de telles explications, affirme avec autorité l'Inquisiteur Girolamo d'Avanzago nommé en juillet à la place de Marco Minio.

Dans leur cabinet empli de pénombre, les trois nouveaux *Inquisitori di Stato* murmurent leurs commentaires sur les événements. Ils font partie des familles qui noyautent le Conseil des Dix, ont pris le relais de leurs prédécesseurs, ont reçu leurs instructions, et, d'accord en toute chose avec leurs collègues, poursuivent obstinément le même but, sont disposés à y consacrer les mêmes sacrifices.

— Je suis persuadé, poursuit d'Avanzago, qu'un traître s'est mis en travers de nos volontés et travaille contre nos intérêts.

— Les frères Cavazza ? suggère Vincenzo Grimani, ancien ambassadeur de Venise en France, tout récemment entré dans le corps des Inquisiteurs.

— Je ne le pense pas, Messer. L'intérêt de ceux que vous venez de nommer est au contraire de nous obéir, intervient Antonio Surian, homme chenu et grave. Il me souvient par contre que nos collègues s'étonnaient de la présence de Maffio Lion aux côtés de Monseigneur Valier et cette information nous vient précisément des frères Cavazza.

— Il faudra donc penser à éliminer Maffio Lion, conclut d'Avanzago.

— Vous voulez dire l'éloigner, corrige Antonio Surian sur un ton mesuré. Vous avez raison, Girolamo. La mort de nos deux envoyés peut paraître suspecte et l'on peut y voir une manœuvre fourbe qui profite à la Ligue. De plus, Maffio n'a pas sa place dans ce que nous échafaudons. Il s'expose et nous savons que son jugement peut être influencé par ses passions. Nous avons de quoi l'exiler. Voyez-vous, ce n'est pas le moment de jeter le discrédit sur l'aristocratie en suscitant des procès où pourraient apparaître au grand jour nos affaires secrètes. Nos institutions en pâtiraient et le trouble serait jeté dans les esprits. Éloignons Maffio de nos affaires et faisons-le nommer en province. Il existe bien en province un poste à pourvoir et qu'il ne pourra pas refuser.

Cette proposition reçoit l'accord unanime.

— Bien, ponctue Vincenzo Grimani. Je me charge d'enjoindre au Grand Chancelier de faire le nécessaire. Et comment se comportent nos deux secrétaires ?

— Celui du Sénat est un homme sûr, répond d'Avanzago sur le ton définitif qui lui était familier. Il obéira quoi qu'il advienne si nous restons dans les limites de nos accords. Celui du Conseil des Dix est moins docile. Il se mêle de juger et l'on sent chez lui cette résistance des esprits rebelles. Mais nous avons besoin de ses relations. L'ennui, c'est qu'il est impossible de trouver dans le même homme les relations de l'un et la docilité de l'autre. Mais comme ils sont frères, en cas de rébellion, il sera facile de contraindre l'insoumis en le menaçant des malheurs dont nous pourrions accabler son frère, lequel possède femme et famille.

— Toute sûreté de ce côté-là, conclut Grimani. Et le protonotaire Valier... ?

— Sujet de la France avant tout. Lettré, ami de Monseigneur Pellicier. Ses actes ne démentiront pas son cœur. Quant à Abbondio, ses relations et l'argent qu'il en reçoit nous assurent sa fidélité.

— A propos d'argent... reprend Grimani, avançant calmement les pions qu'il avait préparés, il me semble que nous devrions nous prémunir contre l'éventualité de quelque événement nouveau – indiscrétion, dénonciation, coup du sort– qui soit de nature à intriguer certains au point que des esprits curieux puissent décider de mener une enquête et tenter ainsi de pénétrer nos affaires.

Comme il a remarqué le sourcil levé de ses comparses, il croit bon de se justifier :

— N'avons-nous pas vu Maffio Lion s'en approcher de trop près ? Ne venons-nous pas de le soupçonner de s'être rapproché de la Ligue ?

Les deux autres têtes chenues acquiescent gravement, conscientes que la guerre secrète, en faisant un pas de plus, pourrait investir leurs positions.

— Dans cette éventualité, poursuit Grimani, nos secrétaires seraient arrêtés et mis à la question, n'est-ce pas ?

— Exact, Vincenzo. Mais vous parliez d'argent... rappelle Antonio Surian, qui traînait une réputation d'avarice.

— J'y viens, Messer. Ce que ces secrétaires avoueront sous la torture n'est pas douteux, n'est-ce pas ?

— Ils prononceront nos noms, dit Antonio Surian en agrandissant ses yeux aux paupières molles. Ou plutôt ceux de nos prédécesseurs...

— Ils les prononceront tous, Messer. Voilà pourquoi il serait bon de prendre des dispositions de manière à couper tout lien possible entre ces deux secrétaires et nous.

Girolamo d'Avanzago et Antonio Surian tournaient vers Grimani leurs yeux larmoyants de vieillards, tendaient leurs mauvaises oreilles. Couper le lien. Et de quelle façon, puisque c'étaient eux-mêmes qui donnaient directement les ordres ?

— Il existe une manière d'expliquer à suffisance aux yeux d'une cour de justice des actes criminels, et de rendre invraisemblables et calomnieuses les affirmations d'accusés sur le rôle de tiers dans les affaires qui leur sont reprochées : l'argent, *Signori*. Des juges ayant trouvé le mobile de l'argent ne recourent même pas à la question ; ils se trouvent devant l'évidence.

Cet énoncé est suivi d'un silence dédié à la réflexion. C'est Antonio Surian qui répond avec lenteur et retenue :

— L'idée est intéressante, dans la mesure où elle satisfait une éventuelle enquête tout en évitant de la faire remonter trop haut, dans le scandale et les troubles, menaçant ainsi la stabilité de nos institutions et la sérénité de notre État. Mais elle accable lourdement nos secrétaires. Vous me direz que ceux-ci, semblables aux soldats que l'on envoie en avant-postes, ont pour tâche de s'exposer, de se sacrifier s'il le faut. Mais connaissant nos Cavazza et le sens qu'ils donnent à leur fonction, je crains qu'ils refusent.

— Trouvons un moyen de les forcer, nous n'avons guère de choix. Pensez au scandale si ces hommes affirment un jour avoir agi sous ordre...

— Certes, certes, admet Surian en écartant les mains. Il nous faudra donc forger une preuve. Ne peut-on déposer chez eux une somme d'argent ? Encore faut-il éviter tout soupçon que cet argent vienne de nous.

Mais Vincenzo Grimani avait déjà mené ses réflexions à leur terme :

– *Signori*, Messer Strozzi n'est-il pas du parti français ? Demandons à Valier de faire déposer mille ducats à la banque Strozzi au nom de chacun des frères Cavazza. Il chargera Abbondio des détails et de la signature. De cette manière, l'argent sera versé par Abbondio, ce qui rend la chose la plus naturelle du monde.

\*

D'octobre 1539 à janvier 1540 se concrétise enfin la plus admirable pantomime de ce temps. Elle débute par un cortège splendide commandé par le Connétable de France Anne de Montmorency emmenant avec lui les deux fils de François pour accueillir à Bayonne Charles Quint, ennemi juré de leur père et détenteur illégitime de leur héritage milanais. Charles qui, hier encore devant le Pape, rugissait de colère contre son rival, qui, pendant de longs mois, avait étourdi François de réflexions en sens divers, de promesses alléchantes, Charles vient d'accepter l'aimable invitation du Roi de France et se met en route pour traverser le pays de son ennemi dans le but d'aller au plus vite à Gand châtier une poignée de sujets récalcitrants. La géographie physique et politique de l'Europe imposait cet itinéraire : aller en Flandre par voie de terre signifiait traverser les territoires de princes allemands, plus fanatiques que les Gantois ; la voie maritime n'offrait point de ports abordables et confiait aux vents la destinée de l'Empereur qui risquait de se retrouver chez un autre ennemi mortel : le Roi d'Angleterre. On se décida donc de prendre la voie directe qui passait par la France, d'autant plus qu'une certaine lassitude, une réflexion plus avancée, des influences nouvelles soufflant sur la cour de François donnaient lieu à l'invention d'un style original capable de rehausser le combat singulier au niveau d'un assaut de courtoise générosité, d'honneur chevaleresque, de confiance héroïque. Le promoteur de cet art nouveau était le Connétable de Montmorency.

Il disait, il savait que Charles, pour prix de ce service immense, honorerait sa parole, celle qui envisageait de restituer le Milanais à la maison de France. Exiger un écrit avant d'accorder ce passage ? Fi donc ! D'ailleurs, honnête homme, Charles n'avait-il pas dit à François :

— N'exigez de moi aucune promesse que celle que je vous fais verbalement et volontairement, mon frère. Les écrits que je vous donnerais n'ajouteraient rien à votre conviction. L'Europe les attribuerait à la dépendance, au défaut de liberté.

On ne pouvait mieux parler à celui qui, en 1526, aussitôt que libéré, avait renié le traité de Madrid.

— Attendez que je sois arrivé dans la première ville de mes États, poursuivait l'Empereur. Alors je vous donnerai en souverain l'investiture de ce que je ne puis que vous promettre ici en prisonnier. Et cet acte sera un libre ouvrage de la justice et de l'amitié.

A ce discours prononcé par celui qu'il avait jadis accusé d'avoir assassiné son fils aîné, François répond avec grandeur :

— Merci, mon frère. Et pour sceller notre accord, je vous envoie, en gage de ma bonne foi et pour vous offrir tout apaisement quant à votre sûreté, mes deux fils qui vous serviront d'otages.

— Je les accepte, mon frère, non pour les envoyer en Espagne me servir d'otages, mais pour les garder auprès de moi comme mes bons compagnons de voyage.

A Châtellerault, à Amboise, à Blois, à Orléans, à Fontainebleau, à Paris, les réceptions sont grandioses. Princes de sang, cardinaux, grands de la cour, parlement, universités, compagnies municipales, corps de magistrature accompagnent la marche de l'Empereur. Charles reçoit le plus grand honneur que puisse faire un souverain à un souverain étranger : le privilège régalien d'exercer, partout où il passe, le droit de grâce, de revêtir l'autorité bienfaisante, de mériter l'amour.

Mais tant d'honneur ne laisse pas d'inquiéter un fourbe bien trempé. Ce voyage à travers la France n'est pour Charles qu'un long supplice. Rien n'est indifférent à ses yeux, rien ne paraît arriver par hasard, rien ne semble se produire sans être le fruit d'un dessein. Un accident, un jeu d'enfant, une plaisanterie, tout lui est sujet d'alarmes.

À Amboise, le feu prend à une tapisserie de soie que l'on venait de parfumer ; Charles croit mourir étouffé. On s'apprêtait à pendre le parfumeur, lorsque l'Empereur, exerçant sa noble prérogative, le fait libérer. Le Chancelier Poyet, allant saluer Sa Majesté l'Empereur à son dîner, emmêle sa longue robe dans les bûches de l'âtre et, la secouant avec autant de vigueur que de maladresse, projette une bûche sur l'auguste crâne qui souffre stoïquement durant tout le repas avant de s'aller faire panser par le chirurgien. Un peu plus loin, le jeune Duc d'Orléans, prince folâtre et agile, saute sur la croupe du cheval impérial, ceinture le cavalier en s'écriant :

— Votre majesté impériale est actuellement mon prisonnier !

Sur quoi Charles se met à rire, un peu blême.

— Voyez-vous, mon frère ? dit un jour François à son hôte en montrant la Duchesse d'Étampes, cette belle dame est d'avis que je ne vous laisse point sortir de Paris que vous n'ayez révoqué le traité de Madrid.

— Ma foi, mon frère, si l'avis est bon, il faudra le suivre, répond Charles bonhomme mais livide à nouveau.

Le lendemain, se lavant les mains avant de se mettre à table, l'Empereur fait tomber une bague de prix aux pieds de la duchesse qui lui tendait la serviette. Celle-ci s'empresse de ramasser le diamant pour le lui rendre.

— Il ne se pourrait, Madame. Un diamant touché par d'aussi jolis doigts ne peut se déclasser en revenant à d'autres mains. Gardez-le en souvenir de moi.

Il ne fait pas de doute que dans l'entourage du Roi, chacun ne rêve que de profiter de l'occasion ainsi offerte pour contraindre l'Empereur à révoquer le traité de Madrid. Les jeunes princes, fils du Roi, ont choisi la prochaine halte au château de Chantilly, propriété de Montmorency, pour mettre à exécution leur projet d'arrestation, exiger la restitution du Milanais et du royaume de Naples à la France, ainsi que de la Navarre espagnole à la maison d'Albret. Mais le Connétable veillait :

— Messeigneurs, tempête-t-il, le Roi votre père a donné sa parole de chevalier. Il ne souffrira pas que quiconque en son royaume et aux yeux de l'Europe le fasse passer pour infidèle et parjure !

Le Dauphin, resté confus, abandonne son projet. La réception du Connétable n'en est que plus magnifique.

Tout au long du chemin à travers le beau pays de France, les deux souverains se sont répandus en protestations d'amitié. Il convient, n'est-ce pas, que les deux États les plus puissants du monde s'entraident à maintenir l'ordre et le respect de l'autorité royale et impériale. Et si quelque difficulté se présente, par exemple à ramener les Flamands à la raison, François prêtera volontiers son concours pour réduire ces marauds.

— Il nous reste à nous occuper de Venise, mon frère. Pouvons-nous souffrir que cette République affolée de liberté continue à défier ainsi l'unité de la chrétienté en risquant à tout moment de signer une paix séparée avec le Turc ?

— Certes non, mon frère, dit François dont tout le monde sait bien les rapports ambigus mais bien réels qu'il nourrit avec la Porte.

— Envoyons donc au Sénat de Venise, poursuit Charles, une ambassade conjointe qui attestera notre entente et le projet que nous formons ensemble pour le bien de la Chrétienté et la sûreté de la Méditerranée.

Pour cette ambassade, Charles fait choix de son compagnon d'armes, homme de confiance et bras droit de sa politique italienne, Alfonso de Àvalos, Marquis del Vasto et de Pescara. Ce militaire, originaire de Naples, qui avait secouru l'Autriche en 1532 et participé à la prise de Tunis, est actuellement gouverneur du Milanais. Militaire pour militaire, François en désigne un qui a combattu en Italie, en Roussillon, en Picardie, sur terre comme sur mer. Claude d'Annebault est non seulement Maréchal mais Amiral de France, ce qui donnera à cette ambassade un éclat sans pareil. Et Charles ne ménage pas ses remerciements pour tous ces services promis et rendus, ce faste et ces honneurs qui font partie des largesses qu'un si grand Roi aime déployer aux yeux du monde.

Après la halte de Chantilly, le cortège se remet en route. Lentement approche la frontière du pays et la fin de cette équipée. Mais ni à Chantilly, ni à Saint-Quentin, dernière grande ville du royaume où l'on se sépare comme à regret, il n'est question de la fameuse promesse de Charles concernant le Milanais. Par contre, Charles se souvient de celle de François concernant la Flandre. C'est pourquoi à Valenciennes, pressé une dernière fois par Montmorency qui avait poussé jusque là, Charles répond embarrassé :

— Encore un peu de patience, Monsieur le Connétable. Il me faut encore délibérer avec mes conseillers sur les formes et les conditions de cette investiture. Or, Messire de Granvelle, qui doit me rejoindre incessamment, s'est vu retardé. Comprenez à présent qu'il devient urgent pour moi de m'occuper de mes Gantois, après quoi mon premier soin sera de satisfaire le Roi, mon Frère.

Or donc, Charles entra dans Gand dont les notables, ayant perdu tout espoir d'être secourus par le Roi de France, se soumettent à leur maître. Celui-ci, comme à Florence, abolit les privilèges, désarme les habitants, en envoie une bonne poignée au gibet, et ne pardonne aux autres que sous la condition qu'ils construisent eux-mêmes la citadelle dans laquelle ils entretiendront la garnison chargée de les opprimer. Il fallait bien qu'il en fût ainsi : Charles n'avait point d'argent, les Gantois en avaient.

Cependant François avait pris soin de laisser auprès de l'Empereur un homme d'Église chargé de lui rappeler ses engagements.

– À présent, Sire, que voilà vos Flamands sous le joug et que le Sire de Granvelle vous a rejoint, l'instant est venu que nous parlions de votre promesse concernant le Milanais.

– De quoi voulez-vous m'entretenir, Monseigneur ? Le Milanais ? Ai-je donc promis quoi que ce soit à ce sujet ?

En Europe, personne ne s'étonna, même pas François qui ne s'indigna que pour la forme et renvoya le Connétable de Montmorency finir ses jours en son château de Chantilly.

*

Charles retrouvait le pays de son enfance, ses harengs et sa bière, et ne pensait pas au retour. Sous le ciel bas de son cher *Vaderland*, il savourait lugubrement sa victoire. Son ennemi François l'avait aidé à conserver sa Flandre ; en s'affichant comme son ami, il avait fait perdre au Roi de France tout crédit auprès de ses alliés turcs, pontificaux, anglais, allemands, hongrois et vénitiens. Non, il ne se voyait pas comme un corps infecté de venin qui corrompt ce qu'il embrasse ; il ne voyait pas dans son geste le baiser de judas ; il assistait à la messe et levait vers l'hostie ses yeux pâlis aux lumières du voyage et demandait à Dieu de lui donner la force de contraindre l'Europe entière à sa loi. Dans les méandres de son cerveau, il ruminait avec une joie malsaine les artifices qu'avait trouvés son ressentiment pour le conduire au triomphe. Ce triomphe, comme la bière des Flandres, avait ce goût puissant et amer, portait le chagrin et l'ivresse qui font oublier le déshonneur public.

En ce moment, deux ambassades conjointes s'approchaient, l'une de Venise, l'autre de Rome et devaient y persuader, sous couvert de bons sentiments, d'aider à combattre les Turcs. À cela aussi, François avait prêté son concours. Le benêt. Ainsi, Charles réalisait l'exploit de prendre appui sur ses ennemis mêmes, afin de parachever son œuvre de domination et de rage.

Au printemps 1540, le Marquis del Vasto et le Maréchal d'Annebault abordaient à Venise et en admiraient les splendeurs. Une délégation de patriciens était venue à leur rencontre, tous habillés de nobles toges noires, rouges ou pourpres. On avait éloigné de leur route les mendiants, gueux et autres miséreux que l'hiver et la disette jetaient tous les jours sur les marches des églises et sous la colonnade du palais des Doges. Les greniers à farine se vidaient. Le blé ne venait plus de Grèce ni du Levant. La *terraferma* n'en produisait pas assez pour assurer la nourriture de la population et la Sicile le délivrait avec parcimonie, à un prix exorbitant. Les vivres renchérissaient. Le port de San Marco travaillait au ralenti. Portefaix et rameurs s'engageaient à bas prix sur la *riva dei Schiavoni*. Une langueur, une frilosité, une sorte d'angoisse paralysait la ville.

Sans doute le peuple agglutiné à la sortie du palais des Doges et voyant s'écouler la foule brillante des *Pregadi* après les séances du Sénat déduisait-il de la mine grave de ces messieurs que quelque catastrophe était en préparation. On tendait l'oreille sur les marches des églises et puis le domestique des grandes maisons parlait. C'est ainsi qu'on sut que Tommaso Contarini, homme âgé de 84 ans ayant plus d'une fois pratiqué les Turcs durant sa longue carrière, avait touché Constantinople et en était revenu effondré : il avait été reçu avec une grande froideur ; les Turcs réclamaient la cession de toutes les îles de l'archipel et des deux villes qui résistaient encore : Napoli de Romanie et Malvoisie. Venise payait cher son alliance avec Charles. Que viennent faire encore au milieu des malheurs qui s'annoncent, ces envoyés des frères ennemis ?

Cependant, les sombres nouvelles n'empêchent pas le déploiement habituel de faste à l'arrivée des ambassadeurs. Afin d'ajouter au lustre de la rencontre, l'audience est fixée au dimanche 28 mars, jour de Pâques. Au son des cloches de la Résurrection, une délégation de Sénateurs et de procurateurs de Saint Marc se rend au palais magnifique où l'on a logé les ambassadeurs et leur suite ; ils les escortent au milieu d'un cortège de hérauts d'armes et de trompettes jusqu'au palais des Doges. La procession monte en grande pompe le grand escalier interne et le murmure des compliments couvre le froissement des velours et des brocarts. La salle du Sénat s'ouvre sur la foule des *Pregadi* au milieu desquels ont pris place le Doge Lando entouré de la Seigneurie. Les deux ambassadeurs ordinaires se détachent alors des bas-côtés de la salle et s'avancent vers leurs confrères. Don Diego de Mendoza présente dans un latin à l'accent de Grenade le Marquis del Vasto, qui parlait italien avec l'accent de Naples ; Guillaume Pellicier introduit le Maréchal d'Annebault en s'exprimant dans un italien admirable peaufiné par la fréquentation de Pietro Bembo.

Le Marquis del Vasto parle le premier. Entre l'Empereur et le Roi de France, dit-il, la réconciliation est parfaite, l'union intime. L'on a abordé à une période nouvelle où seule importe la réunion de tous les princes chrétiens contre la puissance ottomane. Loin de traiter avec celle-ci, il convient à présent de tenter un dernier effort qui se prépare à être universellement secondé.

Marco Foscari, qui, avant Prévéza, s'était déjà exprimé contre la guerre, lui donne la réplique :

— *Si l'Europe entière se ligue contre le Turc, nous ne serons pas les derniers à envisager de courir à cette guerre sainte. Mais où sont les preuves de la réunion des deux grands monarques dont vous nous parlez ? Nous voyons des procédés honnêtes, généreux, des égards, des honneurs, tout ce qui se rend à un ennemi couvert comme à un ami, mais nous ne voyons point d'affaire conclue, de droits fixés, d'intérêts satisfaits. Quel est entre ces princes le fondement de paix assez solide pour que nous puissions en faire la base de nos arrangements ? L'Empereur se détermine-t-il à donner au Roi de France ou à son fils l'investiture du Milanais ? Sans cette condition, il ne peut y avoir de véritable paix entre Charles et François, et nous ne pouvons avoir de confiance aux marques équivoques de leur fragile amitié.*

Del Vasto répond en se tournant vers son collègue d'Annebault : la présence de son confrère et cette démarche commune ne prouve-t-elle pas à suffisance l'accord et l'amitié de leurs maîtres respectifs ?

— Si fait, si fait, mais l'investiture, Monsieur l'Ambassadeur...

Alors, del Vasto se lance dans le plus merveilleux des sophismes, bouleversant prémisses et conclusion avec une assurance militaire. Au lieu de prouver l'amitié des deux princes par l'investiture du Milanais, il prouve l'investiture du milanais par l'amitié des deux princes. On lui demandait un fait, il s'engageait dans un raisonnement. Le Maréchal d'Annebault, nourri à l'école de la scolastique, se montre plus sincère. Non, il n'existe aucun traité formel sur le Milanais.

Les Vénitiens, qui aimaient le spectacle et appréciaient la comédie, firent de grands remerciements aux ambassadeurs, organisèrent des réceptions et des fêtes en leur honneur, mais ne changèrent rien à leurs intentions. La *commedia* n'est-elle pas originaire d'Italie ?

Après leur départ, le Sénat se réunit à nouveau et choisit l'un de ses membres, Alvise Badoer, pour aller à Constantinople reprendre les négociations. Le choix semblait bon : les Badoer naissaient dans la diplomatie et les hautes charges de l'État. Il était clair que la paix serait séparée. Alvise Badoer était chargé de traiter, de stipuler que toutes choses seraient remises sur le pied où elles étaient avant la guerre, en proposant à la Porte un tribut de six mille ducats au lieu de Malvoisie et Naples de Romanie ; et pour toute indemnité des frais de guerre, il pourrait offrir jusqu'à trois cent mille ducats. Mais en aucun cas, les deux villes de la Morée ne pouvaient être cédées.

À peu de jours de là, Alvise Badoer est interrompu dans ses préparatifs de départ par un billet écrit de la main de Costantino Cavazza : le Conseil des Dix convoquait le nouvel ambassadeur à sa séance du lendemain.

Dans la salle du Conseil des Dix, quelques places sont vacantes, dont celle du Doge. Mais les trois Inquisiteurs, d'Avanzago, Surian et Grimani occupent leurs sièges centraux.

– Messer Badoer, dit le *Capo* Basadona, nous sommes actuellement dans une situation où nous ne pouvons plus nous permettre de supporter de nouveaux délais pour la conclusion de la paix. Nous connaissons le mandat que vous a donné le Sénat. Il est sujet à refus, à allers et venues, à prolongements incessants de la trêve, c'est-à-dire de l'état de guerre où s'enlise notre commerce et où meurt à petit feu l'activité de la ville. Notre institution, en charge de la paix intérieure, mesure selon une autre aune la gravité de notre situation. Considérez que notre Conseil des Dix est plus compétent que le Sénat en ce qui concerne cette paix intérieure ; ses membres sont moins nombreux à délibérer, et sont de meilleur jugement car, comme on dit, *ubi multitudo, ibi confusio.*

Sur un signe d'impatience de Vincenzo Grimani, Basadona poursuit :

– En conclusion, voici les instructions que nous vous donnons, nous, Conseil des Dix comprenant l'instance suprême des *Inquisitori du Stato*, en vue de votre ambassade à Constantinople : nous étendons vos pouvoirs jusqu'à vous autoriser à céder non seulement les îles mais aussi les villes de Malvoisie et de Naples de Romanie.

Ces dispositions doivent rester secrètes et ne peuvent en aucun cas être portées à la connaissance du Sénat.

Quelques jours plus tard, Alvise Badoer s'embarquait, muni de ces doubles instructions. Mais bien avant ce départ, l'inquisiteur Vincenzo Grimani avait convoqué les frères Cavazza.

*

Alvise Badoer arrive à Constantinople au mois de mai 1540. Dès son arrivée au contact des Turcs chargés de son intendance, il ressent une atmosphère lourde, un air comme chargé de suspicion, de sourde hostilité. Le baile, remis en liberté à l'issue de l'ambassade précédente, souligne l'inquiétude des Vénitiens encore présents à Pera et confirme l'état d'esprit qui règne au palais du Sultan où l'ambassadeur de France Antoine Rincon se démène comme un beau diable pour expliquer les incohérences de son maître et l'étrange conduite de ces princes chrétiens, décidément difficiles à comprendre et sur qui on ne peut fonder de détermination politique.

Fonder une détermination politique. Tout semble bouleversé, dans ce monde et Badoer avait passé les longues heures d'oisiveté de sa traversée à y réfléchir. Que signifie même sa mission à lui, Alvise, neveu d'un autre Alvise Badoer, bien vieux et bien malade à présent, qui avait occupé plus d'une fois les fonctions d'Inquisiteur d'État où tant d'intégrité est requise, et avait appris à son jeune parent les beautés et la pertinence des institutions vénitiennes, qui, depuis sept siècles ont assuré la paix civile et la prospérité. Qu'aurait dit cet homme vénérable, s'il était allé le voir avant de partir, pour lui dire « Mon oncle, j'ai des instructions doubles et contradictoires. Le Conseil des Dix contredit le Sénat et les Inquisiteurs avalisent cette irrégularité. » Il est vrai que le Doge Gritti n'est plus. La mort de ce grand homme avait dû en soulager plus d'un. Andrea Gritti, bien que traité de tyran, avait su protéger les institutions. Plus de tyrannie éclairée et voilà qu'une poignée d'hommes exercent leur tyrannie sauvage. C'est ainsi. Dans chaque État, il y a une place pour la tyrannie.

Celle qui s'est imposée à lui, Badoer, ne laisse pas de l'inquiéter. Quoi ? Doubles instructions et secret ? Et s'il doit céder non seulement les îles mais aussi les villes, quelle contenance prendra-t-il à son retour devant le Sénat qui lui a formellement défendu de signer de telles conditions ? Qui sera attaqué, accusé de traîtrise, mis en prison, banni ?

Mais Alvise Badoer, quoique soucieux, se confie à sa bonne étoile et prie la clémence de Dieu de lui inspirer au bon moment la meilleure attitude à prendre pour sauver sa patrie engagée dans un siècle si confus qu'elle-même ne parvient plus à retrouver ses guides.

Lorsqu'il approche de la salle du divan où sont réunis les Vizirs, Alvise Badoer ne peut éviter de remarquer parmi la foule mélangée qui s'empresse dans les parages, un groupe d'Européens au milieu duquel Antoine Rincon se reconnaît au premier coup d'œil. Cet homme, remarquable par son obésité, s'entretient à mi-voix au milieu d'une cour de personnages attentifs à tout ce qui se déroule alentour. Qui ne connaît à Venise Antoine Rincon, qui s'embarque en cette ville à chacun de ses voyages vers l'Orient ? Ce *Rincón*, de petite noblesse espagnole, avait rejoint, en 1521, la révolte des *Comunidades* de Castille contre le souverain étranger, un certain Charles d'Autriche. Celui-ci était venu à l'époque leur prendre de l'argent pour entretenir sa cour de Flandres et se faire élire Empereur. Exilé en France, Antonio Rincón y francise son nom et se met au service de François 1er qui l'envoie comme ambassadeur soudoyer tous les peuples prêts à se soulever contre l'Empire Habsbourg. Allemands, Hongrois, Polonais, Roumains, Bulgares ont reçu sa visite. Actuellement, c'est la Porte qui voit passer l'énorme silhouette de cet infatigable semeur de zizanie. Charles, qui connaît les origines, la carrière du personnage, et qui surtout n'oublie rien, tient à l'œil ce dangereux renégat et, lorsqu'il fait le détail de toutes ses haines et ses rancunes, il réserve dans ses pensées une place particulière à Antoine Rincon.

Comme les deux délégations échangent à distance des saluts polis, Badoer a vu se retourner César Cantelmo. Cantelmo, évidemment, était toujours là. Ce noble napolitain, banni et exilé en France, était devenu un des nombreux auxiliaires de la diplomatie française. Il avait été reçu à Venise un an plus tôt sur son chemin vers Constantinople où il allait demander la trêve pour l'ensemble de la Chrétienté. Encore une démarche inspirée par Charles et à laquelle François avait obligeamment souscrit. C'était peut-être Cantelmo qui, dans le désir secret de plaire à Charles et de rentrer dans ses possessions napolitaines, avait fait échouer la mission de Lorenzo Gritti et celle de Tommaso Contarini, venus faire une paix séparée.

Que présageait la présence de Cantelmo au seuil de la salle du divan ?

Le drogman ne laisse pas à Badoer le temps d'y réfléchir plus longuement : la porte s'ouvre sur le demi-cercle de dignitaires chamarrés qui se préparent à réciter leur couplet au Vénitien, lequel a soigneusement préparé le sien.

Alvise Badoer et sa maigre suite se lancent dans quelques salamalecs, vite écourtés par la mine hostile et figée des Vizirs. L'ambassadeur, noble et retenu, débite son discours : bref rappel des malentendus divers qui ont assombri les bonnes relations entre les deux États ; regret du temps béni des capitulations et ardent souhait de voir son retour. La neutralité, si chère à Venise au milieu de l'Europe déchirée et l'amitié qu'elle a toujours souhaité entretenir avec la Porte n'a été troublée que momentanément par les menées des princes ennemis, lesquels lui ont forcé la main pour l'entraîner dans leurs visées où la Sérénissime n'a trouvé ni son avantage, ni son penchant naturel. L'important, dans la situation du moment est de revenir à nos relations antérieures à la guerre, relations qui n'auraient jamais dû cesser de prévaloir et que notre bonne volonté et notre bon sens s'efforceront de faire revenir. La République offre donc un tribut de six mille ducats en échange de la levée du siège devant Naples de Romanie et Malvoisie, et, pour réparation de tous frais de guerre, une somme de cent mille ducats.

– Te moques-tu de nous ?

La phrase, en forme de coup de canon, était partie de la bouche du Grand Vizir Loutfi Pacha. Celui-ci avait succédé à Ayas Pacha, l'homme aux quarante berceaux et cent vingt enfants, mort de la peste au milieu de ses femmes. Contrairement à son prédécesseur, Loutfi Pacha détestait les femmes et le faisait savoir à la sienne, qui était une sœur du Sultan. Mais à défaut d'être galant homme, il était homme de science et il avait plus d'une fois assisté aux colères d'Ibrahim Pacha.

– Te moques-tu de nous ? répète le Grand Vizir pour réveiller Alvise Badoer de sa stupeur. Et penses-tu pouvoir nous tromper avec des affirmations fallacieuses ? Car tu mens, traître. Tu oses venir prononcer à la Porte de notre Padischah des phrases que personne ne t'a jamais enjoint de répéter. Pour qui nous prends-tu ? Qui t'a fait ambassadeur ? Tes prédécesseurs ne t'ont-ils pas averti que notre Sultan entend tout ce qui se dit, et cela, jusqu'à l'autre bout de la terre ? T'ont-ils au moins informé du supplice que l'on réserve ici aux menteurs, aux parjures et aux faussaires ? Nous les jetons en prison et nous les empalons ! Et si tu veux sauver ta misérable carcasse, tu signeras tout de suite ce qu'on t'a autorisé à donner : pour toute indemnité des frais de guerre, tu peux offrir jusqu'à trois cent mille ducats ; ton mandat t'autorise à céder non seulement toutes les îles mais aussi les villes de Malvoisie et de Naples de Romanie. Nous nous moquons de savoir que ces dispositions doivent rester secrètes et ne peuvent en aucun cas être portées à la connaissance de ton Sénat. Ainsi l'a dit ton Conseil des Dix, qui, pour te convaincre de l'inutilité de ton Sénat, t'a dit « *ubi multitudo, ibi confusio* ». Et il a raison. Car chez nous, contrairement à ce qui se passe chez vous, chrétiens, notre Padischah, refuge de la Vérité, n'a qu'une volonté et qu'une parole.

Alvise Badoer expérimenta ce jour-là que l'art de l'ambassadeur est de rester ferme et digne en toute circonstance. Ainsi fut-il et il rapporta donc à Venise un traité sans gloire qui assurait une paix obtenue au prix de lourds sacrifices : la Sérénissime cédait les forteresses déjà conquises sur la côte de la Dalmatie, toutes les îles dont les Turcs s'étaient déjà emparés dans l'archipel, payait trois cent mille ducats et abandonnait ses deux dernières villes de Morée.

À Venise, il n'y eut pas de fête, mais on connut un grand soulagement. Les grosses galéasses des convois du Levant attendaient à l'ancre depuis deux ans et demi. Quand le premier convoi se remit en route, la foule agita des mouchoirs sur la *piazzetta*, encouragée par les cloches de San Marco : c'étaient les cloches, les mouchoirs de l'espoir, du retour de l'*abundanza*.

Du haut de la galerie du palais, Costantino et Nicolò Cavazza observent la scène. Ils nourrissent en silence les mêmes pensées. Tout est allé très vite. Peut-être même le rôle qu'on leur a fait jouer dans cette conclusion rapide était-il bon et ont-ils, sans qu'ils n'eussent jamais voulu le faire de cette manière, servi grandement leur Patrie. Qui sait ? La vue du peuple en liesse efface bien des doutes. C'est Costantino qui s'ébroue le premier, sourit pour alléger l'humeur sombre de son frère :

— Il faut relire *Machiavele, fratello*, se dire que la fin justifie les moyens et peut-être sommes-nous des bienfaiteurs que tout le monde ignorera.

— Peut-être, Tino.

– Il n'y a jamais eu autant d'activité à l'arsenal. La vente aux enchères des transports a repris, les actionnaires misent moins gros, mais se bousculent.

– Tant mieux.

– Les officines des assureurs et des notaires ne désemplissent pas.

– C'est bien.

– Pietro se prépare à partir.

– Je m'en doutais.

– Allons, oublions tout cela, Nicolino. C'est passé. Tiens ! Je vais t'annoncer quelque chose qui te fera plaisir : nous ne serons plus jamais appelés chez des *babau*. Sais-tu pourquoi ?

– Non, fait Nicolino en levant sur son frère un regard fiévreux.

– Parce que le Conseil des Dix a décidé de ne pas renouveler le corps des Inquisiteurs.

Cette annonce semblait laisser Nicolino indifférent.

– Ah ? Pour quelle raison ? questionne-t-il, distrait.

– Pour la raison qu'ils n'auront plus rien à faire ! répond Costantino sur le ton de l'évidence. La paix, qui fait revenir la prospérité, éloigne le crime, ne sais-tu pas cela ?

Décidément, Nicolino ne parvient pas à tourner la page comme toute la ville est en train de le faire, oubliant les jours difficiles, oubliant le coût des sacrifices et repartant d'un nouvel élan travailler à des jours meilleurs. Nicolino reste fermé comme une huître, ou plutôt atone et béant comme un coquillage mort.

– Eh ! Tu m'écoutes, mon frère ?

Sous la bourrade amicale, Nicolino sourit, un peu contraint.

– Parfaitement. C'est bien, c'est bien…

Costantino connaît le caractère de son frère ; celui-ci a toujours été si sérieux, si réfléchi, si lent à la détente ; il est comme ces soldats qui claquent des dents alors que le danger est passé. Bah ! Il se remettra lentement. On l'y aidera. Costantino décide d'être patient. Pour l'instant, il se contente de prendre son aîné par le bras, secouant sa tête brune comme un chien qui s'ébroue, et, tout en bavardant gaiement, entraîne Nicolino vers les entrailles du palais où attendent leurs écritures.

Alvise Badoer, penché à un autre balcon, contemplait lui aussi le départ de la première *muda* de la paix. Au Sénat, il avait écouté sans ciller les commentaires amers des *Pregadi*. Oui, il avait cédé les îles, les villes ; il avait eu la main forcée ; les Turcs avaient été intraitables. Qu'auraient fait les autres, à sa place ? Ce qu'il ne pouvait pas dire et qui était capital, c'était non seulement ses doubles instructions, mais le fait que les Turcs les connaissaient, au point de les réciter par cœur, mot pour mot ! Qui avait trahi ? Il avait détesté le sourire de Cantelmo à la sortie de cette audience désastreuse du divan. Qui avait informé Cantelmo et Rincon ?

Ayant subi les critiques ouvertes sans se démonter, il supportait les reproches muets avec un certain stoïcisme. Dans l'instant, le plus urgent était de laisser la vie reprendre son cours. De toute manière, il était tenu au silence.

# 9
## Mars-novembre 1541.
## Les boutefeux

La cour du château de Blois bruisse de piaffements de chevaux, d'éclats de voix. Dans les volutes du grand escalier, le long des galeries, se déplace une foule brillante, colorée, tout empanachée de plumes et d'aigrettes. Matteo Dandolo, l'ambassadeur de Venise, se penche à la portière de son carrosse. Son équipage a pris la file qui progresse lentement et il a tout loisir d'observer d'un œil attentif le splendide charroi qui l'entoure.

Que se passe-t-il ici ? Certes, les fêtes sont monnaie courante à la cour du Roi, mais quel prétexte a-t-on trouvé ce soir, quelle intention, pour donner à celle-ci un éclat tout particulier ? Matteo Dandolo, toujours soucieux de pénétrer les intentions du Roi de France, s'était assez aventuré avec le souverain *per strade coperte*, chemins couverts des forêts, endroits de choix où François donnait ses audiences. Hier encore, Dandolo avait eu droit à sa mise en garde :

– Maintenant que la Seigneurie s'est échappée des mains de Pharaon, disait le Roi qui répugnait à prononcer le nom de son ennemi, qu'elle sache s'en préserver et qu'elle prenne garde, pour l'amour de Dieu, d'y retomber. Qu'elle apprenne à distinguer ses vrais amis des autres. *L'Imperatore lo fa alla castigliana*, l'Empereur agit à l'espagnole, Messire Dandolo, il parle diversement parce qu'il n'est pas sincère. Voyez : il n'a à la bouche que le mot de croisade, mais son frère Ferdinand cherche à s'accorder avec le Turc à n'importe quelle condition. Je le sais. Messire de Rincon a vu là-bas des lettres autographes arrachées à l'ambassadeur Łaski…

Bien sûr, François essayait encore d'arracher Venise à sa neutralité, de l'attirer dans son alliance. Mais toutes les alliances antérieures de la Sérénissime s'étaient soldées par des catastrophes et il convenait de se méfier de tout et de tous. Ainsi, que de soupçons sur le rôle qu'avait joué la France dans la conclusion du récent traité de paix entre Venise et les Turcs ! On en revenait toujours à Antoine Rincon, le commis principal d'une politique secrète. Lui et sa meute rôdaient comme renards autour de la Sublime Porte. Pourquoi le renard avait-il soudain jugé utile de revenir auprès de son maître ?

En effet, Rincon avait quitté Constantinople en janvier. La Seigneurie, bonne fille, lui avait envoyé des vaisseaux à Raguse pour le faire voyager à travers ses eaux et ses États, lui envoyant même le Seigneur Cesare Fregoso pour assurer sa sécurité. Que de précautions ! À Venise, Rincon avait parlé au nom de son maître devant le Sénat. Même antienne, mêmes conseils, mêmes réponses amicales, même méfiance.

Puis, prenant le chemin détourné des montagnes suisses, l'ambassadeur, escorté du condottiere Fregoso, lequel avait aussi à faire à la cour de François, avaient rejoint Blois le 5 mars 1541. Depuis, se déroulaient autour du Roi des conversations secrètes dont rien, absolument rien, ne parvenait à transpirer. Tant de mystère ne laisse pas d'intriguer et tout ce qui entoure les relations de la France avec les Turcs est entouré du même mystère, jusqu'à cette fête, où les invités doivent être masqués !

Arrivée à hauteur du magnifique escalier dont les pilastres semblent soutenir la façade, la voiture s'arrête, un valet en ouvre la portière, assujettit les trois marches de bois. Matteo Dandolo s'attarde sur le plus haut degré, le temps de jeter un regard circulaire sur le train de la cour d'honneur. Pas un costume allemand, évidemment : cela confirme la fausseté de cette rumeur selon laquelle on accueille ce soir le Duc de Clèves. Alors pour qui tout ce déploiement ? Il descend les trois marches, joue de sa canne plus qu'il ne s'y appuie et se coule dans la foule qui se dirige vers le large escalier. Dans les grandes salles aux vastes cheminées surmontées de la salamandre se retrouve toute la cour en costume des grands soirs. Chacun a revêtu ses habits les plus somptueux, les dames étalent leurs plus riches bijoux. Tous ces personnages magnifiques aux visages d'oiseaux, de singes ou de fauves se croisent, se saluent et s'observent avec méfiance comme doivent le faire avant le combat les animaux dont ils ont emprunté l'effigie. Matteo Dandolo abaisse sur sa face le masque vénitien, visage parfait tout poudré d'or, encadré de soie chatoyante et de plumes, visage lisse et attirant de la mort sortant de l'ombre, figé sous la lumière ondoyante des flambeaux.

Arrivé dans la grand'salle, il est rejoint par un homme tout de noir vêtu, les yeux pétillant sous son loup. Dandolo reconnaît sans difficulté le chapelain de la chapelle Saint-Calais, oreille à sa solde lorsqu'elle se met aux aguets derrière la tapisserie qui cache la porte de la sacristie. Il en est de semblables, dans la chambre du Roi.

– Quelle est l'occasion, Padre ?

– Un envoyé du Grand Turc, Excellence, un drogman de la Porte, venu incognito avec Messire de Rincon.

– Évidemment.

Les deux hommes font ensemble quelques pas dans la galerie, croisant les regards humains qui transpercent les masques d'animaux.

– Montrez-le-moi.

Les yeux expressifs du chapelain se tournent vers un personnage revêtu d'un costume grec, qui se tenait droit mais sans ostentation parmi un groupe de gentilshommes, parlait peu et répondait brièvement à leurs questions.

– Son nom ?

– Eh ! fait l'ecclésiastique avec cet air de mystère que prennent volontiers ceux qui s'attendent à vous surprendre. Un nom que vous devez connaître, Excellence.

Puis il se rapproche pour souffler à l'oreille que le masque laissait à découvert :

– Nicolò Querini !

Querini ! La famille de Stampalia s'était vu ravir son île et ses biens par Hayreddîn ; ce n'était pas un de ceux-là qui s'était mis au service de Suleyman. Alors, lequel ? Il ne pouvait s'agir que de ce fils naturel qui était entré au service d'Alvise Gritti, lui avait servi d'ambassadeur, de condottiere, avait pris Clissa en 1532 et devait parler couramment le Turc. Qu'avait-il fait depuis la mort de son maître ? Sans doute séjourné dans l'Empire Ottoman, résidé à Constantinople… Si Dandolo ralentit encore le pas, c'est pour mieux observer. Sous les masques de cette fête circulent des hommes de l'ombre.

Quoi qu'il en soit, quelques jours plus tard, Querini, gratifié de plusieurs casaques d'or et de soie, quitte Blois dans une bonne voiture attelée de trois chevaux comme en ont les ambassadeurs et les évêques. Il est porteur de messages qui seront agréables au Grand

Seigneur. Mais avant d'atteindre Constantinople, il s'arrêtera à Venise où l'attend Guillaume Pellicier.

Dans son château de Turin, propriété de François depuis l'invasion du Piémont en 1535, Guillaume Du Bellay, Seigneur de Langey, était moins perplexe que l'ambassadeur Dandolo sur la signification de cette ambassade. Dans leur famille angevine de militaires et d'hommes d'église, les Du Bellay apprenaient au berceau comment gouverner les hommes. Leurs ancêtres étaient morts à Azincourt ; chaque génération produisait une poignée de frères ou de cousins dirigeant qui un évêché, qui une armée, qui un monastère ; seul un jeune petit-cousin, le souffreteux Joachim, se mêlait d'élégie mise en sonnets, pendant que ses oncles écrivaient leurs mémoires de guerres.

Depuis que la Reine-Mère, Louise de Savoie, avait envoyé Guillaume auprès de son fils prisonnier à Madrid, le Seigneur de Langey faisait partie des familiers de François. Devant celui dont il avait consolé les états d'âme de captif, Guillaume restait couvert ou s'asseyait ; s'il faisait chaud, il ôtait sa fraise pour demeurer en veste.

Lorsque douze ans après Pavie, François envahit le Piémont dans le but de reprendre un jour le Milanais par les armes, il installa Guillaume du Bellay dans le château de Turin et en fit son vice-Roi. Il n'avait pas de meilleur capitaine. De sa citadelle du Piémont, le Seigneur de Langey non seulement grignotait quelques places milanaises, mais il savait avant tout le monde ce qui se passerait en Picardie et en Flandre. C'est qu'il dépensait beaucoup en espions de toutes sortes. Ainsi, sa situation, sa connaissance approfondie du caractère du Roi, ses compétences politiques et militaires et les renseignements précis que lui apportaient ses espions faisaient que Guillaume Du Bellay n'avait aucun doute sur les intentions du Roi de France lorsqu'il recevait discrètement un drogman de la Porte et consacrait des heures en entretiens secrets avec le Sire Rincon. La trêve initiée par les deux sœurs de Charles Quint et encouragée par le Pape ne serait pas éternelle ; Montmorency en disgrâce, c'était la fin d'une amitié trompeuse et éphémère à laquelle François n'avait cru que du bout des lèvres. Et l'on reprendrait enfin le projet mis en veilleuse de l'attaque conjointe menée par la France et l'Empire Ottoman contre l'arrogance de Charles Quint. François n'attendait de tout cela que la restitution de son Milanais. Il ne manquait qu'un prétexte pour ne pas être celui qui rompt son serment en engageant les hostilités.

Guillaume Du Bellay, de sa fenêtre ouverte sur la plaine du Pô, admire le long ruban du fleuve qui se perd dans le lointain brumeux. Cette route brillante et sinueuse conduit à Pavie, retourne à Pavie, Pavie dont il travaille à effacer le souvenir funeste, empoisonné. Montrer que l'on n'est pas dupe des odieux mensonges proférés par l'Empereur durant cette calamiteuse traversée de la France ; se venger de la traîtrise, du mépris, rétablir l'honneur, la justice, le droit…

– Qui va là ? rugit-t-il, comme au campement, car il vient d'entendre une porte s'entrouvrir dans son dos.

– Ce n'est que moi, Messire, Martin, votre secrétaire. Pardonnez-moi d'interrompre vos réflexions. Nous venons de recevoir l'avis que le Sieur Rincon, son condottiere et leurs équipages, ont été aperçus à Susa. Ils seront à Rivoli ce soir.

– À la parfin ! gronde le militaire.

Qui ignore que toute l'Europe suit avec anxiété les déplacements de ces deux hommes, que Venise s'en inquiète, que Charles s'en irrite ? Quels documents secrets, quelles intentions, quelles instructions transportent-ils ? L'affaire Zorzi Gritti, arrêté en 1531 dans un village de Savoie par les sbires de l'Empereur, est en train de se renouveler : des prétendus bandits avaient déjà voulu attaquer le convoi de Rincon et Fregoso à leur départ d'Italie. Nul doute que ces reîtres soient des agents impériaux trouvant leur picorée dans les poches de Charles ou celles du Marquis del Vasto. Voilà pourquoi, avant le départ de Rincon, on avait répandu de faux bruits, on était allé jusqu'à faire écrire par Costanza Fregosa des lettres destinées à être interceptées, selon lesquelles les envoyés du Roi repartiraient par la Suisse, et non par la route du Mont Cenis.

– Cela fait un mois qu'on les attend, Martin. Pourquoi tout ce délai ?

– Le Seigneur Rincon abhorre la chevauchée, étant malaisé de sa personne. Le voilà en chemin, obstant la graisse dont il est chargé, suggère Martin en souriant malicieusement.

Ce n'était évidemment pas la bonne réponse. Martin, parce qu'il est maigre, s'arrête à cette évidence, ce qui est un défaut fort répandu. Guillaume Du Bellay possède suffisamment d'autres informateurs pour savoir que les deux hommes, bien que devant voyager ensemble jusqu'à Venise, ne sont pas partis ensemble de

Blois. Aussitôt que le Roi en eut fini avec Rincon, Sa Majesté était allée chevaucher avec Fregoso. Tandis que le premier prenait la route de sa propriété de Germolles, l'autre recevait des consignes militaires qui devaient le remplir de joie. En effet, comment ne pas exulter, lorsqu'on s'appelle Fregoso, que de trêve en trêve, on se morfond en gouverneur de citadelle, en châtelain, en homme d'escorte, et que tout soudain votre puissant souverain vous enjoint de soudoyer des princes italiens, d'attaquer Gênes dont vous fûtes chassé, vous confie pour ce faire le commandement d'une compagnie de gens d'armes et vous congédie avec une grosse somme d'argent ?

– Sans doute, Martin, répond Guillaume. Rincon a eu besoin de tout un mois à Germolles pour s'y reposer, avant de se mettre en chemin obstant sa graisse ; Fregoso de tout un mois à Suse pour passer en revue ses gens d'armes, obstant sa presse. Et pendant ce temps, mon compère Del Vasto, gouverneur de Milan, a pu éventer la ruse et poster ses sbires le long de la route qu'ils emprunteront.

– Il n'est pas aussi bien servi que vous, Excellence.

Le Seigneur de Langey, qui a le nez long, fait une moue telle que son nez, sa moustache et sa bouche ne forment plus qu'une masse.

– Toujours prendre pour prémisse que l'adversaire est aussi astucieux que toi, Martin. Ce soir, dis-tu ? Fais préparer mon cheval, nous y serons à la mi-nuit.

Le château de Rivoli est à peine distant de quatre lieues de Turin. En ce premier jour de juillet 1541, il luisait faiblement sous un quartier de lune. Le gouverneur du Piémont avait envoyé un courrier au-devant des voyageurs, les priant de ne point dépasser Rivoli qu'il ne les ait rencontrés et entretenus. Ils attendaient donc. Dans ses appartements, l'ambassadeur de France reposait couché de côté sur un matelas garni d'une multitude de coussins moelleux. De cette façon, il ne risquait pas d'endommager les emplâtres d'onguents posés par son valet de chambre sur son séant éprouvé par la chevauchée. Dès l'annonce du visiteur, Fregoso était venu le rejoindre et faisait les cent pas en jetant de temps à autre un regard de commisération ironique à la masse immobile drapée dans une robe de soie pourpre comme Néron à un banquet.

Dès son entrée, Guillaume du Bellay écourte les civilités, s'assied sur une chaise à haut dossier sur laquelle il se tient raide comme dans une armure. Cet homme de cinquante ans, après une vie passée à cheval, supporte mal les chevauchées à la fraîche.

– Messeigneurs, dit le gouverneur du Piémont, je sais par mes espions que le Marquis del Vasto, averti de votre route et de vos intentions, a posté nombre de guetteurs sur votre passage et même par le chemin du Pô.

– Il se peut, Messer, répond Fregoso avec une certaine morgue militaire. Aussi apprenez que notre intention était de mettre à la rivière et, dans ce but, de vous prier de donner des ordres afin que des barques soient préparées au pont de Turin et que nous puissions poursuivre notre voyage.

– Messire, les avis nombreux que j'ai reçus de mes agents et ce que je connais des mœurs du Marquis del Vasto me forcent à vous dissuader d'accomplir ce projet. Or croyez-en mon conseil, qui est de prendre pour guide un de mes lieutenants, un Milanais nommé Hercule Visconti, lequel partant de jour couché vous conduirait avant le jour levé en un château qui est de l'obéissance du Roi où vous resterez portes fermées tout le jour et repartirez à la nuit suivante vers le château que possède le frère de votre guide. La troisième nuit, vous serez en sûreté dans la province de Plaisance, qui est territoire de l'Église.

– Votre avis me semble sage, Messire Gouverneur, répond Rincon. Perdrons-nous beaucoup de temps par le chemin que vous nous indiquez ?

– Messire, répond Du Bellay en considérant l'homme couché sur le flanc, il me semble que le temps n'ait pas été jusqu'ici votre plus grand souci. Certes, vous y gagnerez un peu de fatigue mais je vous donnerai pour ce faire un bon cheval d'Espagne fort aisé et allant l'amble. Quant au temps, vous avez le choix : ou un retard de deux jours, ou l'éternité.

– Voilà qui est clair, Messire Gouverneur, répond Fregoso qui n'avait pas quitté sa superbe. Pensez-vous le marquis del Vasto capable d'un tel acte que d'assassiner les ambassadeurs d'un prince très-chrétien comme le Roi ? Avez-vous oublié que l'Empereur a signé la trêve et que le marquis del Vasto est tenu de la respecter ?

– Cependant, Messire, dit Rincon en se tournant vers Fregoso, il y a bien quelque apparence de vérité dans les propos de Messire de Langey.

– Il n'y en a pas moins dans ce que je vous affirme, Messer Rincon. La trêve n'est pas un vain mot pour un capitaine. Je vous vois souffrant, j'ai de quoi vous défendre et je vous défendrai, quoi qu'il arrive, ainsi que j'en ai fait serment au Roi.

Antoine Rincon répond par une levée de main lasse qui tout à la fois salue la bravoure de son compagnon de route, plaint les blessures de son arrière-train douloureux, rend hommage à la prudence du gouverneur, obéit à la volonté du Roi et s'en remet à celle de Dieu.

— Soit, soit. Nous suivrons votre conseil, Capitaine Fregoso.

Le lendemain donc, deux barques à quatre nageurs descendent le fleuve, l'une transportant l'ambassadeur, le Capitaine Fregoso et son lieutenant Camille Cesso, l'autre pour leur suite. Ils ont déjà parcouru plusieurs lieues lorsqu'ils sont rejoints à la hauteur de Verolengo par une escouade d'hommes à cheval qui leur fait de grands signes depuis l'une des tours de guet jalonnant les berges.

— Courrier du Seigneur de Langey !

Le message était pressant :

— Mon maître me fait dire que les avertissements d'heure en heure lui redoublent. Il vous supplie de changer d'itinéraire et vous demande, en cas que vous voudriez persévérer dans votre dessein, de lui confier vos lettres de créance, instructions et papiers, lesquels il fera parvenir en toute sûreté à Venise.

On discuta encore.

— Soit, finit par dire Fregoso. Messer Cesso, désignez un de vos hommes qui emportera la cassette, se mettra sous les ordres du Gouverneur et chevauchera tandis que nous poursuivrons par la voie de l'eau.

— Nul n'est plus sûr que mon neveu, Messer. Je vous détache Pietro Gentile.

— Bien. Il portera donc nos lettres et je lui donne rendez-vous dans une semaine au plus tard à l'ambassade de France à Venise.

Le 7 juillet au matin, Guillaume Pellicier reçut deux visites : celle d'un commis de l'ambassadeur de Charles Quint, porteur d'un billet : « Préparez votre logis pour ce que vous avez des hôtes ». Pellicier, qui connaissait l'humour particulier de son collègue, comprit aussitôt la gausserie et la jugea sinistre. Mais quand quelques heures plus tard, se présenta Pietro Gentile, seul, portant les lettres du Roi, il comprit que les Impériaux n'avaient pas seulement fait un malheur, ils avaient commis une faute.

Pendant deux longs mois, toutes sortes de conjectures et de rumeurs circulèrent sur la disparition des deux envoyés du Roi de

France. L'opinion générale était que Rincon et Fregoso, ourdissant pour le compte de leur maître un projet qui déplaisait à Charles, étaient tombés dans une embuscade tendue par le Marquis del Vasto sur ordre de l'Empereur. Mais nul ne savait si les voyageurs étaient morts ou prisonniers. Du côté impérial, on niait, affirmait que la région était infestée de brigands et que l'argent transporté par les voyageurs avait attiré des malfaiteurs. Costanza Fregosa avait déposé sa plainte aux pieds du Roi de France. Des phrases acerbes avaient été échangées entre le représentant de la demanderesse et celui du défenseur. Certains affirmaient que les prisonniers étaient au secret à Ischia, sur les terres du Marquis del Vasto, et qu'ils y mourraient en captivité.

Le Gouverneur du Piémont, faisant mine de croire les allégations du Gouverneur du Milanais, l'amenait à flétrir lui-même une si lâche agression et lui faisait promettre de démasquer bientôt les vils coupables. Mais tandis qu'il faisait semblant de s'en remettre à son homologue espagnol, Langey, qui avait mené son enquête, soudoyait lui-même le gardien des prisons de Pavie, lui procurant des limes sourdes pour scier quelques barreaux et faire évader les mariniers des deux camps mis au secret. Tous, chasseurs et chassés, se retrouvèrent ainsi à Turin, où éclata la vérité :

Les soldats espagnols embusqués attendaient depuis trois jours sur les berges du Pô, aux environs de Pavie, trois milles avant le confluent du Tessin. Quand enfin apparurent les deux barques des envoyés du Roi, deux gabarres recouvertes de feuillages et pleines d'hommes armés leur barrèrent le passage. Tous les occupants de la capitane transportant l'ambassadeur et le condottiere furent aussitôt tués ; la seconde barque gagna le rivage et ses passagers furent emmenés prisonniers à Pavie. Cela se passait le 3 juillet 1541. On retrouva les corps en octobre, à l'endroit désigné par les témoins. Ils étaient dans un état horrible, à moitié dévorés par les animaux errants. On reconnut Cesare Fregoso à sa main qu'une blessure antérieure avait amputée d'un doigt.

– Ce n'est pas seulement un malheur, c'est une faute, répète Guillaume Pellicier. C'est un nouveau crime contre le droit public. Le Roi, qui cherche depuis un an un prétexte pour rompre la trêve, peut à présent se dire offensé et le fera savoir. Et comment mieux le faire savoir qu'en rallumant la guerre, en boutant le feu à l'Europe ?

\*

Ce que l'on ressentait alors, c'était l'usure du ressentiment, l'écœurement pour des causes qu'aucune bonne volonté, aucune négociation, aucune guerre n'avaient pu faire triompher. De toutes parts les essais d'apaisement se heurtaient à des antagonismes déjà trop anciens, trop profonds, trop multiples. La raison avait cédé devant la passion.

Gaspare Contarini revenait de Ratisbonne. Depuis l'époque où il faisait ses adieux à Laura pour prendre son poste d'ambassadeur à Rome, ayant travaillé à ramener d'exil Nicolò Aurelio, ce noble vénitien avait été nommé cardinal par le nouveau Pape Farnèse. Celui-ci avait choisi cet homme extérieur à la Curie, modéré, gagné à l'humanisme d'Érasme, pour présider une commission de théologiens chargés d'examiner les points litigieux entre la doctrine de Rome et celle de Luther. Gaspare Contarini en avait ramené un énoncé acceptable par les deux parties. Mais à la Curie sévissaient non seulement Gian Pietro Carafa, Girolamo Aleandro, Giovanni-Matteo Giberti, trois enragés du dogme, mais aussi nombre de cardinaux dont un ami de Contarini disait que non seulement ils ne comprenaient rien à la Justification par la Foi, mais jugeraient hérétique celui qui oserait défendre le texte conciliant issu du colloque de Ratisbonne.

L'humanisme était né à Florence, un siècle plus tôt, mais Florence s'était donnée à Savonarole et avait mis le bûcher à la mode. Depuis, le mot « hérétique » faisait son chemin, devenait synonyme de flammes, d'autodafés, de haine du savoir, de la curiosité, de la recherche personnelle et sincère. Au nom de la doctrine enseignée, immuable, toute puissante, on entassait des bûchers en Espagne, en France -mais selon le caprice du Roi-, à Florence. On avait même tenté d'en construire un à Venise pour y faire monter le prédicateur de San Cassiano que d'aucuns avaient déclaré publiquement « ennemi diabolique de l'Église ». Mais Venise se contenta de le mettre en prison et de le laisser s'évader plus tard. Venise voulait garder la tête froide, à l'image de ce citoyen Vénitien qui, passant un jour à Florence devant un bûcher des vanités, s'était écrié : « Vous ne voulez plus de vos livres ? Donnez-les-moi, je vous en débarrasse ! » Posséder tant d'imprimeries sur si peu de territoire doit influencer les esprits.

En effet, Venise imprimait les écrits de Gaspare Contarini, dans lesquels on pouvait lire : *Parce que Luther a dévié à propos de la grâce et du libre arbitre, les zélés se dressent contre quiconque prêche et enseigne la grandeur de la grâce divine et la faiblesse humaine. Croyant contredire Luther, ils contredisent Saint Augustin, Saint Amboise, Saint Bernard et Saint Thomas ; et rapidement, mus par un zèle évident mais par une véhémence et une ardeur dont ils n'ont pas conscience, ils dévient de la vérité catholique et sèment le trouble dans le peuple.*

Pour tout cela, Gaspare Contarini était en disgrâce à Rome. On venait de lui confier un petit évêché et il s'y dirigeait avec amertume, non sans faire le crochet par Venise, pour y goûter la consolation d'un peu de bonheur personnel, celui de se replonger dans ses anciennes amitiés. C'est ainsi qu'en ami de passage, il s'était fait inviter chez Laura, sans façon. Toujours chaleureux, il avait même rappelé le fameux rendez-vous de Casale, la fugue des enfants et le tête-à-tête qu'il avait eu le lendemain avec Nicolò Aurelio. Histoire de défaite, histoire d'amitié. Avec le temps, seule est demeurée l'amitié.

Dans la bibliothèque de la maison de *Sant' Angelo* crépite un feu de novembre. Laura s'est habillée de noir, par respect pour son hôte. Il a vieilli, bien sûr. Ses cheveux, sa barbe ont blanchi ; ses joues, ses paupières, ses tempes se sont creusées ; tout son visage, tous ses gestes dissimulent mal une grande fatigue, un désenchantement moral. Et quand il demande, de sa voix douce :

— *Signora*, dites-moi ce que sont devenus ces jolis petits diables que j'ai vus jadis à Casale…

Son sourire un peu mélancolique appelle le réconfort d'un souvenir heureux.

— Flora habite Milan, *Monsignore*. Elle a quatre enfants. Trois garçons, une fille. On ne peut être plus heureuse. Quant à Pietro…

— J'ai su le parcours de Pietro. Une belle aventure faite de peines, de mérites, et dignement récompensée. J'ai vu, dans son mariage avec la fille de ma cousine, une juste consécration de l'amitié qui lie vos deux familles. Je m'en suis réjoui. Que fait-il, à présent ?

— Aussitôt la paix signée, il est parti vers la mer Noire et y commerce en association avec son ami chypriote, Yannis Stavrakis.

— Quel âge a-t-il ?

— 26 ans.

– L'âge où je voulais me faire moine, sourit Contarini. Dans quatre ans, il pourra solliciter une magistrature.

La conversation décrivait des méandres de surface. Toutes les retrouvailles commencent ainsi. Mais avec Gaspare Contarini, il était inévitable qu'on en vînt à la maladie du siècle et sa voix sourde d'homme usé avait fini par murmurer d'un ton douloureux :

– Mais comment avons-nous laissé la haine s'installer ? Pourquoi ? Ne faut-il pas en tout rechercher ce qui rapproche plutôt qu'insister sur ce qui sépare ? Au départ, étions-nous tellement en contradiction ? Luther n'a-t-il pas une vraie inspiration religieuse ? Hélas, tout est venu de nos pratiques. L'on se détourne de nous, moins à cause de notre doctrine qu'à cause de nos mœurs. Nous avons perdu le contact avec le peuple. Le monde a évolué trop vite ; l'homme de ce siècle est angoissé et nous ne lui apportons plus les réponses qu'il attend. Les lettrés veulent retrouver le fondement de leur croyance ; ils interrogent les textes et y dépouillent leur Foi, insistent sur ce rapport intime de l'homme à Dieu. Mais l'Église, qui est responsable du troupeau, ne peut laisser faire ce rapport sans imposer une doctrine des œuvres. Tel sentira le secours de la Grâce, tel autre aura besoin du recours de la Loi ; et qu'importe, pourvu que, tout au long du parcours, nous soyons ouverts à Dieu ?

Les ombres du soir précoce se confondent déjà. La voix sourde du prélat est restée en suspens sur son interrogation intime. Dans son débat intérieur, il se heurte encore à la parole de ces hommes remplis de certitudes qui lui reprochaient son amabilité envers ceux qui, comme lui, cherchent une vérité que Dieu lui-même a cachée comme un trésor à découvrir dans le dédale de l'existence terrestre. Il faut qu'il fasse effort pour fermer la porte à ces souvenirs, à ces affrontements stériles. Finalement, la Curie a raison de le mettre à l'écart : ce n'est pas avec des discussions sans fin sur l'interprétation d'un mot latin que l'on rattrape plus de vingt années de querelles avec procès et bûchers. Et l'intransigeance des uns, et les mépris des autres, et la passion qui empoisonne tout cela.

– Je comprends, dit Laura. Vous vous êtes senti trahi. Monseigneur, il me semble que vous avez été cet ambassadeur envoyé rencontrer les ministres du camp adverse alors que la guerre était déjà décidée par les généraux.

Chère *Signora Aurelia* ! On peut lui parler comme à un confesseur. Elle a cette finesse et ce tact de femme, qui a su donner un sens à l'échec de son époux. Voilà peut-être pourquoi il avait souhaité la rencontrer, se mettre simplement sous son regard intelligent et compréhensif, et alléger ainsi son échec personnel. Et il sourit pour alléger son propos :

– Ah, *Signora*, ce que vous me dites me met du baume au cœur. Mais je ne suis pas venu vous voir pour vous entretenir de mes déconvenues. Laissons ces questions de doctrine qui peuvent paraître bien oiseuses. Ne vaut-il pas mieux aller vers le peuple et soulager sa misère au nom du Christ ? A ce propos, j'ai à vous raconter une anecdote bien étrange. Un matin, l'astrologue du Pape, à qui est toujours réservée la première audience du matin, sortit de ses calculs l'avis que durant la journée, Sa Sainteté ferait une rencontre importante. L'œil de notre Saint Père s'était fait plus perçant que jamais. Et quand se jeta à ses pieds ce noble espagnol dont tout Rome commençait à parler, il le laissa dire et se fit remettre un mémoire de son projet. Ce que lisant, le Saint Père murmura : « Voici le doigt de Dieu ».

– Un noble espagnol, répète Laura. Il s'appelle Ignace de Loyola, n'est-ce pas ? Nous l'avons vu à l'œuvre à Venise ! Ici, on le considérait comme un illuminé, un original.

– Un original, en effet. Mais quel original ! Vivant dans la pauvreté la plus absolue et la foi la plus vive. Avec son groupe d'amis, tous issus des universités, il avait constitué à Rome une petite communauté de prêcheurs, assistant aussi les malades et les plus démunis. L'année dernière, ils sont venus se mettre à la disposition du Pape. Je fis partie de la commission chargée d'examiner leur projet : fonder un ordre. Quelle folie, n'est-ce pas, au moment où l'on essaye de réduire la pléthore d'ordres monastiques ! Mais à nouveau, quelle originalité ! Pas de place pour les rites ni les prières en commun, qui empiètent sur le service à autrui ; pas de dignités ecclésiastiques. Ils prennent à contre-pied la doctrine de Luther sur la justification par la seule Foi et jettent hardiment l'homme dans ses œuvres. Ils voulaient partir en terre sainte ; on les en a dissuadés : tout est à faire dans nos pays chrétiens. Ils ont reçu le soutien du Roi du Portugal, du Duc de Ferrare et de Madame Marguerite d'Autriche, fille naturelle de l'Empereur et épouse d'Ottavio Farnese, petit-fils du Pape.

Contarini sourit. Il avait entendu dire qu'Ignace, en arrivant à Rome, avait recommandé à ses compagnons, comme on le fait en pays à conquérir, de se tenir fermement sur leurs gardes et de n'engager aucune conversation avec les femmes, sauf si elles sont de haut rang. Il aime ces farouches guerriers doublés de pragmatisme. Il les a soutenus. Il ne sait s'il a été utile à sa religion en essayant de rapprocher les chrétiens, en luttant contre les boutefeux de la haine, mais il aura allumé un contrefeu, en appuyant auprès du Pape la Compagnie de Jésus. C'est peut-être suffisant pour justifier une vie.

Gaspare Contarini avait retrouvé une sérénité.

Laura ignore tout du Roi du Portugal et même de madame Marguerite, mais la chronique vénitienne n'épargne pas le duché de Ferrare, où paraît-il, Ercole d'Este a fort à faire avec sa petite Française. L'on dit que celle-ci réfléchit trop, est rebelle comme une pouliche et a la tête dure comme un caillou. Comme si les gentilshommes italiens n'avaient pas de quoi trouver grâce à ses yeux, elle s'entoure d'une nuée de ces Français, agités comme des mouches, parlant fort en zézayant, se mêlant de tout, critiquant tout avec cette ironie arrogante et cet esprit de dérision dont ils font étalage à tout propos. Ercole avait obtenu le renvoi de la première dame d'honneur de Renée, Madame de Soubise, qui non seulement lui coûtait cher en entretien mais pratiquait la contrebande ; non seulement se permettait des propos acerbes à l'égard du maître, mais osait critiquer ses habitudes conjugales.

Certes, le château de Ferrare ne vaut pas celui de Blois, mais Ferrare possède une université renommée qui, entre autres, a décerné en 1503 son doctorat en droit canonique à un savant chanoine polonais du nom de Nicolas Copernic. Aussi la jeune duchesse Renée fait-elle venir maîtres et livres pour continuer, loin de sa chère Patrie, son étude des lettres et de l'astrologie. Après l'affaire des placards qui a tant fâché François, elle reçoit des compatriotes exilés de France et parmi eux, un certain Clément Marot, poète à la réputation exécrable de libertin. Il en vient d'autres, qu'Ercole supporte de moins en moins, car depuis qu'ils se sont installés dans Ferrare, son épouse lui résiste. Pourquoi refuse-t-elle de le suivre à l'église, dans les processions, dans les démonstrations publiques de piété, qui font partie intégrante de la pompe ducale ? Pourquoi a-t-elle fait couvrir de mosaïques de marbre les murs de son oratoire ? Et qu'a-t-elle fait des images pieuses, qui étaient autant de tableaux de maître dont il lui avait fait cadeau ?

Jamais Ercole n'oubliera cette veille de Pâques 1536, où l'un de ces damoiseaux osa se lancer publiquement dans une satire acerbe contre les idolâtres qui venaient d'entrer dans la cathédrale. Il fallut faire intervenir les vigiles, mettre le blasphémateur à la question :

– Qui sont les hérétiques ?

Et le godelureau, suant à grosses gouttes, de s'écrier :

– Tous les amis de la Duchesse, par la sang-Dieu !

Il en était un cependant qui était différent des autres. Celui-là était taiseux, avait le teint bilieux, l'allure sévère, l'air lugubre. On l'appelait le seigneur d'Espeville. Comme les autres, on l'avait emprisonné mais deux jours plus tard, un certain Bouchefort parvint à s'enfuir miraculeusement des geôles de Ferrare. On perdit sa trace : des mains anonymes avaient gratté les papiers officiels. Ce que l'on sut à Genève, c'est que Calvin était parti à Ferrare en mars-avril 1536, et qu'il fut de retour en été de la même année. Ce même été, les amis de la Duchesse, suspectés d'hérésie, furent bannis et se retrouvèrent à l'ambassade de France à Venise, d'où ils regagnèrent leur patrie.

– Au scandale ! avait crié Renée jusqu'à la cour de France. Quoi ! Mon époux me prive de mes amis, de ma liberté. Et de quoi m'accuse-t-on, moi, pour m'imposer pareil traitement ? Veut-on moi aussi me soumettre à l'Inquisition papale, à la question ?

Le vieux Pape, en fin diplomate, avait su calmer la jeune femme et sauver la réputation du couple :

– Mais non, mais non, mon enfant, écrivit-il à Renée. De par mon autorité, je vous soustrais à la juridiction de l'Inquisition et vous prends sous ma protection personnelle.

Cela fit tomber l'échauffement des esprits. Et Ercole, après avoir renvoyé les derniers français, reprit ses habitudes conjugales.

Puis, retors comme son père, il trouva un prétexte pieux pour inviter à Ferrare Vittoria Colonna, veuve de Fernando de Avalos, vainqueur de Pavie et cousin d'Alfonso, l'actuel gouverneur de Milan. Vittoria, poétesse, humaniste, amie de Michel-Ange, de Ludovico Ariosto, de l'Arétin, a vingt ans de plus que Renée, mais elle est surtout une grande catholique. Les deux femmes se lient aussitôt d'amitié mais Vittoria n'essaye pas de convertir son amie, de sorte que lorsqu'elles se séparent, Renée, qui a eu l'occasion de débattre, se sent plus ferme que jamais dans ses convictions.

Un d'Este ne s'avoue jamais vaincu. Le père d'Ercole, de même que sa tante Isabelle, décédée en 1539, n'avaient ployé que devant le sort commun des mortels. Dans sa guerre contre son épouse, Ercole trouve même une solution élégante : en 1540, il lui fait cadeau d'un ravissant manoir situé à Consandolo, entre deux bras du Pô, à sept lieues de Ferrare. Ainsi, Renée et ses amis dont il ne peut maîtriser l'afflux insidieux, ne porteront plus ombrage à la cour ni à la réputation du Duc vis-à-vis de ses alliés. Et pour surcroît de prévenance, Ercole joint à son présent un chapelain Français, un repenti de la Réforme.

— Vous vous époumonez pour rien, mon père, lui dit Renée. Je suis une réformée, vous le savez bien. A présent que me voilà loin de la cour, mon exil servira au moins à ma liberté de pensée, de parole et d'action.

— Pardonnez-moi de vous reprendre, votre Grâce. Seules les actions et les visages se voient dans une cour, de même que les paroles s'entendent et se répètent. Cela laisse libre champ à la pensée. Soyez sincère dans votre cœur et vos pensées et dissimulez pour le reste. Convenez que la Duchesse de Ferrare ne peut s'affirmer réformée ; cela est contraire à la politique du duché. Affichez-vous catholique et vivez dans votre cœur votre foi personnelle. Tant d'autres seront contraints à le faire. Dieu voit dans les cœurs et seul compte l'esprit.

Calvin, en rapport épistolaire avec la Duchesse, ne partageait pas du tout cet avis. Il accusait Renée de faiblesse, de honteuse compromission, de traîtrise, mais ses efforts furent vains de mettre le feu à la plaine du Pô.

À Consandolo, on vivait dans une paix relative. Seule Flora Lavanni se perdait en longues lamentations. Quoique fille de banquier, opulente en biens matériels comme en chair, elle se comportait en vraie mamma italienne qu'un événement extérieur à sa volonté avait arrachée à sa cuisine. Son époux, Hubert de Vaudémont, jadis bel écuyer français à la taille souple, toujours présent sur les pas de Madame Renée, avait pris de l'âge ; sa taille s'était épaissie, son humeur s'était assombrie, mais il demeurait son époux. Un époux sage, du moins dans la conduite de ses affaires. Sans déplaire à la Duchesse, il s'était tenu loin de ces querelles religieuses, trop conscient de ce que sa fortune devait à celle de son épouse. Baste ! Un écuyer de dame n'est pas taillé pour défendre une forteresse ni exposer sa vie pour une cause. En quoi son banquier de beau-père ne l'aurait pas désavoué. Mais l'écuyer avait bien dû accompagner Madame Renée à Consandolo, quitter Ferrare, sa famille, ses amis, son bel hôtel particulier dans le quartier neuf de la ville. *Ahimè*.

Ah ! Comme la *Signora* Vaudémont regrettait les murs peints à motifs de sa grand'salle ! Et son jardinet clos planté de simples et de roses dont aucune perspective sur les boucles du Pô ne pouvait remplacer la quiétude ; et les courtines de soie brochée de sa chambre à coucher où elle passait de plus en plus de nuits aussi quiètes et silencieuses que son jardin, mais avec cette présence toujours belle et riche d'une œuvre de Titien.

Car avec le temps, elle a appris qui est Titien, et s'est insensiblement persuadée que l'image des deux dames qu'elle admire tous les soirs sur un paysage de montagnes et de lagunes est bien une œuvre originale du grand maître vénitien. On a eu beau lui affirmer le contraire ; Flora, quand elle se laissait porter par sa rêverie, sentait quelque chose sortir de ce tableau. Et actuellement, confinée dans l'étroit appartement dévolu aux écuyers dans la demeure de campagne de Consandolo, elle a l'impression qu'une fenêtre s'est fermée, qu'un chant s'est arrêté, qu'une lumière s'est éteinte. Comme c'est étrange. Cette lumière brûle-t-elle encore, là-bas, à Ferrare, dans sa chambre désertée ? Une oreille attentive pourrait-elle saisir quelques mots de la conversation des deux dames ? Entendre le murmure de la fontaine, et le chant des oiseaux, et la flûte du berger, et la trompe du cavalier qui demande l'entrant au château fort ?

Flora Lavanni met toutes ces impressions sur le compte de ses nerfs, de son âge, de sa nostalgie. Elle sait bien qu'elle n'est pas intelligente et forte comme Madame Renée. Elle se contente de sentir comme une absence.

Mais Dieu seul sait que le tableau vit sa vie secrète et que le cœur de Paolo Scarfati, qui sommeille sous la toile, bat doucement pour se réveiller un jour lointain.

# 10
## Août 1541-printemps 1542.
## Ressacs

A la perfidie des Hongrois qui machinaient toujours entre eux et avec Ferdinand, Suleyman avait répondu par la sienne. Jérôme Łaski, ancien homme à tout faire de Zapolya et client d'Alvise Gritti revenait à Constantinople, cette fois comme ambassadeur de son ancien ennemi, Ferdinand, pour réclamer la justice du Sultan contre les perpétuelles violations des traités. Suleyman lui accorda donc un laissez-passer formulé selon la coutume : *La Sublime Porte est ouverte à tout le monde et donne entrée à tous ceux qui ont quelque chose à y demander*. Cela ne disait pas que quiconque étant entré en sortait nécessairement intact. Et comme il était patent que Łaski avait changé de maître, le Grand Vizir proposa de le renvoyer après lui avoir coupé le nez et les oreilles. On se contenta de l'emprisonner et de l'emmener en bagage durant la nouvelle campagne de Hongrie.

Le Sultan revenait donc, comme la mer qui entame la falaise. Zapolya avait épousé Isabelle, la fille du Roi Sigismond de Pologne, celle-là même dont Łaski pensait demander la main pour son regretté Alvise Gritti. Ironie et vengeance du sort : Zapolya meurt un an après son mariage, quinze jours après la naissance d'un fils. Le Sultan, bon prince, envoie donc à la Reine Isabelle un diplôme écrit en lettres d'or et d'azur, dans lequel il jure par le Prophète, par ses aïeux et par son sabre, qu'il ne retiendrait Buda que pendant la minorité de l'enfant. En même temps, les soldats du Sultan occupaient les portes de la ville, les crieurs proclamaient que les biens et la vie des habitants seraient respectés s'ils livraient leurs armes et accueillaient bien les janissaires.

Avant le coucher du soleil, Buda était devenue une ville ottomane. On était le 29 août 1541, quinzième anniversaire de la bataille de Mohács et de la mort du dernier Roi de Hongrie. Le vendredi suivant, Suleyman entrait dans la cathédrale convertie en mosquée et y assistait à la prière publique. Depuis, la moitié de la Hongrie connaît le sort dont l'avertissait Alvise Gritti en 1532 : elle est devenue un sandjak ottoman.

— Quand on ne sait pas se tenir à table, commenta Costantino, il ne faut pas s'étonner de se retrouver à la cuisine avec les esclaves.

Pour acheter la paix de ses côtes de Méditerranée, Charles avait bien tenté de s'entendre avec Barberousse, mais les espions de François veillaient et Suleyman, mis par eux au courant de la chose, avait menacé son amiral de l'empaler. C'était assez pour que celui-ci mente un peu et se disculpe en redoublant de férocité envers les Espagnols. De sorte que Charles, tout glorieux encore d'avoir berné François, s'en alla porter ses armes dans le nid de l'ancien pirate : Alger.

C'était une entreprise audacieuse, surtout parce que la levée des troupes et la préparation de la flotte avaient conduit au mois de novembre.

— Mauvaise saison, Majesté, dit Andrea Doria de sa voix unie et l'œil mort.

— Dieu est avec moi ! répliqua Charles le doigt levé et l'œil mauvais.

Et il fonçait sur Alger, débarquait ses hommes, son artillerie, investissait tous les forts environnant la place, bravait le vent forcissant, tandis que Doria observait le ciel et le ressac grandissant des vagues sur le jetée.

— Demain à l'aube, je donne ordre à mes galères de se retirer au large, Majesté.

— Vous êtes fou, Doria ? Demain à l'aube, je donne l'ordre d'entrer en Alger et mes galères à moi resteront dans le port !

La tempête se déclara le surlendemain, 25 novembre 1541. Une tempête habituelle en cette saison, dans ces contrées. La pluie tomba en abondance, gonflant les oueds, engloutissant le camp, noyant chevaux et artillerie lourde dans des fleuves de boue. Les rafales de vent arrachaient les tentes, dispersaient la flotte à l'ancre dans la baie, brisant les amarres, fracassant les coques, ravageant les ponts, sapant le courage des hommes qui se voyaient privés de retraite et qui résistèrent à peine à la contre-attaque générale lancée par Hayreddîn.

Quand la tempête mollit, Doria reparut avec sa flotte, et Charles décida de rembarquer, mais l'ouragan avait soulevé des vagues telles que l'opération tourna au désastre complet.

Aux yeux des musulmans, Alger a désormais vengé Tunis.

Les succès du Sultan et les revers de Charles occupaient les réflexions de François. Celui-ci, dans sa vanité mortifiée, exacerbée par la maladie, tire argument de l'attentat contre ses ambassadeurs Rincon et Fregoso pour reprendre les armes. Mais il le fait mollement, au printemps 1542, dans l'épuisement de ses finances. En proie au souvenir funeste de Pavie, il tourne le dos au Milanais, objet de sa hantise, et, restant chez lui pour soigner ses plaies, il confie la conduite de ses troupes à ses deux fils, jeunes damoiseaux rêvant d'étendards et de batailles glorieuses. L'un part vers le Luxembourg, qui lui était indifférent, l'autre dans le Roussillon.

Deux vagues destinées à mourir sans rien emporter. Au nord, on subit des revers ; au sud, point de troupes à combattre, sauf devant Perpignan, qu'il aurait fallu assiéger. Mais comme François n'en avait ni le courage ni l'argent, il licencia son armée de quarante mille soldats. Ce fut sa dernière guerre.

*

A Venise, on restait loin de tous ces bruits de bataille. La Sérénissime avait mené la sienne, et, s'étant appauvrie par ses alliances funestes, travaillait, seule désormais, à recouvrer sa splendeur. Depuis deux ans, les *mude* se croisaient à nouveau sur les chemins de l'Adriatique. Les galéasses marchandes revenaient, chargées à ras bord des richesses d'Orient ; les capitulations, qui reprenaient cours, protégeaient les marchands dans les ports du Levant ; les *galee sottili* protégeaient les convois, sillonnaient les routes maritimes, surveillaient les passes. On importait le blé, la soie, on exportait le sel, les lainages, les métaux, les livres. Les galères pouvaient encore relâcher en Crète et à Chypre. Les autres ports n'étaient pas fermés, il suffisait de payer les droits. Et de l'argent, *per bacco*, il en revenait par sacs.

Certes, le Sénateur Marco Foscari s'était élevé en pleine assemblée contre la légèreté de ses collègues, comparant le Sénat à un navire plein de fissures, faisant eau de toutes parts, et dont les débats s'épanchaient jusque chez les ambassadeurs étrangers. Il n'avait pas hésité à dénoncer l'infamie des traîtres qui dévoilaient les délibérations les plus importantes aux oreilles de la France et de l'Empire. Il avait même proposé la constitution d'un Conseil de citoyens d'expérience, à la fidélité éprouvée, qui pût enquêter sur les fuites des secrets d'État. Mais il s'était heurté à l'indignation de ses collègues qui se sentaient accusés de trahison ou tout au moins de coupable désinvolture.

Cette intervention avait fait grand bruit et avait allégé les frères Cavazza du poids de leur propre rôle, puisqu'ils voyaient leur responsabilité se diluer en quelque sorte dans l'air du temps. Ils avaient fini par oublier l'emploi odieux dont on les avait affublés. Costantino, quant à lui, préférait de loin se souvenir de cette ambassade qu'il avait menée dans le Frioul auprès de troupes mercenaires suisses qui, ayant été recrutées pour protéger la paix en un point de la frontière, avaient dû être déviées vers un autre, les bandes de brigands autrichiens s'étant déplacées de façon imprévisible. Mais un Suisse engagé pour ceci n'était pas disposé à faire cela, ni même ceci, mais ailleurs et là-bas. Les négociations avaient été délicates et l'envoyé du Conseil des Dix avait dû déployer tout un argumentaire dont il sourit encore.

Ce qu'il comprend mal, c'est pourquoi Nicolino reste si sombre, comme un coupable poursuivi par un remords sans fin. Quand son frère l'interroge, Nicolino s'enferme dans son mutisme, comme s'il portait encore le lourd secret de tout un peuple de traîtres et d'assassins.

– Déride-toi, Nicolino, voyons. Concordia s'inquiète, tu sais ? Et crois-tu vraiment que le pire arrive toujours ?

– Non, Tino, bien sûr.

Il étirait un coin de la bouche vers une oreille et détournait le regard.

À l'église, il demeurait longtemps prostré sur son prie-Dieu. Quel mal rongeait Nicolino ?

Et comme pour lui donner raison d'être si morose, la fête de la Nativité, en cet hiver 1542, fut un jour de deuil. On savait Fantina fragile de la poitrine. Chaque hiver, la mère de Costantino toussait un peu plus.

Le 20 du mois de décembre, la brodeuse de Santa Croce s'astreint à attacher à l'envers de l'ouvrage, noué de façon invisible, le fil de soie rouge qui achevait de dessiner une rose sur un mouchoir blanc. Sous le châle gris croisé sur sa poitrine, elle sent la brûlure, en plein au milieu, presque entre les seins, et le taret qui l'oblige à tousser tout à coup. Elle a seulement eu le temps de couper le fil, de ranger l'aiguille, et la toux est revenue, nécessaire, irrésistible, dure. D'un geste rapide, elle a dégagé le mouchoir du tambour, mais elle n'a pas eu le temps d'admirer son œuvre achevée, ni de voir que deux nouvelles roses rouges venaient d'y éclore. Elle a mouché la chandelle entre deux doigts, s'est abandonnée à l'orage qui s'emparait d'elle, est allée s'étendre sur le lit. Ces crises ne sont que passagères, elle le sait. Mais quand elles s'apaisent au bout d'un temps, elles la laissent épuisée. Tremblante, Fantina s'est déshabillée, s'est glissée sous la courtepointe blanche et a fermé les yeux.

Costantino a dû forcer la porte, le lendemain. Fantina ne s'était pas levée. Elle était couchée, très pâle sous le drap blanc où avaient essaimé les roses rouges. La chambrette était rangée avec autant de soin que toute la maison. Au haut dossier du lit pendait depuis vingt ans le médaillon supportant le portrait de Nicolò Aurelio peint par Giovanni Bellini. Costantino s'empara de la main froide posée sur la courtepointe et laissa couler ses larmes.

— Elle est allée rejoindre les anges, Messer Cavazza.

Sœur Ambrosina, du couvent de Santa Croce, venait de terminer la toilette de la morte. Fantina repose à présent dans son atelier, parmi ses broderies de fleurs et d'oiseaux, ses toiles blanches et ses écheveaux de couleurs, entourée des deux enfants qu'elle a élevés. Dans un cercueil garni de soie blanche, en robe claire à ceinture brodée, elle est une petite fille toute ridée endormie sous un semis de branches de romarin, de serpolet et de buis odorant. La nonne avait même trouvé dans le jardin quelques rameaux de jasmin dont les soins de la brodeuse et la protection des murs avaient prolongé la floraison. Le front de la morte en était ceint d'une couronne angélique. Ainsi parée, Fantina semblait faire un songe apaisant dans un sommeil profond. Costantino ne s'était jamais aperçu qu'elle était devenue si menue, si fragile. Il en fait la remarque à Nicolino qui s'occupait à allumer les cierges.

— Pourtant, ces deux dernières années, tu la surveillais comme une enfant, dit Nicolino.

— C'est vrai. Il arrive toujours un moment dans la vie, où parents et enfants échangent leurs rôles. C'est un signe, ne crois-tu pas ? Je me souviens que, quand *Pare* est mort, il y a dix ans, je me suis senti abandonné. Aujourd'hui, c'est moi qui ai perdu un enfant. Un enfant très vieux, mais qui va son chemin naturel, rejoindre d'autres enfants qui sont partis à une fête quelque part... *Màre* s'en est allée, et, en ce sens, mon chagrin est égoïste, mais il est doux en même temps, parce que je sais que, là où elle est partie, elle est bien... Comprends-tu cela, Nico ?

– Bien sûr, Tino.

Sœur Ambrosina tombe à genoux de l'autre côté du cercueil, dans le bruit d'osselets de son immense chapelet ; ses lèvres se mettent à palpiter d'ave Maria. Costantino s'absorbe dans ses pensées.

Il est sorti il y a quarante ans du ventre de cet être fragile. Elle avait plu à Nicolò Aurelio, homme riche de ses trente ans et de son statut de *cittadino*, secrétaire à la haute chancellerie. Son père avait laissé l'enfant à la mère, il avait même étendu sa protection sur le neveu de Fantina devenu orphelin. « Les frères Cavazza »...

Nicolò Aurelio, homme de lettres, cultivé, secrétaire et bientôt Grand Chancelier, venait encourager ses garçons à l'étude des Anciens et à la philosophie qui les conduiraient sur ses traces, vers les écoles de secrétaires. Costantino voit encore sa mère assister émerveillée aux « leçons de Messer Nicolò » et recevoir avec un respect pieux la moindre parole que son grand homme prononçait pour l'éducation de « ses fils ». Et que de fois fronçait-elle le front, disant : « Costantino, n'importune pas ton père avec toutes tes questions ! ». Et son anxiété, lorsqu'il s'agit de préparer les deux garçons à être reçus par la jeune et noble épouse de « Messer Nicolò ». A-t-elle souffert de ce mariage ? Mais ces situations sont courantes à Venise et Laura a toujours témoigné de l'amitié à la douce Fantina. Cependant, quel était le rapport entre les deux femmes, du temps où chacune pouvait prétendre aux liens charnels... pendant l'exil de son père... On ne sait rien de ses parents.

Costantino ne veut pas troubler la méditation de son frère qui, derrière son masque impassible, doit remuer les mêmes pensées.

Maintenant, il faut faire un peu de feu, se préparer à voir défiler les voisins, la famille. Dans un instant apparaîtront Concordia et les enfants, des amis, des collègues... leur faire le même rapport :

– Elle souffrait de la poitrine. Le médecin lui prescrivait des infusions de simples, mais le mal venait lentement. Elle a toussé, craché un peu de sang, mais s'est éteinte sans convulsions. Priez pour les âmes du purgatoire ; la sienne était pure.

Pietro et son épouse sont venus embrasser les demi-frères et se recueillir.

– Reste un temps avec nous, Pietro. Ne pars pas tout de suite.

– Il partira plus tard, cette année ! affirme Antonina d'un ton décidé.

Viennent aussi Titien, dont Costantino fut jadis l'élève ; Mosca, le chef de la police urbaine, qui garde un souvenir ému du temps où il servait le Grand Chancelier Aurelio ; et le capitaine Santoni, commandant de la milice ducale, souvent affecté aux escortes décidées par Nicolò Aurelio ; et Hermolao Dolfin, le messager des eaux, qui, par reconnaissance et amitié pour Costantino, emmenait parfois sa mère dans sa barque jusqu'à Casale, où l'attendait son père.

Dans l'après-midi, Laura paraît au seuil de la petite maison en deuil. Costantino la serre dans ses bras et ils demeurent ainsi enlacés un long moment sans un mot, sans une larme. Puis il se dégage lentement, glisse une main dans la poche de son pourpoint, en sort une chaîne, un médaillon.

– Elle m'a fait promettre de vous le donner, le jour venu.

De ses mains gantées de noir, Laura reçoit le portrait de son époux. Le seul portrait qu'on ait fait de lui. Elle l'avait laissé en dépôt à celle qui avait aimé Nicolò avant elle, plus simplement, peut-être mieux.

La cérémonie funèbre à Santa Croce a lieu dans une église encore toute tendue des feuillages de la crèche. Sans doute Fantina aurait-elle aimé savoir que sa mort serait saluée au milieu du souvenir de la naissance du Christ. Elle y aurait vu un présage de vie éternelle.

On creusa sa tombe dans le jardin du couvent, et l'on donna aux religieuses, pour leurs œuvres, les toiles et les écheveaux de soies. Les nonnes en firent des nappes d'autel, des bonnets d'enfant, et plantèrent sur le tertre un rosier blanc.

Enfin, dans quelques mois, un commerçant de la rue achètera la maison et quand viendra la saison où les muguets ont coutume d'envahir le jardinet, on les verra apparaître par touffes sous un appentis de bois, parmi la ferraille et les planches.

*

Vers la fin du mois de février 1542, Titien se présente à la maison de Sant'Angelo, flanqué de deux assistants porteurs d'un tableau. Le *Maestro* ouvre la marche. Lorsqu'on s'appelle Titien, que l'on connaît une maison aussi bien que son habitante et qu'on fait à celle-ci l'honneur de lui porter dans d'aussi brefs délais une toile dont elle-même rêvait depuis si longtemps –et qui est évidemment un chef d'œuvre–, on a le droit de se comporter en propriétaire.

Titien a passé la cinquantaine. L'âge et le succès lui ont sculpté une silhouette imposante malgré sa maigreur et son crâne chauve coiffé de son éternel bonnet tiré en arrière. Les creux de son visage sont adoucis par une barbe longue qui paraît avoir été touchée par un nuage de céruse. Mais il a l'œil noir et perçant sous le sourcil en broussaille.

– Non, pas dans la bibliothèque, Mario, dit-il au vieux valet. La lumière n'est pas assez bonne, à cette heure. Nous irons nous installer dans le petit salon ouvert sur le jardin.

Titien se fait ouvrir les portes. C'est toujours pour lui un moment très solennel que celui où il s'apprête à montrer le fruit de son travail, à faire admirer son art et à en cueillir la louange. Mais ce n'est pas une louange qu'il espère aujourd'hui ; c'est une émotion et le bonheur d'allumer dans certains yeux de miel sombre la flamme qu'il y a vue reluire en d'autres temps, pour d'autres raisons, dans le même lieu.

Il passe devant la porte close de la bibliothèque. Il sait que s'il en poussait le vantail, il serait happé par le portrait qu'il a fait de Pietro et par l'interrogation anxieuse de son regard ; le premier de ces portraits audacieux, noir sur fond noir, d'un dépouillement absolu, d'où ne sortent qu'un visage et une âme. Mais il ne faut pas comparer le portrait du fils et celui du père. Pas encore. D'ailleurs, l'un et l'autre n'interrogent pas les mêmes personnes et ne posent pas les mêmes questions.

Le maître et ses deux assistants pénètrent donc dans le petit salon ouvert sur le jardin. Titien sait que c'est là qu'il doit préparer la rencontre qui doit se faire, ou se répéter, ou plutôt se poursuivre. Mais il n'est pas l'heure de penser. Prestement, il prend possession des lieux, désigne la crédence sur laquelle le tableau, débarrassé du vêtement de ses toiles, reposera en pleine lumière, une lumière légèrement latérale, à la fois douce et blanche. Il déplace quelques objets, peaufine la mise en scène, renvoie ses deux valets et se met à attendre Laura.

Il se tourne avant tout vers le grand mur en face de la fenêtre où sont accrochées « les deux beautés ». Il parcourt d'un œil critique cette œuvre de jeunesse, si peu la sienne, ce tableau refait, pense-t-il, après que l'original ait brûlé et que son véritable auteur ait été assassiné. L'œil du peintre en pleine maturité y décèle quelques faiblesses : la chaussure un peu lourde, la main manquant de volume… Mais les couleurs des chairs, des étoffes et du paysage bucolique ont gardé toute leur fraîcheur. Une belle toile. Il n'a pas entendu la porte s'ouvrir dans son dos, mais un cri.

Laura est apparue, dans une sobre robe d'intérieur aux manches étroites. Ses cheveux nattés lui font une couronne piquée de rubans de soie, ses yeux couleur de miel, élargis, fixent la toile et ses mains blanches jointes devant sa bouche semblent retenir son souffle. Titien s'approche, prend ces mains dans les siennes, les porte à ses lèvres.

– Votre tableau, *Signora*, dit-il avec simplicité.

– Oh, Titien !

C'était comme un soupir qui sortait d'elle, un trop plein d'émotion mal retenu. Titien avait préparé une chaise, il l'invite à s'asseoir, l'abandonne à sa contemplation muette, bouleversée.

Le portrait de Nicolò Aurelio emplit soudain tout l'espace. Le pourpoint noir et le fond sombre font un écrin à son visage. Il y a une majesté dans l'ampleur du vêtement souligné seulement par le plissé discret de la chemise blanche et la chaîne d'or qui reluit faiblement sur ses larges épaules. Son ombre est portée sur un mur gris. L'attitude est digne mais sans emphase, la main nue porte un gant. Mais il vous regarde.

Laura s'est ressaisie.

– Titien, ce regard… Il vous perce et en même temps il vous interroge. Comme c'est lui !

– C'est lui, répond sobrement Titien qui s'est assis à quelque distance et observe. Il ne s'est pas fait prier pour venir me visiter. Il est sorti de ma tête par mon pinceau. Je l'ai si bien connu.

Il parlait à mi-voix, respectait le dialogue de Laura avec le portrait, observait le profil et les lèvres frémissantes de son amie et ses yeux mordorés dans lesquels l'éclat de la lumière trahissait un embrun de larmes. Il se laissait aller à ses pensées. Était-ce bien dans cette pièce ou dans la pièce voisine qu'à trente ans d'ici, elle lui avait fait l'amour pour chasser de sa tête et de sa maison le fantôme de Scarfati ; entre ces deux fenêtres que pendait son portrait de *casìn*, peint par le même Scarfati ? Elle lui avait demandé de l'emporter pour en achever le fond et en faire une œuvre mythologique, représentant Vénus… *La Vénus Endormie*, qui, après un détour dans l'empire vénitien, est venue dormir chez le *Capitanio* Marcello, dans son cabinet secret, à l'insu de son modèle…

La voix de Laura arrache Titien à sa rêverie.

– Que de souvenirs, Titien, murmure-t-elle. Il était ainsi lorsque je l'ai connu, en 1513. Parfois, il me fixait de cette façon.

Laura aussi remontait le temps. Nicolò la regardait ainsi lorsqu'il voulait savoir jusqu'à quel point et combien de temps encore les fantômes obsédant la femme qu'il aimait empêcheraient celle-ci de l'aimer. Aujourd'hui encore, elle soutient ce regard fixe qui interroge, empoigne, étreint avec âpreté, peut-être avec une souffrance voilée.

Titien observe le dialogue muet, aiguise son attention, comme s'il cherchait à entendre les mots que s'échangent Laura et l'image parfaite de Nicolò Aurelio.

– Savez-vous, Laura, que j'ai fait la même expérience que vous, il y a deux jours à peine ?

– Que voulez-vous dire ?

– Que j'ai été ramené trente ans en arrière, et que j'ai travaillé sous vos yeux, à Santo Spirito.

– Je ne comprends pas…

La phrase était restée en suspens et les lèvres de Laura avaient frémi, parce qu'elle venait tout juste de comprendre. Santo Spirito…

– J'ai reçu la commande de toiles pour le plafond et les autels de l'église. Je suis allé prendre les mesures. J'ai admiré les fresques. Vous êtes partout.

Dans sa tête, Titien rapprochait ce qu'il venait de voir dans l'église de l'île avec ce qu'il admirait en ce moment et il étudiait le travail du temps. Le temps ne détruit pas les images ; il les creuse, il les débarrasse de leur superflu, il met l'âme à nu, il dit enfin la vérité. Laura était une volonté mais un frémissement d'animal blessé ; une grâce, une douceur, mais aussi une force qui n'hésitait pas à se mesurer à la violence du monde. Titien prenait la mesure de ce qu'il venait d'évoquer : les fresques de Santo Spirito étaient l'œuvre de Paolo Scarfati. Et le peintre assassiné avait peint sur tous les murs son amour insensé pour Laura Bagarotto, la courtisane qu'il avait arrachée à sa condition et réhabilitée au prix de la perdre.

Laura faisait un voyage parallèle. Pour elle, Santo Spirito, c'était un clocher ouvert au vent de la lagune et servant d'abri aux oiseaux de mer, un nid en plein ciel dans lequel elle avait aimé Paolo à en mourir. Titien le savait-il ? Elle se souvient : elle était accourue à l'atelier que fréquentait Paolo et y avait trouvé Titien, qui lui avait montré ses toiles ; ils avaient parlé de choses et d'autres, de peinture, évidemment, et, au milieu d'une montée de désir qu'elle s'efforçait d'ignorer, Titien lui avait murmuré : « Va. C'est lui que tu étais venue voir. Il travaille aux fresques de Santo Spirito ». Et elle était partie en courant. Dans le clocher, le vent de la lagune avait soulevé son écharpe rouge, tandis que, assise nue sur le parapet de pierre, elle aidait une jeune colombe craintive à prendre son envol. Paolo avait laissé de nombreuses esquisses, un carnet entier, dans son pupitre de l'atelier. Oui, Titien et Laura pensaient bien à la même chose, puisque leurs yeux se portent au même moment sur la figure nue des « Deux Beautés ».

L'instant magique se prolongeait. Le passé venait de faire irruption dans cette petite pièce et il semblait que Nicolò s'emparait à nouveau de l'esprit de Laura malgré la présence sournoise de Paolo, son rival, malgré celle, attentive, de Titien, ami de toujours et témoin de leur histoire. Nicolò n'interrogeait pas seulement ; il empoignait, il soumettait à sa volonté, à la fois séduisant et fascinant, et Laura se sentait à nouveau enveloppée par la force, la patience, la violence de son amour. Et comme jadis, elle finit par céder, fermer les yeux.

Il fallait rompre le charme, fuir la remontée des souvenirs, empêcher que se soulèvent à nouveau ces tempêtes. Un léger tintement métallique la ramène dans le présent. Le peintre, fouillant la poche de sa longue pelisse, en retire le médaillon avec sa chaîne, le pose sur les genoux de son amie.

— Je vous le restitue *Signora*. Il m'a guidé. Lorsque je suis amené à peindre un portrait posthume, il m'arrive de forcer le trait pour peindre l'âme, mais pour Aurelio, je crois avoir été fidèle en tout.

Comme elle ne répondait pas, il continue à meubler le silence, lui prouvant son amitié en faisant le contraire de ce qu'il a coutume de faire devant ses clients habituels, dévoilant sans emphase la vérité de son travail ordinaire :

— Ce n'était pas difficile. Ce portrait m'a même distrait des scènes de souffrances que l'on me réclame : crucifixions, couronnements d'épines, chutes et supplices de toutes sortes. On dirait que la religion ne sert plus qu'à mettre en garde. Le ciel ne s'ouvre plus, la terre est un lieu de douleur. Par bonheur, les familles veulent garder le souvenir de leurs disparus, et j'ai quelques portraits sur mes chevalets… La petite Clarissa Strozzi et le jeune Ranuccio Farnese me consolent aussi de mes plongées dans l'univers de la douleur. Mais adieu les belles créatures qui inspirent les joies de l'existence. On les peint en cachette pour des cabinets secrets.

Lentement, Laura s'arrachait à l'étreinte du regard magnétique de Nicolò Aurelio. Elle revenait vers Titien.

– Les temps changent, continue celui-ci. Michel-Ange vient d'achever la fresque du Jugement dernier, à Rome. C'est un hymne à la mort et à la peur. Il fait craindre la damnation, le vice et l'hérésie. Au paradis, les saints martyrs portent encore les marques de leurs tortures ; tous sont stupéfaits devant l'horreur des temps. Les anges sonnent de la trompette avec fureur dans un ciel d'orage. C'est le *Dies Irae* dans toute son épouvante. La Madone est en pleurs…

Fantina, pense Laura. Tu es morte avant tout cela. Paix à ton âme. Mais Titien, sur sa lancée, déroulait sa chronique :

– Savez-vous que notre ami Franco-Girolamo da Treviso, qui a quitté si soudainement notre ville, est allé à la cour d'Angleterre ?

– Ah ?

Franco-Girolamo : encore tout un pan du passé : Laura revoit le jeune enfant terrible accroché à la grille d'une fenêtre, suspendu comme un chat au-dessus de l'eau, lui plaquer un baiser sur la bouche en échange de sa liberté. A-t-il su qu'à cet instant-là, c'était à sa liberté à elle qu'il travaillait aussi ?

– Que fait-il, à présent ?

– De tout, comme un vrai artiste. Comme Leonardo da Vinci, il fait l'ingénieur militaire. Mais il a gardé son effronterie : il m'a envoyé une gravure représentant les quatre Évangélistes lapidant le Pape écroulé sur le cadavre de deux femmes représentant l'hypocrisie et l'avarice, parmi des chapeaux de cardinaux, des bulles pontificales et des poêles à frire.

Laura sourit.

– Cette impertinence est bien de lui. Après cela, il ne pourra plus revenir en Italie. Mais enfin, nous vous gardons, Titien. Que ferions-nous à Venise, sans vous ?

C'était une flatterie ordinaire et sans malice, mais pour Titien, un constat évident, et l'on pouvait bien le féliciter de sa bonne fortune, puisqu'il demeurait seul au beau milieu de la scène vénitienne.

– Vous avez raison, Signora. Mon assistant Pâris Bordone est parti en France, Giulio Romano à Vérone et, si Lorenzo Lotto, ce vagabond, est revenu dans notre ville, nous sommes définitivement débarrassés de ce Pordenone qui est allé trouver à Ferrare une mort violente et bien méritée.

Titien avait gardé cette colère sournoise pour tout ce qui risquait de lui faire de l'ombre. Ses querelles avec le Pordenone, concurrent coléreux et fantasque, égayaient toujours la chronique, de même que sa façon de surveiller ce jeune Jacopo Robusti qu'il avait un jour chassé de son atelier. Depuis, le fils du meilleur teinturier de Venise, celui qu'on surnommait *il Tintoretto,* travaillait seul dans son antre avec ses figurines et sa boîte à lumière et il en sortirait un jour quelque surprise. En attendant, on n'avait d'yeux que pour Titien et pour Jacopo Sansovino. Ils pouvaient être amis, n'étant pas concurrents, et Pietro l'Aretino soudait leur république des Arts.

— Venise ne comptera bientôt plus un seul édifice auquel n'ait touché mon ami Jacopo. Il a fiché nos portraits, à l'Aretino et moi, sur les portes de bronze de la sacristie de San Marco. Sa *logetta* atténue la sévérité du vieux campanile et depuis qu'il s'est emparé de la Piazza San Marco, notre ville est la perle des cités.

Laura ne peut qu'approuver de tels propos. La Piazza San Marco, débarrassée de ses éventaires et de ses échoppes, est devenue un salon, un théâtre.

— Un théâtre, en effet, reprend Titien : Giorgio Vasari, récemment arrivé de Florence, travaille depuis un an à une fastueuse mise en scène. La *Compagnia della Calza* des *Sempiterni* jouera pour le carnaval *la Talanta* de mon ami Pietro Aretino. Vous avez vu les échafaudages. Y serez-vous ?

Sûrement, elle y serait ; tout Venise accourrait pour rire aux situations cocasses sorties de l'imagination de Pietro Aretino. Costantino, qui veillait aux plaisirs des siens, avait trouvé des places pour toute la famille, à un balcon des Procuraties.

*

Le matin même de cette représentation, Costantino traverse la place San Marco en toute hâte, ce qui ne l'empêche pas d'admirer le grand édifice du théâtre de bois et la foule de charpentiers, de décorateurs et de tapissiers qui s'activent dans le réseau des poutres. Il ne se dirige pas comme d'habitude vers la *porta della carta*, entrée monumentale du palais des Doges ; il longe la *logetta*, se laisse éblouir par la blancheur de ses marbres, mais ne s'y arrête point. La cloche de l'embarcadère vient de retentir. Il presse le pas pour se joindre à la foule qui monte dans le *traghetto* du Rialto.

# LE COMPLOT DE SAN DONATO

Le *traghetto* de *Rialto* : il ne pensait pas, en cet instant, que c'était sur ce même embarcadère que, vingt-huit ans plus tôt, Paolo Scarfati avait rendez-vous avec la dague d'un assassin, que celui-ci était le cousin même de l'homme que lui, Costantino Cavazza, s'apprêtait à rencontrer. Et que c'était Nicolò Aurelio, son père, qui avait organisé la rencontre. Les murs, les quais et les *paline* n'ont pas de souvenirs ; le ressac infini de l'eau efface la mémoire et les traces de sang.

Costantino se laisse porter par la foule du *traghetto*. Il s'enroule plus frileusement que nécessaire dans son large manteau et semble protéger sa bedaine de la presse ordinaire. En fait, il soulage son épaule du cisaillement de la sangle au bout de laquelle pend la bourse contenant les cent ducats d'or. Cents ducats : une somme raisonnable pour une maisonnette dans le quartier de *Santa Croce* ; une somme dérisoire si l'on pense que c'est à cela qu'aboutissent les lieux, les couleurs, les voix de toute une enfance : le rossignol ayant fait son nid et chanté dans l'arbre tout un été, l'arc-en-ciel des écheveaux de soie, le tintement des verres dans une armoire, les douces inflexions de la voix de Fantina et son père lui ouvrant les bras. Peut-être eût-il mieux valu ne pas vendre ? Mais il eût fallu faire des réparations, courir après des locataires, et de toute façon ranger tout cela parmi les souvenirs. Et puis, comme le disait son demi-frère Pietro, celui qui a de l'argent en trop, aujourd'hui que reprend le commerce, doit le placer dans l'assurance ou les carats. Il y gagnera deux fois : sur sa bourse et sur son âme, car il fait œuvre de patriotisme. Un tel argument avait dû convaincre Nicolino, dont le fils aîné était en âge d'entrer à l'école de San Marco et qui avait deux filles à doter. Un jour, le ressac infini de la vie efface aussi les lieux où s'accrochent nos souvenirs.

À *Rialto*, Costantino longe l'église San Giacometto, évite le marché, n'a pas un regard pour les tables de changeurs, assureurs, financiers de tout poil qui se pressent sous l'auvent de l'église, se dirige d'un pas résolu sous les arcades de la place, s'arrête devant une belle entrée surveillée par un concierge en livrée.

– Conduisez-moi auprès de Messer Roberto, je vous prie.

Au sommet de l'escalier de pierre s'avance un second cerbère.

– Votre nom, *Signore*… ?

– Costantino Aurelio.

C'était le nom porté sur l'acte notarié qu'il venait de signer.

– Vous désirez… ?

Costantino se contente d'écarter un peu le pan de son manteau, de laisser voir la bourse qu'il y dissimule et d'en secouer un peu les pièces d'or. Il est des sons qui valent bien des paroles.

Roberto Strozzi n'est pas inconnu de Costantino. Les deux hommes se retrouvent parfois chez l'Aretino, mais ne s'y recherchent guère.

Il est vrai que Roberto Strozzi avait disparu un temps, le temps de participer à la levée d'une troupe de mercenaires, espérant rétablir la République de Florence après l'assassinat d'Alexandre de Médicis par Lorenzino. Mais les hommes de Charles Quint veillaient depuis la forteresse de Florence et Cosme, fils de Jean des Bandes Noires, était un guerrier aussi fameux que son père. Lorsqu'il s'avéra que Cosme I$^{er}$ s'imposait comme Grand Duc de Toscane, les conjurés retournèrent à leur exil et Roberto à Venise. Son aventure florentine lui avait ôté la moitié de sa fortune, son vieux père était mort, il avait enterré Donna Emilia, marié sa fille Clarissa qui avait emporté un monceau de colliers de perles et de pierres fines si chères à sa mère, puis il avait remplacé son épouse défunte par une jeune Vénitienne qui venait de lui donner une nouvelle petite Clarissa. La première lui ayant apporté du bonheur, la deuxième ne pouvait que lui faire oublier son échec florentin et il avait repris ses visites chez Pietro Aretino.

– Messer Costantino, c'est un honneur…

Il avait déjà eu l'occasion de lui présenter ses condoléances. Il l'avait fait attendre, le temps qu'un commis dresse l'état des comptes de son visiteur. Il avait devant lui deux feuillets au nom d'Aurelio et Cavazza mais chacun savait que les deux noms recouvraient une fratrie appelée communément Cavazza.

Costantino est invité à s'asseoir devant la grande table. De son côté, le banquier, qui s'était levé, s'affaisse au milieu de son ample vêtement noir, et, avec une cérémonieuse lenteur, soulève au niveau de son nez des bésicles cerclées de fer qui lui donnent un faciès de hibou, se penche comme un prêtre à l'office sur les deux feuillets jaunâtres. Costantino secoue une vilaine impression de se retrouver à nouveau devant un inquisiteur. Il décroche la bourse de sa sangle et, comme on frappe du poing, la dépose sur la table d'un geste martial.

– Voici cent ducats, Messer Strozzi. Ils nous viennent de la vente de la maison de notre mère. Mon frère et moi avons décidé d'ouvrir chacun un compte, d'y verser chacun la moitié de la somme et de l'engager dans une opération commerciale dont vous avez actuellement la charge.

Mais de l'autre côté de la table, le hibou ne bougeait pas une aile et son bec demeurait clos. Costantino, qui le sait méfiant comme une civelle, superstitieux comme un pape et prudent comme un renard, se demande déjà quel document peut avoir en cet instant plus d'importance qu'un nouveau client venu apporter cent ducats. En outre, qu'a-t-on pu dire sur lui dans un rapport de deux pages ? La désagréable impression de revenir deux ans en arrière se renforce cruellement dans son cerveau qu'il croyait guéri. Et il s'impatiente quand le deuxième feuillet vient se poser sous les bésicles.

– M'entendez-vous, Messer Strozzi ?

– Si fait, Messer Cavazza, si fait… Je m'étonnais seulement.

Le hibou avait émis ce murmure sourd à l'accent nocturne et relevait à présent la tête en découvrant ses longues dents jaunes tel un bec au milieu de la broussaille de la barbe. C'était son sourire.

– Car je constate que vous et votre frère êtes présents en nos livres pour la somme intéressante de mille ducats chacun. Vous n'avez guère touché à cette somme depuis que vous la possédez. C'est dommage de laisser ainsi dormir son bien, au moment où les fonds sont tant recherchés par le commerce maritime et le rapport de l'argent au plus haut.

– Vous faites erreur, Messer Strozzi. Nous n'avons pas de compte chez vous. Pas encore. Et il me tarde même de devenir votre créditeur.

– Il n'y a jamais d'erreur de ce genre dans les livres d'un banquier, Messer Cavazza. Cet argent a été compté le 25 de juin 1540 en présence des commis Stella et Pomponi, qui ont apposé leur signature.

1540. La table commençait à vaciller sous les yeux de Costantino. De l'autre côté du plateau, la masse noire était trouée de deux yeux jaunes qui le regardaient avec étonnement, attendant un sursaut de la part du secrétaire. 1540, l'année maudite, agitait à nouveau ses voiles noirs. Et ce tas d'argent qui lui sautait au visage comme une porte mal fermée que le vent pousse avec violence et qui renverse tout au passage. Et le banquier, qui n'en avait pas fini, prend une voix de médecin qui rassure le patient, doucereuse, un peu nasillarde :

– Mais enfin, vous n'aurez pas à aller trop loin pour vous souvenir, Messer Cavazza. Quoi de plus naturel que de conclure une transaction ou de se rendre un service entre amis. Votre générosité l'a sans doute oublié, mais cela s'est fait avec un homme que vous connaissez bien : je lis ici que le dépositaire n'est autre que ce cher Agostino Abbondio.

Non seulement la table, mais le plancher s'était mis à tanguer. Abbondio, jamais loin de Monseigneur Valier, Abbondio, qui connaissait tout le monde, jouait les bons offices, les hommes de paille, Abbondio, furet insaisissable, présent partout, partout traînant son regard fuyant, effleurant tout, saisissant tout, tissant sa toile invisible dans les arcanes du pouvoir et de l'argent... Costantino était un oiseau dont les pattes étaient prises dans de la glu. La glu répandue par Abbondio.

Il fallait réfléchir à tout cela, quitter cet endroit maudit, échapper au regard jaune du hibou, anéantir ces feuillets noircis d'une encre innocente qui s'était mise au service d'embrouilles criminelles pour les étouffer, lui et son frère, dans un écheveau de fils. Un insecte pris dans une toile d'araignée. Fuir.

Mais un secrétaire du Conseil des Dix ne fuit pas. Il sait prendre une contenance étudiée et Costantino se racle la gorge comme le font dans l'hémicycle ceux qui sont pris de court. Il n'est pas question de rester ici une heure encore à remplir des paperasses et à compter de l'argent. S'en aller au plus vite, c'est d'abord prendre son temps, calmer ses mains et sa respiration, se montrer accablé par le poids du monde.

— Messer Strozzi, vous venez de me rappeler des choses qui ne se mélangent pas. Je venais aujourd'hui vous apporter l'argent issu d'un héritage. Le souvenir de notre mère, un argent sacré, en quelque sorte.

Le mot était heureux : le banquier approuve en fermant des yeux avec componction. Il approuverait la suite sans réserves.

— Peut-être pourrions-nous cumuler les sommes, mais peut-être ne le souhaiterions-nous pas. Je vous prie donc de me laisser le temps d'y réfléchir encore et d'en conférer avec mon frère. Vous me seriez secourable en me laissant ce temps et en me permettant de revenir plus tard.

Il suffisait de se lever pesamment, de saluer d'un air contraint, de reprendre son sac comme à regret et de laisser le banquier soupirer de politesse ou de dépit.

Respirer l'air du dehors est un soulagement. Marcher en est un autre. Le sac de ducats pèse lourdement à l'épaule de Costantino et il étouffe sous la grande cape dont il s'emballe pour cacher son trésor.

Mais Costantino ne sent rien de tout cela. Il ne voit pas que le marché s'est vidé, que les étals se replient et qu'une autre foule, en habit de fête et masques de carnaval se dirige à présent vers le pont de Rialto, vers l'embarcadère où l'on guette l'arrivée du *traghetto* de San Marco.

— Que fait ici tout ce monde ? s'impatiente Costantino.

— *Per Bacco* ! D'où sors-tu, l'étranger ? Ne sais-tu pas que dans une heure doit commencer la comédie de *Maestro* Pietro Aretino ?

Costantino l'avait presque oublié. Il hèle un gondolier en maraude qui lui évitera de passer au milieu de la procession de barques qui, comme se rendant à une cérémonie, empruntent le grand canal dans une agitation de masques, de cris et de musique.

— *A la Formosa, presto* et par le chemin le plus court ! lance-t-il au gondolier.

Le marinier remonte un peu le grand canal, se faufile le long de la multitude de barcasses amarrées devant le *Fondaco dei Tedeschi*, emprunte le *rio* étroit, tortueux, parmi l'odeur fétide des briques moussues et l'ombre qui gagne peu à peu les fonds resserrés des *rii*. Il croise sous les ponts une foule endiablée qui surgit comme s'échappant de galeries souterraines, traverse les ponts d'un pas pressé et disparaît, happée entre les murailles. On dirait des colonnes d'insectes affamés qu'une odeur de proie aurait mis en route. Leur file grouillante se dirige frénétiquement vers l'objet que leurs sens ont mystérieusement détecté. Le festin sera sauvage.

Pour la première fois de sa vie, Costantino regarde cela d'un œil étranger, étranger à la fête, étranger à la vie fourmillante dans les couloirs sinueux de sa ville. Il ne partage rien avec ces gens-là ; il porte son poids, seul. Il va le partager avec son frère, en charger son frère, en accabler son frère. Et il n'est même pas sûr d'en être soulagé lui-même.

Or, dans la maison de la Formosa règne la même effervescence que sur les ponts de Venise. Concordia, d'ordinaire si placide, s'affairait autour des nœuds et des bonnets de ses filles. Nicolino attendait dans l'escalier, la cape repliée sur l'épaule.

— Comment, déjà revenu, Tino ?

— Oui. Et toi, tu pars déjà ?

— Tu sais bien que nous avions prévu de nous installer et de goûter avec les autres avant le lever du rideau.

C'était vrai : Costantino avait loué un petit salon, une véritable loge princière surplombant la scène. On y attendait Laura et le

*Capitanio* Marcello, Pietro, Antonina et ses parents, la tribu habituelle.

— Tant pis, Nicolino. Que Costanza parte avec les enfants. Toi, reste. J'ai à te parler.

— Et les gâteaux, oncle Tino ? s'insurge la plus jeune. Il faudra que quelqu'un apporte les gâteaux !

C'était vrai aussi. Costantino avait prévu d'apparaître avec les gâteaux, déguisé en Roi Mage. On aurait ri, applaudi, chanté, été heureux. Costantino avait toujours aimé jouer les Rois Mages.

— Emporte-les, ma chérie. Cette année, il y aura une Reine Mage.

Tandis que la petite bondissait de joie, Nicolino observait son frère. Costantino n'avait jamais été si sérieux, si concentré, contrarié au point de s'enfermer chez lui en attendant que l'on fasse place nette dans la maison. Et Nicolino, subodorant le drame, distribue ses instructions comme il le fait au palais dans son métier.

Le temps qu'on lui obéisse, Nicolino est devenu un spectateur incrédule. Incrédule et frustré. Il avait mis si longtemps à entrer dans la fête, dans le jeu de la comédie, et il y réussissait presque. Et voilà que le maître comédien change la pièce au moment du lever du rideau, et que c'est une tragédie qui s'annonce.

Aussitôt la porte refermée et le silence revenu, Nicolino vient enfin s'asseoir en face de son frère.

— Comme tu le sais, dit Costantino en guise de préambule, je suis allé ce tantôt à la banque Strozzi pour y déposer l'argent de la vente de la maison. Mais sais-tu ce que j'ai appris ?

Ils se regardaient dans le blanc des yeux. Impossible d'échapper à ce qui se préparait. Et Costantino parlait en séparant bien les mots :

— Toi et moi, avons chacun dans les livres de la banque Strozzi un compte de mille ducats. Depuis deux ans. Déposés par Abbondio le 25 de juin 1540 exactement.

Nicolino s'était figé.

— *Porco San Marco*, jure-t-il à voix basse au bout d'un moment. Nous avions pourtant refusé de recevoir le moindre *soldo*. Qui a pu...

— Ce qu'il faut se demander, *fratello*, c'est ce que cela signifie : nous avons reçu de l'argent d'Abbondio pour un service rendu. Quel service, d'après toi ?

Costantino regardait les pensées s'inscrire sur le visage de son frère :

— Celui qui voudrait nous accuser et trouverait cet argent se serait vite fait une conviction.

— Vidons ces comptes, dit Costantino, et donnons l'argent à... à une *scuola*.

— Il restera toujours une preuve, dans les livres de Strozzi.

— *Cazzo*. Mais enfin, Nicolino, qui aurait intérêt à nous salir ?

— Ceux-là même qu'on devrait accuser.

— Ceux qui nous ont donné des ordres, traduit Costantino. Et ils n'auraient plus qu'à dire que les deux secrétaires ont trahi pour de l'argent.

— Ils ont pourtant juré sur l'Évangile...

— Qu'ils aillent en enfer !

Le silence est retombé sur la voix rude de Costantino. Il est troublé par une immense clameur venue du dehors. Instinctivement, les deux hommes tournent la tête vers les fenêtres. Ce ne sont que les vivats et les applaudissements de la foule rassemblée autour du théâtre de la piazza San Marco. Ils viennent jusqu'ici apporter leurs envolées joyeuses.

Soudain, Nicolino se sent pâlir. Quand on est aux prises avec des faits mystérieux, d'autres vous reviennent en mémoire. Et voilà qu'il repense à cet incident presque oublié, une de ces menues péripéties de la vie des chancelleries où plusieurs mains se posent sur la paperasse.

— Tino...

— Oui ?

Nicolino baissait la tête, fronçait le front, dans un effort pour se souvenir avec exactitude. Sa voix était sourde.

— Il me vient une pensée... je ne sais quel rapport il peut y avoir... Il y a longtemps, le commis aux archives m'avait avoué avoir perdu un compte rendu de séances du Sénat. C'était en 1540. C'est cela : janvier 1540. J'en ai aussitôt averti le Chancelier. Des copies avaient déjà été faites et dispersées comme d'habitude dans les différents dépôts de la ville. De' Franceschi a fait faire une copie de plus et nous avons comblé la lacune. On décida que c'était un accident, une négligence du commis chargé de brûler les brouillons. Il a été mis à l'amende et on a oublié. Les documents perdus n'ont jamais été retrouvés.

— De' Franceschi est témoin de ta bonne foi.

– *Per Bacco* ! Et alors ? Ce sont les documents écrits et signés de ma main qui ont disparu, s'écrie Nicolino. Cet argent… les documents… On nous tient, *fratello*.

Le vent qui venait de la Piazza San Marco apportait un nouvel éclat de rire de la foule. Il déferlait sur le Campo Santa Maria Formosa et ses vagues formaient comme un ressac qui frappait les fenêtres. Seul le rire de l'enfer pouvait avoir cette puissance.

Costantino laisse passer l'immense rumeur, puis résume à sa façon :

– Ils veulent s'assurer du silence des Cavazza en possédant contre eux des preuves capables de les accuser de haute trahison.

– Exact. Imagine que ces documents n'aient pas été brûlés par mégarde, qu'ils apparaissent un jour dans les papiers d'une ambassade, n'importe où, qu'on les ait glissés dans ma poche ou dans celle d'un traître, un vrai…

– Mais que vas-tu penser ? Ne nous fais pas sortir des traîtres de partout, s'écrie Costantino.

– Il sort bien de l'argent de nulle part.

– Encore faudrait-il que quelqu'un parle ou éprouve le besoin de parler. Et pense à la transmission du secret promis par les Inquisiteurs.

Costantino ne bouge pas un cil. Il était encore heureux ce matin. Il lui a suffi de savoir. Tout à coup, l'arbre qui reprenait vie s'est desséché. Nicolino, sans le savoir, pressentait-il ce moment ? Mon bon frère, pourquoi, depuis deux ans, n'étais-tu plus le même ? Tu nourrissais une peur confuse, tu croyais me tromper ; plus d'une fois, tu m'as exaspéré, et je ne te devinais pas. Je ne devinais pas que tu me protégeais, comme jadis. Moi, aujourd'hui comme jadis, je me suis révolté, je me suis tourné vers toi, pour me soulager, pour chercher à comprendre. Comme un lâche.

La vague de rires revenait, insistante, se glissait dans la pièce, passait, alourdissait le silence. Et Nicolino qui ressassait en se frappant les poings dans les paumes :

– Ces documents qui dorment quelque part. Tellement accusateurs qu'un procès pourrait être bâclé en une heure. Bâclé, voilà. Le jour où ils auront besoin d'un coupable, ils en auront deux sous la main. Avec deux preuves : l'argent et les compte rendus de séances du Sénat. Car dès l'instant où ce papier fera son apparition, à cet instant-là, il sera déjà trop tard.

– Il faudra vivre avec cette idée-là... Ah ! *Fratello*, comment pourrons-nous...

Nicolino baissait les yeux, résigné. Costantino, sentait monter en lui son vent de révolte. Non, il ne se laisserait pas broyer par la *fortuna*. Il y avait une alternative à se laisser prendre comme les cailles de Monseigneur Valier, la veille d'un festin.

– Fuyons, Nicolino. Fuyons avant qu'il ne soit trop tard.

– Fuir...répète Nicolino avec un pauvre sourire. Crois-tu que je n'y aie jamais pensé ? Fuir maintenant, c'est se désigner coupable avant qu'il n'y ait vraiment danger ni même soupçon. Et puis fuir où, avec Costanza et les enfants ? J'ai une famille, Tino. Je ne peux pas.

– Et s'ils te prennent, que deviendra ta famille ?

– S'ils me prennent, je n'aurai abandonné personne. Toi, par contre, tu es libre. Je comprendrai que tu fuies.

– Fuir tout seul, il n'en est pas question. Si tu restes, je reste avec toi. Le jour où... nous serons tous les deux et nous parlerons.

Cela paraissait évident. Se figurant ce jour-là, Costantino s'appuie le front sur la main. Déjà ils ne prêtaient plus d'attention au ressac des rires. Et Costantino, à contretemps, sursaute :

– Mais enfin, depuis deux ans, *ce jour-là* aurait pu arriver ! En deux ans, personne ne nous a importunés, personne ne nous a questionnés. Les Inquisiteurs ont rétabli les lois du secret avant de se séparer. Nous sommes en paix. Le pire n'est jamais certain, Nicolino. Pourquoi cette situation ne durerait-elle pas ?

– En effet, pourquoi ? répète Nicolino sans grande conviction. Et c'est pour cela que le mieux à faire, selon moi, est de vivre comme s'il ne s'était rien passé, d'ignorer l'argent. Quant aux documents, nous ne sommes sûrs de rien, n'est-ce pas ?

Costantino sourit. Non, il n'a pas assassiné l'arbre en train de reprendre vic ct Nicolino a raison. Pourquoi demain serait-il pire qu'hier, puisque depuis deux ans, tout semblait revenu dans l'ordre.

Et c'est là que l'appel des rires, insensiblement, comme le ressac, se met à effacer la peur.

– J'irai porter l'argent de la maison chez l'assureur Martinengo, conclut Costantino au bout d'un moment. Et tu as raison, tâchons d'oublier : c'est le lot de l'homme ; il oublie toute sa vie qu'il doit mourir. Dans l'immédiat, allons rejoindre ceux qui nous attendent. Eux nous aideront à oublier.

Les calli conduisant à la piazza San Marco sont quasi-désertes. Le vent y soulève de la poussière, enroule des chiffons de couleur, des bouts de rubans, des menus restes de carnaval. Il apportait aussi les applaudissements et les rires qui répondaient aux voix forcées des acteurs.

Le même vent poussait la galère d'Alvise Badoer qui revenait de Constantinople, emportant dans son bagage la ratification officielle de la paix signée en 1540.

# 11
## Juin 1542, Venise.
## La raison d'État

Ahmed Karahisari et ses aides prenaient toujours leur temps. Le calligraphe favori de Soliman le Magnifique maîtrisait parfaitement les six styles d'écriture, employant parfois plusieurs d'entre eux, alternativement, pour une même œuvre. Car chaque document sorti de ses mains était une œuvre, qu'il s'agît du frontispice d'un Coran, d'un projet de décoration d'un linteau, d'une coupole ou d'un poignard. Il reliait les lettres de façon originale, couvrait de somptueuses enluminures les albums de peinture, les recueils de vers ou les exercices de calligraphie. Le décor à quatre fleurs réunissait pivoines, tulipes, jacinthes, œillets en des semis inscrits dans des motifs géométriques ou à l'intérieur des boucles des caractères.

Suleyman le Législateur ne confiait à nul autre qu'à l'école d'Ahmed Karahisari la production de ses documents officiels. L'or et le lapis-lazuli soulignaient les allusions à la Loi de Dieu, à la parole du Prophète et mêlaient ces références sacrées à l'injonction du Padischah Suleyman, ombre de Dieu sur la terre. Cela inspirait le respect.

Le 2 octobre 1540, après Prévéza, Venise et l'Empire Ottoman avaient signé la paix. Puis, l'administration du Sultan était entrée en jeu. Elle s'était mise en route au rythme lent et sûr des choses importantes. Elle avait rédigé le texte du traité et repris en détail les capitulations qui réglaient le commerce entre les deux puissances. Les disciples d'Ahmed Karahisari s'étaient attelés à leurs écritoires. Il en résultait un ensemble de feuillets de parchemin reliés les uns aux autres et repliés sur eux-mêmes de manière à former un épais volume. Au bout de plusieurs mois de travail de ses scribes, Ahmed Karahisari apposa en exergue de l'ouvrage la *tughra* de son maître, cette élégante signature qui se lisait : « Suleyman, Shah, fils de Selim Shah Khan, le toujours victorieux ».

C'est ce document qu'Alvise Badoer vint présenter le 4 juin 1542 au Sénat de Venise. Dans la grande salle lambrissée de stalles comme le chœur d'une abbatiale, l'ambassadeur entouré de ses secrétaires rend compte de sa dernière mission puis désigne parmi sa suite le spécialiste de la langue turque pour traduire en Vénitien le texte de base du traité. Mais tandis que ronronne la voix du traducteur, impersonnelle, appliquée seulement à aligner ses mots de la façon la plus fidèle, une agitation insolite s'empare de quelques sénateurs. Des épaules se mettent à giter, des têtes se penchent, de droite, de gauche, des oreilles se tendent, des bouches transmettent des paroles à mi-voix.

Lorsque prend fin la psalmodie du secrétaire, tout le Sénat est entré en émoi.

— Trois cent mille ducats… Les îles, les villes de Malvoisie et de Naples de Romanie sont cédées !

— Avions-nous donné toute cette latitude ?

L'être humain ne compte pas le temps qui passe mais le temps modifie ses émotions. Deux ans s'étaient écoulés depuis le premier retour d'Alvise Badoer. En 1540, l'ambassadeur apportait une paix dont on avait besoin, quel qu'en soit le prix. Et le prix en avait été payé. L'euphorie s'était emparée des esprits, le commerce reprenait, les *mude* repartaient. A présent que le quotidien n'est plus marqué par la nécessité de la paix à tout prix, on réalise le prix de la paix.

— Exorbitant ! s'écrie-t-on sur les bancs des sénateurs. Passe encore pour les trois cent mille ducats, mais nous perdons notre empire, la mer Égée, toute la Morée… Avons-nous vraiment pu donner à un ambassadeur de la Sérénissime la permission de brader ainsi la terre vénitienne ?

Les uns s'étonnaient, les autres s'indignaient. Les rangs des sénateurs comprenaient quelques têtes nouvelles depuis deux ans, mais aussi pas mal de têtes anciennes à forte mémoire. Marco Foscari, qui avait un jour dénoncé la légèreté des Sénateurs, supporté leur hostilité, voyait approcher l'orage annoncé et croisait les bras, regardant se produire l'inévitable.

— Jamais, jamais, Messer Badoer, s'écriait son voisin, jamais notre Sénat ne vous a autorisé à céder aussi les forteresses de Malvoisie et de Naples de Romanie ! Vous avez outrepassé les pouvoirs que nous vous avons donnés !

Alvise Badoer sait ce que signifie pour un ambassadeur d'outrepasser ses pouvoirs : le jugement, l'exil, au pire, la condamnation pour haute trahison. Mais il demeure ferme.

– Je réfute cette accusation, *Signore*, répond-il froidement.

Il l'avait déjà tant de fois réfutée en privé. Mais aujourd'hui, en pleine séance officielle, il répète cette phrase avec un frémissement tout particulier.

– Tu réfutes ! s'exclame-t-on encore. Et en vertu de quoi, je te prie ?

Alors, Alvise Badoer, dont l'honneur est piqué à vif et la patience poussée à bout, s'écrie :

– *Signori*, je ne puis vous répondre. Sans la défense expresse qui m'a été faite, j'aurais librement exposé devant cette assemblée ce que j'ai pu observer durant la durée de mon ambassade.

– Belle réponse, en vérité ! Qui, plus que nous, peut te lier par des demandes expresses ?

Mais Badoer, très digne, restait muet.

En deux ans, les *capi* du Conseil des Dix avaient changé, et bien qu'ils se fussent transmis les principaux secrets, ils furent tous trois embarrassés lorsque, recevant la visite d'Alvise Badoer, celui-ci leur demanda la levée de son serment et leur en donna les raisons.

– En effet, Messer Badoer, vous avez reçu doubles instructions. Et nous avons suffisamment d'arguments pour justifier ce fait devant le Sénat. Nous vous autorisons donc à dire devant les *pregadi* qui vous attaquent que vous avez agi sous ordre. Soyez assuré que nous vous couvrirons.

– *Signori*, il est un autre point que je voudrais souligner et publier parmi ceux qui m'écouteront : lorsque je comparus devant le Divan des Vizirs, j'ouvris les négociations, comme il se doit, en-deçà de ce qu'il m'était permis d'accorder. Pour toute réponse, on me récita les instructions que le Conseil des Dix m'avait données, mot à mot, ce qui veut dire qu'il y a eu trahison !

Les *capi* s'étaient regardés consternés dans un silence palpable. Le soupçon se glissait dans les entrailles de l'État comme un loup dans un troupeau de moutons. Il fallait l'en extirper coûte que coûte. Il ne s'agissait plus d'une irrégularité courante et justifiable, il s'agissait de la sécurité de l'État. Fermer les yeux aurait des conséquences imprévisibles. Il fallait convoquer le Conseil des Dix au grand complet, en grand secret, sans la présence de quiconque en dehors des dix-sept afin de choisir une stratégie et se prémunir contre le scandale qui les menaçait tous.

Dès le lendemain 5 juin, l'ambassadeur reçut donc l'autorisation de parler sans contrainte devant le Sénat. Mais les Dix crurent bon de prendre mille précautions : non seulement ils enjoignirent aux Sénateurs de garder le secret absolu sur ce qui serait divulgué, mais, comme font tous les coupables, usèrent de surenchère et devancèrent l'indignation des *pregadi* en désignant d'urgence trois hommes extérieurs à leurs assemblées, extérieurs même à la carrière politique et à ses brigues particulières, trois hommes connus pour leur intégrité, hommes de livres, de sciences, philosophes, religieux, qui porteraient le titre d'*Inquisitori ai Segreti* et remettraient en place l'institution abandonnée des *Inquisitori di stato*.

La séance du Sénat se déroula, elle aussi, à huis clos. Aucun des secrétaires n'y participa, pas même le Grand Chancelier, que l'on se réservait d'appeler à la fin du conseil pour acter les nominations et les pouvoirs attribués à chacun. Lorsqu'Alvise Badoer révéla qu'il avait reçu des instructions spéciales et secrètes du Conseil des Dix, une vague d'indignation secoua l'assemblée : les Dix à nouveau outrepassaient leurs droits ; les institutions de la République frôlaient sans cesse le danger.

Mais quand il ajouta que les Turcs connaissaient ces instructions, au mot près, la consternation fit tomber une chape de silence : la République était à la merci de traîtres.

On se tourna vers les *Inquisitori ai Segreti* : Sebastian Foscarini, vieil homme à barbe grise, un très lointain cousin de Vincenzo, qui mettait son oreille en coquille pour mieux entendre les noms de ceux qui se trouvaient dans l'antichambre du Divan, le jour de l'audience avec les Vizirs ; il lisait sur leurs lèvres les paroles de ses deux collègues, Stefano Tiepolo et Francesco Morosini, aussi chenus que lui. L'idée s'imposa à tous trois qu'ils devaient commencer leur enquête parmi les agents de l'ambassade de France. Ils enverraient des mouches, encourageraient les délations, soutireraient des informations aux moindres secrétaires, commis, cuisinier, concierge, jardinier et surtout gondolier. Il suffisait de promettre un peu d'argent, un poste convoité, le retour d'un parent banni pour fraude mineure. Enfin ils organiseraient la surveillance de la lagune, empêchant quiconque de quitter Venise sans autorisation spécialement délivrée par eux.

# LE COMPLOT DE SAN DONATO

*

À observer ces messieurs du Conseil des Dix, Costantino a de plus en plus l'impression de jouer dans une pièce de théâtre. Le tout, c'est de savoir quel masque accrocher en mascaron au milieu du linteau de la porte d'entrée. Mais en somme, les masques antiques de la comédie et de la tragédie se ressemblaient tellement : yeux exorbités, oreilles en coquille, seule la forme de la bouche indique le genre de la pièce. Mais à l'âge de ces messieurs, toutes les bouches sont tombantes, cachées sous la broussaille de la barbe, tous les nez allongés vers le bas, décharnés, proéminents. Costantino, depuis sa place sur l'écritoire, les observe en enfilade, et, dans cette mise en abîme, les dessinerait volontiers sur la feuille vierge qui attend son trait de plume, les mots qu'il faudra qu'il écrive. On oublie toujours l'immense faculté d'expression du nez.

Il y a le nez noble, celui de son père et dont il a hérité, droit, affirmé sans être envahissant, mince et délié jusqu'au bout ; le nez sauvage, celui de Titien, un peu busqué, décharné, planté au milieu de la face comme un gouvernail à la poupe des naves ; le nez populaire, tourmenté, terminé en bulbe comme on en voit sur les gravures des clochers de Belgrade. Et puis le nez adolescent, la plante qui pousse en soulevant le limon du visage et l'on sent qu'il deviendra à la fois noble et sauvage : c'est le nez de Ranuccio Farnèse, dont il a vu le portrait émouvant chez Titien. Ah ! Les portraits de Titien ! On aurait à en dire, au sujet de leurs nez…

Mais il y a le nez des femmes. Ceux des petites Arétines, mutins, délicats et espiègles, pointés vers vos yeux comme des tétons, qui vous éclaboussent le visage de sourire et font monter le désir. Et le nez tendre aux lignes fermes mais aux ailes frémissantes, comme celui de Camilla Pallavicina. Enfin le nez antique, sans cassure à la base du front, l'arête en pente douce qui dévie à peine de sa courbe parfaite en plongeant de l'arcade sourcilière et vous indique tendrement la direction de la bouche. Ah, Laura !

Mais rien à voir avec les nez des notables du Conseil des Dix ! Comme Dame Nature a dû s'amuser, en plantant tous ces arbres disparates au milieu de ses ouvrages !

Le nez est une affaire délicate. Toujours à contrejour, relief insaisissable sur le champ plat de la feuille de papier ou de la toile. A la fois une ligne et une ombre. Une ombre qui se plaque sur la joue ou que la bouche semble mâcher. Une ligne : le profil de la médaille, les personnages de l'Égypte ancienne (le *Capitanio* Marcello en possède sur papyrus dans son cabinet d'antiques). Ces postures que l'on essaye vainement de reproduire en se tordant le cou : épaules de face pour montrer que l'on est présent, visage de profil pour mieux définir le nez. Et pourtant, Titien a peint dans cette posture le Roi François. Un très beau tableau, mais qui montre bien qu'il a copié une médaille. On n'impose pas à un Roi, fût-il retors, à tordre ainsi le cou. Seuls les secrétaires du Conseil des Dix sont capables d'une telle agilité. Épaules tournées vers le Grand Chancelier à qui faire face, dont on regarde le profil mais qui ne vous regarde pas, et obligation de tordre le cou : tendre le profil gauche parce que ceux qui parlent sont à droite, tendre le profil droit parce que le cadran de l'horloge est à gauche. Oui, seuls les secrétaires ont cette souplesse du cou. C'est pour ça qu'on n'hésiterait pas à y passer la corde.

Costantino sort de sa rêverie. Quelqu'un s'est mis à parler et il doit faire effort pour s'accrocher au discours. Que faut-il qu'il écrive ? Seigneur ! Ils ont nommé des *Inquisitori ai segreti*. Il ne manquait plus que cela, dans cette ville ouverte à tous vents et où l'on s'amuse tant avec la parole. Les *commedie* de l'Aretino se promènent au fil de l'eau, dans les *calli*, sautent les ponts, montent le grand escalier de Rizzo, envahit le Palais des Doges. Ici, si l'on parlait moins, on aurait moins à écrire. Voilà que l'on fait la chasse sournoise à ceux qui parlent… Autant enfermer toute la ville. Appels à la délation… On pourra dire du mal de son voisin et s'en trouver récompensé. *Bravi*. La *maestranza* est mobilisée… Peste ! Mobiliser les contremaîtres de l'arsenal, mi-ouvriers, mi-soldats, pour quoi faire ? Surveiller la lagune. Le Turc est-il à nouveau à nos portes ? Resserrer la surveillance autour des ambassades, poster des mouches… Retour à la rigueur de jadis. *Pàre*, voilà qui devrait vous plaire.

Et dans quel but, toutes ces mesures ? Dans le but officiel et unique de retrouver ceux qui ont nui à la République en communiquant des secrets d'État.

Là, Costantino frémit. Il met toujours un temps pour quitter les espaces interstellaires où il dessine ses arabesques. L'oiseau léger de son optimisme moqueur y a été percé d'une flèche. Il est tombé dans un marais, aux pieds des chasseurs, mais heureusement dans leur dos, pendant que ceux-ci regardent au loin. Reste son double, un rat gris qui note d'une main s'efforçant de rester ferme, se concentre sur ses phrases et assiste de près et comme fasciné à la mise en place des pièges tendus contre lui.

Il note, avec une sorte de frémissement d'horreur ravie, comme lorsqu'on contemple depuis un abri la tempête qui se déclenche. Ne cherchez pas, *Signori*, questionnez-moi plutôt ; ce que j'aurais à vous dire serait plus intéressant encore que les révélations de Messer Alvise Badoer ! Il existe une bouleversante griserie à marcher ainsi sur une corniche étroite au bord d'un précipice.

Lorsqu'à la fin de l'après-midi, il est rendu à sa liberté, Costantino s'en va le long des *fondamente,* à travers le port, au-delà de l'arsenal, vers les confins de la ville, où le paysage a gardé son aspect sauvage d'avant l'apparition de l'homme dans la lagune.

La dernière taverne est à l'enseigne du crabe : *Il granchio*. Située à l'angle sud-est de l'arsenal à l'extrémité de la zone bâtie, cette baraque de planches reçoit des pêcheurs au retour de leur journée de mer, des *arsenalotti* d'humble grade que l'on ne distingue pas des contrebandiers. Une fois même, Costantino avait cru discerner la silhouette massive de Zuan Favro, ce chevalier d'industrie au grand cœur et à la grande gueule, qui venait jadis vendre le loto chez Pietro l'Aretino. Costantino pousse la porte, fait le tour des tables. Rien que des pêcheurs buvant leur *ombra* mais pas l'ombre du fidèle Hermolao Dolfin. Il chasse une désagréable impression d'abandon et poursuit sa route vers la pointe de l'Isola San Pietro où l'eau se mêle à l'herbe sauvage dans un lit de boue.

Là, au-delà de l'étendue d'eau survolée par un ballet de mouettes, la barre verte des autres îles se teinte d'or dans le long crépuscule de l'été. Quelques voiles se gonflent du vent de terre, luttent pour rentrer au port. Il serait si facile en cet instant précis de prendre le large pour ne plus revenir, se soustraire à la suspicion, à la délation, aux recherches, à la machine qui s'est mise en marche sous ses yeux. Demain, il sera trop tard. La masure d'Hermolao Dolfin se cache dans un de ces bouquets de roseaux qui bordent le rivage. Costantino s'en approche. Personne à l'intérieur. Retour de la sensation d'abandon.

En marchant jusqu'ici, Costantino avait réfléchi à leur situation, à son frère et lui. Les *Inquisitori ai segreti* ne peuvent faire autre chose que de lancer une recherche. Combien de recherches n'a-t-on pas lancées déjà contre des contrebandiers, des assassins, des voleurs, et combien d'entre elles ont abouti ? À Venise, les chasseurs de récompenses sont pauvres et le restent. Les délations sont quotidiennes et occupent démesurément les fonctionnaires chargés de déchiffrer des écritures maladroites souillant de mauvais papiers. Que risquent les frères Cavazza ? Ils ont obéi aux ordres. Certes, mais comment le prouver ? Les anciens Inquisiteurs transmettront leurs secrets aux nouveaux. Et l'argent ? Ils n'y ont pas touché. Et les papiers de Nicolino qui ont disparu ? Le Grand Chancelier pourra témoigner que la disparition a été signalée. Autant de faits tangibles qui devraient le rassurer, pourtant...

Où est Hermolao ? Dans ces solitudes désolées, l'absence du pêcheur prend des proportions déraisonnables. Et s'il ne revenait pas ? La lagune est-elle déjà fermée ? A-t-on séquestré Hermolao, connaissant ses liens avec le secrétaire du Conseil des Dix ?

Le pire, c'est l'imagination, se dit Costantino en s'asseyant sur la pierre à l'abri d'un appentis de roseaux, et la peur qui se répand dans l'organisme comme un poison. Le moment est venu non seulement de confronter l'imagination à la réalité, mais aussi la raison pure à l'expérience. Si toutes les circonstances sont réunies pour que mon frère et moi soyons arrêtés, tant que nous ne le sommes pas, nous restons libres et tout demeure possible, y compris que Dieu ne nous donne pas un rendez-vous fatal ce soir, ni aucun autre et ce, avant des années.

Le rendez-vous avec Dieu... Vu de ce point de vue, tout devient plus simple et c'est presque un soulagement. Car Dieu a voulu que tout ici-bas s'inscrive dans un devenir général. Naître, se transformer et mourir est le sort de tout ce qui existe : plantes, animaux et même minéraux, dont l'usure, quoique imperceptible à l'échelle humaine, est sûre. Quotidiennement, dans les salles de Conseil, Costantino contemple l'usure des hommes, constate leur dégradation, leur disparition, de proche en proche, et progressivement. Que les circonstances lui épargnent les douleurs des articulations, la chute des cheveux, le pourrissement des dents, et que, pour surcroît de faveur, Dieu lui accorde l'occasion de jouer au plus fin avec la mort, voilà qui vaut la peine d'être vécu ! La mort. Tant d'hommes y tombent par accident, comme son père ; tant d'autres s'usent à la tenir à distance, le corps exténué, l'intelligence lentement engluée, sombrant dans la folie ou l'inconscience. Avoir rendez-vous avec Dieu dans la fleur de l'âge et pouvoir le rencontrer comme un ambassadeur qui revient de mission, et lui faire sa *relatio* en toute simplicité : Seigneur, il y a encore tant à faire pour améliorer le monde...

Un clapotis plus distinct monte du rivage. Des pas sur le ponton de planches et le friselis des roseaux sortent Costantino de sa méditation.

– Vous, Messer Costantino ?

Hermolao Dolfin se tient debout, son teint cuivré tournant au rouge dans la lumière du couchant. Il transporte sa rame, une nasse remplie de palourdes, marque son étonnement dans un bon sourire franc.

– Je vais peut-être avoir besoin de toi, Hermolao.

– Me voici donc, Messer.

Toujours généreux, Hermolao. Presque biblique : « Voici la servante du Seigneur… » La Vierge Marie, lors de l'Annonciation ne savait pas à quoi elle s'engageait. Hermolao non plus, mais tous deux étaient admirables.

– Je pensais te trouver au *Granchio*…

– Vous ne m'y aviez pas laissé de message…

Cela faisait partie de leurs conventions de communiquer par messages déposés au *Granchio* où Hermolao passait tous les matins chercher son pichet de lait et son quignon de pain.

– Je te demanderais désormais d'y passer aussi le soir. En vérité, aussi souvent que tu peux.

– Ah. Vous avez des ennuis, conclut Hermolao. Vous allez me dire…

Il baisse le front, accablé. Le temps de déposer son matériel dans un coin de l'appentis, Hermolao Dolfin pousse la porte de sa masure.

*

Vincenzo Grimani était aussi froid que les marbres de son palais. Le palais, il le devait à son grand-père Antonio, homme d'origine modeste au destin prodigieux, prodigieusement enrichi, assis sur son tas d'or convoité par les siens, mort en 1523, sénile mais sous un corno de Doge. Vincenzo, qui travaillait pour le commerce familial à travers les rouages de l'État, s'était vu élire maintes fois à différents postes importants de la République. Il avait été ambassadeur en France, il avait été Inquisiteur d'État, il était actuellement Procurateur de Saint-Marc, la plus haute dignité après le Doge. Dans son dernier mandat d'Inquisiteur échu en 1540, il parut avoir un geste désintéressé : il plaida vivement l'abandon de l'institution dont il faisait partie. A quoi bon maintenir ces surveillants des mœurs politiques, disait-il, à présent que la paix est signée, que le commerce reprend, que s'ouvre une nouvelle ère de prospérité ? Il avait convaincu ses collègues Antonio Surian et Girolamo d'Avanzago ; il avait convaincu le Conseil des Dix, il avait décidé le Grand Conseil. Surtout, il évitait ainsi de transmettre des secrets qui devaient être enfouis à jamais dans les mémoires de quelques familles. Les derniers *Inquisitori di Stato* n'avaient pas eu de successeurs, étaient retournés à leur privé, à leurs affaires, à celles, moins occultes, qu'ils étaient en droit de briguer honnêtement pour le service de la Sérénissime.

Mais aujourd'hui, 6 juin 1542, il fallait revenir sur le travail que l'on pensait achevé. Le long des galeries aux marbres antiques accumulés par l'aïeul, Girolamo d'Avanzago et Antonio Surian avaient glissé en silence et Vincenzo Grimani s'était enfermé avec eux derrière les lourdes portes sculptées, entre les murs épais garnis d'immenses tapisseries des Flandres qui amortissent les voix.

— La machine est en route, disait Girolamo d'Avanzago. Qu'allons-nous faire ?

— Je crains que nous ayons sous-estimé la vigilance du Sénat et la résistance d'Alvise Badoer, murmura Antonio Surian, vieil homme d'une fragilité toute apparente.

A quoi Vincenzo Grimani rétorquait, glacial :

— *Signori*, oubliez-vous que nous avons pris toutes nos précautions pour éviter que la chose ne remonte jusqu'à nous ?

La chose, c'était cette rumeur de trahison, galopant dans les familles qui plaçaient leurs fils parmi les *pregadi* ; c'étaient la *maestranza*, véritable milice au service de la République, qui surveillait les barques sillonnant la lagune, contrôlait les chargements et l'équipage des navires ; c'étaient les gondoliers en alerte, les mouches qui s'agitaient partout au point que la réunion même des trois anciens Inquisiteurs, en s'entourant de prudence, en prenait un air de conspiration.

— Si fait, Vincenzo, affirme Girolamo d'Avanzago de sa voix râpeuse. Nous avons fait tout ce que vous avez proposé jadis et nos entremetteurs sont devenus un rempart suffisant pour nous. Laissons faire les *Inquisitori ai segreti* sans nous inquiéter davantage.

Mais Antonio Surian, placé à contre-jour, se caressait la barbe d'un air contraint.

— Et la continuité du secret, *Signori* ? Et notre promesse de continuer à couvrir les hommes qui nous ont servi ?

– Nous n'avons pas de successeurs, *Signore*, répond d'Avanzago avec rudesse. La succession a été interrompue. D'ailleurs, les nouveaux Inquisiteurs sont chargés d'une enquête précise, pas de la surveillance générale.

– Voilà un sophisme qui personnellement m'accablerait, prononça Surian en levant un sourcil sur un œil dédaigneux. Nous savons que ces quelques hommes sont innocents des crimes dont on va les accuser. On leur donnera la corde pour les faire avouer ; ils avoueront, et voilà des hommes exécutés, des familles décimées de façon bien injuste. Il nous faudrait trouver un moyen…

Il terminait sa pensée par un geste apaisant des mains, car il sentait bien que ce qu'il voulait dire serait aussitôt battu en brèche et que lui-même n'avait pas de quoi réfuter les arguments qui lui seraient opposés. D'ailleurs, Grimani lui rétorquait déjà :

– Un moyen de quoi, *Signor* Surian ? De leur éviter d'être arrêtés ? Comment voulez-vous qu'une enquête sérieuse –et croyez-moi, elle le sera– puisse éviter à *Monsignor* Valier, à son acolyte et aux frères Cavazza de sortir de l'ombre ?

– Plût au ciel qu'ils y restent, s'écria le vieil homme en levant les deux mains.

– Plût au ciel qu'ils en sortent, *Signore*, répond lentement Grimani. Vos scrupules vous honorent, mais songez de grâce aux conséquences d'une révélation qui toucherait, en plus de nos personnes, l'institution chargée de surveiller le fonctionnement même de l'État. Déjà, nous avons à faire face à l'accusation d'avoir permis une sorte d'abus de pouvoir de la part du Conseil des Dix. Mais si alors même que l'on pointe du doigt cette irrégularité, on en venait à ôter la confiance placée dans les juges suprêmes de la République, que deviendrait la Sérénissime ? Que deviendraient nos institutions que tant d'autres nous envient ? Ces institutions, qui ont fait notre richesse, notre grandeur, notre crédit à l'étranger ? Ces institutions qui depuis sept siècles ont assuré la prospérité et la paix intérieure, souhaitons-nous les mettre en péril ? Souhaitons-nous la division de notre patriarcat, son mépris par le peuple, la guerre ouverte des factions, la guerre civile comme à Gênes, comme à Florence ? Et toute la misère qui en découle ? Mais pourquoi, me direz-vous, pourquoi, il y a trois ans, avons-nous sciemment bafoué le droit que nous avons institué ? Parce que nous sommes quelques-uns à savoir qu'en agissant comme nous l'avons fait, apparemment contre nos intérêts, nous avons évité un an de disette. Vous souvient-il de l'année 1527 et des morts que nous ramassions chaque matin dans la ville ? Et pourtant, cette année-là, nous n'étions pas en guerre avec les Turcs. Mais lorsqu'il a fallu signer la paix il y a deux ans, nous étions seuls, absolument seuls, sans alliés, sans approvisionnements, même pas ceux de Sicile. Les greniers vides, cela signifiait la famine, la misère, le brigandage et le crime. Tandis qu'aujourd'hui, voyez ce qui se passe sur les ports : voyez cette foule active, ces quantités de marchandises qui s'y entassent, cet argent qui afflue, et tout ce peuple, jusqu'aux petites gens, qui recueillent leur part de cette manne. Voulez-vous détruire tout cela en réveillant la guerre des factions ? Car c'est elle qui nous a coûté ce que nous venons de perdre. Et c'est elle qui voulait se prolonger en refusant de céder, par gloriole, quelques places fortes que tôt ou tard on nous aurait réclamées ou prises en massacrant leurs occupants. Et la guerre ne finissait plus. Au lieu d'accepter le désordre à l'intérieur de nos assemblées, à l'intérieur la Cité, au lieu de tolérer que se poursuive le massacre de nos populations à Corfou, Zante ou Chypre, ne valait-il pas mieux admettre le sacrifice de quatre *cittadini* ? Considérons que nous avons mené notre guerre contre les ennemis que nous comptons en nous-mêmes et qui peuplent nos assemblées ; que nos soldats étaient nos deux secrétaires ; qu'ils mourront comme on meurt sur les champs de bataille, pour que nos institutions sortent blanchies de l'enquête qui se prépare.

Même en privé, Grimani articulait ses discours comme s'il était à la tribune. Antonio Surian faisait à nouveau de ses mains tavelées son geste d'apaisement :

– Messer Grimani, il n'est pas dans mon intention de rejuger le passé mais de réfléchir à la manière d'éviter le scandale et le désordre tout en n'accablant pas une poignée d'innocents.

– Eh ! s'écrie Girolamo d'Avanzago, ce seront ces innocents qui nous éviteront le scandale et le désordre. Combien de nos prédécesseurs ne furent-ils pas forcés d'agir de même pour le bien commun ! Combien d'innocents sont morts sur la *Moceniga*, qui a explosé devant Prévéza !

– C'est entendu, Girolamo, répond le vieil homme en fronçant le front à la recherche de l'idée qui pourrait résister. Mais ceux-là ne sont pas morts dans l'infamie, flétris dans la mémoire commune ; leur famille n'a pas été dépossédée, leurs enfants privés de bénéfices et fonctions d'État…

– *Signor* Antonio, suggère Grimani, nous avons déjà vu la République revenir sur des décisions de justice, réhabiliter des familles touchées par des condamnations. Il conviendra de laisser passer un peu de temps. Nous avons assez d'influence pour faire voter un jour la restitution des biens d'une veuve et d'orphelins. Nous ferons ce geste-là.

Pour toute réponse, Surian émet un grognement.

– Hum. Je vous confesse, *Signori*, que ce que vous me proposez me chagrine. Sans doute parce que j'ai pratiqué personnellement les deux secrétaires et j'ai des motifs de les estimer. Mais je reconnais le bien fondé de vos arguments, ils sont la raison même. Peut-être ne suis-je plus moi-même capable de supporter la charge d'*Inquisitore di Stato* et la refuserais-je aujourd'hui si on venait à me l'offrir.

Le vieux Surian rentrait en lui-même, la barbe collée à son col de velours. Il était l'image de la douleur. Les deux autres se regardaient, interrogateurs, secrètement inquiets.

– Vous touchez là, *Signore* Surian, à la difficulté de notre mission, reprend Grimani d'un ton radouci. Tâchons de la mener jusqu'au bout sans faiblir. Et pour commencer, aidons l'enquête car, celle-ci aussitôt satisfaite, elle s'arrêtera. Du reste, les *Inquisitori ai segreti* n'ont pas le droit d'arrêter eux-mêmes un suspect. Ils devront en demander l'autorisation au Conseil des Dix, qui régit la police. S'ils ont des amis, cela leur laissera du temps pour fuir.

Mais Antonio Surian s'enfermait dans le silence. Il savait bien que la raison d'État était établie et que, cela fait, tout devenait facile et, puisqu'on avait comparé les deux secrétaires à des soldats, il laissait faire les généraux. Le général ne se demande pas pourquoi il fait la guerre ni si celle-ci est juste. Il s'efforce de la gagner. D'ailleurs, une fois son but atteint, les morts ne lui sont pas comptés. Le général n'est pas un homme de pensée mais d'action. Girolamo d'Avanzago et Vincenzo Grimani, à eux deux, suffisaient à placer leurs troupes :

– Vous espérez les faire fuir… Mais fuir, ils ne le pourront pas, ou difficilement, murmurait l'un.

– En fuyant, ils pourraient se noyer dans la lagune… On y verrait quatre coupables tentant d'échapper à la justice, répondait l'autre à mi-voix.

– Certes. Mais cela implique que l'on trouve une main…

– On pourrait leur suggérer de fuir à l'ambassade de France. Là, Monseigneur Pellicier saura comment éviter le scandale…

– Il y mettra les moyens, n'en doutez pas. Mais avant cela, il convient de diriger l'accusation vers ceux que nous voulons. Mettre au jour l'existence de l'argent...

– L'argent, c'est facile. Il suffira de le mentionner et la banque Strozzi ouvrira ses livres...

– Mais faire sortir les noms...

– Vous voulez dire les documents, précise Grimani avec un regard entendu.

– Des documents, sans doute...

– Les documents. Ceux que j'ai soustraits aux archives du Sénat, avant de quitter nos fonctions et que je conserve dans mon coffre : le compte rendu de la fameuse séance du 22 janvier 1540, qui donna ses instructions à Ser Badoer. Ils sont écrits et signés de la main de Nicolò Cavazza. Je les ai subtilisés quelques mois plus tard et il se peut que l'intéressé lui-même n'en sache rien.

– Cela ne constitue pas une preuve pour son frère...

– Croyez-vous ? Dès lors que l'on tient Nicolò, le Grand Vizir, en citant les mots écrits par le secrétaire des Dix, devient le principal accusateur de Costantino. Avec l'argent, bien sûr.

Girolamo d'Avanzago acquiesçait. Tous les ressorts étaient en place. Restait à savoir à quel endroit serait effleuré l'édifice pour que les trappes se referment.

Le jour déclinait derrière les vitraux colorés. Du rio de San Felice montait de proche en proche un cri de gondolier, un appel de mouette. Une zone d'ombre engloutissait l'angle de la pièce où l'honorable Surian restait muré dans son silence et son immobilité de statue, ses mains pâles posées sur les accotoirs du large fauteuil de velours. Les deux autres personnages se fermaient sur leurs cogitations. Soudain, d'Avanzago leva le menton :

– La femme Abbondio est-elle toujours aussi coquette ?

\*

Pietro ressentait l'appel du large, un peu comme les canards migrateurs de la lagune. Il aimait toujours Antonina, mais, la saison venue, il avait besoin de traverser la mer en déployant ses ailes, comme les cigognes et les aigrettes. Il quittait ses livres de comptes où s'accumulaient, sous les noms des grands courtiers du Rialto, des listes de denrées sorties des galères louées à la République, dont il achetait des carats à l'*incanto*. Il se rendait à l'arsenal, savait quels bâtiments sortiraient des darses, entretenait des relations avec les confréries de marchands, de *capitanii*, connaissait les *comiti*, hantait les organisateurs de bourses aux équipages. Il accumulait les *avvisi* et les notices destinées au grand commerce, connaissait par cœur les valeurs relatives des monnaies et les conversions des mesures. Il pratiquait la comptabilité à double entrée et tenait à jour ses livres, comme le lui avait enseigné Stefano Pisani.

Dès l'approche de la belle saison et selon le vent qui soufflait sur les marchés, il projetait le nouveau voyage. Il passerait les Dardanelles, débarquerait son fret à Constantinople, y retrouverait le convoi de Yannis puis s'enfoncerait avec lui dans la mer Noire. La veille de chaque départ était le point culminant d'une fièvre et, pour la faire tomber, il réunissait autour de lui sa famille, ses amis les plus proches.

– C'est amusant, cette habitude que tu as prise de nous réunir tous avant ton départ, disait Costantino. Tu as bien l'intention de revenir…

Il le disait sur le ton de l'affirmation dans laquelle se glisse un soupçon de doute. C'était une façon de taquiner sa belle-sœur, car il savait d'avance que celle-ci s'enflammerait :

– Bien sûr qu'il reviendra ! Et nous donnerons un bal pour son retour.

– Donne-m'en la date et l'heure, *sorellina*, pour que je les note déjà sur mon *calendarium*.

Costantino aussi souriait des certitudes d'Antonina et de son amour de la fête. Mais il sentait que ces dîners de départ étaient pour Pietro une manière de masquer qu'il était déjà parti.

Antonina était de ces femmes que leur rang livre à une existence oisive, loin des affaires du siècle, et dont le trop plein d'énergie ne trouvait à se déverser que dans le monde, son train, le nombreux domestique qui peuple leur palais, leur époux. Se montrer dans les fêtes au bras d'un époux, lui servir de parure et tyranniser autrui, parfois l'époux lui-même, était leur sort commun, en dehors des maternités. Deux enfants étaient nés au couple : deux petits mâles. Il en viendrait d'autres, disait-elle, et Pietro n'hésitait pas à donner en pâture à l'autorité de son épouse autant de *balie*, de servantes et de valets que nécessaire. Elle les régentait, les soumettait à ses volontés, à ses caprices, aux soins de sa maison, de ses enfants et de sa beauté.

Le monde était ainsi fait. Pietro avait le sien. Il n'en sortait que pour se prêter aux rites mondains, s'amuser ou s'agacer de tant de vaine effervescence ou alors se plonger dans l'univers sans limites des choses de l'amour. Car chaque fois qu'Antonina lui ouvrait les bras dans un élan de désir ou un spasme de possession, il se sentait précipité dans ce monde infini, retournant au fond des âges, à un temps d'avant la faute, où le premier homme n'avait que le miroir de l'eau pour se reconnaître au milieu de la nature. Antonina, qui es-tu pour m'emporter ainsi ?

Mais le matin le rendait à lui-même, et il reprenait son chemin qui le chassait loin des turbulences dérisoires, le préparait aux routes solitaires de la mer au bout desquelles, il le savait, l'attendaient, au-delà d'amours passagères, ses retrouvailles avec Antonina et le plongeon vertigineux dans les abîmes de sa passion renouvelée.

Laura le regardait en souriant, comme si elle comprenait tout le débat intérieur de son fils.

— Je vais à nouveau vous quitter, *Màre*. Mais je vous confie à Costantino. Il m'a promis de veiller sur vous.

— Ne t'inquiète pas, *tesoro.* Toi parti, plus rien ne me retient à Venise. Tu nous quittes dans trois jours et puisque mon bagage est fait, dès le lendemain, j'irai m'installer à Casale pour l'été. Ce seront ta femme et tes fils qui viendront m'y rejoindre.

Ce jour-là, autour de la table, les conversations allaient bon train. Le grave Nicolino s'entretenait avec Stefano Pisani. Celui-ci disait que la nouvelle paix n'avait pratiquement rien changé aux traités de commerce. Les choses avaient repris leur cours avec une énergie accrue. On eût dit qu'un grand sommeil avait seulement pris fin, et que le dormeur s'était trouvé à son réveil une vigueur nouvelle.

Nicolino l'écoutait en se disant que le confort des uns s'établissait au détriment de celui des autres. Mais que plus on pouvait compter de satisfaits, plus lui-même pouvait dormir tranquille. La métaphore lui venait peut-être du vin de Conegliano.

— Bien sûr, poursuivait Pisani, vous direz que mon cher cousin y a perdu son île de Nio dans les Cyclades et ses quelques *campi* d'oliveraies mal entretenues par une poignée d'Albanais paresseux et farouches qu'on avait amenés là au siècle dernier. Tant pis pour mon cousin et tant pis pour les Turcs qui héritent des Albanais. Voyez-vous, il faut bien que le voleur d'oeufs tombe de temps en temps sur un œuf pourri, c'est là justice de Dieu. A moins que les Albanais n'aient été versés dans les chiourmes d'Hayreddîn, ce qui est vraisemblable.

Stefano Pisani avait une façon bien à lui de traiter ce que d'aucuns, dans les couloirs du Palais, appelaient des malheurs. Combien y a-t-il de façons de vivre le malheur ? Il semblait à Nicolino que son éducation le rendait à la fois sensible au malheur d'autrui, sans éviter le sien propre. La pire des situations, en somme ; une attitude intellectuelle et morale conduisant tout droit au désespoir. Il décida de fuir ces pensées en se tournant vers Concordia qu'il voyait de biais, suspendue aux paroles de Pietro :

— On ne traite pas dans les ports de la mer noire comme on le fait dans les échelles du Levant, disait Pietro. Les populations de la mer noire sont rudes, méfiantes. On dit qu'à l'intérieur des terres, les villages pauvres ne sont habités que par des voleurs et des sauvages.

— Pietro ! s'écrie Concordia, prends garde à toi, ne te fais pas égorger !

— N'aie crainte, Concordia. Si je m'y aventure, ce sera bien armé. Les affaires se traitent au port de Kefe.

— Où est-ce ?

Comme Concordia était belle ! Elle se mettait sous le regard de son beau-frère, avec une sorte d'innocente inconscience. Elle avait seulement besoin de la bouffée de grand air que lui apportaient les récits du marin. Elle avait besoin d'apprendre, de rire, d'être caressée par le rêve dont était auréolé un Pietro, tout paré de ses récits du bout du monde. Nicolino, le secrétaire, ne lui apportait que des odeurs de papier et d'encre, des secrets dont il lui était défendu de parler et son secret à lui, qui le rongeait sourdement. Qu'apportait-il à Concordia, depuis deux ans ? Des craintes, des soucis, une présence pesante et austère. Et pour la première fois, la beauté et le regard ardent de son épouse lui firent mal.

— Sur la côte sud de la Crimée, Concordia. A Kefe, les taxes sont moins élevées que partout ailleurs dans les échelles du Levant.

— Ils n'ont donc pas de système unique comme nous ?

Voilà qu'elle s'introduisait avec compétence dans le monde du commerce.

— Cela vient du fait des conquêtes successives des Ottomans. Dans chaque pays nouvellement soumis, Ibrahim Pacha faisait en sorte de déranger le moins possible les coutumes locales. A Kefe notamment, nous commerçons selon les capitulations signées d'Ibrahim Pacha.

— Dieu ait son âme, soupira Pisani, qui suivait à présent la conversation générale.

– Au port de Kefe, poursuit Pietro, la première chose que l'on demande c'est : « Qui es-tu ? ». Musulman ou chrétien sujet, tu payes peu de taxes ; un peu plus si tu es chrétien tributaire ou étranger avec capitulations. Mais si tu es étranger sans capitulations, on t'assomme.

– Ce n'est pas demain que les impériaux d'Italie nous voleront ce commerce-là, commente Pisani.

– Mais les meilleures palabres commencent lorsqu'il s'agit de mesurer les quantités : par pesage, tu payes un aspre par *quantar*, plus 17 pour mille de la valeur pesée. Tu peux aussi faire évaluer tes marchandises par charrettes : il existe un tarif pour la petite *araba* locale et un autre pour la grande *mağar* fabriquée en Moldavie. Mais s'ils jugent que tu charges trop la petite, ils la considèrent comme une grande, d'où les discussions sans fin et le recours fréquent à la pesée.

– Pietro, que ce doit être délicat ! s'exclamait Adriana, qui frissonnait à imaginer son gendre discutant de *mağar*, *araba* et *quantar* avec des hommes rudes, pauvres, voleurs et sauvages tout prêts à vous égorger.

– Pas tellement, ma mère. La *Ihtisāb*, la police des marchés, est présente partout, sur le port. Les habitants de Crimée favorisent d'ailleurs le commerce maritime : le tonneau de vin transporté par mer est moins taxé que celui que l'on emporte sur la route.

– Et si c'est pour ta consommation, sur ta galère ? questionne Antonina.

– Cela dépend si tu t'y maries, mon cœur. Le vin pour les noces possède sa taxe propre de 122 pour mille, mais s'il s'agit de noces d'un mécréant, il y est ajouté 25 aspres par muid. Pour te marier, tu auras déjà dépensé 7,5 pour mille sur le trousseau de la mariée, sans compter les 180 aspres pour le mariage, si la fiancée est jeune et belle.

– Comprenez vierge, murmure à l'oreille de Nicolino un Pisani égrillard. C'est la moitié pour une veuve.

Nicolino souriait enfin. Toute la tablée s'égayait aux paroles de Pietro.

– Mais une femme jeune et belle ne peut se passer d'esclaves, n'est-ce pas ? Sur un esclave qui n'a pas toutes ses dents, tu ne payeras que 75 aspres de taxes.

– Fi ! J'en veux un jeune et beau ! s'écrie Antonina.

— Il m'en coûtera donc 200 aspres à donner au vendeur, et une taxe de 17 pour mille que je donnerai à l'État en plus de 34 aspres à répartir entre le trésor public, le courtier et la fondation pieuse. Mais comme ton esclave sera beau, voudras-tu l'embellir encore en lui mettant un bonnet sur la tête ?

— Bien sûr ! s'écrièrent-ils tous en cœur.

— Dès lors, il m'en coûtera 12 aspres de plus.

— Ah, ma mie, s'écriait Vincenzo en s'adressant à Laura, savez-vous à qui me fait penser notre Pietro ? A vous-même, belle muse, qui avez un jour tant égayé votre tablée en racontant vos aventures auprès du meunier de Curtarolo. Vous en souvient-il ?

Au milieu des rires, le bon Vincenzo avait la larme à l'œil, et c'était probablement une larme d'émotion.

— Et une bonne nouvelle, cela vous plairait-il d'apprendre une bonne nouvelle ? poursuivait Pietro qui se prenait au jeu et s'adressait à tout le monde.

— Cela dépend, Pietro. Une nouvelle peut être bonne pour l'un et mauvaise pour l'autre, fait remarquer Nicolino en mettant dans sa phrase le plus de malice possible.

— C'est vrai, Nicolino. Un esclave qui tente de fuir et qui est rattrapé, c'est un malheur pour l'esclave. Mais c'est une aubaine de 30 aspres pour celui qui te le ramène.

— Grands dieux ! Que de règles ! s'écrie Adriana. Et tous les services que l'on rend ont-ils un tarif de cette sorte ?

— A peu près, ma mère. Si bien que le texte des capitulations donne une idée de ce qui est important aux yeux de ces gens. Ainsi, retrouver un bœuf est-il mieux rétribué que ramener une femme de plus de trente ans.

Les cris d'indignation se mêlaient aux rires. Le ton montait. Les enfants lâchés dans les salons formaient une bande mouvante, comme les étourneaux, tentaient d'échapper à la surveillance de la *balia*. La plus jeune fille de Nicolino, six ans à peine mais sans timidité, était venue, attirée par l'animation des adultes, s'enrouler dans la robe de sa mère.

— Et moi, oncle Pietro, j'ai perdu ma chatte Perla ! disait la voix glapissante de l'enfant, qui perçait les rires.

— Dans ce cas, ma chérie, tu donneras 8 aspres à celui qui te la rendra.

— C'est beaucoup !

– Oui, parce que, tu comprends, celui qui l'aura trouvée aura dû la nourrir avant de te la rendre.

– Évidemment, évidemment, approuvaient tous les grands, contre l'avis de l'enfant qui sentait monter son indignation : celui qui retrouverait Perla serait bien assez payé par les caresses et les tours que pouvait faire le petit animal.

– Non ! non ! criait la fillette. Mais comme personne ne l'entendait, elle remplit ses poumons et d'une voix qui filait dans les aigus à percer les tympans, elle se mit à hurler ce murmure qu'elle avait saisi à travers la porte en se promenant un soir en chaussons du côté de chez l'oncle Constantino :

– Et quand on ramènera à *Pàre* les papiers qu'il a perdus, il ne devra pas payer, quand même !

# 12
## Été 1542, Venise.
## Martolosso et Abbondio

Girolamo Martolosso avait quitté Vérone quelques mois plus tôt emportant seulement dans une besace une culotte et une chemise moins rapiécées que celles qu'il avait sur lui quand il monta dans le *traghetto* pour Venise. Il avait quitté la masure familiale où fourmillaient les enfants en surnombre ; sa mère lavandière lui avait donné quelques économies qui lui avaient permis de s'acheter de nouvelles espadrilles, celles qu'il portait à Vérone s'étant usées sur les cailloux du chemin avant d'arriver à Mestre. À Venise, disait-on, on embauchait de tout : portefaix, matelots, rameurs, commis, et même valets dans toutes sortes de maisons. Au bout d'un mois, il trouverait bien une aubaine, monterait un petit commerce, se ferait une clientèle, deviendrait riche. Et Venise brillait à ses yeux de tous les rêves qu'il s'était bâtis en chemin.

On abordait aux beaux jours. Des pèlerins plus pouilleux que lui avaient partagé sa route. Ceux-là se rendaient en terre sainte et chantaient le long du chemin. Cela donnait du courage. A Vérone, porte de l'Allemagne, on parlait un dialecte mêlé d'allemand et Girolamo Martolosso, ayant la langue bien pendue, gagna quelques *soldi* durant le voyage en traduisant auprès de ses compatriotes les besoins primordiaux de ces étrangers. Il les suivit à Venise jusqu'à l'hospice des pèlerins allemands et là, se choisit un coin de muraille où traîner sa paillasse. Enfin, comme ses compagnons devaient attendre le prochain départ d'une galère pour Jaffa, il se rendit indispensable à l'organisation de quelques-uns de leurs plaisirs.

Dans la ville des plaisirs, Martolosso n'avait qu'à tendre les deux mains, traduire en doublant la somme demandée et glisser la différence dans sa poche. Bientôt il en eut assez pour aller contempler la vie à l'auberge de la *Sirena*.

C'était un lieu interlope, à deux pas de l'arsenal où s'annonçaient les départs, à deux pas du port où se faisaient les arrivées et où grouillaient les femmes à fichu jaune qui se dévoilaient les seins en murmurant leur tarif en même temps que des mots à vous faire bouillir un sang déjà échauffé par les privations de la traversée. De sorte que se rassemblaient à la *Sirena* la quintessence de toutes les quêtes du monde : celle des femmes, qui coûtent de l'argent, celle de l'argent, pour se payer les femmes. Pour de l'argent, on y pratiquait le jeu avec frénésie : le *primo*, les dés, tous les jeux de hasard qu'aucune loi n'avait jamais pu éradiquer. On jouait jour et nuit en buvant un mauvais vin qui colorait autrement le monde à travers sa robe claire, bien qu'on appelât *ombra* le pot de ce breuvage aigre auquel on ajoutait parfois du poivre pour le rendre plus ardent.

De proche en proche, se mêlaient aux buveurs quelque artiste à la dérive, quelque maître d'équipage obligé de faire le plein de rameurs, quelque recruteur de basses œuvres dont le maître pouvait aussi bien se cacher dans un palais qu'apparaître au grand jour dans le cortège du Doge, à la fête de la *sensa*.

Mais il y avait des habitués. Un jour, devant Martolosso était venu s'asseoir un vieil homme hirsute à casaque de soldat trouée, un de ces hommes, scories de la société, qui viennent échouer là, comme si, parce qu'ils sont étranges, la mort les oubliait. Chez celui-là en tout cas, une calvitie galopante avait oublié d'atteindre la mèche jaune qui lui demeurait plantée au milieu du front. Avec son visage grossièrement rasé terminé en barbichette pointue et ses petits yeux fureteurs, il avait l'air d'un bouc. Il s'était assis sans rien dire et buvait posément son *ombra* avec des bruits de succion. Puis il s'était mis à marmonner des mots incompréhensibles dans lesquels il était question tantôt de marches forcées depuis Monopoli, tantôt d'une femme belle comme la madone, tantôt d'un homme sorti de l'enfer.

– *Chiudila*, Tommaso. On sait bien que tu les as toutes faites, les campagnes de la République. Mais tu es vieux, tu bois trop et tu radotes, disait à la table voisine le joueur qui n'arrivait pas à se concentrer sur son jeu.

A ce moment-là s'était approché un individu à cape et pourpoint noir, qui avait pris le vieux soldat par les épaules.

– *Via* ! fit simplement celui-ci avec autorité.

Comme si la chose était naturelle, le vieil homme se leva et s'en fut, toujours marmonnant.

Mais s'il avait pu comprendre ce que disait alors le vieux, peut-être Girolamo Martolosso n'aurait-il pas suivi l'homme en noir. Car le vieux soldat protestait en disant :

— Y en a pt'êt' un qu'est sorti d'l'enfer, mais y en a qui s'apprêtent à y aller tout dret !

Quoi qu'il en soit, c'était ce jour-là que, pour Girolamo Martolosso, tout avait commencé. À l'instant exact où l'homme en noir avait pris la place du vieux.

— Tu veux gagner quelques ducats ? avait-il murmuré sans préambule, comme s'il s'adressait à une vieille connaissance.

Martolosso avait déjà croisé cette tête-là. Lui qui, de sa vie, n'avait jamais palpé que des *soldi*, ouvrit une oreille attentive. *Per Bacco* ! Que lui proposait-on ? De posséder des ducats, de vrais ducats d'or, et cela en échange de quel service ? Séduire une femme !

Il se savait joli garçon, pas trop grand, mais jeune et bien proportionné, la denture complète, la jambe nerveuse, le muscle solide et bien équipé par la nature de tout ce qui peut servir aux jeux de l'amour. Toutefois, n'étant pas sot, il sut se méfier d'une pareille aubaine :

— Elle n'est pas malsaine, au moins ?

— Pas que je sache, camarade. Elle a même la réputation d'être fort aimable et pourvue d'un mari assez riche pour lui donner bonne maison et beaux atours, ce qui veut dire qu'elle ne te coûtera guère.

L'homme devait être au service de la belle qui voulait se venger d'un mari volage. Martolosso jugea assez fin de le lui faire remarquer.

— Et pourquoi que tu ne la séduis pas toi-même ? conclut-il.

A quoi l'homme en noir répondit sans hésiter :

— Je suis son frère, camarade. Affaire de famille.

Il n'y avait plus rien à ajouter. Il s'agissait de venger l'honneur d'une dame. Martolosso l'aurait fait, sans même les ducats à la clé.

Et tout s'était déroulé à merveille, depuis les œillades pendant le sermon à l'église San Moisè, en passant par le petit bouquet de jasmin que lui passa l'enfant de chœur présentant la sébile, et les œillades encore, tandis qu'elle s'enivrait, les yeux fermés dans quelque pieuse extase de paradis au milieu du parfum du jasmin et de toutes les voluptés terrestres promises par le petit bouquet. Quand, une semaine plus tard Martolosso quitta au petit matin la maison du mari, située en face de l'église, l'homme en noir se détacha de la muraille.

– C'est bien, camarade. Tu as tenu ta promesse. Voilà ce que je t'ai promis.

Les trois ducats avaient changé de mains sans un éclat de lumière dans le jour naissant.

– Tu l'aimes, ma sœur ?

Eh, pardi ! Un sacré coup ! Experte et chaude et pleine de ressources. Des seins à faire bander un âne *e una figa di splendore*. Quel dommage de l'avoir vendue à ce... Au fait, il ne connaissait même pas le nom du mari.

– Tu veux la revoir ?

– Eh, pardi ! Elle s'y attend bien. Parce que moi, camarade, je ne suis pas en reste, tu sais ?

– *Bravissimo*. Alors, suis-moi.

Il s'engagea dans un dédale de *calli*, passa des ponts, tourna à gauche, à droite, sembla revenir sur ses pas, ne traversa aucune *ruga*, aucun *rio* de quelque importance que puisse reconnaître Martolosso, qui le suivait docilement. Ils s'étaient enfoncés dans le cœur d'une cité labyrinthe aux immenses parois de brique, toutes semblablement trouées d'ouvertures étroites, parfois grillagées, sans aucune perspective que d'autres murs tout semblables, mangés de salpêtre, parfois penchés, soutenus par des voûtes sous lesquelles l'ombre était plus dense. Il fallait lever la tête pour apercevoir un peu de lumière au fond de ces puits. Parfois, on ne pouvait même pas y marcher à deux de front. Martolosso eût été incapable de retrouver son chemin et suivait le manteau noir. Soudain, celui-ci s'arrête au fond d'une impasse. Un regard en arrière, une porte qui s'ouvre sur un escalier de pierre. Au deuxième étage, ils pénètrent dans un salon cossu aux rideaux de soie fermés sur la lumière vive d'un large espace, campo ou canal.

C'est là que Girolamo Martolosso comprit qu'il ne s'agissait pas seulement d'une banale affaire de famille où il fallait venger l'honneur bafoué d'une dame.

D'abord, le lieu était cossu : des divans, des tapis, des miroirs, des portes épaisses qui pivotaient sans bruit et sur une table, une carafe et des verres. Martolosso avait entendu parler de ces *casini*, ces appartements meublés où les hommes riches entretenaient en toute discrétion leurs commerces de toutes sortes. Le frère de la belle s'y déplaçait à son aise, jetait son manteau sur un divan, remplissait deux verres, lui offrait de ce vin semblable, *per bacco*, à celui qu'avait inventé le Christ pour les noces de Cana. Et il lui montrait l'exemple en se vautrant dans les coussins.

— Ça te dirait de gagner beaucoup plus ?

Ben voyons…

— Cinq, dix ducats, comme ceux de ce matin ?

Pourquoi cinq, si tu m'en proposes déjà dix ?

— Peut-être plus, si tu sais te taire et bien faire les choses. Mais les autres, ce ne sera plus moi qui te les donnerai. Parce que je te propose une affaire qui pourra faire ta fortune.

Sûr que dans un salon comme celui-là, on ne pouvait traiter que d'affaires et de fortunes. Restait à savoir lesquelles.

— Une seule condition : tu fais scrupuleusement ce que je te dis, sinon…

D'un geste sec, le tranchant de sa main mimait le tranchant du couteau ouvrant la gorge. Martolosso avait sursauté.

— Et tu rejoindras les poissons, achevait l'homme en noir, l'œil soudain mauvais.

— Une fortune, dis-tu ?

— Une fortune. Sur mon âme. Mais toi aussi, jure.

Martolosso avait aminci les yeux. Quelque chose était en train de changer dans sa vie et il se mettait à la hauteur des événements. Il prenait son temps, parcourant des yeux le décor riche comme s'il avait toujours vécu dans le luxe et qu'il trouvait à redire au cadre qui l'entourait. L'homme en noir jugea que sa recrue avait la souplesse requise pour la mission qu'il s'apprêtait à lui confier. Il en était secrètement satisfait et le fut davantage lorsque le jeune amant, après avoir bien fait traîner les choses, prononça :

— *D'accordo.*

Ils prirent la précaution de se répéter avant de se frapper les mains. L'homme en noir étudia encore Martolosso durant quelques instants, puis s'approcha à faire sentir son haleine.

— Alors, écoute-moi, dit-il à voix basse.

C'est ainsi qu'en ce 10 d'août 1542, Girolamo Martolosso traverse la piazza San Marco et se dirige vers l'entrée monumentale du palais des Doges. Il bombe le torse pour se donner une contenance, s'ébroue un peu dans ses habits neufs qui lui emprisonnent la taille, mais surtout s'assure de la présence des feiuillets pliés dans le fond de la poche de son large manteau sans manches. Jusqu'hier, il s'était si souvent répété le rôlet qu'on lui a fait apprendre qu'il l'était devenu vraiment, le bon citoyen au service de la République, et qu'il se sentait capable de raconter son aventure avec toute la verve requise. Mais soudain, en marchant dans la direction de l'imposant palais, voici que ses murailles se déforment dans son imagination. L'austère façade grandit, remplit le ciel, soutenue par ses piliers qui s'allongent, trouée par ses fenêtres qui sont autant de gueules ouvertes, ricanantes, d'yeux qui le toisent et surveillent ses pas qui se mettent à résonner comme s'il était prisonnier des couloirs de l'enfer. Girolamo Martolosso se remplit plusieurs fois les poumons dans l'espoir de calmer les battements de son cœur, bat des paupières pour chasser l'effrayante vision. Entre faire l'amour à une belle, au prix de se jeter nu derrière une tapisserie –car c'est bien ce qui a fini par prendre corps dans sa tête– et se présenter, même en habit décent devant les terribles Inquisiteurs d'État de la Sérénissime, il y a de la marge.

Dans quoi va-t-il s'engager ? On commence par une affaire galante, on se retrouve dans une affaire d'État, devant des puissants qui d'un geste vous envoient en prison, aux galères ou en enfer. Il n'a pas encore été repéré par les gardes en faction devant l'horrible porte toute écrasée de sculptures et surveillée par ce lion ailé plein de colère. Il est temps encore, Martolosso, de prendre tes dix ducats et de fuir vers Vérone. Le *traghetto* est à deux pas. Infléchir à peine ta trajectoire et disparaître à jamais avec ton paquet de papiers qui, c'est sûr, vont soulever une tempête dont tu n'as pas idée, pauvre idiot.

Fuir, oui, mais, le tranchant de la main pâle de l'homme en noir, et son serment, et ses yeux menaçants, ces yeux qui, en ce moment même, le suivent peut-être de l'une de toutes ces fenêtres là haut… Un instant, il s'est vu flotter dans la lagune, une écharpe de sang emportée au fil de l'eau. Mais il a bien entendu, pourtant : une fortune, pas quelques ducats inespérés mais misérables, d'une certaine façon. Et d'où peut provenir une fortune ? Eh, pardi ! De ceux, là-bas qu'il va rencontrer ! Une vraie fortune, parce que ceux-là sont riches ! Courage, Martolosso !

Et Martolosso, rentrant la tête dans le col moelleux de son habit neuf, dirige son regard vers ses chaussures dont les coutures craquent encore, s'efforce de ne pas penser, comme quand on se jette à l'eau. Car chaque enjambée qu'il fait est un pas de plus imposé par le destin. Sans retour possible. Vers la catastrophe ou la fortune.

*

— Voilà, vos Excellences. J'entretenais un commerce d'amour avec la *Signora* Abbondio...

C'était la première phrase. Après les affres de l'attente, de la porte qui s'ouvre, du spectacle de la grande table et des trois statues vêtues de pourpre qui attendaient derrière un crucifix, le volume des Évangiles et deux candélabres, après qu'il ait gonflé la poitrine et avalé sa salive, Girolamo Martolosso pénètre dans une nouvelle zone de sa conscience. Il redevient l'amant de la femme bafouée, le bon citoyen, l'homme simple et honnête qui a entendu l'appel au secours de la République, son appel à la délation pour saisir des traîtres. Il tournait son bonnet dans ses mains et s'appuyait sur une jambe, sur l'autre, semblant chercher ses mots.

— Oh, une honnête femme, mais il faut dire que le mari n'est pas très clair... Toujours est-il que me voilà dans les bras de la dame et sous la courtepointe où je lui rends tous les honneurs requis lorsqu'il me semble entendre claquer la porte de la rue... Je me soulève et je me sens perdu car, dans une compréhensible précipitation, j'avais laissé mes vêtements dans la grand' salle. Une erreur à ne pas commettre, me direz-vous, et je me fais fort de mettre en garde quiconque se trouverait dans cette situation.

À cet endroit de son discours, Martolosso se met à gesticuler : la main sur le cœur, la main réprobatrice, la main de professeur, la main de justice, tout le florilège de son talent.

— J'ai mon honneur, vos Excellences. Mais il y avait aussi l'honneur de la dame et c'est celui-là que j'ai fait passer en premier. Comme j'étais mis, j'ai sauté du lit et j'ai vu se fermer en bas la porte d'un cabinet. La voie étant libre, je suis donc descendu sans bruit. Le temps de prendre mes vêtements, je me suis caché sous l'escalier. Ah ! j'étais pas fier, mais enfin, il y a des moments où on ne choisit pas. Et ces moments où on dit qu'on est dans le péché, eh bien, je vais vous dire... c'est à se poser des questions, vos Excellences, parce que des fois, on fait le bien sans le savoir, comme cette autre fois...

— Au fait, Martolosso, au fait, dit l'une des trois statues.

Martolosso semble rassembler ses idées qui s'éparpillaient comme un troupeau d'oies. Il se racle la gorge.

— De là où j'étais, je pouvais rien voir. Mais j'ai entendu. J'ai même dressé l'oreille aussi longue que je pouvais. Là haut, ma bien-aimée faisait semblant de dormir. Y avait silence dans la maison. Dans le cabinet, j'entends un bruit de tiroir, puis la porte qui s'ouvre, et les deux hommes qui s'en vont en causant à voix basse. Comme on dit « qui parle à voix basse n'est pas en état de grâce ». Et il me semble qu'on dit bien, parce que j'ai pu entendre quelques paroles...

– Que disaient-ils ? s'impatiente une autre statue.

– Eh ben, justement, je ne pourrais pas le dire...

Les trois statues oscillent sur leur base, leurs têtes se rapprochant les unes des autres comme sous l'effet d'une bourrasque, leurs regards se rencontrant dans un dialogue muet.

– Je ne pourrais pas le dire parce qu'ils parlaient à voix basse et que c'était du latin, lâche Martolosso d'une traite comme on ponctue la conclusion cinglante d'une *disputatio*.

Les trois statues relâchaient déjà leur attention, l'une soupirant, l'autre regardant ses mains.

– C'était du latin, comme à l'église... Mais pas de dominusvobiscum ni d'itémissaest. J'ai quand même saisi quelques mots, vos Excellences : « Strozzi » –ça, c'est pas du latin ; « pecunia » –j'ai pensé à pécunes, et que ça allait bien avec Strozzi et encore « banca ».

Girolamo Martolosso avait repris la main ; ils écoutaient à nouveau. L'un d'eux intervint même :

– Qui étaient ces hommes ? Ser Abbondio, sans doute. Et l'autre ?

– Impossible de dire, Excellence. Je suis désolé, vraiment...

Du moins, Martolosso en avait l'air. De l'autre côté de la table, reprenaient les oscillations de bourrasque.

– Et puis, donc, ils sont partis. Moi, vous pensez, après ce qui ce qui s'était passé, ce que je n'avais pas vu, mais que j'avais entendu, je n'étais plus en état de faire grand hommage à la dame. Parce que tout cela m'avait quand même tripoté la tête. J'aurais pu être dans de beaux draps... Enfin, c'est façon de parler, assez juste d'ailleurs. Il y avait eu ce bruit de tiroir, ces chuchotements en latin... Et là, je n'ai plus pensé à ma maîtresse, mais à ma Patrie et à ce qu'elle a besoin de savoir tous les comportements suspects. Je me suis donc renfilé les culottes...

Il joignait le geste à la parole. Cette fois, des ombres de sourires étiraient les visages barbus des Inquisiteurs. En réalité, Girolamo Martolosso fouillait sa poche et poursuivait, imperturbable :

— Dans le cabinet, il y avait un meuble secrétaire dans lequel j'ai trouvé ça, et j'ai bien l'impression que ça pourrait vous intéresser.

Et, prononçant ces mots, il jetait sur la table le compte-rendu de la séance du Sénat du 22 janvier 1540, écrit et signé de la main de Nicolò Cavazza.

Alors commencèrent pour Girolamo Martolosso les jours les plus épouvantables de sa vie. Car les trois Inquisiteurs, au lieu de se lever, de venir le féliciter, de sortir de leurs manches la bourse tant annoncée par l'homme en noir, s'étaient passé la liasse de documents, s'étaient entre-regardés le sourcil froncé, puis l'un des trois, secouant une clochette, avait fait surgir un garde qui l'avait pris par le bras et emmené un moment dans l'antichambre pour lui tenir compagnie. Girolamo Martolosso s'expliquait cette étrange attitude par le fait que les Inquisiteurs devaient bien faire venir l'argent de quelque part et le compter avant de le lui remettre. Mais ce qui s'est passé après était tout différent. On l'a fait revenir dans le cabinet à la table supportant le crucifix, le volume des Évangiles et les deux candélabres, et on l'a regardé sans qu'il ait le droit de parler.

— Messer Martolosso, dit l'un des trois juges, celui qui avait l'air le plus terrible, vous avez apporté là un témoignage qui ne semble pas anodin. J'ai bien dit semble. Car enfin, nous devons vérifier vos dires. Si vous avez dit vrai, vous serez récompensé. Mais vous savez aussi, j'espère, ce que coûte à un citoyen un faux témoignage : la corde, pour en extraire la vérité, la pendaison ou la lagune. Quoi qu'il en soit, vous avez parlé et à présent vous serez contraint à vous taire car dès cet instant, vous êtes mis au secret en ce palais. Soyez sans crainte, il ne vous sera fait aucun mal avant que nous ayons statué si vous êtes à récompenser ou à punir. *In nomine Christi.*

Ils se sont signés en se tournant vers le crucifix puis le garde l'a poussé par une autre porte vers une salle haute de plafond où, comble d'horreur, Girolamo Martolosso a vu la corde suspendue à la poulie. Comme il s'arrêtait, un des gardes l'a poussé et il a failli tomber. Puis ils ont traversé un dédale de couloirs sombres et d'escaliers étroits vers une cellule aux murs noirâtres et à l'odeur fétide.

Depuis, Girolamo Martolosso passe par tous les stades le l'angoisse. Cela a commencé par ce grand vide, cette stupéfaction totale. La voix lui a manqué devant tant d'incompréhension. Quoi ? La République demande l'aide de ses citoyens dans la recherche d'actes suspects qui pourraient désigner des traîtres ayant vendu des secrets d'État. On s'efforce d'ouvrir l'œil, en l'occurrence, l'oreille, et voilà comment elle vous reçoit ? Girolamo Martolosso glissait vers l'indignation.

Et puis quoi encore ! L'homme en noir lui avait fait apprendre sa leçon et il était sûr de l'avoir récitée avec toute la conviction nécessaire et il voyait déjà la bourse sortir des larges manches de ses auditeurs. Où était-elle, cette bourse ? Quand la verrait-il, cette fortune promise ? Que lui offrait-on pour toute réponse à sa belle action patriotique, à tout l'effort, à tout le talent, à tout le cœur qu'il avait mis à conter son aventure ? Car à force de la dire, il avait fini par y croire et ajoutait même des détails inattendus, aux accents criant de vérité et il frissonnait encore de tout son être d'avoir dû se cacher, dans l'angoisse et la nudité, sous un escalier de pierre.

Il était sûr enfin d'avoir mis la main sur quelque-chose d'essentiel, de précieux, de définitif. Pensez-vous ! Des comptes rendus d'assemblées secrètes du Sénat signés de la main d'un secrétaire, dans le tiroir secret du meuble secrétaire dans le cabinet secret du rez-de-chaussée de la maison d'Abbondio dont il baisait secrètement la femme ! Et son flair, qui a trouvé si facilement le tiroir secret ! Au fait, comment a-t-il fait pour aller si droit au but ?

C'est alors que Girolamo Martolosso, dans la solitude de sa cellule, se souvient que la dame s'offrait à lui dans la grand' salle avant d'aller se répandre dans la chambre de l'étage ; qu'il y avait bien un cabinet, à droite de l'entrée, mais qu'il n'y avait jamais mis les pieds. Et c'était comme un doute qui venait fissurer ses constructions mentales. Dans les prisons de la Sérénissime, le vin était aussi aigre qu'à la *Sirena.* C'est pourquoi, un matin ou un soir – le jour ne pénétrait dans la prison que par une fente étroite sous le plafond– il se rappela l'homme en noir, ses petits yeux cruels, le marché qu'il lui avait mis entre les mains, la fable qu'il lui avait enfoncée dans la tête et le document qu'il lui avait glissé dans la poche. Et, comme un voile qui se déchire, apparaît enfin à Girolamo Martolosso la différence entre l'affabulation et la vérité ainsi que l'énormité de l'acte qu'il vient de poser. Les statues des trois Inquisiteurs viennent se pencher sur lui et il est transpercé par le regard terrible de celui dont la voix résonne et frappe les parois creuses de son cerveau : « Vous savez, j'espère, ce que coûte à un citoyen un faux témoignage : la corde, pour en extraire la vérité, la pendaison ou la lagune ».

Depuis cet instant, Girolamo Martolosso ne dort plus.

# LE COMPLOT DE SAN DONATO

*

Pendant que Martolosso se morfondait dans sa prison sans fenêtre, les trois *Inquisitori ai segreti* siégeaient presque en permanence dans leur salle étroite, séparée de l'aile des prisons seulement par la salle de la corde. Celui qui criait sous la corde se faisait entendre de tous. Mais les *Inquisitori ai segreti* parlaient à voix basse.

La culpabilité des deux secrétaires fut vite établie : les documents authentiques signés de l'un, la preuve, fournie par la banque Strozzi qu'Abbondio avait versé de l'argent aux deux frères Cavazza, prouvaient assez que l'autre, malgré l'absence d'irrégularité dans ses papiers, avait copié quelque part les paroles mêmes du Conseil des Dix avant de les transmettre sans nul doute à l'ambassade de France. Restait à trouver les complices et pour ce faire, commencer par arrêter Agostino Abbondio.

– Et les Cavazza ?

– *Signori*, ne faisons rien avant d'avoir fait la lumière sur l'ensemble de l'affaire. Abbondio pourrait nous citer d'autres personnes qui, alertées par l'arrestation des Cavazza, auraient le temps de nous échapper. Pour le moment, laissons les Cavazza accomplir leur métier sans les inquiéter. En ce moment, nous n'avons aucun secret d'État à l'ordre du jour de nos assemblées, et en aurions-nous qu'il serait facile d'écarter ces secrétaires sur un prétexte quelconque.

– De toute façon, un ordre d'arrestation de *cittadini,* a fortiori de secrétaires, doit passer par l'accord du Conseil des Dix. Tandis qu'un homme du peuple comme Abbondio peut être traité en toute discrétion.

Le 17 août 1542 au soir, un exécuteur de justice s'avance vers Agostino Abbondio, lui lie les mains dans le dos, tend la corde et attend. Les trois *Inquisitori ai segreti* se sont déplacés de la pièce voisine, trônent derrière une table en tous points semblable à l'autre, avec son volume des Évangiles et ses candélabres. Seul le crucifix est remplacé par l'image apaisante de la Vierge et de son enfant, souriant au condamné depuis une niche pratiquée dans l'épaisseur du mur. Le ciel nocturne traverse la lucarne du plafond, un ciel encore teinté des dernières lueurs du long jour d'été. L'air est pesant. Il règne ici une odeur lourde mêlée de bois, de chandelle et d'aigre transpiration. Et Abbondio transpire. Sa chemise de lin fin ouverte, la culotte chiffonnée, les bas mal tirés, toute sa tenue en désordre témoigne d'une lutte ou d'un empressement. Il se rempare derrière un visage fermé qui, pour dissimuler sa terreur, joue mal la morgue.

– Tu sais pourquoi nous t'avons fait venir ici ?

– Aucune idée.

C'est toujours ainsi que commencent les interrogatoires. Cela permet à l'accusé de faire un mensonge et aux juges de l'en punir en faisant tirer quelques pieds de corde. L'exécuteur de justice travaille comme un matelot hissant les voiles, passant sa corde dans le réa d'une poulie et la coinçant dans un taquet.

– Tu mens.

Une première secousse oblige Abbondio à écarter les coudes, les mains sur les omoplates. Il a grimacé mais n'a pas quitté sa mine hostile.

– Tu ignores pourquoi tu te trouves devant les *Inquisitori ai segreti.*

– Je l'ignore.

Les juges savent que briser la carapace d'un homme, c'est une question de temps et de tolérance à la douleur. Sur un geste d'un inquisiteur, l'exécuteur ramène quelques nouveaux pieds de corde. Abbondio étrangle un cri. Ses pieds reposent à peine sur le sol. Il grimace.

– Arrêtez !

La corde se détend, les pieds retrouvent le sol, on le laisse respirer trois fois.

– Alors… ?

– Alors quoi ?

Une nouvelle secousse, plus brutale que la première, tirant sur les membres déjà endoloris, arrachent cette fois à Abbondio un cri de surprise en même temps que de douleur. Cette fois, il est maintenu en l'air et il semble qu'on lui laboure le dos et les épaules au fer rouge. Et cela dure un temps infini. Sa poitrine se soulève, il hurle encore, sa culotte de velours se souille d'une grande tache humide.

– Laissez-moi ! Laissez-moi, je parlerai ! halète-t-il.

Lentement, il est reposé au sol. C'est l'instant où la carapace se fendille, tombe d'un coup. Et plus rien n'existe que la douleur qui irradie encore mais qui a cessé d'augmenter et le souffle court qui ne peut la chasser, et la sueur qui dégouline sur la peau et se mêle à l'odeur âcre de l'urine. Quel orgueil peut-il parler plus fort que la douleur ? C'est aussi l'instant où retentit la voix calme de l'Inquisiteur, qui passe à la deuxième phase de l'interrogatoire :

– Pourquoi as-tu versé deux mille ducats aux frères Cavazza ?

– Cavazza… Qui est-ce ?

Le retour brutal de la douleur intolérable arrache un nouveau cri au supplicié qui implore de plus belle. Cette fois, on le maintient à deux pieds du sol, un temps qui paraît infini.

– C'est Valier qui… hurle-t-il.

Cette fois, il est à point. Il répondra à toutes les questions. Il est ramené au sol, s'écroule au milieu de sa flaque d'urine, pantelant, s'arrachant par saccades les mots de la poitrine. Désormais, il sait que chaque fois qu'il renâcle, la corde le soulèvera plus haut et plus longtemps, et que cette horreur ne finira que lorsqu'il aura vidé son sac.

En une heure à peine, les *Inquisitori ai segreti* surent que les frères Cavazza vendaient les secrets d'État à Monseigneur Valier, qui les transmettait à l'ambassade de France où l'ambassadeur Guillaume Pellicier employait Agostino Abbondio pour payer les services des secrétaires

– As-tu dit tout ce que tu sais, et n'as-tu oublié personne ?

– Personne ! Sur mon âme !

Un dernier coup de corde, un dernier hurlement, et Abbondio perdit connaissance.


Le lendemain, l'*Inquisitore ai segreti* Francesco Morosini vint voir Agostino Abbondio dans sa cellule. Un médecin et son aide avaient redonné au supplicié figure humaine. Celui-ci était pâle, brisé, se mouvait avec peine, ses deux bras soutenus par un linge autour de son buste. A la seule vue de l'Inquisiteur, Abbondio se met à trembler de tout son corps, suppliant qu'on lui épargne une nouvelle séance de corde. C'était plus que ce qu'il pourrait supporter et il transpirait déjà à grosses gouttes. Morosini juge que l'enquête va bon train : les défenses de l'accusé sont anéanties et la troisième phase de l'interrogatoire peut commencer.

– Tu as tâté de la corde, lui dit-il, mais tu n'en as pas fini. Il faut que tu nous dises ce que tu sais encore. Aujourd'hui, nous te laisserons en paix, mais réfléchis. A propos… Ta femme est venue pour te voir et t'apporter du linge. Nous allons entendre ce qu'elle peut nous dire. Rassure-toi, nous ne faisons jamais de mal aux femmes. Elles sont souvent plus raisonnables que nous. Mais écoute ses conseils. Peut-être mon collègue Tiepolo, qui est d'un caractère plus malléable, serait-il disposé à plus de douceur et pourrait-il accepter de récompenser ta femme, si celle-ci te persuade de nous aider à retrouver tous les traîtres qui ont vendu des secrets d'État aux Turcs. Peut-être même pouvons-nous décider de te récompenser aussi, si vraiment, tu te mets de notre côté et que tu fais tout ton possible pour nous aider encore.

Dans le même temps, Stefano Tiepolo entendait le récit de la *Signora* Abbondio, qu'il ne fallait pas prier de parler.

– Ah, Excellence, disait la belle en battant des cils, pourquoi avez-vous retenu mon époux ? C'était un homme généreux, un bon citoyen…

Elle en parlait comme d'un trépassé, mais cela n'empêchait pas Stefano Tiepolo de l'écouter avec respect ni d'employer le ton paternel pour la persuader qu'elle pourrait sauver son époux si elle persuadait celui-ci de dire au tribunal tout ce qu'il savait.

Les Inquisiteurs *ai segreti* avaient déjà quatre criminels qui n'échapperaient en aucun cas à la pendaison. Mais en faisant miroiter la récompense au condamné, peut-être trouveraient-ils d'autres coupables. Il fallait à présent traiter ceux que l'on avait déjà, arrêter les criminels avérés, mais continuer à presser celui qui avait commencé à parler et semblait au centre du complot, tenant en mains tous les fils, tous les registres, tous les noms, rassemblant tous les arrivages, exactement comme un entrepôt qui voit passer tout le commerce.

On garderait Abbondio en prison. Il ne verrait que ceux qui viendraient l'interroger dans sa cellule, sans jamais être confronté aux autres accusés. Il ne saurait jamais que ce qu'on voudrait bien lui dire, le mensonge ou la vérité, peu importe, pourvu qu'il parle encore.

\*

Or, Girolamo Martolosso respirait sous le même toit que sa victime. Si la *Signora* Abbondio avait pu passer le mur épais qui séparait les deux cellules, elle aurait été bien étonnée de trouver son amant dans un état aussi lamentable que son époux, moins éprouvé physiquement, mais beaucoup plus désespéré. Car si Abbondio, ranimé par les paroles lénifiantes de son épouse, espérait obtenir la clémence de la République, Martolosso dégrisé vivait en plein cauchemar.

L'ange de la Vérité lui était apparu dans les ténèbres, aveuglant, muni de son glaive de feu, prononçant des paroles terribles : « Tu sais, j'espère, ce que coûte un faux témoignage : la corde, pour faire éclater la vérité, la pendaison ou la lagune et en tout cas l'enfer ».

Et sur ces mots, retentissaient à travers les cavernes du palais des Doges, les hurlements épouvantables, prolongés, insoutenables, de l'homme supplicié par sa faute. Ton tour viendra, Martolosso. Écoute : c'est le supplice des parjures, menteurs et faux témoins ; c'est toi bientôt qui hurleras ainsi, et pour l'éternité.

Il tombait à genoux, le front en sueur. Ah ! Si j'avais su, *per Dio*, j'aurais dit la vérité. Jamais je n'aurais dû écouter ce que me disait cet homme en noir ! Si j'avais su qu'au lieu de recevoir une récompense, je serais emprisonné ! Si j'avais su qu'il me poussait à mentir ; si j'avais su à quel point il mentait lui-même ! Si j'avais su tout cela, *per Dio*, j'aurais dit la vérité !

Il se répétait cette phrase qui s'imprimait en lui avec la violence de sa désillusion et l'obstination du remords. Nul être humain ne venait ouvrir la porte de sa cellule, nul bruit de vie ne parvenait jusqu'à lui et, pour entendre une voix, il s'adressait aux pierres noirâtres du mur comme à autant de juges, répétant la seule phrase qui, dans l'instant, s'imposât à lui :

— Si j'avais su, vos Excellences, j'aurais dit la vérité ! Pitié !

Deux fois par jour s'ouvrait le guichet pratiqué dans la porte. Martolosso se précipitait à la rencontre de la main qui poussait un plat de ragoût et un broc de vin sur la tablette accrochée au vantail.

— Pitié, vos Excellences, si j'avais su…

— Allons, mange. On sait mieux après, répondait une voix bourrue.

Et Martolosso se mortifiait, touchait à peine au ragoût, un horrible ragoût de garnison, buvait le vin qui lui apportait quelque apaisement, puis se lançait à mi-voix dans une confession dont il s'efforçait d'aligner les idées, classant dans le bon ordre les causes et les effets, entrelardant le tout de paroles déchirantes à faire pleurer les murs froids de sa prison. S'y mêlaient sa bonne foi trompée, sa propre misère, la femme qui lui avait tourné les sens, les mains abîmées de sa pauvre mère se tuant au travail pour nourrir sa nichée, l'homme en noir qui l'avait pris par le coude pour lui glisser dans la poche quelques feuillets qu'il savait à peine déchiffrer et la malveillance du Malin. Puis il sombrait sur la phrase qui revenait obstinément à la surface de sa demi-conscience et qui lui semblait la clé de tout : Seigneur, si j'avais su, j'aurais dit la vérité. Pitié, vos Excellences, pitié... Puis tout tremblant, il se recroquevillait sur sa paillasse, les paumes sur les oreilles pour ne plus entendre les hurlements qui s'étaient arrêtés depuis longtemps.

Le troisième jour, la porte s'ouvrit en grand. Le garde n'avait que deux formules pour libérer un prisonnier ; l'une était « Que fais-tu là ? Va-t'en ! ». Mais pour Martolosso, il dit :

— Que fais-tu là ? Suis-moi !

Ce devait être pire. Et Martolosso, mal réveillé de sa prostration, suivait comme un automate la forme noire du soldat qui le conduisait au supplice. Il traversa la salle de la corde à l'odeur âcre et se sentit poussé dans celle de la table à l'odeur de cire où attendaient les trois mêmes inquisiteurs. L'un d'eux, debout près de la porte, lui désignait une chaise. Obéissant au geste impérieux, Martolosso s'écroule sur le siège, pousse un soupir qui se termine en sanglot né du tréfonds de sa poitrine oppressée par la peur. Et ramassant tout son courage, il prononce la phrase capable d'amorcer sa confession :

— Ah, vos Excellences, pitié ! Si j'avais su...

— Je sais, Messer Martolosso, dit l'homme en rouge en posant sur l'épaule de Martolosso une main apaisante. Ce n'est pas agréable d'être au secret dans nos prisons. Mais vous avez rendu à la République un service immense et il est temps de vous en remercier. Vous êtes un bon citoyen, un homme de bien et voici la récompense promise.

Une bourse bien gonflée venait d'atterrir sur la table avec un tintement cristallin, coupant net les spasmes respiratoires de l'homme médusé qui en perdait la voix. Balayé à jamais, le reste de la phrase, balayé, le difficile enchaînement de la confession. Successivement bouleversé, ému, ébloui, il se met à sourire, Martolosso, et ses yeux incrédules vont de la bourse aux visages des Inquisiteurs. Lentement, ses larmes d'angoisse ont fait place à des larmes d'extase. Et son bonheur fait plaisir à voir. Il se communique même aux hommes graves qui le regardent.

— La République sait se montrer généreuse, Messer Martolosso ; à la proportion du service rendu, dit une voix aimable qui le fait revenir à lui. Ceci n'est qu'un premier versement de 250 ducats...

Deux cent cinquante ducats : Martolosso a bien entendu. Il a séduit la femme Abbondio pour trois ducats et était prêt à fuir Venise avec la fortune de dix ducats dans la poche.

— Vous en aurez autant tous les mois, pendant douze mois. Ce qui vous fera un total de trois mille…

Martolosso a vu tanguer la table et flotter dans l'air la silhouette des trois hommes en rouge.

— Mais peut-être aurons-nous encore besoin de vos services dans la suite de notre enquête. Nous voulons pouvoir compter sur vous.

Trois mille ducats. Que ne ferait-il, Martolosso, pour trois mille ducats ! La dot maximum d'une fille noble, plus qu'un salaire annuel de Doge ! Fallait-il qu'il s'agenouille sur le plancher, qu'il baise la robe de chacun de ces seigneurs ?

Toujours est-il que, rendu à l'air libre et à la grande lumière du dehors, Martolosso s'est adossé à la colonnade du palais et que la *logetta* blanche s'est mise à voguer sur la *piazzetta* et que le campanile gitait comme un mât de galère à la merci de la houle. Sous la lumière aveuglante, il pensa au glaive de feu de l'ange de la Vérité. Ce qu'il avait vécu n'était que fantômes et fièvres ; ce qu'il avait dit prenait le poids bien réel et bien lourd de la bourse qui pendait à sa ceinture.

L'ange de la Vérité se dissolvait dans la lumière de midi. Le poids de l'or confirmait la véracité du mensonge.

# 13
## Août 1542, Venise.
## La nuit vénitienne

Les membres du Conseil des Dix, maîtres dans l'art de louvoyer que l'on appelle politique, sont presque effrayés de la tournure qu'a prise l'enquête menée par ces trois *Inquisitori ai segreti*, hommes extérieurs à leurs cercles, nommés par eux dans l'urgence pour apaiser la colère du Sénat.

Le 17 août 1542, les Dix reçoivent une demande d'arrestation que, selon leur habitude, ils remettent à plus tard, le temps de réfléchir. C'est que, expliquent-ils avec gravité, les tribunaux de Venise ne se sont jamais départis de cette circonspection qui témoigne d'un grand respect pour la liberté individuelle. C'est le surlendemain que le chef de la police reçoit un ordre qui le foudroie et le plonge dans un abîme où plus rien ne semble avoir gardé sa place.

Ser Mosca est resté ce petit homme brun à l'œil mobile dont feu le Grand Chancelier Aurelio avait remarqué la violence contenue et l'efficacité redoutable. En d'autres lieux, en d'autres mains, Mosca aurait pu faire un mauvais garçon mais Aurelio s'en était rendu maître en flattant chez lui un besoin éperdu d'être approuvé par un supérieur admirable et souverain. Aurelio en avait fait un excellent *sbiro*, son homme de confiance, son âme damnée. Et Mosca s'attachant à Aurelio, s'était aussi attaché à sa famille, à sa veuve, à ses fils, dont il se gardait disposé à servir les intérêts, aux frères Cavazza, qui suivaient, dans l'ordre des secrétaires, le chemin brillant et respecté qu'avait connu leur père.

Aussi, quand s'est répandu l'avis que l'on cherchait des traîtres, Mosca, comme beaucoup de bons citoyens, a-t-il ouvert l'œil et les oreilles. Et voilà qu'il reçoit du Conseil des Dix l'ordre de se tenir prêt à les arrêter mais il apprend par ses circuits personnels les noms des accusés. Alors, en toute bonne foi, il accuse de traîtrise le Conseil des Dix.

Revêtant une cape et un bonnet de pêcheur, il se rend en toute hâte à la maison de la Formosa, gratte à la porte. Mosca retient souvent son geste, mais ce soir, il retient aussi les accents indignés de sa voix :

— *Signori*, c'est une infamie ! Notre République devient folle ! Que m'oblige-t-on de faire ! D'un moment à l'autre, il me faudra revenir ici accompagné de *vigili* pour vous mettre les fers et vous conduire au palais ! Je ne comprends plus.

— La politique, Messer Mosca…, commence Nicolino amer.

— Hélas, *Signori*, interrompt le sbire, tout cela vient de cet Agostino Abbondio qui a prétendu sous la corde vous avoir versé de l'argent contre des minutes des séances du Sénat et du Conseil des Dix.

— Mensonge, Messer Mosca, réplique calmement Nicolino. Pensez-vous vraiment que nous ayons pu commettre une telle infamie ?

Mosca en avait arrêté, de vrais coupables ; ils se défont, tremblent, se répandent. Il n'avait pas besoin de connaître les frères Cavazza pour se persuader qu'il y avait sous cet ordre d'arrestation une simple procédure judiciaire qui déboucherait vite sur la preuve de leur innocence. Ah ! Cette affaire de délation agitait tout le monde, faisait bouillonner les cervelles, rendait fous certains responsabes des quaranties. Arrêter les Cavazza… ! Pourquoi pas le Doge ?

— Signori, il est certain que la justice…

— Quelle justice, Messer Mosca ? Celle qui a exilé notre père ? coupe Costantino haussant le ton.

Mosca se trouble. Certes, la condamnation de feu Nicolò Aurelio puait la machination. Se pouvait-il qu'une autre machination s'en prenne aux frères Cavazza ? Or, cette fois, il ne serait plus question d'exil, mais de mort.

— Messer Costantino, si ce que vous semblez croire correspond à la réalité, alors il n'y a pas une minute à perdre : partez vite ! L'ordre formel de vous arrêter ne m'est pas encore parvenu, mais, pour l'amour de Dieu, fuyez avant que je le reçoive, c'est une question d'heure, que dis-je, de minutes… Je prendrai mon temps et fermerai les yeux autant que je le pourrai. Mais je ne le pourrai pas longtemps. Fuyez pour l'amour de votre famille… faites-le en souvenir de son Excellence… votre père…

Mosca agitait les bras, s'embrouillait, se trouvait à court d'arguments. Il voyait bien que son émoi, ses paroles, ses idées se brisaient devant l'autorité souveraine d'un Nicolò Cavazza, contre sa détermination qui n'avait d'égale que celle de son ancien maître.

— Justement, Messer Mosca, pour l'amour de notre père. Nous sachant irréprochables, nous commettrions une erreur en fuyant comme des coupables. Nous ferons éclater notre innocence. Mais sachez que j'apprécie hautement votre acte d'amitié d'être venu nous avertir du cours des choses.

Encore quelques échanges, et Nicolino ferma doucement la porte sur Mosca qui disparaissait dans la nuit, puis il se retourna vers son frère resté debout dans l'ombre, collé au mur, les yeux hagards. C'est alors qu'émergea au sommet de l'escalier une lueur vacillante et que dans le halo de lumière apparut le visage ravagé de Concordia.

Ses lèvres tremblent, exsangues. On devine qu'elle veut parler, appeler son époux, qu'elle fait un effort immense pour ne point crier, éveiller les enfants ; on sent qu'elle va faiblir, s'écrouler, rouler peut-être au bas des marches. Nicolino se précipite à sa rencontre, s'empare de la chandelle car ses mains aussi se sont mises à trembler convulsivement. En même temps, il la soutient, la conduit dans la salle.

Costantino, qui n'a pas bougé de sa place, adossé au mur, croit entendre des murmures confus, une plainte, tremblée, un filet de voix trémulant, retenant à bout de force le cri déchirant qui s'est déjà formé au fond de la gorge et dont l'enflure étouffée au prix d'un effort violent se réduit avec peine, ne laissant échapper que cette voix grelottante, ce gémissement intermittent d'animal à l'agonie :

— Je le savais… Je le savais… Depuis si longtemps, tu n'es plus le même. Je le savais…

La phrase revient, obsédante, constat hébété d'un vide, d'un esprit qui s'arrête de penser, dont la substance est devenue douleur. Et surplombant cette note frémissante, perchée dans ses nuages de neige, résonne une chaude voix d'airain, vibrante, pressante :

— Concordia, je suis innocent, tu dois me croire. Tout cela est une machination, un malheur, et je n'ai rien fait de mal.

— Je le savais… Je le savais…

— Je pensais, mon cœur, que jamais je n'aurais besoin de te dire comment Vincenzo Grimani et les inquisiteurs nous ont trempé dans leur complot. Nous avons agi sur ordre. Jamais, au grand jamais, je n'aurais…

— Je le savais… Je le savais…

Les voix sont interrompues par trois coups vigoureux frappés à la porte. Dans le silence qui suit, la petite plainte s'apaise :

– J'avais tout deviné, Nicolino.

Est-elle tombée dans le sommeil ou a-t-elle perdu connaissance ? Dans le silence lourd qui suit les rumeurs et le vacarme, un froissement d'habits de quelqu'un qui, au bas des marches, commence à se mouvoir. C'est Costantino qui s'est décidé à ouvrir la porte.

Dans le rectangle sombre, à peine moins opaque que les ténèbres qui règnent à l'intérieur de la maison, se découpe une silhouette noire. Mouvante, elle écarte un pan de son manteau, découvre une lanterne sourde qu'elle soulève au niveau des visages.

Murmure étonné de Costantino :

– *Monsignore* Valier ?

L'ombre noire passe le seuil, la porte se ferme sur elle, mais elle ne s'avance pas, ne s'agite pas, la lanterne sourde maintenue à mi-hauteur ne faisant sortir de l'ombre que des visages fantomatiques.

– Messer Cavazza, j'ai à vous parler ainsi qu'à votre frère.

Presque au même instant, Nicolino refait son apparition au sommet des marches. Valier n'attend pas qu'il soit descendu pour commencer sans préambule :

– J'ai appris par des amis que l'ordre d'arrestation est en cours. Nous sommes attendus à l'ambassade de France. Monseigneur Pellicier veut mettre son plan à exécution. Il n'y a pas un instant à perdre.

– Quel plan ?

– Nous faire quitter la lagune, bien sûr.

– Fuir, traduit Nicolino.

– Appelez cela comme vous voudrez, Messer. On peut aussi dire sauver nos vies.

La voix métallique de Valier ne laisse voir aucune émotion. Celle de Nicolino pas davantage :

– Dans ce cas, pourquoi n'y êtes-vous pas déjà, *Monsignore* ?

– Parce que l'ambassadeur ne s'y reprendra pas à deux fois. C'est la seule condition. Il nous fait sortir tous les trois, en une seule fois. Pas question de laisser derrière nous un autre Abbondio à faire parler. Comprenez cela.

Le ton était dur, autoritaire, glacial. C'était l'autre Valier qui venait de parler. Rien à voir avec celui qui présentait ses cailles dans des palais miniatures. Les trois visages se découpent dans les ténèbres. Trois visages d'ombre, barbes du soir, cavernes noires, méplats ravinés de rides, ils sont réduits aux reliefs des orbites creuses au fond desquelles brille une étincelle fiévreuse.

— Nicolino, mon frère, les juges ne t'écouteront pas. Il faut partir, murmure Costantino, reprenant une fois encore l'idée qu'il défendait avec plus d'ardeur depuis l'arrestation d'Abbondio.

— Mais je ne partirai pas seul, ajoute-t-il aussitôt.

En fait, Valier et Nicolino engageaient un affrontement muet. Les deux hommes s'étaient toujours méfiés l'un de l'autre. Et pour tout dire, détestés. Nicolino jusque là supportait sans faiblir le poids des arguments de Costantino, son sacrifice éventuel, leur sacrifice à tous les deux, mais tout à coup, au pied du mur, il hésite. Au pied du mur, on n'est plus visité par l'orgueil ni par le désir de dépasser son père. Et l'on se sent nu, accablé par le doute, comme le Christ sur la croix.

Un point lumineux se meut au sommet de l'escalier. C'est Concordia qui s'approche, frêle, pâle, dans son vêtement de nuit, les cheveux défaits, les pieds nus, une apparition presque irréelle, tenant serrée contre elle une masse noire.

— Pars, Nicolino, dit-elle. Pars vite. Je préfère te savoir n'importe où, mais en vie. Pars pour nos enfants. J'irai, moi, trouver Vincenzo Grimani.

Elle tendait à son époux son manteau, son couvre-chef, ses gants. Sa voix ne tremblait plus ; sa main, à peine.

\*

Le ciel dégorgeait une pluie fine d'été qui s'insinuait partout. Les trois hommes longeaient les murailles. Pas question ce soir de se confier à un gondolier. De proche en proche, aux angles des *calli*, un fanal étirait leurs ombres sur le pavé mouillé, les réduisait à leur approche, les enroulait autour de leurs pieds, les allongeait à nouveau, distendues par un supplice d'un genre nouveau, puis les brouillait parmi les vapeurs qui montaient du sol. Peu de passants à cette heure tardive ; des recoins morts gorgés d'ombre et leurs pas qu'ils allègent pour éviter de les entendre résonner sur les dalles de pierre. Traverser la *merceria dell'orologio,* au bout de laquelle ronronne la grande horloge avec ses rouages, ses cadrans et son aiguille qui veillent sur la nuit, tournent sur eux-mêmes avec leur précision de mécanique. C'est la nuit. Arrêter le temps, se dit

Costantino. Mais le ressort de la mécanique est bandé. Personne ne l'arrêtera.

Éviter la piazza San Marco, habitée jour et nuit par des noctambules, des vigiles, ces hommes de robe qui ne dorment jamais, qui sans doute tiennent conseil en ce moment. Tourner ses pas à gauche, à droite, sans cesse changer de direction, fuir en zigzag, comme les lapins, la peur aux trousses.

Au bout d'un chemin qui semble interminable, longer enfin la longue nef de l'église San Moisè. Au bout de la place déserte, se diriger vers le pont. Déserte, la place ? Rien n'est moins sûr : une nuée de mouches doit infester le quartier de l'ambassade. De l'autre côté du pont, la demeure d'Abbondio. Une belle demeure, de la lumière aux étages. Costantino frémit. Il voit à travers les murs de brique rose, devine derrière les fenêtres garnies de persiennes ajourées, la femme qui ondule et roucoule dans les poses lascives de l'amour. Femelle en chaleur, chair sans éclat, guettée par la fatigue, exténuée de désir qui n'arrive plus à s'assouvir, esclave d'un plaisir qui se refuse et qui peine et s'efforce et ahane sous les caresses d'un traître. En cet instant, Costantino ne sait pas qui des deux il hait le plus, de la femme ou du traître.

— Je voudrais entrer là, murmure-t-il à son frère. Pour ouvrir le ventre à ce Martolosso et lui voir répandre ses tripes sur le ventre de la femme.

— *Zitti* ! siffle Valier dans une giclée contenue de colère. Pas de noms, s'il vous plaît.

Quelque chose a bougé, dans un coin obscur. Un chat ou un homme ? A leur gauche s'ouvre le rio San Moisè au bord duquel se profile la longue façade de l'ambassade de France. Mais pour y aller à pied, il faut encore faire un long détour autour du pâté de maisons, pénétrer dans des arrière-cours toutes remplies de ténèbres et truffées de mouches comme une pourriture en été. Mettre le pied là-dedans avant de revoir la lumière. Justement, une silhouette s'est détachée d'un pan de mur, se dirige vers le *rio*. Avant le lever du soleil, les Dix sauront qu'ils sont ici. Quel moyen a pu trouver Pellicier pour les en faire sortir ? Difficile à dire. Mais c'était ça ou la prison. Ils ont fait leur choix et à la grâce de Dieu.

Monseigneur Valier n'a pas l'habitude de se présenter aux entrées de service, mais son nom seul a fait passer les trois fugitifs de l'autre côté du décor. Ils sont bientôt introduits dans un salon feutré où ils sont rejoints par un homme d'une belle cinquantaine vêtu en cette heure tardive de la soirée, ou hâtive de la nuit, d'une ample robe d'intérieur couleur de prune, retenue à la taille par une large ceinture de soie verte. Un bonnet de soie assorti à sa ceinture laisse échapper des cheveux grisonnants. Majestueux, soigné, le geste élégant, il est de la même facture que Gian Francesco Valier, celle des ecclésiastiques diplomates qui parlent par allusions, multiplient les images et manient la litote.

– Gian Francesco, je vois que vous avez fait route sans encombre, dit l'ambassadeur Guillaume Pellicier. Et vous, Messieurs, soyez les bienvenus. En ces heures difficiles, mon pays ne peut faire moins que d'offrir un refuge à ceux qui ont travaillé à le servir. Et je vous promets de travailler à mon tour à une solution qui soit de nature à surmonter tous ces malentendus qui viennent assombrir nos relations. Cette situation doit demeurer sans conséquences, un peu comme cette pluie d'été que vous venez de traverser.

Et à propos de pluie d'été, Guillaume Pellicier, frappant dans ses mains, fait apparaître des valets qui débarrassent ses hôtes de leurs manteaux mouillés, puis apportent des coupes dorées de Murano dans lesquelles ils servent un vin de Bourgogne.

Peu de paroles se sont échangées durant le cérémonial. Sans doute faut-il un temps aux réfugiés pour réaliser qu'ils ont fait un pas sans retour et que demain n'aura rien à voir avec hier. C'est au milieu de cette réflexion que Costantino voit l'ambassadeur lever son verre et l'entend prononcer :

– Messieurs, à l'entente entre nos deux nations.

Costantino a poliment imité le geste de Pellicier puis, portant le verre à ses lèvres, a religieusement savouré le breuvage et l'admirait encore tournoyant dans son écrin d'or, lorsqu'il laisse la liberté à l'idée qui lui trottait en tête :

– Excellence, je n'ai aucun doute sur votre volonté de travailler à l'entente entre nos deux nations. Plus difficile sera de faire entendre cela à Ser Abbondio en ce moment et peut-être à nous, demain. Mais quoi qu'il en soit, personne au monde ne traite mieux que vous les fugitifs.

Pellicier consacre un instant à observer celui qui vient de parler. Un secrétaire. Voyez-vous ça. Un homme chargé d'écrire et qui parle comme un oracle. Comment ose-t-il insinuer, comment sait-il, traité comme il l'est sur le territoire de la France, que le représentant du Roi n'a pas du tout l'intention de se fâcher avec la Sérénissime pour sauver un trio de citoyens vénitiens en rupture de banc avec leur gouvernement ; que ce soir, il est prêt à leur servir du vin de Bourgogne et de bonnes paroles, et même un confortable dîner suivi d'une nuit dans un lit moelleux, mais qu'avant trois jours, ils doivent avoir disparu, de quelque manière que ce soit, et Dieu lui pardonnera s'il les lui envoie sans attendre d'injonction divine.

Mais Pellicier sourit :

– Messer Cavazza, les diplomates ont l'exécrable habitude de parler en général. Ils oublient les sentiments particuliers des citoyens qui peuvent aussi bien se détester à l'intérieur d'une même nation que s'entraider entre nations différentes.

– Or donc, entraidons-nous, *Monsignore*, intervient Valier entraîné par le ton onctueux de l'ambassadeur. Comment comptez-vous nous faire quitter…

Il s'interrompt, saisi par l'ouverture subite de la porte qui livre passage à une somptueuse créature vêtue d'une ample robe et qui s'approche du cercle à grands pas pressés dans un vaste froufrou de soie.

– Vous ici, en train de comploter encore ! lance-t-elle sur un ton allègre. Ah ! Monseigneur, je vous y prends. Il faudra tout me confesser.

Les hommes se lèvent, l'ambassadeur s'avance à la rencontre de Camilla Pallavicina, cachant son embarras sous un sourire élargi.

– Ma chère *Contessa*, je suis impardonnable de vous avoir fait attendre sans dire où je m'étais caché. Mais vous voilà et ces messieurs que j'entretenais vous sont connus, je crois.

Salutations, mots de bienvenue, compliments, le tout sous la contrainte, assortis de polis mensonges. Entre habitués des soirées de Pietro l'Aretino, on sait tenir son rôle.

Nicolino salue avec un respect empesé, vu que ses pensées sont ailleurs : cette femme vient compliquer leurs cercles, interrompre la chose importante qui allait être dite. Il faudra attendre encore avant de savoir s'il a bien fait de venir se fourrer ici. Valier savait que l'oiseau qui avait fait cette irruption intempestive s'en retournerait vite dans les appartements privés attendre un hypothétique retour du maître des lieux car il avait bien l'intention de conférer avec celui-ci le temps qui leur serait nécessaire, et qu'avant qu'ils en aient fini, elle serait fatiguée d'attendre. Costantino, en se penchant sur la main parfumée de Camilla, revoyait la jolie croupe qui se balançait au niveau de son nez dans l'escalier de la casa Aretina, la cheville fine, la mule de satin. Chaque femme s'incrustait dans sa mémoire par les images qui avaient précédé l'amour. Camilla était pour Costantino une croupe dans l'escalier. Que devait-elle être pour Pellicier ? Un chapelet ? Une image pieuse ? Un Christ en croix ? Chacun savait, chez l'Aretino, que Camilla Pallavicina fréquentait avec assiduité le *Monsignore* français, *sotto coperto di santità*, sous couvert de piété.

Mais comme on est entre soi, la *contessa* n'a nullement l'intention, comme le pense Valier, d'aller attendre dans les appartements privés. Et la voilà qui s'installe et se sert du vin de Bourgogne et parle... Au bout d'un temps, Nicolino, qui se trouve trop impatient pour se montrer trop poli, est sur le point de forcer les choses lorsque la fougueuse créature lance, avec la légèreté d'une chevrette qui fait des cabrioles :

— Tout cela est bien beau, mes amis, mais comment comptez-vous sortir d'ici ?

On a senti un raidissement dans l'assistance. Le maître des lieux se reprend le premier, quoiqu'un peu étourdi :

— Camilla, ma chère... *Contessa*, nous comptions en discuter précisément lorsque vous nous avez fait le plaisir de vous joindre à nous. L'essentiel pour l'instant est que ces messieurs soient en sécurité ici jusque tant que je pourrai les protéger. Demain, nous conférerons avec nos conseillers et nous trouverons un moyen de les faire quitter Venise.

Demain. Demain, nous trouverons. C'était bien ce que craignait Nicolino. Il n'y avait pas de solution. Pas de plan. Il n'y avait jamais eu de plan et il n'y en aura pas. En venant ici, ils ont agi en coupables et ils n'ont gagné qu'une journée, peut-être deux. Une misère. Deux jours de vie ne valent pas l'opprobre général.

Chacun remuait de noires pensées, rentré en soi, les yeux fixés au sol. Seul Costantino avait l'habitude de réfléchir les yeux ouverts car il tombait toujours sur quelque chose qui l'aidait à rebondir. Et ce quelque chose est ce soir le regard clair de Camilla qui le contemplait depuis un moment avec un sourire espiègle. Sous quelle forme suis-je resté dans son souvenir ? se demande Costantino en un éclair. Quelques années se sont écoulées depuis qu'ils ont été amants. La fougue du jeune secrétaire aurait-elle survécu à la magnificence de l'ambassadeur ?

— Savez-vous, *amico*, que cela fait plus d'une heure que je vous attends ?

Costantino met une fraction de seconde à comprendre que cette phrase ne s'adresse pas à lui, bien que la belle coquette n'ait pas cessé de le dévisager en la prononçant.

— Hélas, *Madame*, vous voyez qu'un office m'a retenu ce soir et je sais que vous m'en excuserez, prononce l'ambassadeur prélat sur un ton de pénitent.

— …Et que j'ai mis tout ce temps à m'attifer avec l'aide de ma servante esclavonne, achève Camilla. Une maîtresse femme, qui faisait vêler les vaches et transportait des cuveaux de lait…

Décidément, le bavardage de la *contessa* importunait Monseigneur Valier autant que son menton mal rasé qu'il caressait avec dégoût en fronçant le sourcil.

— Ma chère, vous méritiez des mains plus délicates, réplique distraitement Pellicier, pour dire quelque chose, parce que son esprit est visiblement ailleurs que dans les cuveaux de lait d'une esclavonne.

Il était clair aussi que tous réfléchissaient à autre chose, sauf Costantino qui flairait quelque idée de femme suscitée par un souvenir aimable.

— J'aurais tout aussi bien pu me faire accompagner d'un homme. Et je viens de penser que c'est ce que je ferai tout à l'heure, lorsque je m'en retournerai.

Pellicier tourne lentement la tête vers Camilla Pallavicina. Avec stupéfaction, il comprend à présent quel dessein s'est formé dans la tête de la comtesse et il n'est pas étonné de l'entendre dire :

— Ilona passera la nuit ici. L'un de ces trois messieurs revêtira les habits de ma servante. Les mouches qui surveillent votre ambassade m'ont vue entrer à l'heure habituelle ? Ils m'en verront sortir à l'heure habituelle, celle de la fin de nos exercices pieux, flanquée de ma servante. Qu'y trouvez-vous à redire ?

Beaucoup. Guillaume Pellicier y trouve beaucoup à redire. Parce que, si elle se fait prendre, l'homme qu'elle transporte est condamné à mort, ce qui importe peu en soi, mais elle est complice de l'évasion d'un homme recherché par la justice de la Sérénissime. Et son rôle à lui, Ambassadeur de France, étant prouvé dans cette affaire, c'en est fait de l'amitié franco-vénitienne dont il doit à tout prix conserver la façade. Ce qui avait été convenu avec Grimani était tout différent : il fallait qu'aucun de ces trois hommes ne sortent vivants d'ici et que les façades, tant vénitienne que française, demeurent intactes. Déjà Pellicier avait sévèrement tancé l'intendant de son immense maison, lui représentant les risques qu'il y avait à laisser le domestique, valets, huissiers, prendre en affection les informateurs vénitiens qui avaient si bien servi la France et susciter sur la place publique des batailles de paroles et de gestes obscènes en direction des commis de l'ambassade d'Autriche. Il se formait là un tourbillon de passions comme il en naît souvent sur le port de San Marco. A croire que les Français prenaient les vices des Vénitiens. Et voir la belle Camilla, si proche de l'ambassadeur, entrer avec joie dans la tourmente était contraire à la prudence politique et à la nécessité absolue d'étouffer ce genre d'affaire.

– Demain, continue Camilla, je vous apporterai enfin cette épinette dont je vous ai parlé. J'aurai besoin de deux hommes pour la transporter. Et maintenant, Guillaume, ordonnez qu'on nous serve, c'est l'heure de notre collation et ces messieurs doivent mourir de faim après être venus à pied jusque chez vous.

\*

La nuit est noire, le ciel opaque. La pluie ayant cessé de tomber, elle demeure suspendue dans l'air en brouillard diaphane qui dessine un halo autour des fanaux, strie de lueurs orangées l'eau noire qui glisse sous la coque. La gondole s'est détachée du portique de l'ambassade à l'heure habituelle ; le valet de l'huis a aidé la Comtesse et sa servante à sauter dans l'embarcation, l'une vêtue de son ample manteau de soie au chaperon laissant entrevoir ses cheveux blonds, l'autre emballée dans son éternel manteau à franges. Tandis que le gondolier engageait sa rame dans la *forcola*, la maîtresse s'est installée sous le *felze*, la servante en a fermé le rideau, puis s'est pelotonnée sur le tabouret de bois, le dos voûté, les membres repliés comme un hérisson humant le danger. La gondole remonte silencieusement le rio dei barcaroli avant de s'engager dans le rio di San Luca et de s'arrêter devant la casa Pallavicina.

Sous le manteau à franges de la servante, l'homme est sur ses gardes. Ses vêtements de femme lui flottent à la ceinture, le serrent aux épaules. Il a noué autour de sa taille une écharpe pour retenir la masse dure qui lui cisaille le ventre dans sa position de hérisson. Le barbier français qui lui a rasé de près le menton –il en sent encore la brûlure– lui a confié un de ses couteaux avec un clin d'œil complice. Le voilà non seulement transformé en femme mais armé comme un contrebandier. Mais tout cela ne serait que *commedia* s'il n'y avait

pas un peu de peur au ventre, et surtout le souvenir du départ…
Cependant, le sort en est jeté : il fallait bien en choisir un des trois, ce
soir, et il lui semble injuste qu'il soit celui-là. En dépit de tous les
arguments qu'on peut leur opposer, ce sont les femmes qui
choisissent en fin de compte. Elles le font selon des critères
personnels auxquels personne n'a accès. Quoique…

Évidemment, il y avait la question de la silhouette. Si l'on veut
tromper les mouches, il ne faut pas entrer avec une gousse de haricot
et sortir avec un poivron ou une tomate ronde. Ce n'est pas de ta
faute, Costantino, si tu es resté mince et moins râblé que ton frère.
« Nicolino, je ne partirai pas sans toi ». Eh bien, voilà qui est fait.
J'ai manqué à ma parole ; j'aurais dû laisser partir Valier et rester
avec mon frère. Il est vrai que voir entrer à complies une femme
maigre et la voir repartir enceinte jusqu'aux yeux deux heures plus
tard, personne n'y aurait cru, malgré tout le pouvoir d'un évêque sur
le surnaturel. Toutefois, ces explications étaient de nature à apaiser la
conscience de tout autre que Costantino. Mais il y avait eu le regard
de la femme.

Le souvenir du départ, c'étaient ces paroles de Nicolino :

– Va, mon frère, je te rejoindrai demain. Il me plaît de savoir que
le fils de Nicolò Aurelio tente sa liberté ce soir. Moi, il me semble
déjà que je l'ai trahi. Demain, quand je t'aurai rejoint, je saurai qu'il
m'a pardonné. Va.

C'était une main de femme, posée sur son épaule, qui l'avait
arraché à l'étreinte fraternelle. Dans le fond de la pièce, Guillaume
Pellicier assistait à la scène d'un œil légèrement angoissé. On sentait
qu'il faisait effort pour paraître impénétrable.


Personne ne les a inquiétés sur le chemin de la *casa* Pallavicina.
Quand Costantino s'emmêle les pieds dans sa robe de servante, sur la
première marche du grand escalier, la *contessa* laisse échapper un
rire aussitôt étouffé : le gondolier les regardait s'éloigner. Celui-ci
avait à son habitude tendu la main à la maîtresse, tandis que la
servante, une fille de *terrone* mal à l'aise sur l'eau, avait pour la
première fois sauté sur l'embarcadère comme une chevrette pour
aller s'emmêler plus loin dans ses jupons.

Camilla attend d'avoir gagné son antichambre, où les valets sont
venus apporter les chandelles, pour se retourner vers son fugitif, lui
ôter sa cape et laisser se répandre son rire moqueur. Le miroir
renvoyait à Costantino son image grotesque, ses mains trop grandes

sortant des manches qu'on avait dû déchirer aux poignets, les chevilles découvertes plantées dans de grands pieds et la gaucherie générale de l'ensemble. Costantino laisse se dévider le rire, préfère se montrer boudeur, cela convient à la circonstance. Il choisit de porter une main rageuse au laçage de la poitrine pour dénouer ces rubans ridicules. Heureusement, il a gardé sous ce déguisement sa chemise et sa culotte d'homme.

— Si j'étais toi, je ne la déchirerais pas tout de suite, beau secrétaire, dit la jeune femme, malicieuse. Tu es recherché, souviens-t'en.

La remarque a mis fin au moment de répit et sans transition, les voilà redevenus graves.

— Avez-vous confiance en votre domestique ?

— En certains, oui.

— Votre gondolier ?

— Oui, avec une bourse.

— Dans ce cas, je vous supplie de l'envoyer à l'auberge du *Granchio*, au Castello, angle *austro-levante* de l'arsenal, avec un message que vous me permettrez d'écrire. Pouvez-vous aussi héberger un pêcheur qui laissera sa barque accrochée aux *paline* de votre demeure ? Demain, il pourrait vous apporter du poisson frais, et, le trouvant à votre goût, vous le feriez revenir autant de fois que…

Camilla Pallavicina sourit à nouveau. Encore une fois, les événements hésitaient entre comédie et tragédie. Il fallait échapper à celle-ci en utilisant les artifices de celle-là. C'était un jeu passionnant et elle trouvait en Costantino un partenaire tout à fait à la hauteur. Elle le lui dit.

— Je le ferai et je mangerai du poisson à m'en faire pousser des nageoires, ajoute-t-elle pour conclure.

Puis elle décide de pousser le jeu un peu plus loin. Comme elle lui tendait déjà l'écritoire, elle l'éloigne aussitôt dans un geste d'une coquetterie appuyée.

— Et si je posais mes conditions… ?

Mais, de cette phrase, Costantino ne s'inquiète pas : la phrase et la mimique sentent trop leur comédie, et supposé que réside une intention réelle derrière les mots, la comédie n'en sera que plus passionnante. Le pire, c'est toujours le drame.

D'ailleurs, avec sa grâce espiègle, elle s'est déjà emparée des lèvres de Costantino. Comme jadis.

# LE COMPLOT DE SAN DONATO

*

Les riches se croient tout permis. Envoyer un pauvre gondolier dans la nuit pour faire venir un pêcheur à leur porte dès le petit matin, dans le but de consommer du poisson frais au saut du lit ! Quand la *contessa* l'a convoqué dans le grand salon pour lui confier la mission d'aller porter un billet dans une auberge de pêcheurs à l'extrémité du *Castello*, le gondolier Bortolo aurait bien souri parce que, si le billet était mince, la bourse, elle, pesait agréablement dans ses fontes. Il est vrai que la nuit vénitienne ne connaît point le repos. Mais il se souvient d'avoir vu la servante Ilona quitter la gondole en souplesse, marcher sur sa jupe trop courte et découvrir malgré elle ses robustes chevilles et ses grands pieds, le gondolier Bortolo se dit que la nuit vénitienne n'est pas seulement le domaine des chattes en chaleur, des amants d'aventure, mais aussi celle des vauriens à l'affût, et peut-être bien aussi des bannis en fuite. Dès lors, ce billet pour avoir du poisson frais prend une odeur tout à fait bizarre. Et le gondolier Bortolo, que l'odeur du poisson n'incommode pas, sent plus nettement encore l'odeur de l'argent et se dit que si les *sbiri* allaient voir un peu plus loin sous les jupes trop courtes de la servante Ilona, on trouverait des choses plus intéressantes qu'une *figa* de servante.

Dès lors, que faire ? Filer au palais ducal ? A cette heure du début de la nuit, on le prendra pour un homme ivre ou alors, on l'enfermera jusqu'au matin. Non : d'abord en parler au patron. Le *padrone*, c'est un homme avisé dont la demeure n'est guère loin du port. Faire un petit crochet par la porte privée du *padrone* ne prendra pas longtemps.

Bortolo est donc allé frapper à l'entrée latérale de la *casa*. On le fait attendre dans une antichambre sombre éclairée seulement par la lueur diffusée à travers un vitrail coloré inscrit dans un arc gothique. De la pièce voisine illuminée parviennent des échos de foule, superposition de voix mâles, conversations dont les hauts et les bas se compensent pour ne faire qu'une rumeur constante. Quand enfin la porte s'ouvre, il voit avec satisfaction la grande silhouette du *padrone* se découper en contrejour et entend prononcer son nom d'une voix grondante.

– *Padrone*, j'ai pensé… commence Bortolo.

La phrase que le gondolier avait remâchée dans sa solitude s'évapore en un instant.

— Je suis chargé, *Padrone*, de porter ceci, à cette heure, à l'auberge du *Granchio*.

— Donne.

La silhouette sort un petit couteau, fait sauter le cachet sans le briser, déploie le billet à la lumière de la verrière, lit.

— Qui t'envoie ?

— La *contessa* Pallavicina qui m'emploie depuis deux mois. Je l'ai conduite comme tous les soirs à l'ambassade de France. Elle y est entrée à complies et sortie à l'heure habituelle. Mais il me semble bien que la servante qui l'accompagnait n'était pas pareille à l'aller comme au retour. Vu que celle du retour, je lui ai trouvé de bien grands pieds pour une fille, même une fille de la campagne. Elle savait sortir seule d'une gondole, mais ne savait pas monter les escaliers avec un jupon de femme. Et puis, cette course au *Granchio*…

— C'est bon. Laisse-moi réfléchir.

Bortolo laisse donc réfléchir le *padrone*. Celui-ci relit le billet, se racle plusieurs fois la gorge, se lève.

— Attends-moi là.

Et il revient un peu plus tard plus large encore, couvert d'un manteau à vaste col, accompagné d'un autre homme que Bortolo n'a jamais vu.

— Voilà ce que nous allons faire, dit le *padrone* avec son autorité naturelle. Tu vas nous conduire vers l'auberge du *Granchio*. Mais tu ne t'y arrêteras pas. Nous allons juste un peu plus loin. Tu attendras dans ta gondole. Tu as reçu de l'argent de la *contessa* ? Oui ? Alors, je t'en donne autant pour que tu te taises.

— Et mon billet ?

— Je le garde. Et maintenant allons et tiens ta langue, j'ai à réfléchir.

C'était dit avec une telle fermeté que Bortolo ne dit plus rien, conduit les deux hommes vers sa gondole et se met à ramer en silence.

Le chemin le plus court longeait le port. Il fallut se porter vers le centre du bassin, loin des galères à quai, éviter la ligne de leurs amarres, louvoyer entre les naves massives qui barraient de leur masse la ligne confuse de la *fondamenta*. Parfois, on était aidé par les fanaux des embarcations ou par la voix d'un veilleur qui lançait un appel, une mise en garde, une injure. Dès qu'ils virent, au fond d'un large rio partant sur leur gauche, les feux qui gardaient les portes de l'arsenal, ils surent qu'il leur restait une centaine de pieds à courir avant de trouver le rio della Tana qui les conduirait le long de la muraille crénelée jusqu'à la prochaine tour carrée. Celle-ci formait un point lumineux, une étoile minuscule brillant au fond du long tunnel de la nuit. Le vent d'est s'y engouffrait avec insistance, obligeant le gondolier à peser plus fort sur sa rame. En prenant à droite, on trouverait l'auberge du *Granchio*, mais au lieu de s'arrêter au bord du canal, le *padrone* fit signe de continuer encore vers le quartier San Pietro, où on ne trouverait que des roseaux. Où allait-on ainsi ?

À mesure qu'approchait la pointe de l'île principale, le vent *levante* se faisait sentir. Le compagnon inconnu du *padrone*, toujours muet, se glissant vers la proue, haussait sa lanterne sourde dans un étroit canal qui traversait une forêt de joncs rabattus par le vent et crissant au passage. Le vent marin était chargé de sel et soulevait, tout proche, le mugissement plus vaste de l'eau qui respirait dans le large bras séparant San Pietro de l'île des moines.

– Continue ! disait le *padrone* sans élever la voix.

Bortolo s'avança encore à l'aveugle parmi les roseaux agités. Il dérangeait ici et là un canard endormi, un ragondin qui fuyait à la hâte dans l'eau visqueuse. Finalement, une masse noire vint cisailler le décor vertical des cannes. C'était un ponton. Une barque tirait sur son amarre. L'inconnu muet venait d'allumer une seconde lanterne sourde. Le *padrone* la lui prit des mains, lui murmurant :

– Tonio, tu surveilles, comme d'habitude et pas un mot, surtout.

Puis son corps massif sauta sur les planches avec une étonnante souplesse.

Hermolao Dolfin vivait sur un lopin de terre humide parmi l'eau et les variations du ciel. Il rythmait sa vie sur la respiration des éléments et la voix du vent faisait partie de ses journées comme de ses nuits. Le soir, le loquet de sa cabane une fois poussé, une fois avalée une soupe de coques, il soufflait la chandelle, récitait sa prière et tombait dans le sommeil profond des âmes simples. Quand il ne partait pas dans la nuit d'été à la recherche des bancs de daurades, il s'éveillait le matin à la première lueur du jour pour partir à l'aurore relever ses filets. En été, il ne fermait pas ses volets afin de pouvoir faire sa prière du matin en contemplant la montée de la lumière.

Il était étranger à la méchanceté humaine. Costantino affirmait en riant qu'Hermolao utilisait sa malice à traquer la civelle, à surprendre les crabes et déjouer les ruses des créatures marines et qu'en cela, il assassinait son semblable. Aussi lui avait-t-il offert un joli poignard à manche de corne, en lui conseillant quand même de le glisser sous sa paillasse pour les nuits douteuses où un animal terrestre viendrait troubler son sommeil.

Cette nuit-là, Hermolao, en s'étendant sur sa couche de roseaux, repensa aux inquiétudes de son protecteur et s'étonnait que, bien qu'il se rendît régulièrement à l'auberge du *Granchio*, aucun message urgent ne lui fût parvenu à ce jour. Il en conclut que Dieu les protégeait tous et se pelotonna sous sa couverture.

C'est au milieu de la nuit qu'il entend frapper au carreau avec une violence accrue par la profondeur du sommeil. Trois coups sinistres. Ainsi frappent les envoyés du destin. Hermolao sent son cœur s'affoler. Dans le carré de la fenêtre, une lueur mouvante dessine une ombre confuse, large, devient un rai de lumière qui balaye le sol de terre battue, le bol de soupe abandonné sur la table. Et là, pour la première fois, Hermolao, bougeant le moins possible sous la couverture, glisse sa main sous la paillasse, trouve le manche de corne.

— Ami ! Ouvre ! fait une voix inconnue, encore qu'avec la nuit et le réveil brutal, les voix ne paraissent pas ce qu'elles sont.

— Qui êtes-vous ?

— Ami ! se contente de répéter la voix.

Le visiteur dirige vers soi la lanterne sourde, brandit dans son poing quelque chose de blanchâtre qu'Hermolao ne distingue pas à travers le brouillard de la vitre sale.

— Je ne te veux pas de mal. Ouvre donc, l'ami !

Hermolao se dresse, va actionner le briquet, souffle sur la mèche, allume la chandelle. Cela lui donne le temps de réfléchir à ce qu'il va faire. Hermolao a peur, mais il pense au message qu'il attend, se dit que son maître est peut-être en danger. Il laisse la chandelle sur la table et va ouvrir, le couteau à la main.

L'homme qui s'encadre dans la porte est un colosse blond à la mine étrange. Sous le bonnet compliqué de ganses, ses cheveux jaunes, soignés, tombent en cascade sur le col de velours d'un riche manteau. Il peut être helvète ou tudesque, un visage aux traits fermes, rudes, un œil perçant qui balaie la pièce d'un regard de rapace, un menton carré, bien rasé. En vérité, cette tête n'est pas tout à fait inconnue d'Hermolao. Où le pêcheur peut-il l'avoir croisée, si ce n'est au *Granchio* ? Mais au *Granchio*, on ne rencontre pas de gens aussi richement vêtus. Cela n'empêche pas que cet étranger puisse être porteur d'un message important, un de ceux pour lesquels, depuis que Messer Costantino l'en a prié, Hermolao se rend régulièrement au *Granchio*.

Le pêcheur fait de la tête un geste vague, une invite encore méfiante. En un instant, dans une succession de mouvements amples et rapides, le visiteur est entré dans la cabane, a refermé la porte sur lui, a ôté son bonnet, s'est emparé d'un tabouret et s'assoit devant la table en pleine lumière, sans un regard pour le couteau dont la lame a relui un instant dans la pénombre. Hermolao n'a plus qu'à s'asseoir à son tour de l'autre côté de la table, le couteau dissimulé dans sa manche.

– Je sais, tu ne me connais pas, commence aussitôt le visiteur d'une voix sourde, contenant son énergie. Mon nom est Zuan Favro. Je suis le propriétaire de l'auberge de la *Stella d'Oro*, sur le port de San Marco. Je suis, comme toi, un ami de la famille Aurelio. J'ai connu *Donna* Aurelia depuis avant que la petite n'épouse son Chancelier et qu'elle devienne la belle-mère de ton protecteur Costantino Cavazza, tu me suis ?

La chandelle condensait à présent la lumière sur le visage du visiteur, creusait de noir les rudes sillons de ses rides. Hermolao, qui remontait assez souvent les eaux paisibles du Sile pour porter son poisson à la propriété de Casale, s'étonnait d'entendre appeler « la petite » *Donna* Aurelia. Mais il lui semble bien avoir quelques fois entendu Messer Costantino prononcer ce nom-là dans leurs conversations languissantes de pêcheurs à l'affût. Hermolao acquiesce donc en haussant légèrement une épaule. Et l'homme, comme s'il avait lu sa pensée, poursuit :

– Ce qu'il faut que tu saches, c'est qu'il n'y a pas de secrets pour moi à Venise. J'y ai mes affaires depuis plus de vingt ans. Je possède des gondoliers et des mouches qui me tiennent au courant de tout ce qui s'y passe, et je sais beaucoup de choses bien avant les annonces publiques. Je sais même ce qu'on ne publiera jamais. Mes salons privés de *la Stella* sont fréquentés par la noblesse et je sais regarder et sentir la ville autant que toi un banc de poissons.

Il plissait les paupières, amincissait son regard et dans ses pupilles dilatées luisait une étincelle dangereuse. Il a pointé son doigt tour à tour vers la ville, vers son nez, vers son vis-à-vis. Sa façon de se mouvoir, de se gonfler, dément sa façade de respectabilité. A cela s'ajoute cet accent à la fois menaçant et doucereux. Rien à voir avec les manières délicates d'un Costantino. Hermolao reste méfiant.

– Et alors ?

– Alors ? Il y a que j'ai appris que ton maître a de gros ennuis, prononce-t-il d'un air de conspirateur. Il est même en danger de mort. Et il n'y a que toi qui puisses le sauver. Cette nuit-même, tout de suite, car demain, il sera trop tard.

Le pêcheur relève la tête, comme s'il avait été giflé. Zuan craint d'avoir sauté une étape, revient en arrière, se ramasse, explique :

– Costantino Cavazza et son frère Nicolò sont accusés de haute trahison. Tu y crois, toi ? Moi non plus. Innocents, je donne mon âme au diable s'ils ne le sont. Seulement voilà : les *Babau* ont besoin de têtes, tu sais cela, au moins ?

Hermolao écoute. Oui, il avait compris cela, en gros, lorsque Costantino était venu l'attendre, un soir. Costantino ne l'avait pas expliqué aussi crûment. Il savait que c'était grave, rien de plus, et il avait accepté de se tenir prêt à faire ce que lui demanderait un message écrit de son maître.

– J'ai compris que les accusés sont allés se réfugier à l'ambassade de France, poursuit Favro. Ton maître a réussi à s'échapper ce soir déguisé en servante de la Comtesse Pallavicina et se trouve en ce moment caché chez elle. Prends ta barque, va le chercher tout de suite et amène-le au plus vite à Casale. Là, la petite saura vous faire fuir tous les deux loin de Venise.

Quel genre d'homme était ce Favro pour lui donner de tels ordres sur ce ton comminatoire ? Hermolao se trouble. L'étranger n'a pas eu peur du couteau. On sent qu'il n'a peur de rien, qu'il peut parfaitement faire le coup de poing de sa pogne formidable et connaît des prises capables d'expédier un homme d'une simple pression des pouces.

– Comment savez-vous qu'il est là où vous me dites ?

– Par ceci, que tu devais trouver demain matin au *Granchio*, mais que j'ai intercepté, parce que j'ai mes sources ; j'ai Dieu qui me protège et, comme je t'ai dit, Dieu me fait pressentir ce qui se passera demain matin.

Le billet tombe sur la table. Hermolao le regarde, y porte une main hésitante, le déplie, le lit lentement. C'est un appel à venir s'amarrer dès le lendemain matin à la casa Pallavicina, paroisse de San Luca Evangelista, sestiere San Marco, sous couvert d'apporter la marée de la nuit. Le pêcheur reconnaît l'écriture et la signature de Costantino Cavazza. Il pâlit, ses yeux vont du billet aux yeux d'aigle aux aguets qui l'observent. Hermolao trouve une faille :

– Messer Costantino dit « demain ».

– Oui, mais ce qu'il ne sait pas, reprend Favro en se penchant davantage, c'est que demain à l'aube, commencera une grande chasse à l'homme. Elle ne cessera que quand ils auront mis la main sur tous ceux qu'ils cherchent. Ils promettent une récompense à qui les trouvera.

Zuan module un ton plus bas pour s'offrir le plaisir de souligner sa finesse de renard et sa puissance de rapace nocturne :

– Un de mes gondoliers a vu sortir de l'ambassade de France la *contessa* Pallavicina accompagnée d'une servante aux grands pieds qui ne sait pas marcher dans une jupe. Je garde le gondolier au secret le temps qu'il faut.

Comme Hermolao fronçait le sourcil, Zuan reprend le fil principal en étant le plus clair possible :

– Écoute-moi bien. Si tu attends demain matin, ils te trouveront, toi et ton poisson, et ton maître au milieu !

– Mais alors, il faut partir tout de suite ! s'écrie Hermolao qui soudain comprend tout.

Déjà il se levait, mais Zuan, lançant sa patte par dessus la table, l'abat sur l'épaule du pêcheur et l'oblige à se rasseoir.

– Attends un peu. Si tu fais cela, tu sais au moins ce que tu risques : la mort ou le bannissement à vie.

Encore cet air de menace. Plus précise, cette fois. L'homme aux cheveux jaunes devenait presque effrayant, pointant un doigt menaçant, les traits durcis concentrés par la flamme orange. Porter secours à Messer Costantino, c'est une affaire qui ne regarde pas cet étranger. Hermolao décide de ne pas se laisser impressionner par ses grands airs et le tutoie à son tour :

– Toi aussi, il me semble.

– Ouais, moi aussi, répond l'autre avec splendeur. Mais moi, j'ai trop de choses avec la petite pour admettre que le fils du Chancelier soit pendu. Déjà Nicolò sera pendu. Mais ça, ni moi ni personne n'y pouvons plus rien. Mais au moins, sauvons Costantino.

– Nicolò… Tu veux dire Nicolino, son frère ?

– Tout juste.

Quand on met le pied dans une vasière, c'est sur dix pieds carrés que l'eau se trouble. Hermolao pensait tenir la solution pour Costantino ; c'était sans compter avec le problème Nicolino. Il secoue la tête, désespéré ; on peut le croire au bord des larmes :

– Il ne voudra pas quitter son frère ; il me l'a dit.

C'est là que Zuan, appuyant les deux poings sur la table, les coudes écartés, semble prêt à bondir, explose :

– Dans ce cas, décide de le sauver malgré lui : mens-lui ! Dis-lui que tu ne peux en cacher qu'un à la fois dans ta barque et que tu préfères passer cette nuit-même, à cause de la marée, à cause du vent, que sais-je ? Dis-lui que tu reviendras et surtout ne reviens plus. Plus jamais ! Et répète à la petite le pourquoi et tout ce que je t'ai dit, et explique-lui, pour Nicolò.

Hermolao se lève, accablé. Cet homme va croire qu'il est lâche. Il est seulement respectueux des sentiments qu'il connaît à Messer Costantino et qu'il devra combattre pied à pied à l'aide d'un chapelet de mensonges. C'est cela, mettre le pied dans la vase. Et puis cet homme qui refuse d'entendre ses objections, paraît si sûr de ce qu'il sait et parle avec une telle autorité… Hermolao commence à rassembler mentalement ce qu'il va emporter, décroche un sac de toile.

– Une dernière chose, dit Zuan dans son dos. Par où penses-tu passer ?

Hermolao arrête son mouvement, regarde par-dessus son épaule l'homme aux cheveux jaunes. Pourquoi cette question ? Qui, de l'un ou de l'autre, connaît mieux la lagune ? Dans un premier temps, Hermolao se sent offensé dans son orgueil de génie des eaux, pour qui la lagune, ses détours et ses fonds n'ont pas de secrets. Mais lentement lui vient l'idée que si les têtes des condamnés sont mises à prix, sa tête à lui, comme complice, va faire coup double et grossir la bourse du délateur.

– Pourquoi tu as besoin de le savoir ?

Zuan hausse les épaules, soupire :

– Ouais, tu te méfies de moi, dit-il d'un ton las. Tu sais pourquoi je te demande ça ? Parce qu'après que je t'aie quitté, je passerai voir les *sbirri* de la douane. Et je m'en vais leur donner une bourse, comme chaque fois que je fais passer un chargement de mon vin sur la *terraferma*. Tu comprends maintenant pourquoi il faut que tu me dises la vérité sur la passe que tu veux prendre. Parce que si tu me mens, à moi, Zuan Favro, vous serez pris par des *sbirri* bien éveillés et non pas endormis par mon or. Par où penses-tu passer ?

Pris comme ça, Hermolao veut bien révéler son plan, entrouvrir sa coquille, révéler un pan de ses ruses secrètes de mollusque lent et avisé.

— Si je te comprends bien, ils doivent surveiller les chemins les plus directs vers la *terraferma*, celui de Marghera ou de Mestre. Moi, je passe tous les jours par les hauts fonds de Sant'Erasmo ; de là, je me rends à l'ermitage de San Francesco del Deserto. Au-delà, je passe par les *barene* au *levante* de Burano. Au-delà...

Hermolao fait un geste vague. Torcello sort des eaux et du sable. Par là, la lagune est vaste. Pourquoi ne pas prendre son chemin habituel ? Au-delà de Monte del Oro, se confondent les eaux du Sile. Le plus discret des chemins est finalement celui qui ne change rien à ses habitudes.

— Où seras-tu, au lever du jour ?

— À San Francesco del Deserto. J'espère. J'aurai la marée. Le vent *levante* est porteur. Je l'aurai par le travers et en passant devant San Francesco, le Saint me viendra en aide.

Il rassembla un ballot de hardes parmi lesquelles Zuan jeta une petite fiasque de vin.

— C'est pour lui. Pour qu'il t'obéisse.

Hermolao noua le sac, le jeta sur son épaule et partit dans la nuit sans regarder en arrière. Il négligea d'abaisser le loquet de la porte.

# 14
## Août 1542, Venise.
## Sérénissime

Le 20 août 1542 à l'aurore, Bernardo Zorzi se fait revêtir de sa robe rouge d'*Avvogador del Comùn*. En magistrat conscient de son importance, il laisse ses valets tourner autour de sa plantureuse personne. Ils lui ont déjà enfilé les bas, le caleçon, la chemise. C'est le tour de la robe. De *paonazzo,* bien enveloppante, un rien traînante sur les talons, comme celle du Doge, avec ses amples manches qui pèsent tant sur les épaules, qui descendent jusqu'au niveau des genoux même quand on plie les avant-bras. Elle donne à la silhouette de ceux qui ont droit de la porter une majesté tout à fait admirable. Imposante l'hiver, lorsque ses larges parements sont doublés de fourrure, elle l'est aussi en été, où robe et chaperon sont doublés d'une soie légère de même couleur écarlate. Il eût été impensable de la sortir hier sous la pluie ; il l'endosse ce matin pour donner plus de lustre à sa mission, bien qu'il sache qu'avant la fin de la matinée, il étouffera dans sa vêture magnifique.

Autour de lui, dans la chambre, les valets font leur office dans une sorte de ballet rythmé. La robe étant enfin boutonnée, il attend son écharpe. L'écharpe : un long rectangle de camelot noir qui se jette sur l'épaule, insigne du pouvoir civil de l'*avvogador*, maître des pièces aux procès criminels, y parlant le premier en accusateur, s'opposant à toutes les délibérations et mesures qui paraissent illégales, en un mot, faisant souverainement observer les lois. Vient ensuite le petit bonnet tout simple, plat, qui masque avantageusement les calvities. Bernardo Zorzi se regarde au miroir et se dit satisfait. Sa vaste robe transforme sa personne en symbole vivant et le symbole de la Loi se doit d'être impressionnant.

Ce matin, il se rend au palais ducal en compagnie du *Capitan Grande*, militaire assurant la haute direction de la police, supérieur hiérarchique du chef des *sbiri*. Tous deux doivent se rendre ensuite en grande pompe *rio San Moisè* où ils imposeront à l'ambassadeur de France les décrets de la République.

Une première barque envoyée en éclaireur annonce que la maison est ouverte.

– *Avanti* ! ordonne l'*Avvogador* à l'escouade qui le précède et va l'attendre sur le quai à fleur d'eau de l'ambassade.

Car un *avvogador* ne se déplace jamais sans pompe. Il attend d'ailleurs patiemment que ses valets aient assujetti la *tavola*, plancher sans lequel aucune autorité en robe ne pourrait quitter dignement une gondole.

Arrivé sur le quai, ayant fait bouffer ses manches et lissé son écharpe de camelot, Bernardo Zorzi lève pesamment les yeux vers les marches qui conduisent aux appartements. À mi-hauteur de l'escalier, quelques valets français en livrée observaient le déploiement d'appareil et Bernardo Zorzi, aspirant une bolée d'air, se prenant pour le lion de Saint Marc, se vide les poumons, rugissant :

– Allez prévenir le Révérend Ambassadeur que c'est un *Avvogador di Comùn* qui veut parler à sa Seigneurie.

Mais avant qu'il ait pu terminer sa phrase, l'un des valets est remonté en courant, criant en français quelque chose que Bernardo Zorzi ne comprend pas. Du coup, le lion se transforme en chien jappant :

– Eh ! Va doucement ! Ne fais pas tout ce bruit ! Je ne veux que parler à l'ambassadeur.

Alors, tout s'est passé très vite : quatre hommes armés d'épieux sont sortis des entrailles de l'ambassade, ensuite trois autres, puis quatre, puis cinq, avec des épées, des piques et d'autres armes, se dirigent vers l'*Avvogador* et le *Capitan Grande*. Ceux-ci s'abritent aussitôt derrière leurs soldats qui couvrent la retraite de leurs chefs. Et tandis que la lutte se poursuit sur le quai, l'avvogador a retroussé sa robe et sauté dans sa gondole qui regagne promptement le *rio*. Mais à peine rendu en ce terrain découvert, une pluie de pierres, de tuiles et de liquides infâmes s'abat sur la gondole du dignitaire.

– *Per Bacco* ! C'est une révolte ! hurle-t-il. Retournez à couvert !

Car les gens de l'ambassade sont montés aux fenêtres et jusque sur le toit, accablant de paroles injurieuses l'*Avvogador* désemparé, son *Capitan Grande* et leur escorte. Les Français sortis sur le quai se sont repliés à l'intérieur de l'ambassade, en ont fermé les portes. Les Vénitiens, ayant rassemblé leurs troupes, les ont remplacés sous les voûtes du porche. Ils n'osent sortir de leur abri qu'une fois la fièvre tombée, comme font les promeneurs après l'averse.

Bernardo Zorzi a préféré rentrer chez lui panser ses plaies qui sont surtout morales, se fait monter un bain et confie à son valet de chambre, qui les enverra au diable, sa robe de *paonazzo* et son écharpe de camelot.

Il reparaît le lendemain 21 août devant un conseil des Dix extraordinaire rassemblé avec la Zonta et la Seigneurie et y fait une *relatio* à ce point indignée que les sages du Conseil décident cette fois d'agir avec énergie et promptitude.

L'assemblée enjoint le *Capo* de réunir le plus grand nombre d'hommes qu'il pourra parmi les officiers de police, de convoquer les arquebusiers qui forment une milice urbaine, de donner des armes à toute la *maestranza* et à tous ceux qu'il jugera bon de s'adjoindre. Ils réuniront 600 hommes pour se rendre à la maison de l'ambassadeur, réclamer les rebelles qui s'y sont réfugiés, ainsi que ceux qui ont usé de violence contre l'*Avvogador*. En cas de refus, le *Capitan Grande* a ordre de donner l'assaut à l'ambassade et de pendre immédiatement ceux qui s'y opposeraient les armes à la main.

Avec ces ordres dans la poche, le *Capitan-Grande* se remet en route. Il se rend à l'arsenal, affrète quelques barques sur lesquelles il fait charger des couleuvrines, de quoi impressionner ces Français à la tête chaude.

À l'intérieur de l'ambassade, Monseigneur Pellicier est agité et perplexe. Cette ébullition de son domestique était-elle aussi l'œuvre de la primesautière Camilla, qui l'avait abandonné traîtreusement hier pour partir avec un jeune homme, répandant la sédition sur le chemin de sa fuite pour mieux jouir de son forfait ? Avec les femmes, allez savoir… Qui sait… et lorsqu'il pense à qui profite le crime, retentit dans son crâne le rire en cascade de la belle Camilla qui, subtilement, met une journée de plus entre le fugitif et l'inéluctable issue de cette comédie.

Car à présent que s'est resserrée la surveillance de l'ambassade, comment se débarrasser des deux proscrits qui restent dans ses murs ? Plus question de se faire livrer une épinette ! Et il faut supporter cette sangsue de Valier qui vient trois fois par jour proposer une idée d'évasion de plus en plus insensée et improbable, pendant que le secrétaire du Sénat garde la chambre en regardant au dehors.

Pour trouver une issue possible à cette situation, Pellicier a fait appeler Alessandro Strozzi et le Comte de San Secondo, un de ces nombreux Milanais trop amis de la France au goût de Charles-Quint, et exilés à Venise. Ensemble, ils décident qu'un gentilhomme français, le Sieur de Puylobier, accompagnerait le Comte pour expliquer à la Seigneurie l'horrible malentendu : son domestique a cru avoir affaire à des hommes envoyés par l'ambassadeur impérial ! En effet, il est notoire que depuis l'assassinat de l'ambassadeur Rincon, une guerre sourde règne entre le personnel des deux ambassades. Si bien que, d'indignation devant tant d'impudence et par un sursaut compréhensible de patriotisme, le corps des valets aurait assuré la défense de leur territoire et de leur orgueil national.

La Seigneurie écoute poliment ces allégations, n'en croit pas un mot, persuadée que Pellicier veut gagner du temps pour faciliter une évasion. Ayant doublé les gardes autour de l'ambassade de France, les autorités vénitiennes font répondre à l'ambassadeur que, comme celui-ci garde chez lui des rebelles qui bravent effrontément la République, elles-mêmes garderont enfermés les deux messagers, les transformant en otages et les mettant en prison, le temps que leurs exigences soient satisfaites. Puis, les troupes étant rassemblées, la Seigneurie en confie le commandement à deux Procurateurs de Saint-Marc, dont Vincenzo Grimani, leur donnant ordre de marcher sur l'ambassade.

Or, la veille de ce jour, Vincenzo Grimani avait reçu une bourgeoise assez jolie mais apparemment indocile, qui s'était introduite chez lui sous le nom de Concordia Artusio et n'était autre que la femme de Nicolò Cavazza. Un tête-à-tête pénible qu'il avait écourté comme il convenait, avec un certain détachement. Il avait répondu comme il convenait, dépeignant les conséquences incalculables de la trahison d'un secrétaire élevé par les bienfaits de la République à un poste de haute confiance dont il s'était montré indigne. Il avait ajouté quelques arguments concrets :

— Qui fuirait, s'il ne se savait coupable et menacé par la main infaillible de la Justice ?

Il avait profité de la confusion de la jeune femme pour la faire jeter à la porte.

— Menacé, certes ! Coupable, jamais ! avait-elle crié, mais trop tard.

Depuis, Concordia se reproche d'avoir peut-être donné à Nicolino un mauvais conseil et répand au marché, parmi ses voisines, dans les boutiques du quartier, sa vérité à elle. Et, comme les gens connaissent son époux et respectent sa famille, ils la plaignent et ils la croient.

En se préparant à marcher sur l'ambassade, Vincenzo Grimani se dit que son principal adversaire est peut-être cette Concordia. Car il sait qu'à Venise, la rumeur populaire est une chose redoutable. Elle se répand comme un feu de paille, surtout en période de paix où l'énergie du peuple se déverse sans discernement sur le premier objet qui tombe à sa portée et qui transforme son quotidien en une partie de *calcio* contre un adversaire. Grimani se prépare donc à désigner publiquement cet adversaire. Il le fera au cours d'un grand spectacle qu'il se propose d'offrir : une prise d'ambassade. Mais avant cela, son homme en noir, son homme à tout faire, son âme damnée, sera allé dans les tavernes du port répandre la rumeur qu'à l'ambassade se cachent cinq cents hommes en armes prêts à s'emparer de l'arsenal vénitien pour mettre la ville aux mains du Seigneur Turc. D'où la nécessité d'en faire sortir les traîtres.

Aussi, le matin du 22 août, l'arrivée des Procurateurs à l'ambassade frappa les esprits. *Fu cosa stupenda*, dit-on, stupéfait du déploiement de force. En un instant, le palais de l'ambassadeur se trouva cerné d'une troupe nombreuse de soldats armés, soutenus par une grande foule de gens de qualité, suivis d'une multitude issue du peuple.

Les lanceurs de pierres de l'avant-veille, prétendirent qu'une armée de trois mille hommes s'était répandue dans tout le quartier, à pied et sur une quantité de barques ; que quatre pièces d'artillerie avaient été installées sur des barques et sur le parvis de Saint-Moïse ; que force fauconneaux et mouchettes les menaçaient depuis une tour de siège amenée tout exprès de l'arsenal ; et pareillement, dans le clocher de Saint-Marc et de Saint-Moïse ; que force barils de poudre avait été placés dans les magasins au-dessous des habitations. De quoi détruire la moitié de Venise. Tant d'exagération témoigne de l'effervescence générale.

Guillaume Pellicier a vu du haut de ses fenêtres se former un rassemblement inquiétant. Puis un héraut est venu déployer un parchemin : les *Procuratori* Alessandro Contarini et Vincenzo Grimani apportent l'ordre du Conseil des Dix d'arrêter les rebelles et, en cas de refus, de pénétrer de force dans la maison.

L'ambassadeur, après avoir entendu, a envoyé le messager patienter dans l'antichambre.

Dans le vaste salon, Guillaume Pellicier fait les cent pas le long des quatre fenêtres, sous le regard inquiet de Jean Simonetta venu à son secours. Jean Simonetta, évêque de Lodi : encore un exilé Milanais devenu familier de l'ambassadeur.

Là haut, pense Pellicier, respirent deux hommes dont la vie est suspendue à ma décision. En bas, attendent deux Procurateurs dont l'un lui avait conseillé de faire tuer proprement les fugitifs. Le même Procurateur vient à présent les réclamer vifs pour, à coup sûr, les envoyer à la potence. Logique. Que ne les ai-je fait tuer aussitôt après leur arrivée ! A présent, les choses seraient simples. J'ai eu le plus grand tort de laisser s'installer leur vie, s'incruster leur espoir d'évasion… Tout cela parce que j'ai hésité un instant et me suis laissé influencer par une femme. Mais il enfouit cette pensée-là dans le plus profond de son cœur, n'exprimant que celle qu'il veut essayer sur autrui et il l'affirme avec d'autant plus de conviction qu'il n'y croit plus vraiment :

– Je leur livrerais volontiers leur secrétaire. Certes, ils ont déjà Abbondio qui a déjà prononcé des noms ; mais Valier pourrait faire d'autres révélations compromettantes pour nous. Celui-là, il n'est pas trop tard pour le faire étrangler.

– Vous n'y pensez pas ! sursaute le bon évêque de Lodi. Vous, au service du Roi très-Chrétien, ambassadeur accrédité auprès de son allié vénitien, vous, oint de Dieu, vous iriez porter la main sur un citoyen étranger, ecclésiastique comme vous ? De grâce, ne faites pas comme le Habsbourg ! Non, non, ne laissez pas les Vénitiens se fâcher contre vous. Laissez faire leur justice, mon ami. En conscience, vous ne pouvez agir autrement !

Pourtant, Guillaume Pellicier, dans ses oraisons, avait sincèrement demandé à Dieu de lui envoyer l'idée d'une solution acceptable pour épargner ces hommes qui avaient servi la France. Dieu a bien voulu en sauver un, qui doit être loin, à présent – quoique, avec les patrouilles dans la lagune, la chose fût incertaine. Mais aucune inspiration ne lui était parvenue pour les deux autres et il semble bien à présent que leur situation ne puisse avoir que cette issue qu'on lui réclame. Inéluctable.

Derrière ses fenêtres aux résilles de plomb qui lui apportent la lumière tout en cachant sa silhouette, Guillaume Pellicier lève les yeux au ciel comme pour prier encore et demander des secours divins, puis les abaisse sur la foule grouillant sous ses fenêtres, parmi les rangées proches de soldats casqués, l'arme au pied, parmi la masse de la foule qui fait comme un deuxième cercle d'assaillants d'où monte ce grondement des foules en colère, ininterrompu et menaçant.

— Qu'on rappelle le messager, dit enfin Guillaume Pellicier. Qu'il aille dire aux Procurateurs que je demande quatre hommes d'armes pour accompagner les deux hommes qu'ils réclament.

De sa fenêtre, l'ambassadeur a vu se produire un léger mouvement dans la foule. Ses fenêtres n'ont plus été le centre de l'attention populaire et au bout d'un moment, reparaît le messager :

— Les *Signori Procuratori* me font dire que les prisonniers sont trois, clame-t-il.

— Ils sont deux, réplique Pellicier avec fermeté. Et dites à ces Seigneuries que je les supplie de venir ici m'entretenir face à face en ma demeure, si toutefois elles m'autorisent à venir à leur rencontre au milieu de leur armée.

Il fallait bien sauver la face, rester courtois tout en les brocardant un peu sur leur déploiement de force.

Au bout de l'entretien, qui fut bref, Gian Francesco Valier et Nicolò Cavazza sont poussés dans une gondole fermée qui les mène tout droit au palais ducal.

Le lendemain, le Comte de San Secondo et le Sieur de Puylobier furent relâchés, mais on dut laisser un corps de troupes autour de la maison de Pellicier pour la protéger. Car ce que redoutait Vincenzo Grimani arrivait insensiblement : le peuple s'emparait de l'affaire. Et depuis que le procès avait commencé, toute la ville entrait en fermentation.

Un autre bruit courait, selon lequel la République avait été trahie par des personnages autrement considérables que des secrétaires ; que les Dix eux-mêmes n'étaient pas à l'abri du soupçon ; que l'on étouffait l'affaire pour n'être pas dans l'obligation de poursuivre les principaux membres du gouvernement ; que l'on empoisonnerait Agostino Abbondio et les autres, dans la crainte qu'ils ne révélassent les secrets de la noblesse.

Le Conseil des Dix avait lancé un ordre de délation, promettait des récompenses à ceux qui pourraient fournir des détails sur les complices des coupables emprisonnés et sur la fuite de Costantino Cavazza. Sous l'afflux des lettres, il dut à nouveau siéger en permanence.

Le 29 août, il prononça la condamnation par contumace de Costantino Cavazza et d'Hermolao Dolfin, qui avaient disparu tous deux, ce dernier sans doute pour assurer la fuite de son protecteur.

Or, les interrogatoires avaient commencé et Nicolino, les traits tirés et la tête haute, répondait sans hésitations aux questions des trois Inquisiteurs. Il était égal à lui-même, direct, froid, mais comme détaché. Il n'avait ni l'intention de mentir, ni celle de perdre la justice dans des détails superflus. Il était comme ses rapports de séances du Sénat. Oui, il avait rencontré Gian Francesco Valier, oui, il avait transmis oralement des décisions du Sénat, non, il n'avait pas détourné les minutes pour les transmettre à Abbondio et ces documents avaient disparu sans qu'il en ait conçu d'explication, c'est la raison pour laquelle il en avait aussitôt averti le Grand Chancelier.

— Et à présent, as-tu une explication à nous donner ?

— Aucune.

— Quelle raison avais-tu d'aller voir Valier ?

— Obéir aux ordres.

— De qui ?

— J'avais aussi ordre de me taire. J'ai fait serment.

Les Inquisiteurs s'étaient entre-regardés, avaient suspendu l'interrogatoire et s'étaient lancés dans une délibération à l'issue de laquelle ils décidèrent tous les trois de relever le secrétaire de son serment. Quand, à la comparution suivante, Nicolino prononça les noms de leurs trois prédécesseurs, il fut reconduit au secret.

Le lendemain, il reçut dans sa cellule la visite d'un homme tout de noir vêtu.

— Prospero Facenda, dit Nicolino, que me voulez-vous ?

Nicolino connaissait l'homme en noir : Prospero Facenda était officiellement le notaire de la famille Grimani. Si on donnait de la corde à Prospero Facenda, il en sortirait aussi pas mal d'humeurs et de pulpe. Seulement voilà : la *Fortuna* avait distribué les cartes d'une certaine façon et c'était Abbondio qui avait dû cracher son jeu. En tout cas, Facenda paraissait content de la donne, puisqu'il s'approchait de Nicolino en souriant :

— Tu sais que tu es condamné, Cavazza.

— Je le sais.

— Malheureusement, en ce qui te concerne, personne ne pourra rien.

— Je sais comment fonctionne la justice, dans ce pays. A moi, on ne fera pas miroiter de promesses. Si c'est pour cela que vous venez, vous perdez votre temps. J'ai dit tout ce que j'avais à dire sans biaiser, et les juges le savent.

— Ce n'est pas pour parler de toi que je suis venu. C'est pour parler de ton épouse.

Nicolino tressaille. Dans la pénombre de la cellule éclairée seulement par un rai de lumière gris venu du sommet du mur, l'œil sinistre de l'homme en noir pétille d'une lueur menaçante.

— Mon épouse ne sait rien. Je l'ai soigneusement laissée en dehors de tout cela.

— Oui, mais actuellement, elle prend ta défense. Et tu sais comme moi quels ravages peut faire une femme qui ne se tait pas. Elle s'en va clamant partout que tu as agi sous l'ordre de Vincenzo Grimani… et des autres, s'empresse d'ajouter l'homme en noir, à tout hasard, afin de ne pas pointer du doigt son seul maître.

Nicolino toisait Facenda et celui-ci renvoyait un sourire hideux, cruel.

— Tu vois, camarade, les femmes nous arrachent toujours des mots que nous ne devrions pas prononcer. Sais-tu qu'on pourrait te reprocher d'avoir cité le nom de Grimani devant ta femme ?

— Que m'importe. On me reproche bien pire.

— C'est ton opinion, dit Facenda, insinuant comme un serpent. Mais tu peux rattraper ce tort que tu as eu.

Nicolino attend. Les artifices oratoires, pas plus que le reste, ne semblent avoir d'effet sur lui. Et bien que lentement se glisse en lui la pensée que Concordia est en danger, il parvient à n'en laisser rien paraître. Il glisse ses mains sous ses cuisses pour qu'on ne les voie pas trembler. Petit à petit, le sourire de l'homme a disparu, faisant place à sa cruauté nue.

— Fais-la taire, dit-il soudain. Une femme qui parle trop est dangereuse, c'est pour ça qu'il ne faut rien leur dire. Toi, tu as dit deux mots de trop, camarade.

— Je ne me souviens plus. Je ne sais pas… Peut-être en la quittant… Elle était au bord de s'évanouir.

— Mais oui, elles font toutes semblant de s'évanouir pour nous soutirer deux mots. Mais ce ne sera pas si grave, si tu parviens à clouer son caquet.

Il souriait, sarcastique, salissant à plaisir aux yeux du prisonnier l'image jusque là intacte de Concordia. Mais Nicolino faisait effort pour rester de glace.

— Elle viendra te voir, reprend enfin l'homme en noir. Tâche de te faire obéir d'elle. Pour toi, de toute façon, il n'y a rien à espérer qu'une mort rapide. Un condamné pour haute trahison est pendu et les biens de sa famille sont confisqués, je ne te l'apprends pas. Ce que l'on peut te promettre, c'est que, quand tu seras dans l'autre monde, la République ne mette pas trop de temps à faire tomber sa colère, c'est-à-dire à restituer ses biens à ta femme et aussi à restituer leurs droits à tes enfants.

Nicolino soutient impassible le regard froid de son visiteur.

— Je sais, poursuit l'homme en noir suant toujours la froide ironie, tu ne seras plus là pour le voir, mais cela peut sauver ta famille… Si tu acceptes de la faire taire… Sans nous forcer à le faire nous-mêmes.

C'était donc ça : perpétuer le mensonge, étouffer l'affaire. C'était logique. Le sourire était revenu, sur la face de l'homme en noir, d'un seul côté de la bouche. La double face du monde.

— Ça, c'est une promesse que l'on peut te faire, insiste-t-il.

— Une promesse… Tu diras à ton maître qu'il m'avait déjà fait une promesse. S'il l'avait tenue, je ne serais pas ici, ni mon frère, Dieu sait où, peut-être au fond de la lagune, et il n'aurait pas besoin de me demander, comme une grâce, de faire taire mon épouse. Que me veut-il encore ? Il a déjà pris ma vie parce qu'il n'a pas tenu sa promesse. Pourquoi le croirais-je à nouveau ?

Facenda avait laissé le prisonnier vider sa bile jusqu'au bout. Il s'attendait à plus de colère, à plus de spasmes. Le condamné était étrangement maître de lui. Il devait aussi impressionner ses juges.

— C'est vrai, dit l'homme en noir. Tu n'as aucune garantie. Mais une fois toi mort et l'affaire étouffée, ça ne coûtera rien à la République de tenir cette promesse. Réfléchis. C'est un pari…Qu'est-ce que tu y perds ?

— Rien. Peut-être sera-ce ton maître qui y perdra… un jour.

Nicolino croyait en l'au-delà et en la Justice transcendante de Dieu, mais il avait cependant parlé sans conviction. Il avait suffisamment médité sur sa situation pour savoir à présent que si la République le condamnait, c'était précisément pour se protéger ; qu'il était, lui, le prix de la paix intérieure à Venise, de l'absence de guerre civile. Et cela lui donnait une sorte d'apaisement de savoir qu'il ne mourrait pas inutilement, que sa mort était simplement le prix à payer pour que la République reste sérénissime.

— Où est Concordia ? s'entend-il dire d'une voix calme.

– Non loin d'ici, dans l'antichambre des quaranties. Le temps d'aller te la chercher…

Concordia s'était jetée sur la poitrine de Nicolino. Il y avait eu d'abord ce retour, ce contact, cette pression nécessaire à une transmission d'énergie. Leur vie reprenait, ils se gorgeaient de sève l'un par l'autre, comme ces plantes assoiffées qui absorbent soudain l'eau fraîche et sentent à nouveau palpiter leurs veines. Il y avait eu cette communion dans la pureté des sentiments, dans la confiance, dans l'estime. Et cet échange était d'autant plus intense que le temps en était compté et l'intimité d'autant plus douce que leur soif s'était aiguisée par plusieurs jours d'angoisse.

Peu de paroles. Puis elle avait écouté le récit complet de ce qu'on avait exigé de lui, le pourquoi et le comment. Oui, le secret avait été lourd. Il avait beaucoup pris sur lui pour lui éviter les inquiétudes. Costantino aussi. Il n'avait pas été difficile de la convaincre que tout cela les dépassait largement, que personne n'avait aucun moyen d'influencer les événements, que le plus sage était de se plier, ne fût-ce que pour garder la tranquillité de l'âme.

Être sérénissime, pensa à nouveau Nicolino.

– Ce serait folie pour toi, de te dresser contre ce que nous ressentons aujourd'hui comme une injustice, demain peut-être comme une nécessité, et dont plus personne ne se souviendra après-demain. La vie des hommes est ainsi faite. Aujourd'hui, ta révolte ne t'attirera que des malheurs. Plus tard, peut-être…

Concordia s'était rendue aux conseils de son époux : laisse passer l'orage ; va dire à *Zia* ce que tu sais. La vie ne finit pas avec la mienne. On n'a pas peur d'aller dans l'autre monde, quand on n'a rien à se reprocher.

La consolation, pour le juste, lorsqu'il a démontré qu'il est juste et qu'il s'est enivré de jouer son rôle de juste, c'est de connaître un orgueil de juste. Car c'est un orgueil qui aide à tenir la tête haute, y compris devant la mort.

\*

Le cas de Nicolò Cavazza gênait beaucoup ; on le maintiendrait au secret absolu, le temps de régler celui d'Abbondio. On soupçonnait celui-ci d'être au cœur du complot –si l'on exceptait l'ambassadeur de France immunisé par son statut. Le cas d'Abbondio méritait plus d'investigations. On l'avait torturé, il avait rendu un premier jet d'écume. Il en rendrait d'autres, si l'on savait y faire. Le procès des révélateurs avait été mené à grand train et la condamnation d'Abbondio déjà prononcée.

Après quoi la femme et la fille du condamné furent envoyées dans sa prison afin de lui arracher, par de bonnes paroles, quelques secrets nouveaux. Même Girolamo Martolosso vint auprès du prisonnier témoigner de la bienveillance de la République et, contre l'espoir d'un acquittement, avait arraché au condamné le nom de Maffio Lion. On l'en remerciait déjà avec force sourires.

Mais tout soudain, jugeant les aveux insuffisants, on décidait de procéder à l'exécution de la sentence, on l'extrayait de sa cellule pour le traîner entre les deux colonnes du port, lieu des exécutions capitales. Mais au bout d'un moment d'attente, l'ordre arriva de le ramener à sa prison : l'exécution était suspendue par ceux-là mêmes qui venaient de la voter et décidaient de lui faire tenir un autre langage :

– C'était une erreur, mon ami ; une regrettable erreur. C'est vrai que certains, ici, voudraient te voir pendu et muet pour de bon. Mais nous œuvrons à ton sauvetage. Aide-nous ; nous sommes à même de t'accorder la vie sauve, de te rétablir, toi et les tiens, dans les droits dont tu as joui. Veux-tu que nous te servions à toi et aux tiens, une pension de cinq cents ducats pendant toute ta vie et celle de tes enfants ? Livre-nous tous tes complices.

Des complices… Il voulait bien, Abbondio, mais, sauf mensonge dont il aurait du mal à se justifier devant Dieu, le cas échéant, il lui semblait avoir tout dit. Sauf… Sauf la *contessa* Pallavicina, mais ce n'était pas un secret. Étant dans les bonnes grâces du révérend Pellicier, elle devait bien recevoir de proche en proche quelque confidence dans les moments d'intimité.

– Qui d'autre… ?

Son Excellence l'ambassadeur, et lui-même, d'ailleurs, étaient en très bons termes avec la famille Fregoso…

– Mais encore… ?

– Bah, les Strozzi sont reçus partout…

Lorsqu'Abbondio se fut bien répandu comme un fruit mûr, qu'il eut suffisamment lâché son jus, son écume, sa substance, le temps fut venu, pour les juges du Conseil des Dix, de jeter l'écorce.

# 15
## Août-septembre 1542, Casale sul Sile.
## La nasse

En cette saison, Laura aime contempler le crépuscule sous les arcades de sa villa le long du Sile. Elle y fait porter un lit de repos et savoure ces heures paisibles, derniers instants de jour et dernier souffle de la saison. Les grandes chaleurs de l'été se sont essoufflées en tiédeur voluptueuse et la lumière éclatante de la journée se résorbe en poudre d'or sur les feuillages encore verts. Le ciel est devenu laiteux et de l'horizon flamboyant s'échappent des flocons de nuages gris traversant en contrejour le grand espace lumineux. Là-bas se dessinent des lagunes sinueuses d'ombre et de lumière, des plages roses qui lentement se précisent et s'embrasent, virant au rouge de braise.

Instants suspendus dans le temps, moments de recueillement, éraillés seulement par le cri perçant d'une foulque ou le grognement sourd d'un cormoran. La fin d'une journée est aussi pour Laura cet instant où elle mesure le chemin minuscule accompli depuis le matin. Chemin minuscule : le rapport de l'intendant, une visite, une promenade avec Anzela jusqu'à la ferme, un peu de lecture et une longue rêverie devant le soleil couchant. Ainsi jour après jour arrive la fin de l'été, mais aussi se dessine un parcours dont la signification se révèle avec le temps.

Depuis la mort de Nicolò, depuis qu'elle a repris les livres de son époux, ses croquis de machines hydrauliques et ses calculs de pentes, elle a, mètre après mètre, poursuivi le creusement des fossés, aménagé des canaux, réduit le marais à quelques étangs bordés de roselières habitées par la sauvagine. Actuellement, le domaine est agrandi, prospère, nourrit des dizaines de familles.

Penser que c'était à Pietro que devait échoir cette tâche… Mais Pietro a poussé ses branches dans une autre direction et la voilà maintenant, mère anxieuse, qui se met à attendre, à chaque fin de l'été, le retour de l'enfant prodigue. Pourtant cet enfant, contrairement à celui des Écritures, s'en revient depuis trois ans chaque fois plus riche et plus couvert de gloire. Si bien que chaque année il trouve assez de *caratarii* pour financer ses expéditions et que ses taux d'assurance sont bas. Mais si la *Fortuna* le couronne aujourd'hui, il ne faut pas oublier qu'elle est capricieuse et que la mer traîtresse peut en un jour détruire une cargaison, une fortune, une réputation, une vie. Dieu, protégez-le dans les dernières étapes de son retour.

Le calme et la plénitude du soir ne sont qu'une invite au recueillement au fond duquel se trouvent toutes les angoisses profondes du cœur, celles qui cherchent leur réponse en se tournant vers le ciel.

Antonina et ses deux fils sont venus passer à Casale une partie de l'été. La redoutable, l'inflexible Antonina aux volontés inébranlables, agitée, mondaine autant que sa mère mais avec ce regard direct dans lequel Laura lit son passé, sa faute, celle qu'elle a laissée s'accomplir. Antonina est venue en grand équipage, avec mariniers, servantes, *balie* pour les enfants. Il a fallu loger tout ce monde, la villa s'est remplie d'un train d'enfer. Laura a participé aux jeux des enfants, contemplé tout à loisir les deux magnifiques bambins aux boucles noires et au curieux petit orteil tordu. Elle voit dans leur vitalité soit un arrêt inéluctable de la *Fortuna*, soit le pardon du ciel.

Grâce du ciel aussi, Flora, la trop lointaine, dont elle se contente de lire les lettres régulières écrites au bord du lac Verbano, chacune d'elles étant accompagnée tantôt d'une mèche de cheveux, tantôt d'un médaillon. Flora la douce, l'aimante, la discrète. Tout l'opposé de sa belle-sœur. Flora : la fille du pardon, de la réconciliation avec soi-même.

Par contre, les enfants de son époux, ses beaux-fils qu'elle a vus grandir, n'échappent pas à ses interrogations. Certes, ils risquent moins que Pietro sur la mer, mais la proximité des affaires de l'État peut avoir ses servitudes. Costantino dont l'entrain communicatif l'avait si souvent consolée, du temps de l'exil de Nicolò, est passé apparemment par une période difficile, mais au repas de départ de Pietro, en juin dernier, il était redevenu léger, charmant. Et ce fils par le sang de son défunt époux lui reste toujours si nécessaire pour dissiper ses inquiétudes. Pourquoi Costantino, son frère, ou au moins

Concordia et ses enfants ne sont-ils pas venus à Casale cet été ? Demain, elle écrira à Costantino.

A présent, la flamme des cyprès se découpe sur un ciel de sang. Les ombres des bosquets se confondent. Un frisson la parcourt. Fraîcheur du soir ou souvenirs qui reviennent en procession nocturne : son bonheur de jeune fille, la guerre, la pendaison de son père, le casìn, Paolo, Nicolò, Gritti... Pourquoi ces fantômes viennent-ils la tourmenter, à la fin de l'été de sa vie, avec son chemin tracé derrière elle, gravé déjà dans le limon de son histoire ? Du passé, rien ne s'efface et nos actes engagent l'avenir. De toute façon, sa vie est écrite ; ce n'est plus à son âge que l'on force encore le destin.

Il faut tourner le dos à ce défilé funeste et en même temps fuir l'humidité montante. Elle se lève, se dirige vers l'intérieur de la maison, s'apprête à sonner Mario pour demander de la lumière, lorsqu'il lui semble entendre un clapot de barque qui accoste, le claquement de rames que l'on range, les bruits habituels à l'heure souvent tardive où Hermolao Dolfin apporte la marée. Elle attend debout dans la pénombre commençante. Mais ce n'est pas la silhouette d'Hermolao qui remonte la longue allée de l'embarcadère et c'est une autre voix familière qui résonne étrangement dans le silence du soir.

– Costantino ?

Se souvenaient-ils, tous deux, de ce jour, peu après la mort de Nicolò, où, descendu du *burchiello*, Costantino avait couru sous la lumière aveuglante, remonté la pente gazonneuse vers la femme en robe blanche qui rassemblait dans une corbeille les roses rouges de l'été ? A cette époque-là, Costantino était un demi-dieu ; elle, une apparition. Il était beau, conquérant, tout habillé de couleurs, et, pour la première fois, la voyant inondée de soleil, resplendissante avec ses cheveux cuivrés rassemblés sous l'ombre dorée du chapeau de paille, il l'avait serrée sur sa poitrine, ayant exhalé son nom, dans un éblouissement des sens : Laura !

Mais c'était il y a dix ans. Aujourd'hui, la silhouette de Costantino, grise dans la nuit tombante, s'avance encore vers elle, mais le dos courbé, le pas pesant, les jambes comme engourdies, un pas hésitant de naufragé. Et Laura qui l'attend là-haut, ombre silencieuse, entend le même appel, mais assourdi :

– Laura !

Il s'approche pour l'embrasser, mais se ravise et c'est elle qui avance les mains.

– Ne me touchez pas, Laura, je suis sale, j'ai besoin d'un bain ; j'ai surtout besoin de vous parler, de me…

Que s'est-il passé ? Laura, dans sa stupeur, considère le vêtement de pêcheur, mouillé, la barbe de trois jours, le geste las, prend la mesure d'un drame qui a dû éclater. Quelque rapport avec ce qu'elle avait pressenti un jour en soulevant un coin de voile ? La voix de Costantino est lasse :

– Nous sommes en fuite… À qui d'autre qu'à vous puis-je demander asile ? Pardonnez-nous. Mais nous ne vous importunerons pas longtemps.

C'était donc grave. Hermolao, qui le suivait s'est arrêté à quelques pas derrière son maître, silencieux, comme voulant se fondre dans la nuit. Laura comprend que la nuit sera longue et que les événements viennent à elle pour l'obliger une fois de plus à se battre.

À cet instant, le vieux Mario apparaissait, portant la lumière.

– Mario, je vous confie Costantino, lui dit Laura. Il a eu une traversée pénible. Donnez-lui un bain et des vêtements propres, je vous prie.

Mais avant de suivre le valet, Costantino se tourne vers le pêcheur :

– Que fais-tu là, Hermolao, je te croyais déjà reparti. File ! Nicolino a assez attendu !

– Oui, maître, répond Hermolao docile, le temps de faire quelques provisions que *Donna* Aurelia voudra bien me donner…

Laura avait perçu l'impatience de l'un, le ton contraint de l'autre. Costantino à peine disparu à la suite de Mario, Hermolao s'approche dans une forte odeur de poisson que Laura avait déjà détectée sur son beau-fils.

Avec son parler rude, ses phrases simples, le pêcheur a tôt fait de mettre *Donna* Aurelia au courant de la situation à Venise. Une trahison, rien que cela, et les frères Cavazza en état d'arrestation. L'équipée de nuit à la demeure de la *contessa* Pallavicina, la longue traversée de la lagune et la remontée vers Casale par vent heureusement favorable.

– On a l'habitude de m'y voir seul ; Messer Costantino était caché dans le fond de ma barque sous mes filets et mes casiers. Mais, *Signora*, tout cela a commencé par la visite que me fit hier, à la tombée de la nuit, un homme du nom de Zuan Favro, lequel m'a donné le conseil que j'ai suivi jusqu'ici en vous priant de vous répéter ce qu'il m'a dit...

— Zuan Favro ! s'écrie Laura.

Mais elle ne s'étonne pas. Il reste entre elle et cet étrange aventurier une convention non écrite de fidélité et d'assistance, une de ces conventions qui résultent d'un acte de générosité pure, dont on garde la mémoire, aussi bien que du partage du crime, que l'on espère oublier. Toujours est-il qu'Hermolao, dans sa prudence, croit utile d'ajouter :

— Il m'a dit « répète tout ça à la petite, et explique-lui, pour Nicolò ».

*Donna* Aurelia acquiesce : Hermolao peut dévider en confiance ce qu'il sait, ce qu'on lui a dit, ce qu'il a fait, depuis la visite de Costantino le priant de se tenir prêt ; la visite nocturne de Favro, lui apportant le billet signé de la main de son maître, jusqu'au conseil de fuite et même le petit flacon de vin coupé d'herbes qui avait endormi Costantino.

— Seulement voilà, Signora, il y a le problème de Messer Nicolò, son frère. Celui-là, si ce qu'on m'a dit est vrai, il est resté à l'ambassade qui est surveillée et il n'a aucun moyen de fuite. Mais je n'ai rien dit de cela à Messer Costantino, vu que Messer Costantino refusait déjà de partir sans attendre son frère. D'où que je lui ai promis d'aller le chercher dès ce soir. Bien que ce soit folie. Et comme il me semble que je lui aie menti en ne lui disant pas tout ce que j'ai appris, voilà que je ne sais que faire et que j'ai besoin de votre conseil.

Hermolao la regarde avec ses bons yeux honnêtes. Laura prend la mesure de la situation. Parce qu'elle connaît Zuan Favro, elle décide de croire ce poisson dangereux qui nage entre deux eaux, avec son œil perçant et sa puissance occulte. Que faire d'autre ? Renvoyer Hermolao ? Mais celui qui a aidé un proscrit à fuir est lui-même en danger. Pas question donc de renvoyer Hermolao à Venise. Demain matin, elle enverra quelqu'un à Trévise s'informer de ce qui s'est passé à Venise. Dès lors, s'il n'est pas trop tard, faire agir Zuan ? Mais Zuan, dans les circonstances présentes et s'il le peut, n'a pas besoin d'une prière de sa part pour agir. Cher Zuan ! Sans s'étendre sur tout ce que l'on pourrait penser de cet être ambigu, Laura prend sa décision.

— Reprends ta barque, Hermolao. Fais comme si tu repartais par le courant, qu'on te voie du village, si possible. Dans la première vasière sur la rive gauche, coule-la à fond puis reviens par le sentier que tu connais. Frappe à la porte de la cuisine, on te donnera à manger et on te conduira dans ta chambre. N'en sors pas avant que je vienne te chercher. Je me charge de Costantino.

En regardant Hermolao reprendre le chemin du Sile, sa silhouette découpée sur le halo de sa lanterne sourde, avec sa démarche lourde de pêcheur habitué au roulis de sa barque, Laura revoit une autre image : celle de Zuan Favro s'éloignant en roulant des épaules dans les ruelles insalubres de Trévise, la poche alourdie de cinq ducats dont elle lui avait fait cadeau avec la promesse de travailler à son retour à Venise. Sa pitié lui avait inspiré ce geste, ou plutôt était-ce sa générosité, et aussi une sorte de fascination qu'exerce le personnage. Il lui avait promis de gagner sa vie honnêtement et il a tenu parole. Enfin, presque. Là aussi, elle avait pris une décision en un éclair. À la *Brocca di Stagno*. Une décision qu'il avait accueillie avec la joie d'un joueur qui applaudit le cran de son partenaire au *priomo*.

Ne pensait-elle pas, il y a une heure à peine, que le passé est un parcours dont la signification se révèle avec le temps ? La rencontre de la *Brocca di stagno*, c'était il y a 27 ans. L'âge de Pietro. Elle sait aujourd'hui que c'était une rencontre avec le destin et qu'elle est toujours en âge de le forcer.

Elle a commencé par rester éveillée dans la nuit, attendant que Costantino soit revigoré par les soins de Mario et par un solide repas. Puis elle s'est enfermée avec lui dans le cabinet de travail de son époux. Costantino ne se sent plus tenu par son serment et il n'a que faire des secrets de la République. Cependant, il hésite pour une autre raison :

— Je ne devrais pas vous charger de ces secrets, Laura. Déjà, je vous expose en venant ici.

— Rassure-toi, Tino, j'ai porté bien d'autres secrets.

Ils ont plus d'une fois changé la chandelle. Costantino a raconté, Laura, en écoutant, moulait son grain.

C'était donc cela, cette propulsion de Costantino au poste de secrétaire au Conseil des Dix, cette nomination subite qui avait intrigué tout le monde, y compris le Doge Gritti. C'était donc cela, cette réserve de Gritti, qui avait échappé à ses questions. Et lui revient comme un relent d'intrigue cette mort étrange du grand Doge, remplacé si facilement par un homme terne et du bon parti.

Laura, et avec elle, sa famille, avait perdu l'appui du Doge, mais elle avait conservé l'amitié de Mosca et de Zuan. Parfois, les hommes du peuple sont plus efficaces et plus fidèles que les grands. Et puis il y a les femmes. Costantino, le léger, le cœur volage qui désespérait son père, a été sauvé par une femme. Quoique celle-ci était en train de le retenir et qu'il ait dû s'arracher à ses bras lorsqu'Hermolao est venu tambouriner à la porte de la casa Pallavicina. N'a-t-on pas raison de représenter la Fortuna par une femme ? C'est ce qui la rend parfois clémente, parfois dangereuse.

Il n'a pas échappé à Laura qu'en évoquant Camilla, un sourire flottait sur le visage las de Costantino. Pourquoi ce sourire lui a-t-il tant déplu ?

Quand la dernière chandelle se fait mourante :

— Il est tard, dit-elle en se levant. J'ai fait tirer les rideaux de ton lit. Tu pourras dormir jusqu'au milieu du jour. Demain, j'enverrai Mario aux nouvelles à Trévise et nous aviserons. Dors. Chez moi, tu es en sécurité.

Dès le matin, pendant que les fugitifs se reposent, Laura rassemble son domestique dans le cabinet solennel du maître de maison. Peu de gens, en somme : Anzela, sa femme de chambre, une cuisinière, un valet d'intérieur, un autre d'écurie, Mario, bien sûr. On se répétait à la cuisine qu'il y avait eu dans la soirée la visite inattendue de Messer Costantino. Il était donc urgent de donner à tous un ordre formel de discrétion. Personne, ni au village, ni au moulin, ni à la ferme, ne doit rien savoir à propos de la présence de Costantino et d'Hermolao Dolfin. Ils demeureront ici et ne quitteront la maison que le moment venu. Dans les jours qui suivront leur départ, l'on se comportera comme s'il ne s'était rien passé. Il y va de la paix de cette maison et de la subsistance de chacun. Et, tout en donnant ces consignes, Laura se comparait à la République, se disant que la vie publique et privée procèdent parfois de la même trame : étouffer et imposer le silence.

Mario, envoyé à Trévise traîner au marché et visiter un confrère valet de chambre du Podestat, revient à méridienne lui glisser dans l'oreille des nouvelles peu rassurantes. Laura rejoint aussitôt la chambre de Costantino. Les courtines du lit étaient ouvertes, il était réveillé, réfléchissait. Laura décide de ne faire aucun détour :

— Hier, pendant que tu remontais vers Casale dans la barque d'Hermolao, un *avvogador* se présentait à l'ambassade avec le mandat d'arrêt du Conseil des Dix. Il a été refoulé par la valetaille en colère. Cela crée un incident diplomatique. L'ambassade est entourée de gardes vénitiens armés qui ne laissent passer personne. On s'attend à ce que ce soir ou demain, on en force les portes.

– Et Nicolino ? lance Costantino éperdu.

– Hélas, il n'y a plus rien à faire pour lui. Selon toute vraisemblance, il sera pris.

C'était net, froid. Il fallait couper vite et sans état d'âme, comme un barbier qui opère. Costantino reçoit la nouvelle de plein fouet. Mais comme toujours, sa stupeur se change rapidement en révolte. Il jette la courtepointe et l'édredon, se dresse, cherche ses vêtements.

– *Per Dio* ! Qu'est-ce que je fais ici ! Je ne peux pas le laisser seul ! Il faut que je parte tout de suite !

– Ne fais pas l'enfant, Tino. C'est trop tard, dit Laura avec douceur.

Dans son agitation, Costantino est venu se planter en face d'elle, les mains en avant, les doigts rassemblés pour mieux convaincre, les traits convulsés, ponctue :

– Mais comprenez enfin que j'ai abandonné mon frère. Sous la promesse fallacieuse qu'il me suivrait dès le lendemain, par le même canal, comme on m'avait sauvé, moi. Et je ne peux pas vivre avec cette idée de l'avoir abandonné !

À mesure qu'il égrenait ses phrases, Laura voyait monter ses larmes. Et les pleurs affluent, de rage, de honte, de chagrin. Elle l'entraîne au bord du lit, où ils s'assoient côte à côte. Elle le laisse répandre ses larmes sur son épaule. Le temps qu'il faut. Costantino est redevenu une boule de chagrin qu'il faut apaiser. Elle entoure de son bras son corps solide, sent sous ses paumes les durs muscles d'homme et toute cette force secouée par des sanglots d'enfant. Et sa voix se fait maternelle :

– Personne ne pouvait rien pour lui, Tino. A pcinc étais-tu parti qu'il était déjà trop tard. Tu as trompé la surveillance des *vigili*. La *contessa* n'aurait pu revenir que le lendemain soir, mais dès le lendemain matin, plus personne ne pouvait rien.

Costantino continuait de pleurer plus doucement, secouant la tête. Il refusait cette logique. D'ailleurs, il ne comprenait plus rien au déroulement funeste des événements. On l'avait arraché du lit de la *contessa*. Le reste n'était que brouillard, course, cache inconfortable dans le fond d'une barque qui puait le poisson et courait sur l'eau. Puis ce sommeil si lourd, après une pauvre gorgée de vin…

– Personne, répète Laura. Pas même Zuan Favro.

Sans doute, ce nom incongru prononcé à ce moment serait-il de nature à remettre en route la machine à penser, reléguant au second plan la bête souffrante. Et c'est ce qui se passe, puisque Costantino se calme, s'éponge le visage. Zuan Favro, pense-t-il. Que vient faire dans son histoire ce vendeur de billets de loterie, cet homme aux activités troubles, qui avait reçu un jour, devant lui, un mystérieux message de Laura ? Quelle énigme se cache encore sous tout cela ?

– Que vient faire ici Favro ?

– Il t'a sauvé hier soir, répond Laura sans hésiter.

Comment cela est-il possible ? Costantino avait fait appeler Hermolao. Il l'attendait au matin, il était apparu en pleine nuit ; à quelle heure ? Il n'était pas en état de le savoir et n'avait pas posé de question. Il avait bu un peu de vin amer ; il n'a plus de souvenirs. Puis, c'était encore à Hermolao qu'il avait confié son sort. Mais voilà que le récit de Laura donne aux événements récents un éclairage tout différent et qu'Hermolao, au lieu de suivre les volontés de Costantino, obéissait à celles d'un inconnu qui protégeait sa vie, avait intercepté son billet, mis au secret le gondolier qui l'avait reconnu dans sa fuite et que celui qui lui avait ouvert les chemins de la liberté s'appelait Zuan Favro !

– Pourquoi ce Favro a-t-il fait cela ?

– Pour moi. Je t'expliquerai plus tard. En tout cas, sans lui, tu étais pris, Tino. Et si Hermolao ne t'a rien dit, c'est justement pour que tu ne commettes pas la folie de retourner à Venise.

– Mais… Et moi qui ai renvoyé Hermolao à Venise ! sursaute Costantino.

– Il est ici, là-haut, dans la chambre qu'il occupe chaque fois qu'il vient tard dans la soirée. Personne ne sait qu'il est ici.

Ah. Costantino comprend qu'il est devenu le jouet d'une volonté extérieure, mais bienveillante. Son nom : Favro ? Dieu ? …

– Mais sa barque… ?

– Au fond du Sile.

Laura ! Elle a pensé à tout, la *Signora* de Limena, se dit Costantino dans un nouvel accès de stupeur. Elle est une force irrésistible qui s'étend et se ramifie, se déploie comme une constellation, tisse une toile qui dessine un motif, se trouve un but, est animée de volonté, agit à distance, surclasse la volonté d'autrui, anticipe, prévient, agit.

Costantino l'observe en secouant la tête. Une constellation. Comment fait-elle pour que les planètes lui obéissent ? Elle illumine.

– Les nouvelles arrivent moins vite en province, dit-elle encore. Cela nous laisse un peu de temps. Assez pour rassembler de l'argent, des chevaux, des vivres et préparer ton départ. Tu peux avoir confiance dans mon domestique, mais ne sors pas et ne te montre pas aux fenêtres.

– Laura, je vous mets en danger et vous me sauvez, murmure Costantino confus.

– Ne me remercie pas. Peut-être est-ce Dieu qui t'a sauvé. Ils ont été plusieurs à vouloir sauver le fils de Nicolò Aurelio.

Laura est partie à Trévise. Costantino tourne en rond dans la maison comme un fauve en cage. Au milieu des affres du prisonnier, il sent couler le temps, d'une lenteur désespérante. Tantôt, il emprunte un livre qu'il rejette aussitôt, préférant le dialogue avec Hermolao, dont il ne tire rien qu'il ne sache déjà ; tantôt, il déplace les objets, sursaute au moindre bruit de porte, au moindre murmure ; tantôt il sombre dans un état d'apathie proche du sommeil. Mais le plus souvent, les yeux fixés sur la page d'un livre ouvert qu'il ne parvient pas à lire, ses pensées s'envolent vers son frère, s'égarent dans la détresse, s'affolent dans l'ignorance de ce qui se passe à Venise. Ou alors, l'esprit soudain plus serein, il parcourt l'étrange toile des événements : les débuts du complot, son déroulement, ses derniers rebondissements, les péripéties de sa fuite, cet étrange sommeil, les événements à venir, ceux qui prennent forme dans les déplacements de Laura, dans son activité rassurante, dans sa protection.

Être l'homme dont le sort dépend d'une femme qu'il attend. Au fond, ce malaise, n'est-ce pas ce que son père a dû ressentir durant des années ? L'exilé de Trévise, qui durant sept ans a espéré son retour en grâce en attendant Laura. Oh, *Pàre*, comme l'histoire se répète et voyez comme les cercles se referment : moi, je suis prisonnier de Casale et mon salut dépend de Laura. Comment avez-vous supporté votre emprisonnement ? Comment avez-vous dû vivre l'absence de celle que vous aimiez ? Comment supporter l'immobilité, le silence, l'impuissance, la rage… ?

Costantino s'était installé dans le fauteuil élimé qui faisait face, dans le cabinet de son père, au portrait de femme que Palma avait peint vingt ans plus tôt. Insensiblement, il s'était mis à dialoguer avec le regard de Laura. Et ce faisant, il ignorait à quel point se répétaient les sentiments, les gestes paternels.

Il était là, perdu dans sa contemplation, lorsque la porte s'ouvre soudainement, poussée par une main décidée. Laura apparaît dans l'encadrement, le geste suspendu, soudain si pâle. Elle a étouffé une exclamation de surprise. L'espace d'un éclair, elle a vu Nicolò tel que jadis, à la place même où elle trouva tant de fois son époux en méditation.

Costantino a perçu son tressaillement. Il se sent pris en faute, se trouble à son tour, comme pris en flagrant délit d'indiscrétion, d'usurpation, peut-être.

— Pardonnez-moi… Je n'aurais pas dû…

Il s'est levé, est allé à sa rencontre tandis que Laura refermait doucement la porte, reprenait contenance, et pour s'aider, elle devient volubile :

— Je reviens de Trévise, dit-elle. J'ai les chevaux. Ils seront ce soir à l'écurie. J'ai des armes : deux *tarzette da fuoco*, une épée ; des lettres de change, des ducats.

— Laura, comment avez-vous pu…

— Très facile. Je suis allée chez le Juif. J'ai vendu le pendentif d'Ibrahim Pacha. Pietro l'évaluait à dix mille ducats ; j'en ai obtenu neuf. Après tout, le Grand Vizir, qui n'aurait jamais approuvé cette guerre, peut bien sauver l'homme qui a aidé à la finir, non ? Je me suis donc procuré les chevaux et l'argent dont tu auras besoin en route. On a besoin de beaucoup d'argent, tu sais, pour faire tourner la tête des gardes du côté de la muraille.

Costantino voulait lui prendre les mains avec fougue, mais elle se dérobe ; elle n'en a pas fini :

— Vous partirez tous les deux, toi et Hermolao. Vous prendrez la route la plus courte vers Milan. Allez chez Flora. Elle sera heureuse de t'accueillir et dans le duché de Milan, tu ne risques rien. J'ai deux mille ducats en pièces d'or et d'argent. Le reste, je l'ai transformé en lettres de change. Avec cet argent, tu auras largement de quoi te loger, te constituer une rente et mettre Hermolao à l'abri du besoin. Tu trouveras cet argent à Milan, au nom de Flora.

— De Flora ?

— Il faut toujours veiller à la trace que l'on laisse après soi. Qui verra à redire à ce que j'envoie un cadeau d'argent à ma fille ?

— Laura, vous êtes…

— Il faudra que j'écrive à Flora, à Guido Borromeo et à son père. Et puis, j'y pense : je vais aussi écrire à Costanza Fregosa. Depuis que son époux, le condottiere Cesare est mort au service du Roi

François, elle reçoit des rentes et des bénéfices de France. Depuis un an, elle vit dans ses châteaux de la région d'Agen où elle a emmené les siens ainsi que son ami Bandello, qui sert de précepteur à son fils tout en écrivant ses contes. Tu connais tout ce monde, n'est-ce pas ?

— Tous. Et tous les Italiens réfugiés là-bas. Ce sont des amis de Pietro Aretino.

— Parfait ! s'écrie Laura.

Contente de ces dispositions, stimulée par le retour à l'action, elle souriait à Costantino : ne dirait-on pas que se prépare un rendez-vous mondain ? Elle se sent soudain le cœur léger, mais Costantino reste pris dans une nasse de pensées plus graves. Il réussit à lui saisir les mains et dans son élan, il lui enlace aussi les épaules, la taille, la serre sur sa poitrine avec une force qu'elle ne contrarie pas.

— Oh, Laura, qui êtes-vous…

Elle a perçu l'émotion dans sa voix et elle savoure avec délice ce qu'elle décide d'appeler un geste de gratitude infinie. Encore un geste de Nicolò et elle en ressent une chaleur étrange. Mais elle pense en même temps qu'il existe bien des réponses à cette phrase laissée en suspens : « qui êtes-vous ? » Elle n'avait pas eu l'occasion de lui expliquer pourquoi Zuan Favro était intervenu dans sa fuite. Il ignorait tout un pan de sa vie, et c'était mieux ainsi. Seul Pietro avait eu droit à la vérité, parce qu'il était venu un soir la lui arracher, ici même, en lui posant à peu près la même question : qui êtes-vous. Mais elle avait exigé de son fils le serment solennel de se taire.

Costantino prolongeait son étreinte, lui disait :

— Nous vous devons tout.

Qui était ce « nous » ? C'est vrai qu'elle préparait la fuite de deux hommes. Mais quand Costantino murmure :

— Que veut dire A M B N D ?

Car les initiales inscrites au bas du tableau l'avaient intrigué. C'est au tour de Laura de se troubler, les membres engourdis, emprisonnés par l'étreinte de Costantino. Ce portrait d'elle qu'elle avait jadis commandé à Palma portait les initiales d'une phrase répétée au bas de chacune des lettres qu'elle envoyait alors à son époux exilé, une phrase jaillie de sa découverte qu'elle l'avait longtemps aimé sans le lui dire, sans même le savoir: *amor mutus brevis non ducere* : ne pensez pas qu'un amour silencieux soit petit. C'était si loin déjà… Mais se reprenant, elle se dégage doucement.

— Cela veut dire que les choses importantes n'ont pas toujours besoin de paroles.

Parler d'autre chose. Éloigner le troublant souvenir. Se raccrocher aux nécessités du présent. Laura, en fuite, redevient volubile :

– Il faut encore que je te fasse préparer assez de biscuit et de viande salée pour la route, de la boisson, des couvertures…

Il n'était pas besoin de rappeler que Costantino n'était pas encore sorti des États de Venise et que Nicolino était toujours en prison.

\*

C'est le lendemain matin qu'un cavalier se présente à la villa de Casale. Le pas du cheval foulant le gravier de l'allée avait propulsé les fugitifs à l'étage de la maison. Mario avait donné l'ordre au palefrenier d'attacher la monture du visiteur à la grille, de manière à ne pas donner l'éveil aux chevaux qui attendaient dans l'écurie. Laura attend dans le salon. Mais lorsqu'on introduit le voyageur, elle sourit pour cacher son inquiétude :

– Capitaine Santoni !

C'est une vieille connaissance. Nicolò Aurelio l'affectait jadis en mercenaire au commandement de certaines escortes armées. Il avait été au service de Laura, l'année où elle fit le tour de ses propriétés, dans une campagne peu sûre après la guerre. Santoni avait supporté de bonne grâce les foucades téméraires de la jeune *Signora Aurelia* parce que, comme beaucoup, il en était tombé secrètement amoureux. Puis il avait été envoyé combattre près de Brescia et en était revenu amer et gradé, puis avait reçu le commandement de la garde ducale. Il avait même été le compagnon de Costantino pour aller à Parenzo reconnaître Pietro rescapé miraculeusement de son aventure. Mais aujourd'hui encore, lorsque, durant les longues veilles de garde, il se rappelle ce temps de ses débuts, le militaire, arrivé à l'âge où l'on comprend les enchaînements du destin, se reproche encore ce moment d'inattention, à l'entrée de Mestre, qui avait provoqué cet incident entre la *Signora Aurelia* et ce secrétaire de quarantie, un certain Dedo, lequel, se remplissant de haine, avait travaillé à la chute du Chancelier. C'est depuis lors qu'il s'est mis secrètement au service de la famille Aurelio.

Depuis quelque temps, le Capitaine Santoni commande une troupe de soldats dont se sert la République chaque fois que le maintien de l'ordre intérieur nécessite l'intervention de la force. Nul doute qu'il était, il y a quelques jours à peine, devant l'ambassade de France.

Pour toutes ces raisons, Laura ne s'étonne pas de le voir approcher aujourd'hui.

– Capitaine Santoni, quelle surprise ! s'écrie-t-elle, jouant de charme.

– *Signora*, ne m'appelez point capitaine, je suis venu en privé, dit Santoni en s'inclinant, un peu raide. Je ne sais si l'on vous a dit…

Oui, Laura savait, elle pouvait devenir plus naturelle : son valet principal était revenu de Trévise avec des nouvelles épouvantables auxquelles elle n'osait croire. Les frères Cavazza ! Les fils de Nicolò Aurelio… C'était consternant.

Santoni approuve. Cependant, à le voir, à l'entendre, on dirait qu'il n'a ni sentiments, ni avis personnel. Les militaires sont parfois ainsi. Laura pense que leur armure n'est pas toujours de métal. Oui. C'est consternant. Impossible. Il doit y avoir une faille. Mais la trouver n'est pas de son ressort, et il constate, presque indifférent et à peine désespéré, la chose absurde. Cela ne l'empêche pas de poursuivre son rapport :

– Toute la ville est dans la confusion, *Signora*. On parle d'un complot parmi la noblesse qui voudrait faire porter la responsabilité des révélations sur deux secrétaires. Un homme venu récemment de Vérone aurait mis la main sur des preuves accablantes trouvées dans la chambre de sa maîtresse. Messer Mosca, le chef des *sbiri*, m'a dit que l'épouse de Nicolò Cavazza a clamé l'innocence de son époux et mettait en cause le *Procuratore* Vincenzo Grimani. Elle a déposé une plainte. Mais depuis qu'elle a rencontré Messer Cavazza dans sa prison, elle a subitement retiré cette plainte. Le notaire de la famille Grimani a été retrouvé noyé dans la lagune. Il se passe là-bas des choses étranges…

Santoni avait le regard fuyant. Laura sentait dans cette attitude une certaine timidité, une gêne de ne pas arriver à se choisir une contenance. Aujourd'hui s'y ajoutait un malaise devant les nouvelles qu'il apportait et le doute profond qu'elles faisaient naître en lui. Il poursuivait sur le même ton :

– L'homme d'affaires de l'ambassadeur de France a subi la corde. On a banni des nobles étrangers : les Fregoso, la contessa Pallavicina, l'évêque de Lodi, les Strozzi… L'ambassadeur Pellicier fait son bagage car il est devenu indésirable. Messer Maffio Lion a quitté Padoue et il est en fuite. *Monsignore* Valier…

Santoni interrompt soudain son débit monocorde, comme si une idée venait de le frapper. Il baisse le front, accablé :

— Pardonnez-moi, *Signora*, si je vous l'apprends. Mais j'ai assisté à l'arrestation du Révérend Valier en même temps qu'à celle de Messer Nicolò Cavazza. Les procès ont été menés rondement. Hier matin, le sieur Abbondio, le Révérend Valier et Messer Nicolò Cavazza ont été pendus.

— Mon Dieu...

L'émoi de Laura n'est pas feint. Elle se signe et se recueille un instant. Elle avait beau s'y attendre, l'entendre dire avec cette absence de colère, comme s'il s'agissait d'une fatalité...

— Nicolino, murmure-t-elle. L'homme modèle, Capitaine, qui toute sa vie n'a eu de cesse que de mériter les bienfaits de son père adoptif. Il était la loyauté même, la droiture, la franchise.

— Je sais, *Signora*. Messer Mosca m'a dit qu'il avait impressionné ses juges. Mais voilà...

Mais voilà : la fatalité.

— Et que sait-on de Costantino ? interroge Laura.

— On le recherche activement mais il demeure introuvable. La lagune est surveillée. Ou bien il se cache dans Venise, ou bien il a réussi à fuir. Seulement, ni les douaniers, ni les *sbiri* n'ont vu personne quitter la cité ni traverser les passes.

— Mon Dieu...

— On a cherché son ami Dolfin, mais celui-ci est introuvable aussi. On suspecte qu'ils aient fui ensemble, mais comment ? Vous me direz qu'il y a les eaux peu profondes et que Dolfin connaît à fond la lagune. Mais quand même, sur l'eau, le regard porte au loin. Supposant qu'ils aient pu passer, ou bien ils ont pu prendre la mer, ou bien ils sont sur la *terraferma*. Mais on ne va pas en mer sur une barque de lagune et les bateaux de mer sont fouillés au départ du port. Ces messieurs du Conseil des Dix ont donc pensé qu'ils pourraient se trouver sur la *terraferma* et être venus chercher du secours chez vous avant d'aller plus loin. Dans ce cas, entre la Brenta et le Piave, ils ferment une nouvelle nasse, vu qu'il est facile de mettre du monde aux ponts et aux gués, à tous les endroits de passage qu'ils connaissent, *Signora*.

La phrase s'est achevée un ton plus bas et Santoni la regarde soudain en face, sans ciller. Laura a entendu. C'est elle à présent qui fuit le regard du militaire.

— Évidemment, poursuit celui-ci, s'ils se trouvent sur l'autre rive de ces deux fleuves, on n'a aucune chance de les retrouver et on abandonnera les poursuites. Mais entre le Piave et la Brenta, le pays n'étant pas très étendu, on a quelque espoir. On projette de lancer un ordre de délation, avec récompense. Mais avant cela, on m'envoie fouiller là où on pense les trouver : ici.

– Ici !

– Je suis désolé, *Signora*. Demain matin, je viendrai avec une escouade fouiller votre maison et votre domaine. Ce sont mes ordres. Je suis désolé.

Le ton était en effet celui de la désolation, mais le regard fixe fait passer un message clair qu'elle saisit. Pas besoin de se composer un visage devant Santoni. Dès qu'elle a pris sa décision, elle lui répond avec une belle assurance :

– Je vous laisserai faire votre devoir, Capitaine. Je donnerai des ordres à mon valet Mario qui vous ouvrira les portes. J'ai malheureusement une affaire importante qui me requiert à Trévise pour la journée. Mais je veillerai à ce que vos hommes puissent accomplir leur travail et même, à ce qu'ils puissent se restaurer dans ma propriété. Quant à vous, vous serez mon invité. Et pardonnez-moi de ne pouvoir vous accueillir personnellement.

C'est pendant qu'elle parlait ainsi qu'il s'est mis à sourire. Très lentement, imperceptiblement. Elle avait compris, lui évitait même de prononcer des mots prohibés par son serment de soldat. Costantino n'était donc pas resté dans la nasse de Venise. Il devait être ici, tout près. Il pouvait encore se sauver, et c'est elle qui le sauverait car, de toute évidence, elle avait le dessein de l'emmener vers le gué secret de Limena, où, plus de vingt ans plus tôt, elle l'avait sauvé lui, Santoni, ainsi que ses hommes, des poursuivants espagnols. Un gué porté sur aucune carte, dont il se rappelait parfaitement l'existence mais dont elle seule possédait le secret.

Il se lève, met un genou en terre parce que les mots ne lui viennent pas pour exprimer sa jubilation et son admiration devant la grande dame. Il lui prend les mains et sent soudain son cœur exploser, parce que cette posture lui rappelle des instants passés à surveiller la nuit et les lueurs fallacieuses du clair de lune.

Mais il ne faut pas qu'il prolonge sa présence dans cette maison, aux pieds de la *Signora* de Limena, dans ce trouble qui s'empare à nouveau de lui. Elle se laisse prendre les mains, elle sourit aussi.

– Merci, Andrea Santoni. Mon époux vous tenait en haute estime. Moi, en profonde amitié.

# 16
## Septembre 1542, en Vénétie.
## Le pari

Ils sont partis à la tombée du jour après avoir pris une avance de repos. Laura s'était fait habiller comme les deux autres, en cavalier, le corsage lacé sous une veste de drap, des culottes amples, les cheveux rassemblés dans la nuque sous un chapeau de feutre à larges bords, le tout recouvert d'un grand manteau sombre. Botte à botte avec Costantino, ils avançaient sur le chemin de terre qui longeait les cultures et les fossés. Laura montait Nuvola, sa petite jument grise. Hermolao suivait, entraînant un mulet portant le bagage. Dans les fontes de chaque selle, une *tarzetta* chargée. Costantino portait une épée. Certes, il avait fait remarquer que ses quelques exercices à l'escrime remontaient à bien longtemps, mais Laura lui avait répondu qu'un homme armé d'une belle épée est toujours plus impressionnant qu'un autre aux mains nues. De toute façon, Hermolao possédait aussi son couteau de pêcheur, et Costantino, celui que lui avait offert le barbier de l'ambassadeur de France. Le couteau est une arme dissimulée, comme la redoutable *tarzetta*, une arme de traître. Il me convient, avait-il dit avec humeur.

Ils se dirigeaient vers la déchirure d'un coucher de soleil qui lentement se teintait de sombre. Lentement s'élevaient de la terre les ombres et les parfums de la nuit. Une nuit fraîche. L'humidité montait des marais et des fossés mais les sabots des chevaux martelaient une terre dure, rendant un son sourd. Ici ou là, un grognement de colvert, un coassement de crapaud, une loutre ou une fouine faisant frissonner les broussailles.

Limena n'était distant de Casale que d'un peu plus de dix lieues. Au pas, six heures y suffiraient, mais ils trotteraient le plus possible car il y avait les obstacles : toutes les rivières de ce pays coulant dans le même sens, chacune leur barrerait la route. Mais on était à l'extrême pointe de l'été et les pluies n'avaient pas encore grossi les cours d'eau, de sorte que la plupart d'entre eux ne seraient que de larges fossés que l'on pourrait aisément traverser à cheval. Une chance. Seul le Dese serait plus difficile à franchir, mais elle connaissait les gens du moulin en amont de Scorzè ; elle contournerait Noale par le nord. Elle connaissait le pays, les fermes, les moulins, éviterait le centre des cités où veillaient les garnisons et les fonctionnaires, s'arrêterait peu et espérait avoir atteint les marais de Tavo avant la pointe du jour.

Sur la voûte céleste virée au bleu marine, s'allumaient quelques étoiles, glissait un large quartier de lune. Cette lumière diffuse suffisait à reconnaître le chemin. Au besoin, Hermolao, qui voyait dans la nuit comme un chat, serait appelé à la rescousse. Dans ce pays plat, les chemins allaient en ligne droite. Lorsque l'on y voyait assez, Laura mettait son cheval au trot. Ils marchaient vite, silencieux, attentifs aux échos de la nuit.

Costantino se perdait dans ses pensées. Il imaginait Nicolino devant les juges. Droit, solennel, froid. Il avait dû se fermer, montrer qu'il respirait un autre air, était entré dans un autre monde, comme il le faisait déjà lorsqu'ils étaient à l'ambassade. Nicolino a certainement entendu la sentence sans ciller ; cela lui ressemblait bien. Costantino en frémissait d'orgueil ; c'était sa revanche contre la mort de son frère. Mais il imaginait l'échafaud dressé entre les deux colonnes, avec le gibet et les anneaux de corde. Le peuple conspuait-il ceux qu'on leur montrait comme étant les traîtres ? Y a-t-il eu des jets de pierres, des crachats ? L'un après l'autre, les corps sont tombés dans le vide, les jambes tendues à la recherche d'un appui. Un bruit mou, ou un bruit sec, celui des vertèbres qui se brisent ? Souffre-t-on ? Et la clameur populaire était-elle la même que lorsque les chandelles romaines s'allument le jour du carnaval ? Oh, le peuple ! Toujours si content lorsqu'on lui offre un spectacle ! Certains ont dû applaudir. Ah, Venise, je te hais !

Pour fuir ces images surgies de son imagination, Costantino poussait son cheval au galop et la fraîcheur de la nuit lui fouettant le visage le rendait à lui-même. Laura le rattrapait, le suivait, ne lui demandait rien. Que pouvaient-ils se dire ? Lui et elle étaient habités par les mêmes fantômes. Que faisaient-ils à cette heure, perdus dans ce pays informe plongé dans les ténèbres, à suivre des chemins conduisant nulle part, ou alors aux enfers ?

Rien ne paraissait à Costantino plus sinistre que ce départ nocturne, pareil à une équipée de voleurs, aggravée par l'idée qu'il quittait définitivement tout ce qui avait fait sa vie. Alors, toujours dans le tumulte de ses pensées, il se lamentait sur lui-même, sur Venise, sa chère Cité qu'il parcourait en amoureux, dont il connaissait chaque pavé, chaque rio, dont il aimait contempler les marbres, la lumière, la brume, écouter les rumeurs des ports, des églises, de la foule bigarrée, agitée, aimable... Venise qu'il avait quittée de nuit, sans un regard, sans un adieu, dissimulé dans le fond d'une barque.

Adieu Venise, et aussi adieu Casale, sa paix, les bords enchantés du Sile, les fêtes de famille, la présence de Laura. Costantino s'apitoyait sur son dénuement, sur la perte de son frère, sur la perte de Laura, sur la perte de soi-même. Et il laissait silencieusement couler ses larmes. Laura, où allons-nous, que vais-je devenir. Parfois, je me demande si je ne devrais pas envier le sort de mon frère.

Mon frère : quel scandale que sa mort ! Un homme de devoir et de droiture ne devrait pas mourir ainsi. Nicolino a dû accepter l'injustice humaine comme on accepte la maladie ou le malheur : stoïque et digne, comme Socrate. Avec moins d'ironie. Nicolino, par sa vie exemplaire, par sa mort ignominieuse, a sauvé la sérénité de sa Patrie. Il ne ressemble pas à Socrate, il ressemble au Christ.

Et toi, Costantino, homme sans consistance, sans force... Supposant que tu parviennes à te sauver, mérites-tu de survivre ? Et pourquoi tant de gens pour sauver ta personne insignifiante ? Ils ne l'ont fait que par égard pour les tiens : par égard pour la *Signora Aurelia*, qui, à force de courage, a été capable de relever son nom et sa fortune ; par égard pour ton frère Pietro, qui, à force d'audace et d'intelligence, s'est élevé encore ; par égard pour ton père, qui a mis tout son talent au service de l'État et tout son cœur dans sa passion pour une femme –paraît-il. On dit même qu'il en est mort. Et toi, Costantino ? Fils léger qui as déçu ton père, amant volage, bouffon. Quelle est ta conviction ? Où est ton mérite ? Ah, tu ne vaux pas que tout ce monde se soit mis au service de ta liberté ! Dieu, vous vous êtes trompé de frère en faisant mourir Nicolino.

Costantino baissait la tête. La honte envahissait son âme. Il se sentait si misérable, si peu digne des faveurs du sort qu'il prenait la résolution, s'il échappait aux poursuites, de changer de vie. Mais son avenir, dans son esprit, ne prenant aucune forme, aucune image ne s'imposant à son imagination, il sentait bien que sa résolution ressemblait à un cri de détresse lancé au ciel par un naufragé dans la tempête. Cela ne signifiait nullement que finirait la tempête ni qu'il n'y aurait point de noyade, ni que le calme revenu, il serait capable de tenir fermement un nouveau cap. Et Costantino se penchait sur lui-même avec lucidité, en retirait un mélange de dégoût et de commisération. Mais en ce moment, l'essentiel était de marcher. Il valait mieux marcher sans penser, faire comme le cheval qui, imperturbable, indifférent, battait la route en s'enfonçant dans la nuit, étirait, creusait la distance qui le reliait à son passé et finirait par l'en arracher en marchant… marchant… marchant…

Ils étaient passés à travers champs pour éviter Mogliano. Mogliano, c'est la voie directe de terre qui conduit de Mestre à Trévise. Quelle ironie si, au moment de traverser cette route, ils tombaient sur l'escouade du Capitaine Santoni arrêtée à Mogliano pour être à Casale le lendemain à l'aube ! Mais on était au début de la nuit et tous sens à l'affût, ils avaient furtivement traversé la route déserte pour reprendre le chemin étroit qui s'enfonçait ensuite en ligne droite à travers la campagne. Une campagne dont les chaumes récemment fauchés étaient rassemblés en meules découpant leurs dômes sur le ciel nocturne. Laura marchait devant. Ce n'était pas une fuite, c'était un cortège funèbre.

Peu à peu, Costantino, lassé de contempler son vide, peut-être poussé par l'habitude intellectuelle de changer de point de vue, se regarda avec moins d'âpreté, prit sa propre défense. J'ai aimé, se dit-il. Peut-être est-ce ma mère qui m'a appris à aimer, sans limite, sans éclat, sans espoir. J'ai aimé le beau, l'aimable, tout ce qu'on peut aimer. J'ai aimé… Il y a en moi une source d'amour, inépuisable, forte, secrète. Un point fixe, une obsession, peut-être.

Ils venaient de passer le gué de Noale lorsqu'un vent frais se leva, venant de la mer.

— Arrêtons-nous un instant, dit Laura.

Ayant attaché les chevaux sous le couvert d'un arbre isolé, ils s'ébrouent un peu. Costantino tend à Laura la fiasque de vin, rencontre sa main glacée.

— Mais vous avez froid, vous frissonnez !

Laura boit à longues goulées. Le vin la réchauffe, lui communique une force. C'est une nourriture qu'ils partagent, comme un remède contre la désolation, la séparation, les fantômes. Il s'approche d'elle, lui saisit les mains, les réchauffe entre les siennes pendant qu'Hermolao, buvait à son tour avant de ranger la fiasque.

— Il faut repartir, dit-elle.

Costantino approche son cheval, lui tend la main, l'étrier :

— Montez, Laura. Mon cheval nous portera tous les deux, le temps que vous vous réchauffiez.

Pourquoi n'a-t-elle pas hésité à accepter cette main tendue ? Est-ce un sortilège de la nuit, de la fuite ? Un jour, Nicolò, après l'avoir hissée sur le garrot de son cheval, lui avait parlé de changer de vie. Elle n'avait pas voulu comprendre et elle avait laissé passer le temps, puis le temps n'était plus revenu. Cette main tendue de Costantino était-elle une occasion de revanche ? Les gestes se répétaient-ils pour lui permettre de revenir en arrière, de refaire les parcours manqués ?

Qui se joue d'elle, au point de faire coïncider le présent et le passé, les images ressemblantes du père et du fils exécutant les mêmes gestes et la forçant à y donner les mêmes réponses ? Chaque fois, elle retrouve le même trouble que la veille, lorsqu'elle a ouvert la porte du cabinet de travail. Et avec le trouble, la tentation de rejouer la pièce. Mais mieux.

Costantino l'installe devant lui sur sa selle, l'enveloppe de son grand manteau. Elle a ôté son chapeau, sent le souffle de Costantino sur sa nuque, absorbe la chaleur de son corps tiède, s'engourdit un peu dans le balancement du cheval. La nuit et la fuite peuvent durer.

Elle avait laissé les enfants dans la barque, à la garde de la nourrice et des valets. Le soleil déclinant répandait sa gloire dorée sur les berges du Sile. Elle était juchée sur l'encolure du cheval. Nicolò dirigeait sa monture à travers les champs baignés de lumière. Elle sentait sa chaleur, entendait dans son dos le murmure de sa voix. « Accrochez-vous à moi. » Ses bras restés libres s'étaient posés sur les bras de l'homme qui tenait les rênes. « Vous me manquez. Notre séparation me pèse. »

Costantino rassemble ses rênes dans une main, de l'autre, il lui entoure la taille. Une chaleur monte dans son ventre et son cœur bat plus vite.

— Si vous saviez comme vous me manquerez.

Qui avait murmuré, de cette voix si grave, tout près de son oreille ? Costantino ou son souvenir ? Elle sort de sa torpeur, s'arrache au délice de cette étreinte, fuit un nouvel accès de cet étrange délire.

– Ne dis pas cela, Tino, ne dis pas cela, supplie-t-elle. Laisse-moi descendre, je n'ai plus froid. Nous devrions trotter un peu, à présent.

Il sent bien qu'elle l'a dit comme à regret mais pour lui obéir, il s'arrête, descend de cheval, lui tend les bras, l'aide à descendre à son tour. Elle avait une façon exquise de s'assouplir sous l'étreinte du bras, la même qu'il perçoit à nouveau en la recevant sur sa poitrine et il ne peut s'empêcher de prolonger cet instant fugace, de le retenir, de s'en griser encore. Elle paraît hésitante, il trouve ses lèvres qu'elle ne lui refuse pas et, dans cette étreinte muette, il lui fait savoir que son désir en est arrivé à un point presque douloureux.

Tandis qu'elle se détache doucement de lui, il s'aperçoit que le bord de son manteau est resté accroché à la ceinture de Laura. Une ceinture à la boucle imposante et ouvragée représentant une fleur de lys.

– Prends garde, dit-elle.

D'un geste vif, elle fait glisser le pistil de la fleur. C'est un poignard minuscule qui tient dans la paume et dépasse dangereusement entre les doigts. Cet instrument peut poinçonner un crâne, ouvrir un ventre, trancher l'artère du cou, trancher tout ce qu'il rencontre. Costantino marque un mouvement de recul et son sang reflue. Elle découvre ses dents en un sourire de petit fauve.

– Tu vois, dit-elle, je ne me laisse pas prendre au dépourvu. Sais-tu qu'il a déjà servi ?

L'instant de stupeur passé, Costantino lui renvoie un sourire complice, frondeur comme son sexe qui se remet en garde, comme si ce bout de chair trouvait là la seule réplique à la vue de cette arme guerrière. Étrange femme, se dit Costantino. Le personnage de Zuan Favro surgit à nouveau à la surface de ses pensées. Il se rappelle qu'elle ne lui a pas encore expliqué le rôle de l'étrange Favro et dans sa vie à elle, et dans sa fuite à lui. Illuminée de cette aura de mystère, Laura prend, dans l'esprit de Costantino, non seulement la forme du fruit défendu, mais celle du fruit dangereux à la saveur inoubliable.

La lune descend doucement dans le ciel. Le chemin à présent rectiligne n'est qu'une de ces digues qui quadrillent le marais, un de ces chemins qu'enfilèrent jadis à toute vitesse les cavaliers espagnols lorsqu'ils poursuivirent Laura et son escorte aux environs de Limena. Ces cavaliers qu'elle avait retardés en répandant son or, après quoi elle avait repris sa course, au grand galop, la peur au ventre et la mort aux trousses.

Cette pensée la conduit loin des zones dangereuses où Costantino et Nicolò se confondent, la stimule, réveille la part de violence qui sommeillait en elle. La petite jument, légère et espiègle comme le nuage dont elle porte le nom, rassurée par le chemin sans aspérités, trottait joyeusement.

– Nuvola, cours !

Une simple pression du pied la met au galop. Et Laura file à toute allure sur les chemins d'autres souvenirs, où elle se libérait de ses peurs dans ces envolées sauvages, courait à perdre le souffle et revenait, hors d'haleine, gavée de sève et palpitante du besoin d'exister, de cracher à la face du monde son orgueil, son mépris du malheur, son refus de la peur et de l'état de victime.

Le pays de son enfance s'offre à elle avec une fausse couleur de mystère car aucun des chemins qui s'écartent parmi les prairies ou s'enfoncent sous les roseaux ne lui sont inconnus. Bientôt s'élève à l'horizon une barre sombre restée dans l'ombre de la lune. Ce sont les rives de la Brenta garnies de saulaies.

– Costantino ! Le gué se trouve derrière ces arbres. Mais nous ne pourrons pas le passer de nuit. Allons attendre le lever du jour dans les bosquets de Tavo !

L'endroit n'a guère changé, depuis le temps où, jeune sauvageonne, elle y accompagnait son père à l'affût de la sauvagine. Les arbres avaient succédé aux arbres, les roseaux aux roseaux, et les coins de mousse s'installent toujours entre les racines à fleur de sol. Elle décide où attacher les chevaux, installer le camp, dérouler les nattes. Hermolao, toujours habile à se servir des ressources de la nature, a jonché le sol de brassées de cannes sèches. Il en a fait trois carrés dont un pour lui, un peu à l'écart. Costantino, homme des villes, homme de chancellerie, de papiers, les regarde faire mais il n'a d'yeux, d'attentions que pour Laura.

Sous ce regard, elle se sent rester fébrile. Sa course, loin d'avoir apaisé son agitation, a transformé en soif le trouble ressenti dans les bras de Costantino. Et Costantino l'observe comme un chat qui attend son heure. Dès qu'ils ont grignoté quelques biscuits et bu du vin, elle s'étend sur la natte qu'Hermolao lui a préparée sous les arbres, s'enroule dans son manteau.

– Il nous reste une bonne heure et demie de nuit, lance-t-elle. Il faut prendre du repos.

Quand Costantino déplaça sa natte à ses côtés, Laura sut que se dénouerait ici ce qui attendait depuis longtemps.

Elle prétendit fermer les yeux et ne penser à rien mais les images, qui lui revenaient en masse, se rallumaient encore. Ce n'étaient plus les gestes, ni les mots, ni les frôlements, mais les décors qui venaient l'assaillir. Du sol montait un parfum d'herbe sèche et de menthe sauvage. Les couronnes de trois mûriers se rejoignaient dans le ciel pur. Nicolò lui avait tendu les bras, elle s'était laissée glisser de la selle, avait été reçue contre sa poitrine, il avait prolongé son étreinte. « La noria peut attendre. J'ai plus important à faire. » Ils avaient fait l'amour dans la cahute de chasseur, comme deux proscrits.

Les souvenirs sont des débris qui tombent de nous et que nous abandonnons au bord de la route. Nous ne les reconnaissons que parce que la vie nous fait souvent prendre les mêmes chemins. C'est en se penchant sur eux que nous découvrons qu'ils font partie de nous. Et ils trouvent soudain en nous toute leur signification, leur utilité, leur beauté.

Tu es une sauvageonne, Laura Bagarotto. Une fille qui se couche sur la mousse. Un petit fauve capable du pire pour survivre, pour se sentir exister, se sentir aimé, sauver sa tanière, ses petits, sa faim de la vie. Ton esprit est libre et tu plies ton corps à ta volonté. Mais parfois ton corps t'échappe et ta faim reste intacte. Ne renonce pas.

Un souffle chaud sur son visage lui révèle une présence toute proche. Des lèvres piquetaient de baisers ses joues et son front, se posent enfin sur les siennes avec insistance. Elle détourne doucement la tête :

– Costantino… Non…

– Pourquoi non, Laura ? Je refuse d'entendre cela. Je ne passerai pas la Brenta, si vous me dites non.

Costantino devait trop bien connaître les femmes pour ne pas interpréter les modulations de leur voix à ces moments-là. Il n'était pas de ceux qui obéissent à ces sortes de pudeurs sans leur opposer d'arguments, et il a fait évidemment une réponse aussi percutante que son désir. Mais elle aussi connaît les rites :

– Enfant ! lui dit-elle avec indulgence pour mieux l'enfiévrer.

Il s'était brusquement écarté d'elle. Appuyé sur un coude, il se contentait d'enrouler sur un doigt une mèche des cheveux de Laura. Sa tête n'était qu'une ombre découpée dans la résille irrégulière des feuillages.

– Oui, répond-il sans hésitation. Un enfant de quarante ans, mais qui a fait du chemin et a réfléchi tout au long de la route. Finalement peu d'années nous séparent. Moins qu'il n'y en avait entre vous et mon père. Aussi laissez-moi vous rappeler un conte d'enfant. C'est l'histoire de Calypso à la belle chevelure, vous en souvient-il ?

Bien sûr, elle s'en souvient. Encore un de ces débris du passé : la première visite des enfants de Nicolò Aurelio à la ca' de Sant'Angelo, et Costantino s'extasiant sur les beautés du décor. C'était lui qui avait trouvé cette comparaison avec la grotte merveilleuse de la nymphe Calypso qui retenait Ulysse. Quels sortilèges le présent emportement de Costantino va-t-il tirer de cette vieille histoire ?

— Calypso, commence-t-il, invita un jour en son palais un petit garçon qui en revint tout ébloui. Et le petit garçon, en grandissant, s'aperçut que ce n'était pas tant le palais qui l'éblouissait que la divine nymphe qui l'habitait. Dès lors, il n'eut d'yeux que pour elle. Et toutes les sirènes, dryades, néréides, grâces et océanides qui l'entouraient lui semblaient de fades copies de la divine Calypso. Un jour...

— Arrête, Costantino. Ce n'est pas vrai. Ulysse ne pensait qu'à quitter l'île de Calypso pour rejoindre Ithaque.

— Qui vous parle d'Homère ? Je vous parle de moi.

Cette voix, une vibration profonde, retenait avec peine un souffle qui montait puissamment de ses entrailles.

— La vérité, poursuit-il, c'est que Calypso retenait Ulysse prisonnier de ses charmes. Ce qui n'empêchait pas qu'elle en fût profondément amoureuse. Amoureuse comme peut l'être un être céleste pour qui le temps n'existe pas et quoi qu'elle s'en défende et qu'elle se cache derrière d'inutiles voiles de bienséance, l'amour sort d'elle, rayonne d'elle, malgré elle, comme la lumière d'un astre, je le sais !

Il a terminé sa tirade presque d'un seul souffle. Il y avait dans la cascade de ses mots une véhémence contenue, une vérité ancienne que Laura reçoit en plein visage. Oui, bien sûr, elle a toujours ressenti sous le regard de Costantino ce doux plaisir, ce délicieux émerveillement qui lui rendait sa présence agréable, stimulante. Les rapports entre les êtres sont habillés de règles, exactement comme un vêtement habille le corps en le dissimulant et aujourd'hui encore, elle avait mis le masque. Mais sous l'avalanche soudaine, Laura se sent empoignée, acculée, mise à nu.

— Tino !

Sourd à l'accent éperdu de cet appel, Costantino revient à son conte :

– Un jour, Zeus ordonna à Ulysse de quitter l'île de Calypso. La mort dans l'âme, il fallut bien qu'elle l'aide à prendre le large. Mais, dites-moi, que vaudrait cette histoire, si la veille de ce départ, ils ne s'étaient aimés comme des dieux !

– Tino !

Et Costantino, sur sa lancée, fonçait, vibrant, vers la conclusion :

– Laura, ne vous voilez pas la face. Je sais que vous m'aimez comme je vous aime et je ne veux pas vous quitter pour toujours sans emporter avec moi un souvenir qui me permettra de survivre, de l'autre côté de la Brenta !

Alors, Laura se sent soulevée par l'immense ouragan qui se préparait depuis deux jours. Les souvenirs bouleversants, l'urgence, la peur, le danger, la présence de la mort, la chevauchée, étaient de puissants appels adressés à son âme guerrière. Proscrits, en fuite, cachés dans ce bosquet, allongés sur un matelas de roseaux, par une nuit sans lune, à la veille de se séparer pour toujours, à qui devaient-ils obéissance ? Et les mots de Costantino avaient tout emporté dans un éblouissement, une explosion, une immense libération de l'esprit et des sens.

– Tino…

Il sut reconnaître le changement de modulation. Un bras s'emparait de son ombre immobile, l'attirait dans un élan soudain. Il fallait débrider des élans trop longtemps retenus et ils se jetèrent ensemble dans un houleux corps à corps qui les laissa sans souffle.

Après quoi ils reprirent le chemin avec lenteur. Avançant les mains, elle savait comment le flatter, le ranimer, aiguiser à nouveau son désir, mais un désir tout empreint de volupté, qui progresse sans hâte vers le plaisir promis, plus proche et plus délicat à chaque palier de la montée : un sein qui s'épanche dans toute sa plénitude, que la bouche taquine avec tendresse, une main qui se glisse dans l'intimité, arrachant un gémissement d'impatience, et Costantino s'avançant doucement en elle mais s'en écartant, le temps de laisser tomber la fièvre afin de prolonger le plaisir.

Les premiers rayons de l'aube les trouvent enlacés et Hermolao est obligé de secouer son maître pour le faire émerger d'un profond sommeil. Costantino se soulève, s'ébroue, jette autour de lui ce regard perdu du dormeur qui revient de loin. Laura sommeille toujours, ses belles lèvres fermées en une moue charmante. Il admire un instant le nez fin, à peine frémissant, dont l'arête prolonge sans méandre la surface bombée du front, l'ourlet subtil de la paupière et le visage à l'ovale parfait émergeant d'un bouillonnement de boucles d'or sombre.

Le pêcheur s'activait à deux pas de là. Il avait accumulé un petit tas de tiges sèches de roseaux et soufflait sur la braise pour faire prendre le feu. La fumée allait rejoindre le léger brouillard qui montait du marais et se dissiperait sous l'ardeur du soleil. À côté de lui attendait le petit poêlon de zinc dans lequel il faisait bouillir l'eau douce, lorsqu'il chassait dans les *barene* de la lagune. Il avait dû y faire tremper des feuilles de menthe : un fort parfum de menthe sauvage emplissait la clairière. Costantino posa sa main sur la joue de Laura. Et elle ouvrit les yeux.

Oh ! Les yeux de l'amante, qui s'ouvrent le matin de l'amour ! Ils sont noyés de cette langueur suave, de cette extrême douceur, de cette tendre lassitude qui suit les grands transports des sens. Et le divin sourire écartant les lèvres qui ont tant embrassé, et la tête qui roule et s'offre aux premiers rayons du jour, et le premier regard destiné à l'amant qui contemple et sourit dans une parenthèse du temps.

– Laura… Merci.

Ils étaient nulle part, ou alors dans les étoiles. Ils avaient vécu en deux heures toute une vie entière. La mort pouvait survenir ; ils avaient, ne fût-ce qu'un instant de leur vie éphémère, été des dieux.

– Messer Costantino… Voyez s'il n'est pas trop brûlant pour la *Signora*.

C'était Hermolao, éclairé de son bon sourire où se mêlaient malice et complicité, qui lui tendait un gobelet de métal rempli de tisane fumante. Cher Hermolao. Costantino se reprochait d'avoir négligé depuis trois jours sa présence efficace et discrète. Il aurait bien le temps de se rattraper, dans les jours à venir.

Laura s'était assise sur sa couche, s'étirait mollement, reprenait pied dans le présent. Costantino lui apporta le breuvage, y porta les lèvres.

– Il est bon. Vous pouvez le boire.

Ultime tête-à-tête. Ils se regardaient dans les yeux, pleins de gratitude et leur dialogue, une fois de plus, était muet. Laura, vous m'appartenez et je vous appartiens. Jamais, dans ma vie, je ne me sentirai davantage ouvert à vous avec toute ma générosité, mon humilité. Je ne vous ai pas possédée et je ne vous suis pas soumis.

Nous nous sommes soumis ensemble à une loi qui nous dépasse et nous transfigure. Nous sommes marqués et si les mots me manquent, sachez que pour exprimer ce que je ressens, il faudrait que je vous tienne enlacée jusqu'à la fin du monde... Costantino, comme tu m'as fait du bien ! Moi qui ai connu toutes les ivresses, je sais comment se corrompt le bonheur et je me méfiais de l'amour, de ses mirages, de toi. Tu es venu m'apporter un bonheur tout neuf, auquel je ne croyais plus : le bonheur d'aimer comme on aime pour la première fois. Pourquoi avons-nous perdu tout ce temps ? Mon bonheur serait-il aussi fou, s'il n'était sans lendemain ? Je voudrais te garder et je te fais partir. Mais avant cet instant, goûtons ensemble, mon amour, rien que pour nous faire du bien, le moment de pure extase que tu emporteras en souvenir de moi.

Ils avaient bu par petites gorgées, prenant bien leur temps. Puis Hermolao apporta des lanières de viande séchée, du pain, du fromage. Ils mastiquaient ensemble, prenaient des forces, buvaient à la même timbale. Un soleil léger perçait les feuillages, striant de rayures irrégulières et obliques la fumée s'échappant du petit foyer. La lumière scintillait dans les toiles d'araignées qui pendaient en guirlandes alourdies d'infimes gouttelettes. Le brouillard s'effilochait à la crête des roseaux. Sur leur tête, une tourterelle se mit à roucouler. Costantino fit un geste en direction de la cime des aulnes.

– C'est aussi beau que la grotte de Calypso.

Hermolao ne comprit pas ce qui les faisait rire, mais il vit qu'ils étaient beaux et que l'air, autour d'eux avait pris une légèreté nouvelle. Il alla éteindre le feu, rassembla les provisions. A deux pas, les chevaux se gavaient d'herbe tendre.

Quand la timbale fut vide, Laura se leva d'un bond, boucla sa ceinture.

Ayant escaladé la digue, ils se tinrent un instant au sommet du talus herbeux, inspectant les environs, les yeux plissés sous la lumière vive. Les eaux du fleuve étincelaient ; elles n'étaient pas hautes, mais la nappe liquide s'étendait sur une grande largeur, avançait vers le levant avec une force lente et irrésistible. La lisière de l'eau disparaissait sous une frange de saules. Pas une âme du côté des marais. Dans les champs, au-delà, la moisson était faite, les blés coupés, quelques meules séchaient au soleil. À une lieue de distance, une ferme au milieu d'un bouquet d'arbres arrête le regard de Costantino.

– Là, c'est chez moi, dit Laura. Mais nous n'irons pas. Je ne tiens pas à exposer mes gens.

Ce matin, il faut un effort à Costantino pour se rappeler que sa tête est mise à prix et qu'il fuit ; que la liberté commence de l'autre côté d'une nappe d'eau large d'au moins cinquante coudées ; au-delà de ces tourbillons infiniment plus redoutables que les eaux plates des lagunes. Les pierres du gué se devinaient sous l'eau. Des pierres lisses. Sans doute les assises d'un vieux pont romain épousant le lit du fleuve. Pour se rassurer, Costantino se tourne vers Hermolao qui tient toujours à la longe le mulet chargé du bagage.

– Le mulet, Laura… Ne faut-il pas craindre les écarts du mulet ?

– Le mulet est un animal au pied sûr, Tino. Il ne fera pas d'écarts s'il sent que le cheval qui le précède n'a pas peur.

– Mais comment faire pour ne pas avoir peur, *Signora* ?

C'était Hermolao qui, pour la première fois, avait parlé. Hermolao n'aimait que les eaux capables de soutenir une barque ; pas celles qui courent et dans lesquelles il faut entrer.

– Suivez-moi sans dévier, dit Laura. Ne vous écartez surtout pas de la route que je prends. Ne laissez pas votre cheval tourner la tête. Hermolao, ne pense à rien d'autre.

– Je prierai, *Signora*.

– Et dis-toi que j'y suis passée plusieurs fois avec mon père et que j'y ai guidé jadis toute une troupe de cavaliers.

– Dans ce cas…

Costantino se taisait. L'aventure du gué de Limena, dont on avait tant parlé, remontait à presque trente ans. On dit que les montagnes et les fleuves sont plus résistants que la vie des hommes. Mais que deviennent, en trente ans, les volcans et les lits des fleuves ? La folle équipée dans laquelle ils étaient engagés trouverait ici son apothéose ou sa fin lamentable. De toute façon, s'ils glissaient dans l'eau, Costantino se retrouverait avec Laura de l'autre côté du Styx et, parvenu dans cet au-delà, il dirait à son père tout le mal qu'il pensait de l'État Vénitien.

Laura cherchait le grand saule, la pierre, la souche. Le saule avait fait des rejetons. Ce n'était plus un tronc mais un bosquet. De la souche où s'infléchissait le parcours, il ne restait plus qu'un baliveau au milieu d'un monticule de terres alluviales et de branchages qui devaient servir de nid à une famille de grèbes ou de loutres. Quant à la cabane qui se trouvait sur ses terres, elle avait eu la salutaire inspiration de la faire relever et entretenir. L'entreprise n'était pas plus risquée qu'en cette année lointaine où elle avait traversé. Sauf, bien sûr, si s'était formé entretemps quelque trou aux extrémités du mur de pierre. Mais ça, ce serait le sort qui en aurait décidé et elle poussa dans l'eau Nuvola, la petite jument espiègle.

L'animal trouvait amusant d'y voir disparaître ses paturons, ses jarrets, comme dans les précédentes traversées de cours d'eau. Laura récitait –c'était une variante de la prière d'Hermolao– l'étrange prière qu'elle avait apprise de son père : *Au grand saule, prendre vers le centre du lit selon un angle égal à la moitié d'un angle carré. Rejoindre la grande pierre plate, attention à ne pas glisser. Un écart, et c'est la chute dans six pieds d'eau. A la souche, bifurquer, prendre la direction de la cabane.*

Au printemps, on a de l'eau jusqu'au ventre. En été, c'est plus facile : on mouille le cheval un peu plus haut que les genoux. *Pàre*, protège-moi. Nicolò, aidez-moi à sauver votre fils. Où sont Costantino et Hermolao ? Hésitent-ils ? Non, Costantino me suit, Hermolao et le mulet aussi. Doucement, Nuvola, sois légère, mon nuage. Tu n'es jamais venue jusqu'ici, mais nous avons tant de fois chevauché ensemble et je sais que tu as confiance en moi. Mais aujourd'hui, c'est moi qui me méfie de tout. Es-tu capable de lire dans mes pensées, si ma main ne tremble pas ? Ne tremble pas, ma main ; sois douce, ma jambe. N'écoutez pas mon cerveau qui hurle d'effroi. Deviendrait-il craintif ? Va, ma belle. Je te trouverai une récompense, lorsque nous serons sur l'autre rive. C'est bien : voilà la pierre. Et maintenant, atteindre la souche. Tout doucement.

Le courant emporte des flottilles de feuillages arrachés en amont à des arbres fatigués. La petite jument s'en amuse, suit des yeux les agglomérats de taches rondes. Son pied glisse, Laura voit l'eau se troubler, chavirer les feuillages et sent son cœur bondir. Nuvola se rétablit d'un mouvement des reins, onduleux, qui pousse les épaules de la cavalière vers l'encolure de la jument. Mais Laura s'est cambrée à temps. Frémissante, elle reprend son assiette, inspire profondément pour calmer les battements de son cœur. Après avoir rassemblé sa monture, elle a levé la main pour faire signe à Costantino de se méfier de la pierre glissante. Puis, au bout d'un instant d'immobilité, d'une caresse à l'encolure, elle libère Nuvola qui repart, prudente, s'assurant de son équilibre à chaque avancée du sabot. Voilà. C'est bien. A la souche, bifurquer, prendre la direction de la cabane dont le toit émerge des feuillages.

Elle a les bottes dans l'eau jusqu'à la cheville ; pas de trou d'eau ; le courant n'a pas modifié le gué.

La petite jument sort de l'eau comme à regret. Ses pieds crochent dans le sable, soulèvent le limon, foulent les herbes folles.

Laura s'arrête pour se retourner et voir Costantino sortir des eaux comme un prodige, Hermolao livide émerger à son tour et le mulet, qui en a profité pour boire, se retrousser les lèvres comme s'il riait aux éclats.

Ils se sont arrêtés près d'un bouquet de saules, à la bifurcation de la route rejoignant le bourg. C'est là qu'ils se diraient adieu. Peu de temps ; le temps de faire reposer les chevaux, de boire, de penser à la suite du voyage.

— À partir d'ici, l'essentiel n'est plus de vous cacher, dit Laura. Il faut aller vite. Prenez les grandes routes comme des voyageurs ordinaires ; arrêtez-vous dans les auberges sans toutefois attirer l'attention. En alternant les allures, vous pourrez être ce soir sur le sol de Ferrare. De là, Mantoue, Crémone…

C'était entendu. On pouvait passer aux sublimes déclarations d'admiration sans limites, de mémoire et de reconnaissance éternelles. Hermolao avait mis un genou en terre, embrassé la bas du manteau de Laura et Laura lui avait donné une bourse. Puis il avait sauté en selle et prenait de l'avance, le mulet toujours au bout de la longe, sur la route qui montait faiblement et disparaissait derrière une ondulation du chemin.

Alors, Costantino se tourna vers Laura :

— Venez avec moi, dit-il.

De surprise devant une idée si extravagante, Laura eut envie de rire comme le mulet mais Costantino ne riait pas ; au contraire, il lui jetait un regard d'une gravité si profonde qu'à nouveau elle se sentit troublée.

— Venez avec moi, répète Costantino, du moins jusqu'à Milan. Vous avez fait une partie du chemin. La plus difficile. Encore un jour et nous devenons des voyageurs ordinaires. Qui vous attend à Casale ? Pietro ? Il a sa vie. Avec moi, vous irez à Milan où se trouve votre fille que vous n'avez plus vue depuis dix ans et vos petits-fils que vous n'avez jamais vus. Vous m'avez donné largement de quoi vous acheter des robes, un équipage…

— Tais-toi, Costantino !

Cette fois encore, elle se sent empoignée par cet homme, son charme, son désir, sa redoutable logique et les ruses de sa séduction qui ont attendu ce moment des adieux, ce moment où il sortait de la nasse jetée par ses poursuivants pour entrer avec elle dans une autre nasse aussi redoutable : celle de leurs sentiments exacerbés. Comment échapper à cette nasse-là ? Costantino proposait, lui aussi, sa solution. Laura essaya de fuir :

— Je te retrouverai plus tard chez Flora, au printemps prochain, ou même avant ; je pourrai venir avec Pietro…

— Ne dites pas n'importe quoi. J'ai résolu d'aller en France. Je ne serai plus à Milan, au printemps prochain.

— Qu'en sais-tu ?

Visiblement, on s'égarait sur des chemins de traverse. L'esprit de Costantino allait en droite ligne et au bout de cette ligne, il y avait Laura, personne d'autre. Rien d'autre que sa souffrance d'enfant et son déchirement d'adulte.

Elle approcha son visage pour échanger un dernier baiser.

— Laisse-moi le souvenir de cette nuit. Pars. Sauve-toi. Je saurai par Flora que tu es vivant. Cela me suffira.

Laura ferma les yeux tandis qu'il l'embrassait avec emportement. Elle entendit son pas s'éloigner vers son cheval, la bête poussa un hennissement de protestation, puis retentit le battement du galop.

Quand elle rouvrit les yeux, Costantino avait disparu derrière l'ondulation du chemin.

Elle resta un moment immobile, vide de sentiments et comme insensible. Des pages essentielles se tournent ainsi, sans qu'on y prenne garde. Voilà. C'était fait ; et c'était comme si elle avait accompli une sorte de mission.

— Adieu, sang de Nicolò Aurelio, s'entend-elle murmurer. Vis !

Cela lui donnait une sorte de bonne conscience, une manière d'apaisement. Mais ce n'était peut-être que la stupeur de celui à qui l'on vient de couper un membre d'un seul coup d'épée et elle savait que la souffrance allait monter, prochaine, intolérable. En attendant, elle s'efforçait de penser qu'elle allait repasser le gué, retourner à Casale, puis à Venise, où Concordia aurait besoin d'assistance. Elle se remettrait à attendre Pietro, comme chaque année, écouterait les récits, toujours les mêmes, de Girolamo Marcello, confit parmi ses rêves érotiques et ses œuvres d'art, supporterait avec indulgence le caractère d'Antonina et regarderait grandir ses petits-enfants. Comme une veuve de son âge.

Nuvola attendait sous l'arbre. Tout étonnée de se trouver seule, la jument gardait l'encolure relevée, les narines palpitantes, les oreilles orientées vers le martèlement du galop qui avait diminué de seconde en seconde. Laura la surprit dans cette posture, et tout soudain quelque chose en elle se déchira. Comme si elle avait perdu le fil invisible qui la conduisait à travers le gué, comme si elle s'était elle aussi laissée distraire par les feuillages à la dérive, lui apparaît soudain le gouffre au bord duquel la nécessité de l'action, puis sa bonne conscience la tenaient en équilibre. C'était un gouffre de solitude, de grisaille, de routine au fond duquel ricanait une image de vieillesse et de mort. Costantino avait raison : il avait été son fil invisible. Ne l'avait-elle pas appelé, jadis, du temps de l'exil de son époux, ne lui avait-elle pas avoué qu'elle le faisait venir comme on appelle le soleil ? Le galop s'était tu. Restait le silence. Un horrible silence et un épouvantable sentiment d'abandon.

Elle posa son front sur le cou chaud de l'animal et se mit à pleurer à longs sanglots, comme elle le fit jadis, en ce funeste jour de 1509, après la pendaison de son père. Oh ! Cette sensation d'avoir tout perdu ! Ce chagrin gigantesque, cette chute, cet écrasement ! Où vont-ils, tous nos amours ?

Il fallait laisser couler les larmes, relâcher la tension de ces derniers jours, permettre au barrage de se rompre, laisser jaillir l'excès d'émotions : la peur, le deuil, et cet amour lancinant…

Reprendre pied, enfin. Tu sais que lorsque l'action immédiate a cessé d'être une nécessité, l'esprit s'égare. Vite, redresse-toi, Laura Bagarotto. Ce chagrin n'était après tout que le prix de ta victoire.

Nuvola penchait vers elle sa lourde tête grise. Elle semblait partagée entre la caresse de sa maîtresse et le bruit éloigné que ses oreilles étaient seules à percevoir. Laura aussi tourna les yeux vers le sommet de la route et tenta de deviner l'écho d'un lointain galop. Alors, les pensées que Costantino lui avait instillées firent insidieusement leur chemin dans son esprit bouleversé.

Folie ! s'insurgeait-elle. J'irai à Milan au printemps, en voiture, selon mon rang et ma condition.

Ton rang, ta condition. Mais regarde-toi, Laura Bagarotto, qui viens de faire l'amour éperdument, sur la mousse, comme jadis dans un clocher…

Mais où vont-ils, tous les amours ? Dans le gouffre sans fond, il y avait un fantôme de femme vieillissante qui menaçait d'avoir raison de son énergie. Fantôme que cette femme et fantôme que cet écho de galop. Duquel se méfier le plus ?

Alors, elle se rappela qu'elle avait toujours gagné ses paris les plus audacieux : le pari de devenir la reine de Venise, d'affronter les Inquisiteurs, de réclamer à Nicolò Aurelio les plans des fortins de Venise, de risquer sa vie et son escorte sur le dangereux gué de Limena, de miser sur Zuan, à la *Brocca di stagno*... et que la seule fois où elle s'en était tenue à la raison, elle avait perdu, laissant Girolamo Dedo s'attaquer à son époux et précipiter l'exil du Chancelier de San Marco. Puis il avait fallu faire au plus mauvais moment le choix d'empoisonner le traître. Et Pietro, n'avait-il pas fait un pari formidable en s'embarquant dans un brûlot devant Clissa ? Et quoi qu'ayant été captif à Raguse, il avait été capable de parier, à Constantinople.

Alors, elle prit une résolution nouvelle et joua le cheval. Ayant confié son chagrin à l'animal qui, comme elle, devait hésiter entre rejoindre ses compagnons d'aventure et retourner à l'écurie de Casale, elle remonta en selle, fit tourner la jument plusieurs fois sur ses antérieurs, puis lui rendit les rênes.

– A toi de décider, Nuvola...


**FIN**

# Épilogue
## Uzès, février 2013

Claire s'est levée d'un bond, poussant un cri sauvage qui m'a fait quitter mon univers provisoire.

– Jean, je viens d'écrire FIN !

(J'étais en train de maudire le fils de Soliman et de Roxelane, celui à qui le brillant Moustafa avait été sacrifié, Sélim II, l'ivrogne, inféodé aux femmes et à sa colère permanente, Sélim qui permit les atrocités de Chypre, lesquelles conduisirent dans une urne à Zanipolo la peau de Marcantonio Bragadin. Ce genre d'histoires dont Claire a horreur et qu'elle n'écrira jamais.) Je change de sujet en un éclair, me lève, vais embrasser ma femme et cours chercher une bouteille de Proseco de Collalto dédiée à cette occasion qui approchait de jour en jour.

Le temps de remplir les verres, de déverser notre trop plein de joie, de faire tomber la mousse, nous buvons, les yeux dans les yeux, à la réussite de notre pari. Un million soixante-dix mille mots et trois mille pages en six ans !

Claire secoue la tête, amusée.

– Les ingénieurs sont admirables, me dit-elle. Leurs femmes sont passées par de multiples émotions : amours, déchirements, deuils, déceptions, colères... Et toutes ces souffrances qu'elles ont éprouvées dans leur cœur et dans leur chair dans le but de les rendre en mots vibrants, se résument donc à un nombre, certes à sept chiffres, sans compter les repentirs. C'est à pleurer.

Elle m'affirme dans la foulée qu'elle se remettrait à la sculpture, que je ne méritais pas mieux, qu'elle ne pèserait pas la glaise au préalable, ni ne mettrait en route le chronomètre et que je pourrais jouer tout seul avec mes papiers jaunis. En quoi elle prenait des risques, mais je lui ai fait grâce de ce commentaire.

Je suis un chasseur de mammouth. Lorsque je repère une trace de pachyderme, je suis mon instinct de chasseur jusqu'à ce que je trouve la bête au bout de sa route, broutant sans méfiance l'herbe tendre. Dès que la faim survient et que l'occasion est bonne, je prends ma hache et mon épieu et je ramène à la caverne le quartier de mammouth pour que ma femme me le prépare.

Nous nous étions gavés de Laura Bagarotto, de Pietro, de Costantino. Notre faim était apaisée et nous pouvions boire le Proseco au mot FIN.

Quoique.

Sur la table, parmi les papiers concernant l'affreux Sélim, s'en trouvaient d'autres que je n'avais pas encore montrés.

— Il faudra que je replonge ma glaise dans l'eau, me disait Claire. En six ans, elle a séché, elle est devenue de la pierre.

— Et sais-tu que François 1er se trouva furieux de l'affront infligé à son ambassadeur ?

— Que m'importe, répond Claire avec désinvolture. Il a livré Nicolino. Il eût mérité d'être pendu à sa place, le *furbo*.

— Et puis, écoute ça : *Quand, après avoir refusé pendant deux mois de le rencontrer, le Roi fit appeler le nouvel ambassadeur de Venise, Gian Antonio Venier, il lui dit : « Qu'eussiez-vous fait, Monsieur, si j'en avais usé de la sorte avec vous? » A quoi, Venier répondit : « Sire, si des rebelles à votre majesté s'étaient réfugiés dans ma maison, je les eusse pris moi-même pour vous les remettre. Et ne l'ayant pas fait, j'eusse été sévèrement puni par la Seigneurie.*

— C'est joli, admet Claire. Comme ces gens-là savaient parler ! Parler et vivre avec style, avoir le sens de l'honneur, du decorum, du vêtement… Imagines-tu Laura en jeans parlant comme à la télé ?

Certes, certains producteurs de spectacle le font, mais là n'était pas mon souci au moment où la boutcille dc Proseco était vidée de moitié.

Elle avait écrit le mot FIN, et quelque chose me désolait, comme la fin de l'été, la fin d'une idylle, le lendemain d'une fête. Il y a Fin et Faim. Entre les deux, il y a la satiété et lorsque le rêve est beau, et qu'on le vit en compagnie de la femme de sa vie, faim correspond à vie et vie à éternité. C'est Claire qui m'apprend à jouer avec les mots.

Pour l'instant, j'admirais son regard de miel sombre qui contemplait placidement l'envolée des bulles dans le verre de cristal.

Que voyait-elle ? Une sculpture de Mammouth ? Je m'empresse de lui suggérer :

— Sais-tu que Maffio Lion vécut misérablement à Paris en donnant des leçons d'italien ?

— C'était un pauvre type, déclare Claire avec dégoût.

Elle a raison. Les histoires de pauvres types me navrent et ce qui est navrant ne vaut pas la peine d'être écrit. J'ai mieux :

— … que Costanza Fregosa tenait cour itinérante entre ses châteaux de Guyenne ? Cette cour était fréquentée par toute l'aristocratie locale, qui comptait nombre de capitaines ayant servi en Italie.

Je vois alors à la lueur de son regard qu'elle y distinguait un bel homme aux yeux clairs, la quarantaine, parlant français avec un charmant zézaiement, et qui lançait avec nonchalance des vérités impertinentes. Comme elle ne dit rien, j'avance un autre pion :

— On dit que Marguerite de Navarre y venait parfois en voisine… Elle a dû le recommander à la cour de Blois… A moins qu'il n'y ait rencontré le Cardinal de Lorraine, évêque d'Agen, qui…

— Qui ça, « il », fait Claire portant sur moi ses yeux mordorés soudain remplis de suspicion.

— Celui à qui tu penses, mon cœur, lui dis-je en souriant. Parce que, dans un an, la République déclarera officiellement que Costantino Cavazza et son complice Hermolao Dolfin, étant introuvables, elle abandonne ses recherches ; que, se réconciliant avec le Roi de France, elle remet les biens des condamnés et leurs droits civiques entre les mains de François qui, n'en ayant que faire, les rendra à ses propriétaires.

Claire me sourit avec une feinte indulgence. Elle me dit :

— Je ne pensais pas à lui, Jean, mais je rêve d'arriver à sculpter une petite jument espiègle qui tourne sa tête vers l'ondulation du chemin.

Je lui souris aussi, parce que pour moi, cela signifie exactement la même chose. Laura –je veux dire Claire– laisserait à l'animal le soin de décider de la piste sur laquelle elle filerait à toute allure avec la vivacité de son tempérament. Elle allait seulement prendre un peu de recul, englober dans son projet un peu de raison, de sentiments charitables, s'habiller en Laura, en quelque sorte, puis elle repartirait là où je l'attendais.

Claire déposa son verre. Elle me regarda longuement sans dire un mot. Je lui souriais toujours.

Elle me dit, énigmatique :

– Je sais à présent qui t'a donné ces yeux clairs.

Elle est retournée à l'ordinateur, a pianoté quelque chose, est revenue vers moi et m'a dit :

– C'est le cavalier qui m'attend, de l'autre côté de l'ondulation du chemin.

Je ne comprenais rien à ses affirmations. Je n'avais pas encore lu son dernier chapitre. Je me déplaçai vers l'ordinateur et tombai sur le dernier écran que Claire venait de modifier.

Elle avait barré le mot FIN à la dernière page du CINQUECENTO.

# NOTE DES AUTEURS

Le roman historique trahit-il l'Histoire ? On l'en soupçonne. Mais n'a-t-on pas souvent matière à soupçonner aussi bien un témoin oculaire racontant dans l'heure un fait qu'il vient de vivre ? A fortiori, si nous pouvons nous tromper à propos de ce que nous avons vécu, que croire de ce qu'on nous rapporte du passé ?

Nous approchons le passé non avec les sens, mais avec l'intelligence et le jugement. Figé par de nombreux témoins, parfois contradictoires, étalé dans toute sa complexité par ceux qui l'ont étudié, le passé se laisse observer, pénétrer, et nous est d'autant plus lisible que nous connaissons son devenir, alors que le présent, sous bien des aspects, nous est encore obscur. Savons-nous ce qui survivra au foisonnement de l'époque actuelle ? Sommes-nous sûrs de connaître la portée de ce que nous vivons ? Nous connaissons-nous nous-mêmes?

Le philosophe nous entraîne à peser, juger, douter. *Adaequatio rei et intellectus*, la conformité de la chose objective et de la chose comprise, a fortiori, ressentie : tout est là, depuis les scolastiques.

Avant de se lancer dans l'écriture, les auteurs ont longuement interrogé les sources historiques, comparé les points de vue des historiens, étudié les arts, la littérature, les institutions, les mœurs, les techniques de l'époque choisie.

Ils en ont conclu que rien n'est plus romanesque que l'Histoire. Constatons au passage que ceux qui écrivent l'Histoire sont avant tout d'excellents écrivains. Quant au romancier d'Histoire, il ne trahit personne en donnant un nom et un caractère propre à un personnage qu'il a imaginé à l'image de milliers d'autres qui ont vécu à coup sûr, mais dont les documents n'ont pas retenu l'existence individuelle.

Ainsi, de même que le sculpteur va chercher la veine du marbre pour y intégrer son motif, de même la trame de ce roman s'appuie sur des réalités historiques, sur des faits qu'il rapporte de manière colorée mais fidèle, sur des personnages historiques, brossés comme des portraits en action. La toile de fond est la politique européenne, viciée par l'antagonisme François Premier-Charles Quint. Ces circonstances poussèrent Venise à la bataille de Prévéza, dont la préparation et l'issue sont décrites dans le respect absolu des sources.

# LE COMPLOT DE SAN DONATO

La guerre diplomatique qui s'en suivit, avec ses circonstances rocambolesques et ses rumeurs diverses, révéla une profonde crise des institutions vénitiennes. Elle propulsa sur le devant de la scène l'ambassadeur Guillaume Pellicier dont nous avons suivi les mémoires, les agents secrets qui traversent ces pages, les frères Cavazza, Girolamo Martolosso, figure picaresque mais authentique.

Quelques faits avérés demeurent troublants et d'étranges concours de circonstances laissent au romancier la possibilité d'une lecture parallèle qui lui permet de sceller le destin de ses personnages dans un sens où le lecteur prendra peut-être le relais du romancier, pour son plus grand plaisir.

# BIBLIOGRAPHIE

## A. OUVRAGES

AMELOT DE LA HOUSSAIE A. N. Histoire des Uscoques. Robert Pepie, rue St Jacques, PARIS, 1684.

BANDELLO, Matteo, Nouvelles. Imprimerie nationale Éditions, PARIS, 2002.

BELLEC, F., ZYSBERG, A. Quand voguaient les galères, catalogue de l'exposition du 4 octobre 1990 au 6 janvier 1991. Association des amis du musée de la marine, PARIS.

BERNSTEIN, A-G., Venise, Encyclopédies du Voyage Gallimard. Gallimard Loisirs, PARIS, (2000), 2006.

CHASTEL, A. et BLAMOUTIER, N., Lettres de L'ARÉTIN. Éditions SCALA, 1988.

DARU, Pierre, Histoire de la République de Venise. Editions Robert Laffont, PARIS, 2004.

DE HAMMER, J., Histoire de l'Empire Ottoman. Bellizard, Barthès, Dufour et Lowel, Paris, 1836.

FINLAY, Robert, Politics in Renaissance Venice. Ernest Benn, LONDON, 1980

GAILLARD, G. H. Histoire de François Premier, J.L.F. Foucault libraire, PARIS, 1819.

GRAZIANI, A.-M. Andrea Doria, un prince de la Renaissance. Éditions Tallandier, PARIS, 2008.

GRIMBERG, Carl, Les grandes découvertes et les réformes / Histoire universelle, vol.6. (P.A. Nordstedt & Söners, STOCKHOLM, 1964) Marabout s.a. VERVIERS, 1974.

LACOUTURE, J., Jésuites, une multibiographie. PARIS, Seuil, 1991.

Le CHEVALIER MARCHAL Histoire politique du règne de l'Empereur Charles-Quint. H. Tarlier, éditeur, Bruxelles, 1856.

MOLMENTI, P., La Vie Privée à Venise depuis les premiers temps jusqu'à la chute de la République. Ferdinand Ongania, VENEZIA, 1882.

NEFF, MF. Chancellery Secretaries in Venetian Politics and Society, 1480-1533 (Italy). University of California, LOS ANGELES, USA, 1985.

NORWICH, J-J., History of Venice. Penguin Books, LONDON, (1983), 2003.

RANKE, L., Histoire de la Papauté pendant les XVIe et XVIIe siècles. Laffont (Bouquins), PARIS, 1986.

SMEDLEY, E. Sketches from Venetian History. London, John Murray, 1832.

VALCANOVER, F. Titian, Prince of Painters. (Marsilio, Venice, 1990), Prestel, NEW YORK, 1990.

VIALLON, M. F. [1] Venise et la Porte Ottomane, (1453-1566), Ed. Economica, PARIS, 1995.

VIALLON, M.F. [2] Italie 1541 ou l'unité perdue de l'Église. CNRS éditions, PARIS, 2005.

VRAY, Nicole : Renée de France et Anne de Guise, mère et fille entre la loi et la foi du XVIe siècle. Editions Olivétan, Lyon, 2010.

ZELLER, J. La diplomatie française vers le milieu du XVIe siècle d'après la correspondance de Guillaume Pellicier, ambassadeur de François Ier à Venise (1539-1542) Paris, librairie Hachette, 1881.

ZORZI, A. [1], La Repubblica del Leone / Storia di Venezia. Rusconi, MILANO,(1979), 1992.

ZORZI, A. [2], La Vita Quotidiana a Venezia nel secolo di Tiziano. Rizzoli Libri Edizioni, MILANO, 1990.

## B. ARTICLES

COOPER, R. Rabelais et l'Italie. Lettres écrites de Rome, 1535-1536. In : Cahiers de l'Association internationale des études françaises, 1978, N°30. pp.23-39.

FASANO GUARINI, Elena. Au XVIe siècle : Comment naviguent les galères. Annales Économies, Société, Civilisations, Année 1961, volume 16, N°2.

MESNARD, P. Charles Quint et les barbaresques. In: Bulletin hispanique, tome 61, n°2-3 1959.

OMONT, H. – DOREZ, L. Catalogue des manuscrits grecs de Fontainebleau sous François 1er et Henri II. Mélanges d'archéologie et d'histoire.12, 1892, pp.210-211.

VEINSTEIN, G. – BERINDEI, M. Règlements de Süleyman Ier concernant le livâ' de Kefe. In : Cahiers du monde russe et soviétique. Vol.16 N°1.

# LISTE DES PERSONNAGES DE LA SAGA CINQUECENTO

Cette liste reprend la plupart des personnages au moins esquissés dans les six volumes.
Un astérisque marque ceux qui sont historiques.
Les chiffres romains et arabes renvoient respectivement au tome et au chapitre où ils apparaissent pour la première fois.

**ABBONDIO** Agostino\*, citadin vénitien, homme d'affaires de l'ambassadeur de France. I,2,12.
**Adiba**, esclave persane vendue à Alvise Gritti, servante et professeur de Turc de Pietro. V,9.
**Adriana** : voir FOSCARINI.
**ADRIEN VI**\*, Adriaan Flooriszoon, Pape de 1522 à 1523. II,17.
**AFFLISSIO** Giuseppe, ambassadeur de Maximilien. I,1,9.
**AGLARA**\*, armurier à Venise. IV,3.
**ALBICANTE** Gian Andrea\*, écrivain, ennemi de l'Arétin. VI,6.
**ALEANDRO** Girolamo\*, cardinal, nonce du Pape à Venise. V,26.
**Alexeia**, concubine grecque d'Andrea Gritti, mère des frères Gritti. III,1.
**ALIDOSI** Francesco\*, cardinal de Pavie et légat du Pape. I,2,9
**ANDRONICO** Tranquillo\*, humaniste, secrétaire d'Alvise Gritti. IV,7.
**Anzela**, servante de Laura. I,1,12.
**Arétines**\*, Lucetta et Adrina, jolies femmes qui faisaient partie de la maison de l'Arétin. Parmi elles, Catarina Sandelli\*.VI,3.
**ARETINO** Pietro\*, écrivain. III,2.
**ARTUSIO** Concordia\*, épouse de Nicolò Cavazza. III,6.
**AURELIO** Flora, alias Fioretta, fille\* de Laura et Nicolò Aurelio, épouse de Guido Borromeo. II,13
**AURELIO** Nicolò\*, grand chancelier de Venise, époux de Laura. I,2,5.
**AURELIO** Pietro, dit Pedrolino, dit Pedro, fils\* de Laura et de Nicolò Aurelio. II,8.
**Aurora**, courtisane de Venise, alias Catarina Calpa épouse Alvise Tessi, drapier. I,1,7.

**AYAS PACHA\***, successeur d'Ibrahim Pacha en 1536, pro-vénitien. V,17.

**BADOER** Alvise\*, ambassadeur de Venise auprès de la Porte, chargé des négociations de paix en 1540. VI,8.

**BADOER** Alvise, inquisiteur d'État, oncle du précédent. I,2,5.

**BAGAROTTO** Bertuccio\*, grammairien à l'université de Padoue, père de Laura, pendu en 1509 pour trahison envers Venise. I,1,1.

**BAGAROTTO** Cecila, mère de Laura. I,1,1.

**BAGAROTTO** Laura\*, fille de Bertuccio et Cecilia, veuve Borromeo; épouse de Nicolò Aurelio\*. I,1,1.

**BALBI** Marco, noble commerçant à bord de la Zustiniana. IV,9.

**BANDELLO**, Matteo\*, écrivain italien, secrétaire de Cesare Fregoso, suivra sa veuve en France et assurera l'intérim de l'évêché d'Agen. IV,2.

**BARBARELLI** Giorgio\*, dit Giorgione : peintre de Venise. I,1,3.

**Barberousse\***, voir HAYREDDÏN.

**BAROZZO** Agostino, noble vénitien, pédophile. I,2,5.

**BASADONNA** Giovanni, Inquisiteur d'État. VI,6.

**BASEGGIO** Antonio, provéditeur da mar. V,25.

**Basilios**, grec, ami de Pietro et comme lui, prisonnier des Uscoques. V,2.

**BÀTHORY** Erzsébet, sœur d'Istvàn, amante d'Alvise Gritti. IV,17.

**BÀTHORY** Istvàn\*, comte de Somlyò, Hongrois allié d'Alvise Gritti. IV,17.

**BATTHYÀNY** Orbàn\*, noble hongrois ami d'Alvise Gritti. IV,17.

**BAYART\***, chevalier français de Louis XII. I,1,2.

**BELLINI** Giovanni\*, peintre vénitien. I,1,3.

**BEMBO** Matteo\*, provéditeur, gouverneur du fort vénitien de Cattaro. VI,8.

**BEMBO** Pietro\*, poète puis cardinal, ami dc Nicolò Aurelio. I,2,5.

**Bettina**, voir VITTURI.

**Beyoğlu\***, Voir GRITTI Alvise.

**BONAČIĆ** Josip, marchand de Raguse, ami des Stavrakis. V,6.

**BORROMEO** Alfonso\*, doyen de la famille Borromeo. IV,16.

**BORROMEO** Cristoforo, époux de Donna Anna, père de Guido. IV,6.

**BORROMEO** Francesco\*, premier mari de Laura Bagarotto, pendu en 1509 pour trahison envers Venise. I,1,1.

**BORROMEO** Giberto\*, 7e comte d'Arona. IV,16.

**BORROMEO** Guido, noble de Milan, époux de Flora Aurelio. IV,5.

**BOURBON** Charles de\*, connétable de France, dirige les troupes de Charles-Quint lors du sac de Rome. II,19.

**BRAGADIN** Domenico, gouverneur vénitien de Famagouste. V,32.

**BRODARICS** Istvàn\*, grand chancelier de Hongrie, fervent défenseur des idées d'Alvise Gritti. IV,17.

**BUA** Mercurio\*, capitaine d'infanterie à Trévise en 1515. II,10

**BUSICHIO** Vettor\*, gouverneur de la citadelle de Napoli de Romanie. VI,4.

**BUTIRON**\*, médecin légiste de la Sérénissime. III,11.

**BUXEI** Antonio\*, assistant de Titien. I,3,10.

**CALVIN** Jean\*, théoricien de la Réforme protestante. I,Prol,2.

**CANALE**\*, baile de Venise à Constantinople en 1540. VI,8.

**CANTELMO** Cesare\*, noble napolitain, auxiliaire de la diplomatie française à la Porte. VI,8.

**CAPELLO** Vincenzo\*, grand amiral de la flotte vénitienne à Prévéza. VI,4.

**CAPRETTA** Daniele, marchand de bœufs. I,2,3.

**CARAFFA** Gian Pietro\*, cardinal, futur Paul IV, Pape de la contre-réforme. VI,9.

**CARTELLONI** Giuseppe, secrétaire particulier de Nicolò Aurelio. I,3,13.

**CAVAZZA** Costantino\*, alias Tino, fils naturel de Nicolò Aurelio. I,3,7.

**CAVAZZA** Fantina, maîtresse de Nicolò Aurelio, mère de Costantino. I,3,7.

**CAVAZZA** Nicolò\*, dit Nicolino, fils adoptif de Nicolò Aurelio. I,3,7.

**Cecilia**\*, épouse de Titien. III,2.

**CHARLES QUINT**\*, Roi d'Espagne, Empereur du Saint Empire Romain Germanique. III,4.

**CHATEAUBRIAND** Mme de \*, maîtresse de François 1er. IV,2.

**CLÉMENT VII** de Médicis\*, Pape de 1523 à 1534. V,16.

**COLONNA** Vittoria\*, noble dame italienne, poétesse et humaniste, catholique convaincue. VI,9.

**Concordia**\*, voir ARTUSIO.

**CONTARINI** Alessandro\*, procurateur de Venise. VI,14.

**CONTARINI** Gaspare\*, noble vénitien, sénateur, puis cardinal, ambassadeur du Pape au colloque de Ratisbonne. II,14.

**CONTARINI** Taddeo\*, jeune noble vénitien, ami de Giorgione, frère de Domenica Contarini. I,1,7

**CONTARINI** Tommaso\*, ambassadeur de Venise à la Porte. VI,8.

**CORNARO** Alvise\*, noble padouan, protecteur des arts et homme de lettres. II,9.

**CORNARO** Giorgio\*, noble vénitien, époux de Domenica Vendramin. Ambassadeur auprès de Charles Quint. I,1,10-V,21.

**CORNARO** Marcantonio\*, sénateur vénitien, orateur, partisan de la guerre contre les Turcs. VI,4.

**CORTINA** Anna, patronne du casìn. I,1,4.

**COZZI** Gaetano, podestat de Padoue. II,9.

**CRUSICH** Pierre\*, gouverneur de Clissa pour Ferdinand de Habsbourg. IV,7.

**CZIBAK** Imre\*, évêque de Vàrad (Hongrie), ennemi juré d'Alvise Gritti. IV,17.

**D'ALVIANO** Bartolomeo\*, capitaine général des forces armées de Venise en 1509. I,1,1.

**D'AVANZAGO** Girolamo, inquisiteur d'État. VI,8.

**D'ESTE** Alfonso\*, duc de Ferrare. I,1,9.

**D'ESTE** Ercole\*, duc de Ferrare, fils d'Alfonso, époux de Renée de France. VI,9.

**DA CANAL** Girolamo\*, sopracomito, époux d'Antonina Foscarini. IV,4.

**DANDOLO** Matteo\*, ambassadeur de Venise auprès de François 1er. VI,9.

**DANIČIĆ** (Gospođa), épouse du voïvode Daničić. V,4.

**DANIČIĆ,** voïvode, chef des Uscoques d'Omiš. V,2.

**DE AVALOS** Alfonso\*, marquis del Vasto et de Pescara, gouverneur militaire de Milan au nom de Charles Quint. VI,8.

**DE' FRANCESCHI** Andrea\*, grand chancelier de Venise de 1529 à 1552. V,12.

**DEDO** Gerolamo\*, secrétaire puis grand chancelier de Venise de 1524 à 1529. II,5.

**DEL VASTO\***, voir DE AVALOS.

**DELLA ROVERE** Guidobaldo\*, duc d'Urbino, fils de Francesco-Maria. VI,5.

**DELLA ROVERE,** Francesco Maria\*, duc d'Urbino, condottiere de Venise. III,17.

**DELLA VALLE** Francesco\*, fidèle chambellan d'Alvise Gritti. IV,19.

**DEMIREL KAPTAN**, pirate Levend, ennemi de Pietro Aurelio. IV,12.

**DENTE** Girolamo\*, assistant de Titien. I,2,10.

**Diana**, courtisane de Venise. I,1,7.

**Dilara,** esclave d'Alvise Gritti donnée à Pietro comme servante en Perse. V,19.

**DÒCZY** Jànos\*, noble hongrois, ami d'Alvise Gritti. IV,17.

**DOLFÌN Hermolao\***, pêcheur de la lagune, ami de Costantino. III,17.

**DONÀ** Paolo, noble vénitien amateur de gemmes. V,14.

**DORIA** Andrea\*, condottiere et amiral génois au service de la France puis de l'empire. III,9.

**DU BELLAY** Guillaume\*, Seigneur de Langey, gouverneur du Piémont pour François 1er. VI,9.

**DUDAN** Ugo, armiraio dalmate sur la galère de Pietro. V,27.

**ERBABUONA** (Maestro) et son fils Asher, apothicaires juifs de Venise. I,3,15.

**Erol** : faucon offert par Laura à Ibrahim Pacha. V,19.

**FACENDA** Prospero, notaire de la famille Grimani. VI,14.

**Farzad**, conducteur persan embauché à Tebriz par Pietro et Pisani. V,22.

**FAVRO** Zuan\*, proxénète à Venise en 1509, aventurier, ami de Laura. I,1,4.

**FAZZOLI**, médecin au service de la République de Venise. V,24.

**FILIASSI** Giacomo, secrétaire du Savio del mare. I,2,1.

**Fiorbella**, courtisane de Venise. I,1,7.

**Flamminia**, courtisane de Venise. Épouse d'Alexandros Stavrakis. I,1,4.

**FLANDRES** Louis de\*, seigneur de Praët : grand chambellan de Charles Quint. IV,18.

**Flora**, voir AURELIO Flora.

**FOSCARI** Francesco\*, membre du Conseil des Dix, plaide en faveur de Nicolò Aurelio. III,8.

**FOSCARI** Marco\*, parent de Francesco, sénateur Vénitien, sénateur, partisan de l'alliance avec les Turcs. VI,4.

**FOSCARINI** Adriana, noble vénitienne, épouse de Vincenzo Foscarini et amie de Laura. I,1,10.

**FOSCARINI** Antonina dite Tonina, fille d'Adriana et Vincenzo. II,8.

**FOSCARINI** Sebastian\*, Inquisiteur au secret nommé en 1542. VI,11.

**FOSCARINI** Vincenzo, noble vénitien, sopracomito, époux d'Adriana, ami de Laura. I,1,10.

**Franco**, voir TREVISO.

**FRANÇOIS 1er\***, Roi de France. III,4.

**FREGOSO** Cesare\*, condottiere au service de Venise. IV,2.

**FREGOSO** Costanza\*, épouse de Cesare, sœur du condottiere Guido Rangoni\*, amie de Laura. IV,2.

**FUCHS**, marchand autrichien venant à Omiš. V,5.

**GARZON**, jeune noble, arbalétrier de poupe sur la Zustiniana. IV,9.

**GATTINARA** Mercurino\*, grand chancelier de Charles Quint. III,4.

**GEROLA** Giuseppe, correspondant commercial de Pisani à Spalato. V,28.

**GIBERTI** Giovanni-Matteo\*, cardinal, ennemi juré de l'Arétin. III,2.

**Giorgione\***, voir BARBARELLI.

**GIUNTA** Bernardo\*, imprimeur à Venise. VI,7.

**GONZAGA** Federico\* ou Frédéric de Gonzague, duc de Mantoue, fils d'Isabelle d'Este, esthète et protecteur des Arts. IV,18.

**GONZAGA** Giulia\*, veuve de Vespasiano Colonna\*, lettrée, célèbre pour sa beauté. V,23.

**GRADENIGO\***, sopracomito dans l'escadre de Corfou, provoque un incident avec les Turcs en 1537. VI,1.

**GRADENIGO**, inquisiteur d'État. V,24.

**GRANVELLE\*** ou Nicolas Perrenot, seigneur de Granvelle, grand chancelier de Charles Quint. IV,18.

**GRIMANI** Marco\*, Patriarche d'Aquilée, amiral de la flotte papale à Prévéza. VI,4.

**GRIMANI**, Vincenzo\*, procurateur, inquisiteur d'État. VI,8.

**GRITTI** Alvise\* ou Ludovico, dit Beyoğlu, fils naturel d'Andrea Gritti. III,1.

**GRITTI** Andrea\*, noble vénitien, Doge de 1523 à 1538. I,1,1.

**GRITTI** Lorenzo\*, fils naturel d'Andrea Gritti, jouera un rôle d'ambassadeur à la Porte. IV,16.

**GRITTI** Triadano\*, grand-père d'Andrea Gritti, ambassadeur de Venise, mentor d'Andrea. I,2,6.

**GRITTI** Zorzi\*, fils naturel d'Andrea Gritti, négociant et diplomate. IV,2.

**GUICCIARDINI** Francesco\*, général des troupes papales, diplomate, historien. III,7.

**HALEVI** Aaron, Jakoub, Benjamin, respectivement médecin, barbier et apothicaire de Tebriz chez qui logent Pietro et Stefano Pisani. V,22.

**HAYREDDÎN** dit Barbarossa*, pirate, bey d'Alger, devenu grand amiral de la flotte ottomane. IV,7.

**IBRAHIM PACHA***, grand vizir de Soliman le Magnifique. III,1.

**ISKENDER ÇELEBI***, dignitaire turc nommé par Soliman pour seconder Ibrahim Pacha dans la campagne de Perse. V,17.

**Jacob***, juif de Venise, devenu Marco Paradiso en se convertissant au christianisme. V,12.

**JULES II ***, Giuliano della Rovere : Pape de 1503 à 1513. I,1,2.

**Kadir**, janissaire au service d'Alvise Gritti, donné comme garde du corps à Pietro. V,11.

**KARAHISARI** Ahmed*, calligraphe de Soliman le Magnifique. VI,11.

**KASIM PACHA***, amiral ottoman. VI,4.

**LA PALICE de***, général français du Roi Louis XII. I,1,2.

**LACCHIAVE** Gianni, faiseur de clés. I,2,1.

**LANDO** Marco, membre du Conseil des X, opposant à Andrea Gritti. V,12.

**LANDO** Pietro*, Doge de Venise de 1538 à 1545. VI,6.

**ŁASKI** Hieronymus*, comte polonais ambassadeur de Zapolya à la Porte. III,9.

**Laura***, voir BAGAROTTO.

**LAVANNI** Flora, fille du banquier, épouse d'Hubert de Vaudémont. I,Prol.2.

**LAVANNI**, banquier de Ferrare. I,3,16.

**LÉON X** de Médicis*, Pape de 1513 à 1521. II,12.

**Libertà** : étalon noir acheté par Nicolò Aurelio. III,10.

**LION** Maffio*, noble vénitien. I,2,12.

**Lisa**, servante de l'auberge de Florence. IV,4.

**LOMBARDO** Antonio dit PIGAFETTA*,(fils adoptif du sculpteur), navigateur. I,1,9.

**LOMBARDO** Antonio*, sculpteur, (père adoptif d'Antonio Pigafetta.) I,1,9.

**LOREDAN** Leonardo*, Doge de Venise de 1501 à 1521. I,1,2.

**Loretta**, servante d'Antonina. III,8.

**LOUISE DE SAVOIE***, Mère de François 1er. IV,2.

**LOYOLA** Ignace de*, noble navarrais, fondateur de l'Ordre des Jésuites. II,2 .

**LUTHER** Martin*, initiateur de la Réforme protestante. IV,7.
**MALIPIERO** Giorgio, capo du Conseil des Dix. V,24.
**MANUZIO** Aldo*, humaniste et imprimeur vénitien. I,1,7.
**MANUZIO** Paolo*, fils d'Aldo, imprimeur vénitien. VI,7.
**MARCELLO** Gerolamo*, noble vénitien, collectionneur d'art, (capitaine de galère marchande, ami de Laura). I,2,12.
**Mario**, valet de chambre de Nicolò Aurelio puis de Laura. I,3,13.
**MARTOLOSSO** Girolamo*, Vénitien originaire de Vérone, accusateur des frères Cavazza. VI, 12.
**MAZZONI** Giulio, cardinal, nonce apostolique à Venise. I,1,13.
**MCHIRGUI***, (marchand d'huile au souk de Tripoli de Syrie). IV,14.
**MEDICIS** Hippolyte de*, cardinal, commandant des troupes papales en Hongrie. IV,7.
**MEHMED ÇELEBI***, grand trésorier de Soliman le Magnifique. V,10.
**MEMISCH BEY***, secrétaire d'Ibrahim Pacha. V,17.
**MEMO** Antonio, citadin, scrivan de galéasse de commerce. IV,9.
**Metaxa**, courtisane de Venise. I,1,7.
**MICHIEL** Marcantonio*, noble vénitien, collectionneur. III,2.
**MINIO** Marco, inquisiteur d'État. VI,6.
**MIRIDJAN**, marchand arménien, ami de Stefano Pisani. IV,14.
**MOCENIGO** Anna Chiara, épouse d'Antonio. II,10.
**MOCENIGO** Leonardo*, frère d'Antonio, dont la fille Amanda est la filleule de Nicolò Aurelio. II,10.
**MOCENIGO** Antonio*, noble vénitien, ami de Nicolò Aurelio, (podestat de Trévise). II,10.
**MOLINO** Alvise*, sénateur vénitien en 1509. I,1,2.
**MONTMORENCY** Anne de*, Connétable de France. VI,7.
**MOROSINI** Francesco*, inquisiteur au secret nommé en 1542. VI,11.
**MOSCA**, policier vénitien, devient chef des sbirri. I,2,8.
**NÀDASDY** Tamàs*, noble hongrois, beau-frère d'Erzsébet Bàthory, ennemi sournois d'Alvise Gritti. IV,19.
**NASSI de Zara***, patron de barque vénitienne, provoque un incident avec les Turcs en 1537. VI,1.
**NAVAGERO** Andrea*, historiographe de Venise. III,12.
**Nuvola** : jument grise de Laura. VI,16.
**OBRAD**, dit le glavni de Sumpetar. Galérien libre sur la Zustiniana, protégé de Pietro. IV,10.

**ORSINI** Camillo\*, noble napolitain, sympathisant français. IV,2.
**ORSINI** Nicolò\*, comte de Petigliano, condottiere au service de Venise. I,1,1.
**PALLAVICINI** Camilla\*, noble dame, amie de l'Arétin et de Guillaume Pellicier. IV,2.
**PALMA VECCHIO**\*, peintre de Venise. III,3.
**PARISEVIĆ** Vuk, uscoque sédentarisé, commerçant à Omiš, maître des esclaves Basilios et Pietro. V,3.
**PAUL III** Farnèse\*, Pape de 1534 à 1549. V,23.
**PELLICIER** Guillaume\*, érudit français, évêque de Montpellier, ambassadeur de François 1er à Venise. VI,2.
**Peppino**, fils du meunier de Casale, valet de Pietro à Padoue. III,7.
**PESARI** Federico, noble vénitien, inquisiteur, pédophile. I,2,5.
**PESARO** Girolamo\*, généralissime da mar en 1537. VI,1.
**PETRIDIS** Andreas, Capitaine de la forteresse de Kyrenia puis de celle de Famagouste, époux de Cassandra. V,5.
**PETRIDIS** Cassandra, épouse du Capitaine Petridis, amie de Flamminia Stravrakis et amante de Pietro, mère de Petros. IV,13.
**Pietro**, voir AURELIO Pietro.
**PIGAFETTA** Antonio\*, dit Lombardo, (fils adoptif du sculpteur), navigateur. I,Prol.3.
**PISANI** Giorgio\*, ambassadeur de Venise auprès du Pape Jules II. I,1,2.
**PISANI** Stefano, noble commerçant, mentor de Pietro dans ses voyages en Orient. IV,9.
**PISSELEU**, Anne de\*, Duchesse d'Étampes, favorite de François 1er. VI,7.
**POLANI** Marco, jeune arbalétrier de poupe sur la Zustiniana, ami de Pietro. IV,9.
**POLIN** Antoine\*, dit Capitaine Polin, baron de la Garde, de son vrai nom Escalin des Eymars, général de galères de François 1er, succédera à Antoine Rincon en 1541 comme ambassadeur de France à la Porte. VI,7.
**PORDENONE**\* surnom de Giovanni de'Sacchis, peintre de la renaissance, rival de Titien. IV,18.
**PRIULI** Alvise\*, membre du Conseil des Dix, opposant à Andrea Gritti. III,8.
**PUYLOBIER**, Sire de\*, noble français, conseiller de l'Ambassade de France à Venise. VI,14.

**QUERINI** Nicolò*, fils naturel d'un patricien vénitien, au service d'Alvise Gritti, puis de François 1er. IV,7,

**RAREŞ** Petru*, voïvode de Moldavie, ennemi d'Alvise Gritti. IV,17.

**RENÉE DE FRANCE***, belle-sœur de François 1er, épouse d'Ercole d'Este, duchesse de Ferrare. V,21.

**RENIERI** Daniele, Inquisiteur d'État. VI,6.

**RINCON** Antoine*, noble espagnol entré au service de François 1er, ambassadeur à la Porte Ottomane. IV,7.

**ROBUSTI** Jacopo*, dit Tintoretto : peintre de Venise, un temps élève de Titien. IV,18.

**ROXELANE***, sultane, épouse de Soliman le Magnifique. III,6.

**SABELLICO** Marcantonio*, historiographe de la République. I,1,3.

**SAN SECUNDO** comte de*, noble milanais ami de la France. VI,14.

**SANSOVINO** Jacopo*, architecte et sculpteur. IV,6.

**SANTONI** Andrea, capitaine de soldats vénitiens. I,3,5.

**SANUDO** Marin*, noble vénitien, chroniqueur. II,6.

**SCARFATI** Paolo, peintre vénitien ami d'enfance de Laura et père naturel de Pietro. I,1,3.

**SCHEPPER** Cornelius Duplicius*, ambassadeur de Ferdinand de Habsbourg auprès de Soliman le Magnifique. V,16.

**SIMONETTA**, Jean*, évêque de Lodi, milanais ami de la France et familier de Guillaume Pellicier. VI,14.

**SIURAN Simonetta**, veuve du capitaine Siuran*, logeuse de Pietro à Padoue. III,17.

**STAVRAKIS** Adonia, seule fille d'Alexandros et Flamminia. IV,13.

**STAVRAKIS** Alexandros, riche marchand chypriote, époux de Flamminia. I,1,4.

**STAVRAKIS** Christos, ancêtre de la famille. IV,13.

**STAVRAKIS** Demetrios, frère d'Alexandros, époux de Julia. IV,13.

**STAVRAKIS** Yannis, fils d'Alexandros et de Flamminia, ami de Pietro. IV,13.

**STRADA** Pietro, marchand d'art (père de Jacopo*). I,1,13.

**STROZZI** Alessandro*, banquier à Venise fils de Filippo. I,3,4.

**STROZZI** Angelo, petit-fils de Filippo. Tête brûlée de la famille et assassin de Paolo Scarfati. I,3,4.

**STROZZI** Clarissa*, fille du banquer Roberto Strozzi. I,2,10

**STROZZI** Filippo*, banquier de Florence, chef de la famille. I,3,4.

**STROZZI** Roberto*, banquier à Venise, fils d'Alessandro. II,2.

**SULEYMAN*** ou Soliman de Magnifique, Sultan Ottoman. III,1.

**SURIAN** Antonio, inquisiteur d'État. VI,8.

**TARTAGLIA***, surnom de Nicolò FONTANA, mathématicien. V,32.

**TEBALDEO** Antonio*, poète et secrétaire du duc de Ferrare. I,1,3.

**TERTER** Petar, ancêtre présumé de Nicolò Aurelio. II,8.

**TESSI** Francesco (père) et Alvise (fils), drapiers à Venise. I,1,7.

**TIEPOLO** Stefano*, inquisiteur au secret nommé en 1542. VI,11.

**Titien***, voir VECELLIO.

**Tomaso**, soldat. I,1,4.

**TOSSEGO,** spécialiste des poisons à Venise. IV,20.

**TREVISAN** (Signora), épouse de Domenico Trevisan. I,2,6.

**TREVISAN** Domenico*, sénateur et procurateur de Saint-Marc. I,1,2.

**TREVISO** Girolamo da* alias Franco, peintre vénitien. I,2,10.

**TRIBOULET***, fou à la cour de François 1er. VI,7.

**TRISSINO** Gian Giorgio*, noble vénitien, homme de lettres. II,14.

**TRON** Antonio*, noble vénitien, rival d'Andrea Gritti, plus tard Inquisiteur d'État. II,18

**VALIER** Gaspare*, patricien vénitien exécuté en 1511, père de Gian Francesco. I,2,1.

**VALIER** Gian Francesco*, fils naturel de Gaspare, évêque de Saint-Pierre-le-Vif près de Sens. Sympathisant français. I,2,1.

**VAUDEMONT** Hubert de, écuyer de Renée de France, époux de Flora Lavanni. I,Prol,2.

**VECELLIO** Tiziano*, dit Titien, peintre vénitien. I,1,3.

**VENDRAMIN** Domenica, (veuve da Riva*, épouse de Giorgio Cornaro), amie d'Adriana Foscarini et de Laura. I,1,10.

**VENDRAMIN** Gabriele*, ami de Giorgione, frère d'Adriana Foscarini. I,1,7.

**Vincenzo**, voir FOSCARINI.

**Viola**, alias Violetta, servante de Pietro lorsqu'il est à Venise. V,14.

**VITTURI** Bettina, jeune épouse de Giovanni Vitturi. V,30.

**VITTURI** Giovanni*, capitaine de la flotte de Lesina. V,27.

**VON FRUNDSBERG** Georg*, général d'armée de Chartes Quint, luthérien convaincu. III,4.

**YUNUS BEY***, ambassadeur de Soliman le Magnifique. IV,19.

**ZAPOLYA** Janos*, voïvode de Transylvanie, Roi de Hongrie. III,6.

**ZEN** Pietro*, ambassadeur de Venise auprès de la Porte en 1540. VI,8.

**ZENI** Andrea, noble vénitien, inquisiteur, pédophile. I,2,5.

**ZILETTI** Giordano, papetier de Venise. I,3,13.

**ZORZI** Bernardo*, noble vénitien, avvogador del comùn. VI,14.

**Zuan** : voir FAVRO.

**ZUSTINIAN** Marco, sopracomito, fils du capitanio Vettor Zustinian, ami de Pietro. VI,1.

**ZUSTINIAN** Vettor, capitanio de navire de commerce. IV,4.

# DES MÊMES AUTEURS

## LA SÉRIE « LE RENARD DE VENISE » :

Les aventures de Pietro Aurelio, jeune vénitien de 1530.
**« UN HIVER À CHYPRE* »:**
Le jeune Pietro s'embarque comme arbalétrier sur une galère marchande et s'initie au commerce avec le Levant. Ce premier voyage relate l'aventure du jeune Vénitien tant sur mer, où l'on peut faire de mauvaises rencontres, que sur terre, à Chypre, où il est mêlé pour un temps à la vie de la colonie.

## LA SÉRIE « ENQUÊTES VÉNITIENNES » :

Venise est la ville du commerce et des arts. En cette période des guerres d'Italie, elle défend farouchement son indépendance malgré le foisonnement d'espions et d'agents des puissances étrangères.
**« LE CONCERT INTERROMPU* »:**
Dans ce premier volume d'une série, Nicolò Aurelio, Grand Chancelier de la République de Venise et amateur d'art, se voit confronté à une énigme que la raison d'état lui commande de résoudre avec discrétion. Il rencontre des artistes, des nobles, un notaire, un banquier, des membres du clergé, des valets, la courtisane Laura, beauté fascinante et dangereuse.

Aidé de son adjoint Mosca, réussira-t-il à expliquer la mort étrange d'un haut responsable de l'arsenal ?

## LA SAGA HISTORIQUE « CINQUECENTO »:

Un cycle de romans historiques, en six volumes, dans la Venise de 1500. Des personnages captivants, un récit inspiré de l'Histoire. Amour, Passions, Aventures et Arts en pleine Renaissance et Guerres d'Italie. 3000 pages pour rêver !

Des livres superbement illustrés, édités en version "papier" par les Éditions de l'Astronome. (www.editions-astronome.com)

# LES AUTEURS

**Pierre LEGRAND** est ingénieur chimiste, docteur ès sciences physiques. Il a fait carrière à Bruxelles, au siège européen d'une multinationale américaine. Directeur marketing et technique, il a aussi représenté l'industrie chimique auprès de la Commission Européenne. Passionné d'histoire et de littérature, il est doté d'un goût pour l'analyse et l'investigation scientifique, historique et bibliographique, et possède un grand talent d'imagination.

**Il assure le scénario.**

**Claudine CAMBIER,** après un cycle d'études classiques, est licenciée en lettres romanes et agrégée de l'enseignement. Elle a été professeur de lettres et d'histoire dans l'enseignement belge. Passionnée d'art, d'histoire et de littérature, avec un goût certain pour la création au sens large, ses talents artistiques trouvent à s'exprimer aussi en sculpture et en tout domaine où peuvent se retrouver l'invention et la recherche du beau.

**Elle assure l'écriture.**

ISBN : 978-2-930804-01-9

Imprimé à la demande par CreateSpace
Dépôt légal (France): Janvier 2015


Printed by CreateSpace
Available from Amazon.com and other online stores


**www.cinquecento.be**

www.ingramcontent.com/pod-product-compliance
Lightning Source LLC
Chambersburg PA
CBHW071205020726
47502CB00002B/551